Hanns Heinz Ewers

Alraune

Die Geschichte eines lebenden Wesens

Hanns Heinz Ewers: Alraune. Die Geschichte eines lebenden Wesens

Berliner Ausgabe, 2016, 5. Auflage
Vollständiger, durchgesehener Neusatz bearbeitet und eingerichtet von
Michael Holzinger

Erstdruck G. Müller, München/Leipzig 1911.

Herausgeber der Reihe: Michael Holzinger
Reihengestaltung: Viktor Harvion
Umschlaggestaltung unter Verwendung des Bildes:
Foto von Rudolf Dührkoop und Minya Diez-Dührkoop, um 1907.

Gesetzt aus Minion Pro, 11 pt

ISBN 978-1-5084-8041-9

Auftakt

Wie willst du leugnen, liebe Freundin, dass es Wesen gibt – keine Menschen, keine Tiere – seltsame Wesen, die aus der verruchten Lust absurder Gedanken entsprangen?

Gut, weißt du, meine sanfte Freundin, gut ist das Gesetz, gut ist alle Regel und alle strenge Norm. Gut ist der große Gott, der diese Normen schuf, diese Regeln und Gesetze. Und gut ist der Mensch, der sie wohl achtet, der seine Wege geht in Demut und Geduld und in der treuen Nachfolge seines guten Gottes.

Ein anderer aber ist der Fürst, der den Guten hasst. Er zerschlägt die Gesetze und Normen. Er schafft – merk es wohl – *wider die Natur.*

Er ist schlecht, ist böse. Und böse ist der Mensch, der so tut wie er. Er ist ein Kind des Satan.

Böse ist es, sehr böse, hineinzugreifen in die ewigen Gesetze, mit frecher Hand sie herauszureißen aus ihren ehernen Fugen.

Der Böse mag es wohl tun – weil ihm Satan hilft, der ein gewaltiger Herr ist; er mag schaffen nach seinem eigenen stolzen Wunsche und Willen. Mag Dinge tun, die alle Regeln zertrümmern, alle Natur umkehren und auf den Kopf stellen. Aber er hüte sich wohl: es ist Lüge nur und irres Blendwerk, was immer er schafft. Es ragt auf und wächst in alle Himmel – – aber es stürzt zusammen am letzten Ende und begräbt im Sturze den hochmütigen Narren, der es dachte –

Seine Exzellenz Jakob ten Brinken, Dr. med., Ord. Professor und Wirkl. Geh. Rat, schuf das seltsame Mädchen, schuf es – – *wider alle Natur.* Er schuf es, ganz allein, wenn auch der Gedanke einem andern gehörte. Und dieses Wesen, das sie taufen ließen und *Alraune* nannten, wuchs heran und lebte wie ein Menschenkind. Was es anfasste, das ward zu Gold, wo es hinblickte, da lachten die wilden Sinne. Wohin aber sein giftiger Atem traf, schrie alle Sünde, und aus dem Boden, den seine leichten Füße traten, wuchsen des Todes bleiche Blumen. Einer schlug es tot, der war es, der es einst dachte: Frank Braun, der neben dem Leben herlief.

Nicht für dich, blondes Schwesterchen, schrieb ich dies Buch. Deine Augen sind blau und sind gut und wissen nichts von den Sünden. Deine Tage sind wie die schweren Trauben blauer Glyzenen, tropfen hinab zum weichen Teppich: so schreitet mein leichter Fuß weich dahin durch die sonnenglitzernden Laubengänge deiner sanften Tage. Nicht für dich schrieb ich dies Buch, mein blondes Kind, holdes Schwesterlein meiner traumstillen Tage –

Dir aber schrieb ich es, du wilde, sündige Schwester meiner heißen Nächte. Wenn die Schatten fallen, wenn das grausame Meer die schöne Goldsonne frisst, da zuckt über die Wogen ein rascher giftgrüner Strahl. Das ist das erste schnelle Lachen der Sünde über des bangen Tages Todesfurcht. Und sie reckt sich über die stillen Wasser, hebt sich hoch, brüstet sich in brandigen, gelben und roten, tief violetten Farben. Und die Sünde atmet durch die tiefe Nacht, speit ihren Pesthauch weit hinaus über alle Lande.

Und du fühlst wohl ihren heißen Hauch. Da weitet sich dein Auge, hebt sich frecher die junge Brust. Da fliegt ein Zittern über deine Nüstern, spreizen sich weit die fieberfeuchten Hände. Da fallen die bürgerlichen Schleier aller sanften Tage, da gebiert sich die Schlange aus schwarzer Nacht. Da reckt sich, Schwester, deine wilde Seele, aller Schanden froh, voll aller Gifte. Und aus Qualen und Blut, und aus Küssen und Lüsten jauchzt sie hinauf – schreit sie hinab – durch alle Himmel und Höllen –

Schwester meiner Sünden, dir schrieb ich dies Buch –

Erstes Kapitel, das zeigt, wie das Haus war, in dem der Gedanke Alraune in die Welt sprang

Das weiße Haus, in dem Alraune ten Brinken wurde – lange Zeit, ehe sie geboren, ehe sie noch gezeugt ward – dies Haus lag am Rhein. Ein wenig hinaus aus der Stadt, in der großen Villenstraße, die hinausführt vom alten erzbischöflichen Palast, der heute die Universität hält. Dort lag es. Und damals bewohnte es der Herr Justizrat Sebastian Gontram.

Man schritt, von der Straße her, durch den langen hässlichen Garten, der nie einen Gärtner sah. Man kam zu dem Hause, von dem der Stuck fiel, suchte nach einer Schelle und fand keine. Man rief und schrie und es kam niemand. Endlich stieß man die Türe auf und ging hinein, stieg über die schmutzige, nie gewaschene Holztreppe. Und irgendeine große Katze sprang durch die Dunkelheit.

Oder aber – der große Garten lebte von tausend Affen. Das waren die Gontramkinder: Frieda, Philipp, Paulche, Emilche, Jösefche und Wölfche. Sie waren überall, staken in den Ästen der Bäume, krochen in tiefen Gruben in der Erde. Dann die Hunde, zwei freche Spitze und ein Bastardfox. Und dazu der Zwergpinscher des Herrn Rechtsanwalt Manasse, so ein Ding, wie eine braune Quittenwurst, kugelrund, kaum größer wie eine Hand. Cyklop hieß er.

Und alles lärmte und schrie. Wölfchen, kaum ein Jahr alt, lag im Kinderwagen und brüllte, hoch, hartnäckig, stundenlang. Nur Cyklop konnte diesen Rekord halten, er kläffte, heiser und zerbrochen, unaufhörlich. Rührte sich nicht vom Platze, wie Wölfchen, schrie nur, heulte nur.

Die Gontrambuben rasten durch die Büsche, spät am Nachmittage. Frieda, die älteste, sollte aufpassen; achtgeben, dass die Brüder artig seien. Aber sie dachte: sie sind artig. Und sie saß hinten, in der zerfallenen Hollunderlaube, mit ihrer Freundin, der kleinen Prinzessin Wolkonski. Die beiden schwatzten und stritten sich, meinten, dass sie nun bald vierzehn Jahre alt würden und dann wohl heiraten könnten. Oder wenigstens könnte man einen Liebhaber haben. Aber sie waren fromm alle beide und beschlossen, noch ein wenig zu warten, vierzehn Tage noch, bis nach der ersten heiligen Kommunion.

Dann bekam man lange Kleider. Dann war man erwachsen. Dann konnte man einen Liebhaber haben.

Sie kamen sich sehr tugendhaft vor bei diesem Entschluss. Und sie überlegten, dass es gut wäre, sogleich zur Kirche zu gehen, in die Maiandacht.

Man musste sich sammeln in diesen Tagen, musste ernst sein und vernünftig.

»Und dann ist auch vielleicht der Schmitz da!«, sagte Frieda Gontram.

Aber die kleine Prinzess rümpfte das Näschen: »Bah – der Schmitz!«, machte sie.

Frieda fasste sie unter den Arm. »Und die Bavaren, die mit den blauen Mützen!«

Olga Wolkonski lachte. »Die –? Das sind – – Blasen! – Weißt du, Frieda, *feine* Studenten gehen überhaupt nicht in die Kirche.«

Das war nun wohl wahr, feine Studenten taten so etwas nicht.

Frieda seufzte. Sie schob rasch den Wagen mit dem schreienden Wölfchen zur Seite und trat nach Cyklop, der sie in den Fuß beißen wollte.

Nein, nein, die Prinzess hatte recht, es war nichts mit der Kirche. »Lass uns hierbleiben!«, entschied sie. Und die Mädchen kehrten zurück zur Hollunderlaube.

– Alle die Gontramkinder hatten eine unendliche Gier zum Leben. Sie wussten es nicht – aber sie ahnten es, fühlten es so im Blute, dass sie sterben mussten, jung, frisch, mitten im Blühen. Dass sie nur einen kleinen Teil der Spanne Zeit hatten, die andern Menschen gegeben war. Und sie nahmen diese Zeit dreifach, lärmten und rasten, fraßen und tranken sich übersatt am Leben. Wölfchen schrie in seinem Wagen, schrie für sich allein so viel wie drei andere Babies. Seine Brüder aber flogen durch den Garten, machten sich zahlreich, taten, als ob ihrer vier Dutzend wären, und nicht nur vier. Schmutzig, rotznasig und zerlumpt, immer irgendwo blutend, vom Schnitt in den Finger, vom zerschundenen Knie, oder irgendeinem tüchtigen Kratz.

Wenn die Sonne sank, schwiegen die Gontrambuben. Kehrten ins Haus zurück, gingen in die Küche. Schlangen gewaltige Haufen von Butterbröten, dick belegt mit Schinken und Wurst. Und tranken ihr Wasser, das die große Magd leicht färbte mit rotem Wein. Dann wusch sie die Magd. Zog sie aus, steckte sie in die Kübel, nahm schwarze Seife und die harte Bürste. Schrubbte sie, wie ein Paar Stiefel. Aber rein wurden sie doch nicht. – Und wieder schrien und tobten die wilden Jungen in ihren hölzernen Kübeln.

Dann, todmüde, krochen sie ins Bett, plumpsten hin wie Kartoffelsäcke, rührten sich nicht mehr. Stets vergaßen sie sich zuzudecken; das besorgte die Magd.

Meist um diese Stunde kam Rechtsanwalt Manasse ins Haus. Er stieg die Treppe hinauf, schlug mit dem Stock an ein paar Türen; bekam keine Antwort und trat endlich ein.

Frau Gontram kam ihm entgegen. Sie war groß, fast doppelt so groß wie Herr Manasse. Der war ein Zwerg nur, kugelrund, und glich genau seinem hässlichen Hund, dem Cyklop. Kurze Stoppeln wuchsen ihm überall aus Wangen, Kinn und Lippen, und mitten heraus schaute die Nase, klein und rund, wie ein Radieschen. Wenn er sprach, kläffte er, es war, als wollte er immer zuschnappen.

»Guten Abend Frau Gontram«, sagte er. »Ist der Herr Kollege noch nicht zu Haus?«

»Juten Nabend Herr Rechtsanwalt«, sagte die große Frau. »Machen Sie et sich bequem.«

Der kleine Manasse schrie: »Ob der Herr Kollege noch nicht zu Haus ist!? – Und lassen Sie das Kind hereinholen, man versteht ja sein eigen Wort nicht!«

»Wat?«, fragte Frau Gontram. Dann nahm sie die Antiphone aus den Ohren. »Ach so!«, fuhr sie fort. »Dat Wölfche! – Sie sollten sich doch auch so 'ne Dinger anschaffe, Herr Rechtsanwalt, dann höre Se nix.«

Sie ging zur Tür und schrie: »Billa, Billa! – Oder Frieda! Hört ihr nit? Schafft dat Wölfche int Haus!«

Sie war noch im Morgenkleid, aprikosenfarbig. Sie hatte gewaltiges, kastanienbraunes Haar, unordentlich aufgesteckt, halb herunterfallend. Ihre schwarzen Augen schienen unendlich groß, weit, weit aufgerissen, und voll sengenden, unheimlichen Feuers. Aber die Stirne höhlte sich an den Schläfen, eingefallen war die schmale Nase und die bleichen Wangen spannten sich eng über die Knochen. Große hektische Flecken brannten hell auf –

»Haben Sie 'ne jute Zigarre, Herr Rechtsanwalt?«, fragte sie.

Er nahm sein Etui heraus, ärgerlich, wütend fast. »Wie viele haben Sie denn schon geraucht heute, Frau Gontram?«

»'n Stücker zwanzig«, lachte sie. »Aber Sie wissen ja, dat dreckige Zeug für vier Pfennig et Stück! – 'ne Abwechslung würd' mir jut tun. Da, jeben Sie mich die dicke da!« – Und sie nahm eine schwere, fast schwarze Mexiko.

Herr Manasse seufzte: »Na, was meinen Sie? Wie lang soll das noch so gehn?«

»Böh!«, machte sie. »Regen Se sich nur nich auf. Wie lang? Vorjestern meinte der Herr Sanitätsrat: noch sechs Monat. – Aber wissen Se, jenau datselbe hat er vor zwei Jahren auch schon emal jemeint. Ich denk immer: et jaloppiert sich jarnix, et jeht hübsch im Trab mit die jaloppierende Schwindsucht.«

»Wenn Sie wenigstens nicht so viel rauchen wollten!«, kläffte der kleine Rechtsanwalt.

Sie sah ihn groß an, zog die blauen, dünnen Lippen hoch über die blanken Zähne. »Wat? Wat, Manasse? Nich mehr rauche? Nu halten Se aber freundlichst die Luft an! Wat soll ich denn sonst tun? Kinder kriegen – alle Jahr eins – Haushalt führen mit all die Bäljer – dabei de Jaloppierende – – un nich mal rauche dürfe?« – Sie paffte ihm den dicken Qualm ins Gesicht, dass er hustete.

Er blickte sie an, halb giftig, halb liebend und bewundernd. Dieser kleine Manasse war frech wie keiner, wenn er vor der Barre stand, nie verlegen um einen Witz, um ein scharfes, schneidendes Wort. Kläffte, schnappte, biss um sich, ohne jeden Respekt und jede kleinste Furcht. – Hier aber, vor dieser dürren Frau, deren Leib ein Gerippe war, deren Kopf grinste wie ein Totenschädel, die seit Jahr und Tag zu dreiviertel im Grabe stand, und lachend das letzte Viertel selbst aufschaufelte, hier empfand er Angst. Diese unbändigen, schimmernden Locken, die immer noch wuchsen, immer stärker, immer voller wurden, als ob ihren Boden der Tod selbst düngte, diese ebenmäßigen, strahlenden Zähne, die den schwarzen Stumpf der dicken Zigarre fest umschlossen, diese Augen, übergroß, ohne Hoffnung, ohne Sehnsucht, fast ohne ein Bewusstsein ihrer leuchtenden Gluten – – – ließen ihn stumm werden und kleiner noch als er war, kleiner fast als sein Hund.

Oh, er war sehr gebildet, der Rechtsanwalt Manasse. Sie nannten ihn ein wanderndes Konversationslexikon, und es gab nichts, über das er nicht Bescheid wusste im Augenblick. Nun dachte er: sie schwört auf Epikur. Der Tod geht sie nichts an, meint sie. Solange sie lebt, ist er nicht da. Und wenn er da ist, so ist sie fort.

Er aber, Manasse, sah recht gut, dass der Tod da war, obwohl sie noch lebte. Längst war er da, schlich überall herum in diesem Hause. Spielte Blindekuh mit dieser Frau, die sein Mal trug, ließ ihre gezeichneten Kinder schreien und rasen im Garten. Freilich – er galoppierte nicht. Ging hübsch im Trab, da hatte sie recht. Aber nur – – so aus Laune. Nur so – – weil es ihm Spaß machte, zu spielen mit dieser Frau und ihren lebensgierigen Kindern wie die Katze mit den Fischlein im Goldfischglas –

Ohe, er ist gar nicht da! meinte diese Frau Gontram, die auf dem Longchair lag den langen Tag, die große schwarze Zigarren rauchte, nie endende Romane las und Antiphone in den Ohren trug, um der Kinder Lärm nicht zu hören. – Ohe, er ist gar nicht da!? – Nicht da? grinste der Tod und lachte den Rechtsanwalt an aus dieser jämmerlichen Maske heraus, paffte ihm den dicken Rauch ins Gesicht –

Der kleine Manasse sah ihn, sah ihn deutlich genug. Er starrte ihn an, überlegte lang, welcher Tod es wohl sei aus der großen Gemeinde. Der von Dürer? Oder der von Böcklin? Oder irgendein wilder Harlekintod von Bosch oder Breughel? Oder gar so ein wahnsinniger, unverantwortlicher Tod von Hogarth, von Goya, von Rowlandson, Rops oder Callot?

Keiner war es von diesen. Der da vor ihm saß, war ein Tod, mit dem man umgehen konnte, war gut bürgerlich und dazu romantisch, war ein rheinländischer Tod, ein Rethelscher. War einer, der mit sich reden ließ, einer, der Witz im Leibe hatte, der rauchte und Wein trank und lachen konnte –

»Es ist gut, dass er raucht!«, dachte Manasse. »Das ist sehr gut: so riecht man ihn nicht –«

Dann kam der Justizrat Gontram.

»Guten Abend, Collega!«, sagte er. »Auch schon da? Das ist recht.«
Und er begann eine lange Geschichte, erzählte genau, was alles passiert
war heute, auf dem Bureau und vor Gericht.

Lauter merkwürdige Sachen. Was nur Juristen passieren kann im
langen Leben, das passierte Herrn Gontram Tag für Tag. Höchst seltsame
Begebnisse, manchmal lustig und komisch genug und manchmal blutig
und höchst tragisch.

Nur – nicht ein Wort war wahr daran. Der Justizrat hatte dieselbe
unbesiegbare Scheu vor der Wahrheit, die er auch vor dem Bad, ja vor
der Waschschüssel hatte, er log, wenn er den Mund aufsperrte, und
wenn er schlief, träumte er von neuen Lügen. Jedermann wusste, dass
er log, aber jedermann hörte doch gerne ihm zu, denn seine Lügenge-
schichten waren lustig und gut, und waren sie es einmal nicht, so war
doch gut die Art, wie er sie auftischte.

Ein guter Vierziger war er, mit schon grauem, kurzem, sehr lückigem
Barte und schütterem Haar. Einen goldenen Zwicker trug er an langer
schwarzer Schnur, der stets schief über der Nase hing, und die blauen
kurzsichtigen Augen sehen ließ. Unordentlich war er, schlampig und
ungewaschen, stets mit Tintenflecken auf den Fingern.

Er war ein schlechter Jurist und war sehr gegen jede Arbeit. Die
überließ er seinen Referendaren – die aber auch nichts taten, nur zu
ihm kamen aus diesem Grunde und sich oft wochenlang nicht sehen
ließen im Bureau. Überließ sie dem Bureauvorsteher und den Schreibern,
die schliefen. Und wenn sie einmal wachten, so machten sie einen
Schriftsatz, der lautete: »Ich bestreite.« Und stempelten den Namenszug
des Justizrats darunter.

Und dennoch hatte er eine sehr gute Praxis, viel besser wie die des
so kenntnisreichen und gewitzten Manasse. Er verstand die Sprache des
Volkes und konnte schwatzen mit den Leuten. Er war beliebt bei allen
Richtern und Anwälten, weil er nie Schwierigkeiten machte, alles seinen
Gang gehen ließ. Vor der Strafkammer und vor den Geschworenen war
er Goldes wert, das wusste man wohl. Einmal sagte ein Staatsanwalt:
»Ich beantrage, dem Angeklagten mildernde Umstände nicht zu versagen:
Herr Justizrat Gontram verteidigt ihn.«

Mildernde Umstände – – die bekam er stets für seine Klienten. Aber
Manasse bekam sie selten genug, trotz seiner Gelehrsamkeit und seiner
scharfen Rede.

Und dann war da noch etwas. Justizrat Gontram hatte ein paar Fälle
gehabt, große, gewaltige Prozesse, die Aufsehen erregten durchs ganze
Land. Hatte sie durchgekämpft durch lange Jahre, in allen Instanzen,

und sie schließlich gewonnen. Dann nämlich erwachte plötzlich in ihm eine seltsame, irgendwo schlafende Energie. So eine völlig verfahrene Sache, ein sechsmal verlorener, beinahe unmöglicher Prozess, der von Anwalt zu Anwalt ging, so ein Fall mit verzwicktesten internationalen Fragen – – von denen er keine Ahnung hatte – – das mochte ihn interessieren. Die Brüder Koschen aus Lennep, dreimal zum Tode verurteilt, hatte er schließlich doch freibekommen, im vierten Wiederaufnahmeverfahren, trotz eines haarscharfen Indizienbeweises. Und in dem großen Millionenstreit der Galmeibergwerke von Neutral-Moresnet, in dem kein Jurist in drei Ländern sich auskannte – – und gewiss Gontram am allerwenigsten – – hatte er doch letzten Endes ein obsiegendes Urteil erzielt. Nun hatte er, seit drei Jahren, den großen Ehegültigkeitsprozess der Fürstin Wolkonski.

Und merkwürdig: nie sprach dieser Mensch je über das, was er wirklich geleistet hatte. Jedem, den er traf, log er die Ohren voll mit seinen frech erfundenen juristischen Heldentaten – – nicht eine Silbe aber kam über seine Lippen über das, was er wirklich durchsetzte. So war es schon: er verabscheute alle Wahrheit.

– Frau Gontram sagte: »Dat Abendessen kommt jleich. Und en Böwlche hab ich auch als anjesetzt. Frischer Waldmeister. – – Soll ich mich noch umzieh jehn?«

»Bleib nur so, Frau«, entschied der Justizrat, »der Manasse hat nichts dagegen.« Er unterbrach sich: »Herrgott, wie das Kind schreit! Kannst du es denn nicht still kriegen?«

Die Frau ging mit langen, langsamen Schritten an ihm vorbei. Öffnete die Tür zum Vorzimmer; dorthin hatte die Magd den Kinderwagen geschoben. Und sie nahm Wölfchen, trug es hinein und setzte es in den hohen viereckigen Babystuhl.

»Kein Wunder, dat et so schreit!«, sagte sie ruhig. »Et is janz nass.« Aber sie dachte nicht daran, es trocken zu legen. »Bis doch still, kleine Teufel«, fuhr sie fort, »siehst du denn nich, dass mer Besuch haben?«

Aber das Wölfchen ließ sich durchaus nicht stören durch den Besuch. Herr Manasse stand auf, klopfte es, streichelte es auf die dicken Backen, brachte ihm den großen Hampelmann zum Spielen. Doch das Kind stieß den Hampelmann fort, brüllte, schrie unaufhörlich. Und Cyklop begleitete es unter dem Tisch her.

Da sagte die Mama: »Wart nur, lieb Zuckerplätzche. Ich hab wat für dich.« Sie nahm den schwarzen, zerkauten Stummel aus den Zähnen und schob ihn dem Baby in den Mund. »Da, Wölfche, dat is lecker!? Wat?«

Und das Kind war still im Augenblick, lutschte und sog, strahlte überglücklich aus großen, lachenden Augen.

»Na, sehen Se, Herr Rechtsanwalt, wie man mit Kinder umjehen muss?«, sagte die große Frau. Sicher und still sprach sie, völlig ernst. »Aber ihr Männer versteht nix von Kinder.«

– Die Magd kam, meldete, dass gedeckt sei. Dann, während die Herrschaft ins Speisezimmer ging, schritt sie mit tappigen Schritten auf das Kind zu. »Bäh!«, machte sie und riss ihm den Stummel aus dem Mund.

Sofort begann Wölfchen wieder zu heulen. Sie nahm es auf den Arm, wiegte es hin und her, sang ihm ein schwermütiges Liedchen aus ihrer wallonischen Heimat. Doch hatte sie nicht mehr Glück wie Herr Manasse; das Kind schrie nur und schrie. Da nahm sie den Stummel wieder her, spuckte darauf, rieb ihn ab an der schmutzigen Küchenschürze, um das immer noch glimmende Feuer zu ersticken. Gab ihn zurück in Wölfchens roten Mund.

Nahm das Kind, zog es aus, wusch es, gab ihm reine Sachen und bettete es weich in sein Bettchen. Wölfchen rührte sich nicht, ließ alles ruhig geschehen, still und zufrieden. Und es schlief ein, selig strahlend, immer in den Lippen den grässlichen schwarzen Stummel.

O ja, sie hatte schon recht, diese große Frau. Sie verstand eben was von Kindern. Wenigstens – von den Gontramkindern.

Drinnen speisten sie zu Nacht und der Justizrat erzählte. Sie tranken einen leichten Wein von der Ruwer; erst zum Schlusse brachte Frau Gontram die Bowle.

Ihr Mann schnüffelte kritisch. »Lass doch was Sekt heraufholen«, sagte er.

Aber sie setzte die Bowle auf den Tisch: »Mer han keine Bowlesekt mehr. – – Un nur noch eine Flasch Pommery is im Keller.«

Er sah sie groß an, über seinen Zwicker weg, schüttelte bedenklich den Kopf. »Na, weißt du, du bist eine Hausfrau! Wir haben keinen Sekt und du sagst nicht ein Wörtchen davon? So was! Keinen Sekt im Haus! – Lass die Flasche Pommery heraufholen. – Eigentlich viel zu schad für die Bowle.«

Er wiegte den Kopf hin und her. »Kein Sekt! So was!«, wiederholte er. »Wir müssen gleich welchen anschaffen. Komm Frau, bring mir Feder und Papier; ich muss der Fürstin schreiben.«

Aber als das Papier vor ihm lag, schob er's wieder hinüber. »Ach«, seufzte er, »ich hab den ganzen Tag soviel gearbeitet. Schreib du, Frau, ich diktiere dir.«

Frau Gontram rührte sich nicht. Schreiben? Das hätte ihr gerade gefehlt! »Fällt mich nicht ein«, sagte sie.

Der Justizrat sah zu Manasse hinüber. »Wie wär es, Herr Collega? Könnten Sie mir nicht den Gefallen tun? Ich bin so abgespannt.«

Der kleine Rechtsanwalt sah ihn wütend an. »Abgespannt?«, höhnte er. »Wovon denn? Vom Geschichtenerzählen? – Ich möchte nur mal wissen, wovon Sie immer alle Finger voll Tinte haben, Herr Justizrat! Vom Schreiben doch gewiss nicht.«

Frau Gontram lachte. »Ach, Manasse, dat ist noch von letzte Weihnachte her, als er den Jungens die schlechten Zeugnisse unterschreiben musste! – – Übrigens, wat zankt ihr euch? Lasst doch die Frieda schreiben.«

Und sie schrie durch das Fenster hin nach Frieda.

Frieda kam und mit ihr kam Olga Wolkonski.

»Das ist nett, dass du auch da bist!«, begrüßte sie der Justizrat. »Habt ihr schon zu Abend gegessen?«

Doch die Mädchen hatten gegessen, unten in der Küche.

»Setz dich her, Frieda«, gebot der Vater, »hierher.« Frieda gehorchte. »So! Nun nimm die Feder und schreib, was ich dir sage.«

Aber die Frieda war ein echtes Gontramkind, sie hasste das Schreiben. Im Nu war sie aufgesprungen vom Stuhl. »Nee, nee!«, schrie sie. »Olga soll schreiben, die kann das viel besser als ich.«

Die Prinzess stand am Sofa; sie wollte auch nicht. Aber ihre Freundin hatte ein Mittel, sie gefügig zu machen. »Wenn du nicht schreibst«, flüsterte sie, »leih ich dir keine Sünden für übermorgen!«

Das half. Übermorgen war Beichttag, und ihr Beichtzettel sah noch sehr dürftig aus. Sündigen durfte man nicht in dieser ernsten Kommunionzeit, aber Sünden beichten musste man doch. Musste sich streng erforschen, nachdenken und suchen, ob man nicht irgendwo noch eine Sünde finde. Und das verstand die Prinzess ganz und gar nicht. Frieda aber konnte es prächtig. Ihr Beichtzettel war der Neid der ganzen Klasse, besonders Gedankensünden erfand sie großartig, gleich dutzendweise auf einmal. Sie hatte das vom Papa: sie konnte mit ganzen Haufen von Sünden aufwarten, nur wenn sie einmal wirklich eine beging, so erfuhr der Beichtvater gewiss nichts davon.

»Schreib, Olga«, flüsterte sie, »dann leih ich dir acht dicke Sünden.«

»Zehn«, forderte die Prinzessin. Und Frieda Gontram nickte; es kam ihr gar nicht darauf an, sie hätte zwanzig Sünden gegeben, um nicht schreiben zu müssen.

Olga Wolkonski setzte sich an den Tisch, nahm die Feder und sah fragend auf.

»Also schreib!«, sagte der Justizrat. »Verehrte Frau Fürstin – –«

»Ist das für die Mama?«, fragte die Prinzess.

»Natürlich, für wen denn sonst? Schreib! – Verehrte Frau Fürstin –«

Die Prinzess schrieb nicht. »Wenn es für die Mama ist, kann ich doch auch schreiben: Liebe Mama!«

Der Justizrat wurde ungeduldig. »Schreib, was du willst, Kind, nur schreib.«

Und sie schrieb: »Liebe Mama!«

Und dann weiter nach dem Diktat des Justizrats:

»Leider muss ich Ihnen mitteilen, dass unsere Angelegenheit nicht recht weiterkommt. Ich muss soviel nachdenken und man kann nicht nachdenken, wenn man nichts zu trinken hat. Wir haben aber keinen Tropfen Sekt mehr im Hause. Schicken Sie uns also gefälligst, im Interesse Ihres Prozesses, einen Korb Bowlensekt, einen Korb Pommery und sechs Flaschen – –«

»St. Marceaux!«, rief der kleine Rechtsanwalt.

»St. Marceaux –« fuhr der Justizrat fort. »Das ist nämlich die Lieblingsmarke von Collega Manasse, der auch manchmal hilft.

Mit besten Grüßen

Ihr –«

»Nun sehen Sie, Collega«, sagte er, »wie bitter unrecht ihr mir tut! Nicht allein diktier ich den Brief, ich unterschreib ihn auch noch eigenhändig!« Und er setzte seinen Namen hin.

Frieda wandte sich halb um vom Fenster. »Seid ihr fertig? Ja? Na, dann will ich euch nur sagen, dass es ganz unnötig war. Eben ist Olgas Mama vorgefahren und kommt nun gerade durch den Garten.« – Sie hatte die Fürstin längst gesehen, hatte aber hübsch still geschwiegen und nicht unterbrochen. Wenn die Olga schon zehn schöne Sünden bekam, so sollte sie doch auch etwas arbeiten dafür! So waren alle die Gontrams, Vater, Mutter und Kinder: sie arbeiteten sehr, sehr ungern, aber sie sahen recht gerne zu, wenn das andere taten.

Die Fürstin trat ein, dick und aufgeschwemmt, große Brillanten an den Fingern und den Ohren, am Halse und im Haar, maßlos ordinär. Sie war eine ungarländische Gräfin oder Baronin; irgendwo im Orient hatte sie den Fürsten kennen gelernt. Eine Heirat war zustande gekommen, das war sicher; aber sicher war auch, dass gleich von Anfang an von beiden Seiten geschwindelt wurde. Sie wollte diese Ehe, die aus irgendwelchen Gründen von vornherein unmöglich war, dennoch gesetzlich durchsetzen, und der Fürst wollte dieselbe Ehe, die er wohl für möglich hielt, durch kleine Formfehler gleich beim Abschluss zu einer ungültigen machen. Ein Netz von Lügen und frechem Schwindel: ein wahres Fressen für Herrn Sebastian Gontram. Alles wankte hier, nichts stand fest, jede kleinste Behauptung wurde prompt von der Gegenseite widerlegt, jeder Schatten eines festen Gesetzes wurde durch das eines andern Staates wieder ausgelöscht. Nur eins blieb: die kleine Prinzess – – sowohl Fürst wie Fürstin bekannten sich als Vater und Mutter und beanspruchten Olga für sich: dieses Produkt ihrer seltsamen Ehe, dem so viele Millionen zufallen mussten. Die Mutter war im Vorteil zur Zeit, war im Recht der Besitzenden –

»Setzen Sie sich, Frau Fürstin!« Der Justizrat hätte sich eher die Zunge abgebissen, als diese Frau ›Durchlaucht‹ anzureden; sie war seine Klientin und er behandelte sie nicht um ein Haar besser, wie die letzte Bauernfrau. »Legen Sie doch ab!« Aber er half ihr nicht.

»Wir haben gerade an Sie geschrieben«, fuhr er fort. Und er las ihr den schönen Brief vor.

»Aber bitte sehr!«, rief die Fürstin Wolkonski. »Aber gewiss doch! Wird morgen in der Früh besorgt!« Sie öffnete ihre Tasche und zog einen schweren Brief heraus. »Sehen Sie, verehrter Herr Justizrat, gerade wegen unserer Sache kam ich. Da ist ein Schreiben vom Obergespan Grafen Ormos aus Groß-Becskerekgyartelep, wissen Sie – –«

Herr Gontram runzelte die Stirne: das fehlte noch! Selbst der König hätte ihm keine Arbeit zumuten dürfen, wenn er abends zu Hause war. Er stand auf, nahm den Brief. »Ist schon gut«, sagte er, »schon gut, das erledigen wir alles morgen im Bureau.«

Sie wehrte sich. »Aber es ist sehr eilig. Ist sehr wichtig – –«

Der Justizrat unterbrach sie. »Eilig? Wichtig? Nun sagen Sie mir bloß, was verstehen Sie davon, ob etwas eilig oder wichtig ist? Gar nichts! Nur im Bureau kann man das beurteilen.« Dann, im Tone wohlwollenden Vorwurfs: »Frau Fürstin, Sie sind doch eine gebildete Frau! Sie haben doch auch so eine Art von Erziehung genossen!? – Da müssen Sie doch wissen, dass man Leute nicht des Abends zu Hause mit Geschäften belästigt.«

Sie beharrte noch immer. »Aber im Bureau kann ich Sie ja doch nie erwischen, verehrter Herr Justizrat. Ich war in dieser Woche allein viermal – «

Nun wurde er fast ärgerlich. »Kommen Sie nächste Woche! Meinen Sie denn, dass man nur Ihren Kram allein hätte? Was glauben Sie wohl, was man sonst noch alles zu tun hat? Was mich allein der Mörder Houten für eine Zeit kostet? Und da handelt es sich um den Kopf und nicht nur um eine Handvoll Milliönchen.« Und er begann, schnurrte ab, unaufhörlich, erzählte eine ewige Geschichte von diesem merkwürdigen Räuberhauptmann, der nur in seiner Phantasie lebte, und von den juristischen Heldentaten, die er für diesen unvergleichlichen Lustmörder vollbrachte.

Die Fürstin seufzte, aber sie hörte zu. Lachte auch manchmal, immer am falschen Platze. Sie war die einzige von all seinen vielen Zuhörern, die nie fühlte, wie er log, und sie war auch die einzige, die seinen Witz nicht verstand.

»Nette Geschichten für die Kinder!«, kläffte Rechtsanwalt Manasse. Die beiden Mädchen hörten gierig zu, starrten den Justizrat an mit weit offenen Augen und Mündern.

Aber der ließ sich nicht unterbrechen. »Ach was, an so was kann man sich nicht früh genug gewöhnen.« Er tat so, als wenn Lustmörder das Allergewöhnlichste seien, was es gäbe im Leben, als ob man ihnen jeden Tag dutzendweise begegne.

Endlich war er zu Ende, sah nach der Uhr. »Zehn schon! Die Kinder müssen zu Bett! Trinkt noch rasch eine Glas Bowle.«

Die Mädchen tranken, aber die Prinzess erklärte, dass sie auf keinen Fall nach Hause ginge. Sie habe solche Angst und könne nicht allein schlafen. Und mit ihrer Miss auch nicht – – vielleicht sei die auch so ein verkleideter Lustmörder. Sie wolle bei ihrer Freundin bleiben. Sie fragte ihre Mama erst gar nicht, nur Frieda und deren Mutter.

»Meinswegen!«, sagte Frau Gontram. »Aber verschlaft euch nicht, dass ihr zur rechten Zeit in die Kirch kommt.«

Die Mädchen knixten und gingen hinaus. Arm in Arm, eng umfasst.

»Fürchtest du dich auch?«, fragte die Prinzess.

Frieda sagte: »Es ist alles gelogen, was der Papa sagt.« Aber Angst hatte sie trotzdem. Angst – – und daneben ein seltsames Wunschgefühl nach diesen Dingen. Nicht sie zu erleben – o nein, gewiss nicht. Aber sie sich auszudenken, sie auch so erzählen zu können. »Ach, das wären Sünden für die Beichte!«, seufzte sie.

Oben trank man die Bowle aus, Frau Gontram rauchte noch eine letzte Zigarre. Herr Manasse war aufgestanden, hinausgegangen ins Nebenzimmer. Und der Justizrat erzählte der Fürstin eine neue Geschichte. Sie versteckte ihr Gähnen hinter dem Fächer, versuchte immer wieder auch einmal zu Wort zu kommen.

»Ach ja, liebster Herr Justizrat«, sagte sie rasch, »ich vergaß es fast! Darf ich Ihre Frau Gemahlin morgen mittag mit dem Wagen abholen? Ein bisschen mitnehmen nach Rolandseck?«

»Gewiss«, antwortete er, »gewiss – – wenn sie will.«

Aber Frau Gontram sagte: »Ich kann nich ausfahre.«

»Und warum denn nicht?«, fragte die Fürstin. »Es würde Ihnen doch gewiss recht gut tun, ein wenig hinauszukommen in die frische Frühlingsluft.«

Frau Gontram nahm langsam die Zigarre aus den Zähnen. »Ich kann nich ausfahre. Ich han keine anständige Hut aufzusetze – –«

Die Fürstin lachte, tat, als ob das ein Scherz hätte sein sollen. Sie wolle gleich morgen die Modistin schicken, mit neuen Frühlingsmodellen zum Aussuchen –

»Meinswegen«, sagte Frau Gontram. »Aber dann schicken Se die Becker, die von der Quirinusjass – die hat de besten.« Sie erhob sich langsam, betrachtete bedächtig ihren ausgebrannten Stummel. »Un jetzt jeh ich schlafe – gute Nacht!«

»O ja, es ist Zeit, ich muss auch gehen!«, rief die Fürstin hastig. Der Justizrat brachte sie hinunter, durch den Garten zur Straße. Half ihr in die Equipage, schloss dann bedächtig das Gartentor.

Als er zurückkam, stand seine Frau in der Haustüre, die brennende Kerze in der Hand.

»Mer könne nich zu Bett jehe«, sagte sie ruhig.

»Was?«, fragte er. »Warum denn nicht?«

Sie wiederholte: »Mer könne nich zu Bett jehe. – Dä Manasse liegt als im Bett!«

Sie stiegen die Treppen hinauf in den zweiten Stock, gingen ins Schlafzimmer. In dem riesigen Ehebett lag, hübsch quer und fest schlafend, der kleine Rechtsanwalt. Seine Kleider hingen sorgfältig über dem Stuhl, die Stiefel standen daneben. Ein reines Nachthemd hatte er aus dem Schrank genommen und angezogen. Neben ihm, wie ein Igeljunges, knüllte sich sein Cyklop.

Justizrat Gontram nahm die Kerze und leuchtete.

»Und der Mann schimpft mich aus, dass ich faul sei!«, sagte er in kopfschüttelnder Verwunderung. »Und ist selbst zu faul, um nach Haus zu gehen!«

»Sss!«, machte Frau Gontram. »Sss, sonst weckste se alle beide auf.«

Sie nahmen Bettzeug und Nachtwäsche aus dem Schranke und gingen. Ganz leise. Frau Gontram machte unten zwei Lager zurecht, auf den Sofas.

Da schliefen sie.

Alle schliefen im weiten Hause. Unten neben der Küche Billa, die starke Küchenmagd, bei ihr die drei Hunde; im Nebenzimmer die vier wilden Buben, Philipp, Paulche, Emilche und Jösefche. Oben schliefen die beiden Freundinnen, in Friedas großem Balkonzimmer; schlief nebenan Wölfche mit seinem schwarzen Tabakschnuller; schliefen im Salon Herr Sebastian Gontram und seine Frau. Im zweiten Stock schnarchten um die Wette Herr Manasse und sein Cyklop, und ganz oben, in der Mansarde, schlief Söfchen das Stubenmädchen, das vom Tanzboden zurückgekommen und leise hinaufgeschlichen war über die Treppe. Sie alle schliefen, schliefen. Zwölf Menschenkinder und vier scharfe Hunde.

Aber irgend etwas schlief nicht. Schlurfte langsam um das weite Haus – Draußen, am Garten vorbei, zog der Rhein. Hob seine in Mauern geschnürte Brust, schaute in die schlafenden Villen, drängte sich eng an den Alten Zoll. Katzen und Kater schoben sich durch die Büsche, fauchten, bissen, schlugen einander, fuhren los mit runden, heiß funkelnden Augen. Nahmen sich, lüstern, versagend, in schmerzender, quälender Lust –

Und hinten, weit hinten aus der Stadt her, tönte der trunkene Sang wilder Studenten –

Etwas kroch um das weiße Haus am Rhein. Schlich durch den Garten, vorbei an zerbrochenen Bänken und lahmen Stühlen. Schaute wohlgefällig auf das Sabbathtreiben der liebegierigen Katzen –

Stieg um das Haus. Kratzte mit hartem Nagel an die Wände, dass der Stuck klirrend herabfiel. Knipste auch an die Türe, dass sie leise erbebte. Wie ein Wind, so leicht.

Dann war es im Haus. Schlurfte über alle Treppen, kroch bedächtig durch alle Zimmer. Blieb stehn, sah sich rings um, still lächelnd.

Schweres Silber stand im Mahagonibüfett, reiche Schätze aus der Kaiserzeit. Aber die Fensterscheiben waren gesprungen und die Sprünge mit Papier verklebt. Holländer hingen an den Wänden, gute Bilder von Koekkoek, Verboekhvoeven, Verwée und Jan Stobbaerts. Aber sie hatten Löcher und die alten Goldrahmen waren schwarz von Spinnweben. Aus des Erzbischofs bestem Saale stammte der herrliche Lüster – aber seine zerbrochenen Kristalle klebten von Fliegendreck.

Etwas schlich durch das stille Haus. Und wo es hinkam, da brach etwas. Nur ein Nichts fast, nur eine unnennbare Kleinigkeit. Aber wieder und immer wieder.

Wo es hinkam, wuchs aus der Nacht ein kleinstes Geräusch. Knirschte hell eine Diele, löste sich ein Nagel, bog sich ein altes Möbel. Knarrte es in den verquollenen Läden oder klirrte seltsam zwischen den Gläsern –

Alles schlief in dem großen Hause am Rhein. Aber irgend etwas schlurfte langsam herum –

Zweites Kapitel, das erzählt, wie es geschah, dass man Alraune erdachte

Die Sonne war schon herunter, und die Kerzen brannten im Kronleuchter des Festzimmers, als Geheimrat ten Brinken eintrat. Er sah feierlich genug aus, war im Frack, den großen Stern auf dem weißen Hemd und die Goldkette im Knopfloch, von der zwanzig kleine Orden baumelten. Der Justizrat stand auf, begrüßte ihn, stellte ihn vor, und der alte Herr ging herum um die Tafel mit einem abgetragenen Lächeln, sagte jedem ein süßes Wort. Bei den Festmädchen blieb er stehn, überreichte ihnen hübsche Lederetuis mit Goldringen, einen Saphir für die blonde Frieda und einen Rubin für die schwarze Olga. Hielt ihnen beiden eine sehr weise Ansprache.

»Wollen Sie nachexerzieren, Herr Geheimrat?«, fragte Herr Sebastian Gontram. »Wir sitzen schon seit vier Uhr da – siebzehn Gänge! Fein, was? Da ist das Menü – suchen Sie sich was aus!« Aber der Geheimrat dankte, er habe schon gegessen –

Dann trat Frau Gontram ins Zimmer. Im blauen, etwas altmodischen, seidenen Schleppkleide, hochfrisiert.

»Mer könne kein Eis esse«, rief sie, »dat Billa hat dä Fürst Pückler in der Backofe jestellt!«

Da lachten die Gäste: so etwas musste ja kommen, sonst fühlte man sich nicht wohl im Gontramhause. Und Rechtsanwalt Manasse rief, man solle die Schüssel hereinholen, das sähe man nicht alle Tage: Fürst Pückler frisch aus dem Backofen!

Geheimrat ten Brinken suchte nach einem Stuhle. Er war ein kleiner Mann. Glattrasiert, dicke Tränensäcke unter den Augen; er war hässlich genug. Wülstig hingen die Lippen, fleischig die große Nase. Tief hing deckend das Lid über dem linken Auge, aber das rechte stand weit offen, schielte lauernd hinaus.

Jemand sagte hinter ihm: »Tag, Ohm Jakob.«

Das war Frank Braun.

Der Geheimrat wandte sich, es schien ihm wenig angenehm, den Neffen hier zu treffen. »Du hier?«, fragte er. »Nun, ich hätte es mir eigentlich denken können.«

Der Student lachte. »Aber natürlich! Bist ja so weise, Onkel. Übrigens bist du ja auch da. Und bist da, ganz offiziell, als Wirklicher Geheimer und als Universitätsprofessor, im stolzen Schmucke all deiner Orden. Ich aber bin nur ganz inkognito da – – das Korpsband steckt in der Westentasche.«

»Das beweist eben dein schlechtes Gewissen«, sagte der Onkel. »Wenn du erst –«

»Ja, ja!«, unterbrach ihn Frank Braun. »Ich weiß es schon. Wenn ich erst so alt bin wie du, dann darf – – und so weiter – – das wolltest du doch sagen? Allen Heiligen sei Dank, dass ich noch nicht zwanzig bin, Ohm Jakob. Ich befinde mich ganz wohl dabei.«

Der Geheimrat setzte sich. »Ganz wohl, das kann ich mir denken. Bist im vierten Semester und tust nichts als raufen und saufen, fechten, reiten, lieben und dumme Streiche machen! Hat dich darum deine Mutter zur Universität geschickt? – Sag, Junge, warst du überhaupt schon einmal in einem Kolleg?«

Der Student füllte zwei Kelche. »Da, Ohm Jakob, trink, dann wirst du's leichter ertragen! Also: im Kolleg war ich schon, und zwar nicht nur in einem, sondern in einer ganzen Reihe. In jedem genau einmal – – und öfter gedenke ich auch nicht mehr hinzugehen. – Prosit!«

»Prosit!«, sagte der Geheimrat. »Und du meinst, das sei völlig genug?«

»Genug?«, lachte Frank Braun. »Ich meine, es sei sogar viel zu viel. Sei vollkommen überflüssig gewesen! Was soll ich im Kolleg? Es ist schon möglich, dass andere Studenten eine ganze Masse lernen können bei euch Professoren, aber ihr Hirn muss dann eingestellt sein auf diese Methode. Meins ist es nicht. Ich finde euch alle, jeden einzelnen, unglaublich albern und langweilig und dumm.«

Der Professor sah ihn groß an. »Du bist ungeheuer arrogant, mein lieber Junge«, sagte er ruhig.

»Wirklich?« Der Student lehnte sich zurück, schlug die Beine übereinander. »Wirklich? Ich glaube es kaum, aber ich meine, wenn's auch so wäre, möchte es nichts schaden. Denn sieh mal, Ohm Jakob, ich weiß doch genau, warum ich das sage. Erstens, um dich ein bisschen zu ärgern – – du siehst nämlich sehr komisch aus, wenn du dich ärgerst. Und zweitens, um nachher zu hören von dir, dass ich doch recht habe. Du, Onkel, zum Beispiel, bist ganz gewiss ein recht schlauer alter Fuchs, sehr gescheit und sehr klug und du weißt eine ganze Menge. Aber im

Kolleg, siehst du, bist du ebenso unerträglich wie deine verehrten Herren Kollegen. – Sag selber, möchtest du sie vielleicht im Kolleg genießen?«

»Ich? – Nun, ganz gewiss nicht«, sagte der Professor. »Aber das ist auch ein ander Ding. Wenn du erst – na ja, du weißt es schon. – Aber nun sag mir, Junge, was in aller Welt führt dich hierher? Du wirst mir zugeben müssen, dass es nicht ein Haus ist, in dem dich deine Mutter gerne sehen möchte. Was mich anbetrifft –«

»Schon gut!«, rief Frank Braun. »Was dich angeht, so weiß ich Bescheid. Du hast dieses Haus an Gontram vermietet und da er sicher kein pünktlicher Zahler ist, so ist es immer gut, wenn man sich von Zeit zu Zeit sehen lässt. Und seine schwindsüchtige Frau interessiert dich natürlich als Mediziner – – alle Ärzte der Stadt sind ja begeistert von diesem Phänomen ohne Lungen. Dann ist da noch die Fürstin, der du gerne dein Schlösschen in Mehlem verkaufen möchtest. – Und schließlich, Onkelchen, sind die zwei Backfische da, hübsches frisches Gemüse, nicht wahr? – Oh, in allen Ehren natürlich, bei dir ist immer alles in allen Ehren, Ohm Jakob!«

Er schwieg, brannte eine Zigarette an und stieß den Rauch aus. Der Geheimrat schielte ihn an mit dem rechten Auge, giftig und lauernd.

»Was willst du damit sagen?«, fragte er leise.

Der Student lachte kurz auf. »O nichts, gar nichts!« Er stand auf, nahm vom Ecktisch eine Zigarrenkiste, öffnete sie, reichte sie dem Geheimrat hin. »Da rauch, lieber Oheim. Romeo und Juliette, deine Marke! Der Justizrat hat sich gewiss nur für dich in die Unkosten gestürzt.«

»Danke!«, knurrte der Professor. »Danke! – Noch einmal: was willst du damit sagen?«

Frank Braun rückte seinen Stuhl näher heran.

»Ich will dir antworten, Ohm Jakob. – Ich mag nicht mehr leiden, dass du mir Vorwürfe machst, hörst du? Ich weiß selbst recht gut, dass das Leben ein wenig wüst ist, das ich führe. Aber lass das – – dich geht's nichts an. Ich bitte dich ja nicht, meine Schulden zu zahlen. Nur verlang ich, Onkel, dass du nie wieder solche Briefe schreibst nach Hause. Du wirst schreiben, dass ich sehr tugendhaft, sehr moralisch sei, tüchtig arbeite, Fortschritte mache. Und solches Zeug. – Verstehst du?«

»Da müsste ich ja lügen«, sagte der Geheimrat. Es sollte liebenswürdig klingen und witzig, aber es klang schleimig, als ob eine Schnecke ihren Weg zöge.

Der Student sah ihn voll an. »Ja, Onkel, da sollst du eben lügen. Nicht meinetwegen, das weißt du wohl. Der Mutter wegen.« Er stockte einen Augenblick, leerte sein Glas. »Und um diese Bitte, dass du der Mutter was vorlügen mögest, ein wenig zu unterstützen, will ich dir nun auch erzählen, was ich vorhin – – damit sagen wollte.«

»Ich bin neugierig«, sagte der Geheimrat. Ein wenig fragend, unsicher.

»Du kennst mein Leben«, fuhr der Student fort und seine Stimme klang bitter ernst, »du weißt, dass ich – heute noch – ein dummer Junge bin. So meinst du, weil du ein alter und kluger Mann bist, hochgelehrt, reich, überall bekannt, bedeckt mit Titeln und Orden, weil du dazu mein Oheim bist und meiner Mutter einziger Bruder, dass du ein Recht habest, mich zu erziehen. Recht oder nicht – du wirst es nie tun; niemand wird es tun – nur das Leben.«

Der Professor klatschte sich auf die Knie, lachte breit.

»Ja, ja – das Leben! Warte nur, Junge, es wird dich schon erziehen. Es hat scharfe Kanten und Ecken genug. Hat auch hübsche Regeln und Gesetze, gute Schranken und Stachelzäune.«

Frank Braun antwortete: »Die sind nicht für mich da. Für mich so wenig wie für dich. Hast du, Ohm Jakob, die Kanten abgeschlagen, die Stacheldrähte durchschnitten und gelacht über alle Gesetze – – nun wohl, so werde ich es auch können.«

»Hör zu, Onkel«, fuhr er fort, »ich kenne auch dein Leben gut genug. Die ganze Stadt kennt es und die Spatzen pfeifen deine kleinen Scherze von den Dächern. Aber die Menschen tuscheln nur, erzählen sich's in den Ecken, weil sie Angst haben vor dir, vor deiner Klugheit und deinem Gelde, vor deiner Macht und deiner Energie. – Ich weiß, woran die kleine Anna Paulert starb, weiß warum dein hübscher Gärtnerbursche so schnell fort musste nach Amerika. Ich kenne noch manche deiner kleiner Geschichten. Ah, ich goutiere sie nicht, gewiss nicht. Aber ich nehme sie dir auch nicht übel. Bewundere dich vielleicht ein wenig, weil du, wie ein kleiner König, so viele Dinge ungestraft tun kannst. – Nur begreif ich nicht recht, wie du Erfolg haben kannst bei all den Kindern – – du, mit deiner hässlichen Fratze.«

Der Geheimrat spielte mit seiner Uhrkette. Sah dann seinen Neffen an, ruhig, fast geschmeichelt. Er sprach: »Nicht wahr, das begreifst du nicht recht?«

Und der Student sagte: »Nein, ganz und gar nicht. Aber ich begreife gut, wie du dazu kommst! Längst hast du alles, was du willst, alles, was ein Mensch haben kann in den normalen Grenzen des Bürgertums. Da willst du hinaus. Der Bach langweilt sich in seinem alten Bett, tritt hier und da frech über die engen Ufer. – Es ist das Blut.«

Der Professor hob sein Glas, rückte es hinüber. »Gieß mir ein, mein Junge«, sagte er. Seine Stimme zitterte ein wenig und es klang eine gewisse Feierlichkeit heraus. »Du hast recht: es ist das Blut. Dein Blut und mein Blut.« Er trank und streckte seinem Neffen die Hand hin.

»Du wirst an Mutter so schreiben, wie ich es gerne möchte?«, fragte Frank Braun.

»Ja, das werde ich!«, antwortete der Alte.

Und der Student sagte: »Danke, Ohm Jakob.« Dann nahm er die ausgestreckte Hand. »Und nun geh, alter Don Juan, ruf dir die Kommunikantinnen! Sehen hübsch aus in ihren heiligen Kleidchen, alle beide, was?«

»Hm!«, machte der Onkel, »Dir scheinen sie auch nicht schlecht zu gefallen?«

Frank Braun lachte. »Mir? Ach du mein Gott! – Nein, Ohm Jakob, da bin ich kein Rivale – heute noch nicht, heute hab ich noch höhere Ambitionen. Vielleicht – wenn ich einmal so alt bin wie du! – Aber ich bin nicht ihr Tugendwächter und die zwei Feströschen wollen ja nichts Besseres, als gepflückt werden. Einer tut's, und in kürzester Zeit – warum du nicht? Heh, Olga, Frieda! Kommt einmal her!«

Aber die beiden Mädchen kamen gar nicht heran, drängten sich an Herrn Dr. Mohnen, der ihre Gläser füllte und ihnen zweideutige Geschichten erzählte.

Die Fürstin kam; Frank Braun stand auf und bot ihr seinen Platz. »Bleiben Sie, bleiben Sie!«, rief sie. »Ich habe ja noch gar nicht mit Ihnen plaudern können!«

»Einen Augenblick, Durchlaucht, ich will nur eine Zigarette holen«, sagte der Student. »Und mein Onkel freut sich schon die ganze Zeit darauf, Ihnen seine Komplimente machen zu dürfen.«

Der Geheimrat freute sich gar nicht darauf, hätte viel lieber die kleine Prinzess da sitzen gehabt. Nun aber unterhielt er die Mutter –

Frank Braun trat zum Fenster, als der Justizrat Frau Marion zum Flügel führte. Herr Gontram setzte sich nieder, drehte sich im Klavierstuhl und sagte: »Ich bitte um ein wenig Ruhe. Frau Marion wird uns ein Liedchen vorsingen.« – Er wandte sich zu seiner Dame. »Na, was denn, liebe Frau? – Wahrscheinlich wieder mal ›Les Papillons‹? Oder vielleicht ›Il baccio‹ von Arditi? – Na, geben Sie nur her!«

Der Student schaute hinüber. Sie war immer noch schön, diese alte, aufgemachte Dame, und man glaubte ihr schon die vielen Aventüren, die über sie erzählt wurden. Damals, als sie die gefeierteste Diva Europas war. Nun aber lebte sie schon seit bald einem Vierteljahrhundert in dieser Stadt, still, zurückgezogen in ihrer kleinen Villa. Machte jeden

Abend einen langen Spaziergang durch ihren Garten, weinte dort eine halbe Stunde an dem blumigen Grabe ihres Hündchens –

Jetzt sang sie. Längst gebrochen war diese herrliche Stimme, aber doch war ein seltener Zauber in ihrem Vortrage aus alter Schule. Auf den geschminkten Lippen lag das alte Lächeln der Siegerin und unter dem dicken Puder versuchten die Züge ihre ewige Pose bestrickender Lieblichkeit. Ihre dicke, verfettete Hand spielte mit dem Elfenbeinfächer und die Augen suchten wie einst aus allen Ritzen den Beifall zu ziehen.

O ja, sie passte hierher, Madame Marion Vère de Vère, passte in dies Haus, wie alle andern, die zu Gast waren. Frank Braun sah sich um. Da saß sein teurer Onkel mit der Fürstin, und hinter ihnen, an die Tür gelehnt, standen Rechtsanwalt Manasse und Hochwürden Kaplan Schröder. Dieser dürre, lange, schwarze Kaplan Schröder, der der beste Weinkenner war an der Mosel und an der Saar, der den erlesensten Keller führte und ohne den eine Weinprobe schier unmöglich schien im Lande. Schröder, der ein unendlich kluges Buch geschrieben hatte über des Plotinus krause Philosophie und der zugleich die Possen schrieb für das Puppentheater des Kölner Hänneschen. Der ein glühender Partikularist war, der die Preußen hasste, der, wenn er vom Kaiser sprach, nur an den ersten Napoleon dachte und alljährlich am fünften Mai nach Köln hinüberfuhr, um in der Minoritenkirche dem feierlichen Hochamte für die Toten der ›Grande Armée‹ beizuwohnen.

Da saß der gewaltige, goldbebrillte Stanislaus Schacht, cand. phil. im sechzehnten Semester, zu behäbig, zu faul sich auch nur zu erheben vom Stuhle. Seit Jahren wohnte er, als möblierter Herr, bei Frau Witwe Prof. Dr. v. Dollinger – – nun waren ihm längst Hausherrnrechte dort eingeräumt. Und diese kleine, hässliche, überschlanke Frau saß bei ihm, füllte ihm immer von neuem das Glas, lud immer höhere Portionen Kuchen auf seinen Teller. Sie aß nichts – aber sie trank nicht weniger wie er. Und mit jedem neuen Glas wuchs ihre Zärtlichkeit; liebend strich sie die knochigen Finger über seine mächtigen Fleischerarme.

Neben ihr stand Karl Mohnen, Dr. jur. und Dr. phil. Er war ein Schulkamerad von Schacht und dessen großer Freund, studierte nun ebensolange wie der. Nur musste er immer Examina machen, musste immer umsatteln; augenblicklich war er Philosoph und dicht vor seinem dritten Examen. Er sah aus wie ein Kommis im Warenhaus, rasch, hastig und immer bewegt; Frank Braun dachte, dass er sicher noch einmal zum Kaufmann übergehen würde. Da würde er gewiss sein Glück machen, so in der Konfektionsbranche, wo er Damen zu bedienen hätte. Er suchte immer nach einer reichen Partie – – auf der Straße. Machte

Fensterpromenaden, hatte auch ein artiges Geschick, Bekanntschaften anzuknüpfen. Besonders reisende Engländerinnen krallte er gern an, aber leider – hatten sie nie Geld.

Noch einer war da, der kleine Husarenleutnant mit dem schwarzen Schnurrbärtchen, der jetzt plauderte mit den Mädchen. Er, der junge Graf Geroldingen, der in jeder Theatervorstellung hinter den Kulissen zu finden war, der ganz hübsch malte, talentvoll geigte und dabei doch der beste Rennreiter war im Regiment. Und der nun Olga und Frieda etwas von Beethoven erzählte, was sie grässlich langweilte und was sie nur anhörten, weil er ein so hübscher kleiner Leutnant war.

O ja, sie gehörten alle hierher, ohne Ausnahme. Hatten alle ein wenig Zigeunerblut – trotz ihrer Titel und Orden, trotz Tonsuren und Uniformen, trotz Brillanten und goldenen Brillen, trotz aller bürgerlichen Stellungen. Waren irgendwo angefressen, machten irgendwie kleine Umwege, seitab von den eingefassten Pfaden bürgerlichen Anstandes.

Ein Gebrüll ertönte, mitten hinein in Frau Marions Gesang. Es waren die Gontrambuben, die sich prügelten auf der Treppe; ihre Mutter ging hinaus, sie zur Ruhe zu bringen. Dann kreischte Wölfchen im Nebenzimmer und die Mädchen mussten das Kind hinauftragen in die Mansarden. Sie nahmen Cyklop mit, betteten beide zusammen in den engen Kinderwagen.

Und Frau Marion begann ihr zweites Lied: den ›Schattentanz‹ aus Meyerbeers Dinorah.

– Die Fürstin fragte den Geheimrat nach seinen neuesten Versuchen. Ob sie wieder einmal kommen dürfe die merkwürdigen Frösche zu sehen, die Lurche und die hübschen Äffchen?

Ja gewiss, sie möge nur kommen. Auch die neue Rosenzucht solle sie sich ansehen, in seinem Mehlemer Schlösschen, und die großen weißen Kamelienhecken, die sein Gärtner dort anpflanzte.

Aber der Fürstin waren die Frösche und Affen interessanter als die Rosen und Kamelien. Und so erzählte er von seinen Versuchen der Übertragung von Keimzellen und der künstlichen Befruchtung. Sagte ihr, dass er gerade ein hübsches Fröschlein da habe mit zwei Kopfenden und ein anderes mit vierzehn Augen auf dem Rücken. Setzte ihr auseinander, wie er die Keimzellen ausschneide aus der Kaulquappe und sie übertrage auf ein anderes Individuum. Und wie sich die Zellen fröhlich weiter entwickelten im neuen Leibe und nach der Verwandlung Köpfe und Schwänze, Augen und Beine hervortrieben. Sprach ihr dann von seinen Affenversuchen, erzählte, dass er zwei junge Meerkatzen habe, deren jungfräuliche Mutter, die sie nun säugte, nie einen männlichen Affen sah –

Das interessierte sie am meisten. Sie fragte nach allen Details, ließ sich bis ins kleinste genau auseinandersetzen, wie er es anstelle, ließ sich alle griechischen und lateinischen Worte, die sie nicht verstand, hübsch in deutsch wiedergeben. Und der Geheimrat triefte von unflätigen Redensarten und Gebärden. Der Speichel tropfte ihm aus den Mundwinkeln, lief über die schleppende, hängende Unterlippe. Er genoss dieses Spiel, dieses koprolale Geschwätz, schlürfte wollüstig die Klänge schamloser Worte. Und dann, dicht bei einem besonders widerlichen Worte, warf er sein ›Durchlaucht‹ hinein, trank mit Entzücken den Kitzel dieses Gegensatzes.

Sie aber lauschte ihm, hochrot, aufgeregt, zitternd fast, sog mit allen Poren diese Bordellatmosphäre, die sich breit aufputzte in dem dünnen wissenschaftlichen Fähnchen –

»Befruchten Sie nur Äffinnen, Herr Geheimrat?«, fragte sie atemlos.

»Nein«, sagte er, »auch Ratten und Meerschweinchen. Wollen Sie einmal zusehen, Durchlaucht, wenn ich – –« Er senkte seine Stimme, flüsterte beinahe.

Und sie rief: »Ja, ja! Das muss ich sehen! Gerne, sehr gerne! – – Wann denn?« – Und sie fügte hinzu, mit schlecht gemachter Würde: »Denn wissen Sie, Herr Geheimrat, nichts interessiert mich mehr als medizinische Studien. – Ich glaube, ich wäre ein sehr tüchtiger Arzt geworden.«

Er sah sie an, breit grinsend. »Zweifellos, Durchlaucht!« Und er dachte, dass sie gewiss noch eine viel bessere Bordellmutter geworden wäre. Aber er hatte sein Fischlein im Garn. Begann wieder von der Rosenzucht und den Kamelienhecken und seinem Schlösschen am Rhein. Es sei ihm so lästig, und er habe es nur aus Gutmütigkeit übernommen. Und die Lage sei eine so ausgezeichnete – – und erst die Aussicht. – Und vielleicht, wenn Ihre Durchlaucht sich nun endlich entschließen wolle, könne –

Die Fürstin Wolkonski entschloss sich, ohne einen Augenblick zu zögern. »Ja, Herr Geheimrat, ja gewiss, natürlich nehme ich das Schlösschen!« – Sie sah Frank Braun vorbeigehn und rief ihn an: »Ach, Herr Studiosus! Herr Studiosus! Kommen Sie doch! Ihr Herr Onkel hat mir versprochen, mir einige seiner Experimente zu zeigen – – ist das nicht entzückend liebenswürdig? Haben sie es auch schon einmal gesehen?«

»Nein«, sagte Frank Braun. »Es interessiert mich gar nicht.«

Er wandte sich, aber sie hielt ihn am Ärmel fest. »Geben Sie – geben Sie mir eine Zigarette! Und – ach ja, bitte ein Glas Sekt.« Sie zitterte im heißen Kitzel, über ihre Fleischmassen kroch ein perlender Schweiß. Ihre groben Sinne, aufgepeitscht von den schamlosen Reden des Alten, suchten ein Ziel, brachen wie breite Wogen über den jungen Burschen.

»Sagen Sie mir, Herr Studiosus – –« ihr Atem keuchte, ihre mächtigen Brüste drohten das Mieder zu sprengen. – »Sagen Sie mir – – glauben Sie, dass – dass der Herr Geheimrat – – seine Wissenschaft, seine Experimente mit der – der künstlichen Befruchtung – auch auf Menschen anwenden könnte?«

Sie wusste recht gut, dass er's nicht tat. Aber sie musste dieses Gespräch fortsetzen, weiterführen um jeden Preis. Da, mit diesem jungen und frischen, hübschen Studenten.

Frank Braun lachte, verstand instinktiv ihre Gedanken. »Aber natürlich, Durchlaucht«, sagte er leicht. »Ganz gewiss! – Der Onkel ist gerade dabei – hat ein neues Verfahren entdeckt, so fein, dass die betreffende arme Frau gar nichts davon merkt. Rein nichts – bis sie eines schönen Tages fühlt, dass sie schwanger ist – so im vierten oder fünften Monat! – Nehmen Sie sich in acht, Durchlaucht, vor dem Herrn Geheimrat, wer weiß, ob Sie nicht schon –«

»Um's Himmels willen!«, schrie die Fürstin.

»Ja, nicht wahr«, rief er, »das wäre doch unangenehm? – Wenn man so gar nichts davon gehabt hat!«

– Krach! Da fiel etwas von der Wand herunter, fiel Söfchen, dem Stubenmädchen, grad auf den Kopf. Und das Mädchen schrie laut auf, ließ im Schreck das silberne Tablett fallen, auf dem sie den Kaffee servierte.

»Schad um das schöne Sèvres!«, sagte Frau Gontram gleichmütig. »Wat war et denn?«

Dr. Mohnen nahm sich sogleich des weinenden Dienstmädchens an. Schnitt ihr einen Strang Haare weg, wusch die klaffenden Wundränder, stillte das Blut mit gelber Eisenchloridwatte. Vergaß dabei nicht, das hübsche Mädchen auf die Wangen zu klopfen und verstohlen an die straffen Brüste zu fassen. Gab ihr auch Wein zu trinken, sprach ihr zu, leise ins Ohr –

Aber der Husarenleutnant bückte sich, nahm das Ding auf, das das Unheil gestiftet hatte. Hob es hoch, betrachtete es von allen Seiten.

Da, an der Wand hingen alle möglichen merkwürdigen Gegenstände. Ein Kanakengötze, halb Mann und halb Weib, bunt bemalt mit gelben und roten Streifen. Zwei alte Reiterstiefel, unförmig schwer, mit mächtigen spanischen Sporen versehen. Allerhand rostige Waffen, dann, auf grauer Seide gedruckt, das Doktordiplom irgendeines alten Gontram, von der Jesuitenhochschule zu Sevilla. Hing ein wundervolles elfenbeinernes Kruzifix, mit Gold eingelegt; hing ein schwerer buddhistischer Rosenkranz aus großen grünen Jadesteinen.

Ganz oben aber hatte das Ding gehangen, das nun heruntergesprungen war; man sah gut den breiten Riss in der Tapete, wo es den Nagel weggezerrt hatte aus dem zermürbten Mörtel. Es war ein braunes staubiges Ding aus steinhartem Wurzelholz; wie ein uraltes, verrunzeltes Männlein sah es aus.

»Ach, et is unser Alräunche!«, sagte Frau Gontram. »Na, et is nur jut, dat jrad dat Söfche vorbeijing: dat is aus der Eifel und hat ene harte Schädel! – Wenn et et Wölfche jewesen wär, hätt ihm dat ekliche Männche jewiss dat weiche Köppche zerschlagen.«

Und der Justizrat erklärte: »Wir haben es nun schon ein paar hundert Jahre in der Familie. Es soll schon einmal eine solche Dummheit gemacht haben; mein Großvater erzählte, dass es ihm einmal in der Nacht auf den Kopf gesprungen sei. – Aber er wird wohl nur betrunken gewesen sein – – er trank immer gern ein gutes Tröpfchen.«

»Was ist's denn eigentlich? Und was macht man damit?«, fragte der Husarenleutnant.

»Nun, es bringt Geld ins Haus«, antwortete Herr Gontram. »Es ist so eine alte Sage. – Der Manasse wird Ihnen das sagen können. – Kommen Sie, Herr Collega, schnurren Sie ab, Herr Polyhistor! – Wie ist die Sage von den Alraunen?«

Aber der kleine Rechtsanwalt wollte nicht. »Ach was, jeder Mensch weiß es ja.«

»Keiner weiß es, Herr Rechtsanwalt«, rief ihm der Leutnant zu. »Keiner. Sie überschätzen mächtig die moderne Bildung.«

»So lejen Se doch los, Manasse«, sagte Frau Gontram. »Ich wollt et auch immer schon jern wisse, wat dat hässliche Ding eijentlich zu bedeute hat.«

Da begann er. Er sprach trocken, sachlich, als ob er irgendein Stück vorlese aus einem Buche. Überstürzte sich nicht, hob kaum seine Stimme. Und schwang dabei, wie einen Taktstock, das Wurzelmännchen in der rechten Hand, auf und nieder.

»Alraun, Albraune, Mandragora – auch Mandragola genannt, – Mandragora officinarum. Eine Pflanze, die zu den Solanazeen gehört, sie findet sich um das Mittelmeerbecken, dann in Südosteuropa und in Asien bis hin zum Himalaja. Blätter und Blüten halten ein Narkotikum, wurden früher häufig als Schlafmittel benutzt, auch geradezu bei Operationen verwandt von der berühmten Ärztehochschule zu Salerno. Auch rauchte man die Blätter und gab die Früchte in Liebestränke. Sie sollten zur Wollust reizen und dabei fruchtbar machen. Schon Jakob machte damit seinen kleinen Schwindel bei Labaans Herden: Dudaim nennt das Pentateuch die Pflanze. Aber die Hauptrolle in der Sage spielt die Wurzel. Ihre seltsame Ähnlichkeit mit einem alten Männlein oder Weiblein erwähnt bereits Pythagoras; schon zu seiner Zeit glaubte man sich mit ihr unsichtbar machen zu können, verwandte sie als Zaubermittel oder auch umgekehrt als einen Talisman gegen Hexerei. Im frühen Mittelalter, im Anschluss an die Kreuzzüge, entwickelte sich dann die deutsche Alraunsage. Der Verbrecher, splinternackt am Kreuzwege gehenkt, verliert in dem Augenblicke, in dem das Genick bricht, seinen letzten Samen. Dieser Samen fällt zur Erde und befruchtet sie: aus ihm entsteht das Alräunchen, ein Männlein oder Weiblein. Nachts zog man aus, es zu graben; wenn es zwölf Uhr schlug, musste man die Schaufel unter dem Galgen einsetzen. Aber man tat wohl, sich die Ohren fest zu verstopfen, mit Watte und gutem Wachs, denn wenn man das Männlein ausriss, schrie es so entsetzlich, dass man niederfiel vor Schreck – noch Shakespeare erzählt das. Dann trug man das Wurzelwesen nach Hause, verwahrte es wohl, brachte ihm von jeder Mahlzeit ein wenig zu essen und wusch es in Wein am Sabbathtage. Es brachte Glück in Prozessen und im Kriege, war ein Amulett gegen Hexerei und zog viel Geld ins Haus. Machte auch liebenswert den, der es hatte, war gut zum Wahrsagen und brachte den Frauen Liebeszauber, dazu Fruchtbarkeit und leichte Niederkünfte. Aber bei alledem schuf es doch Leid und Qualen, wo immer es war. Die übrigen Hausbewohner wurden verfolgt vom Unglück, und es trieb seinen Besitzer zu Geiz, Unzucht und allen Verbrechen. Ließ ihn schließlich zugrunde gehen und zur Hölle fahren. – Trotzdem waren die Alräunlein sehr beliebt, kamen auch in den Handel und erzielten recht hohe Preise. Man sagt, dass Wallenstein zeit seines Lebens ein Alräunchen mit sich herumschleppte, und dasselbe erzählt man von Heinrich dem Achten, Englands heiratstüchtigem Könige.«

Der Rechtsanwalt schwieg, warf das harte Holz vor sich auf den Tisch.

»Sehr interessant, aber wirklich sehr interessant«, rief Graf Geroldingen. »Ich bin Ihnen sehr verbunden für den kleinen Vortrag, Herr Rechtsanwalt.«

Aber Madame Marion erklärte, dass sie nicht eine Minute lang ein solches Ding in ihrem Hause dulden würde. Und sie sah mit erschreckten, abergläubischen Augen auf die starre Knochenmaske der Frau Gontram.

– Frank Braun war rasch hingetreten zu dem Geheimrat. Seine Augen leuchteten, er griff aufgeregt den alten Herrn an der Schulter. »Ohm Jakob«, flüsterte er, »Ohm Jakob –«

»Na, was ist denn, mein Junge?«, fragte der Professor. Aber er stand auf, folgte dem Neffen ans Fenster.

»Ohm Jakob«, wiederholte der Student, »*das ist es! –* Da ist das, was dir fehlt. Das ist besser, wie dumme Witze machen mit Fröschen und Affen und kleinen Kindern. Greif zu, Ohm Jakob, geh den neuen Weg, den kein anderer vor dir ging!« Seine Stimme bebte, in nervöser Hast stieß er den Rauch aus der Zigarette.

»Ich verstehe kein Wort!«, sagte der Alte.

»Oh, du musst es verstehen, Ohm Jakob! – Hörtest du nicht, was er erzählte? – *Schaff ein Alraunwesen: eines das lebt, eines das Fleisch hat und Blut! – Du kannst es, Onkel, du allein und sonst kein Mensch auf der Welt!*«

Der Geheimrat sah ihn an, unsicher, fragend. Aber in der Stimme des Studenten lag eine solche Überzeugung, eine solch starke Kraft des Glaubens, dass er stutzig wurde, gegen seinen Willen.

»Drück dich klarer aus, Frank«, sagte er. »Ich weiß wirklich nicht, was du willst.«

Sein Neffe schüttelte hastig den Kopf. »Jetzt nicht, Ohm Jakob. Ich werde dich nach Hause begleiten, wenn du erlaubst.« Er wandte sich rasch, trat zu Minchen, die den Kaffee herumreichte, nahm eine Tasse und noch eine, leerte sie in raschen Zügen.

– – Söfchen, das andere Mädchen, war ihrem Tröster entronnen. Und Dr. Mohnen lief herum, war da und war dort, geschäftig wie ein Kuhschwanz zur Fliegenzeit. In den Fingern immer noch das Bedürfnis, etwas auswaschen, angreifen zu müssen, nahm er das Alräunchen, rieb mit einer großen Serviette daran herum, wischte den Staub ab, der es rings umklebte. Es nutzte kaum etwas: seit Jahrhunderten nicht gereinigt machte das Alräunchen wohl eine Serviette schmutzig nach der andern, aber selbst wurde es darum doch nicht blanker. Da fasste es der geschäftige Doktor, schwang es hoch und warf es mit geschicktem Schwung mitten hinein in die große Bowle.

»Da trink, Alräunchen!«, rief er. »Bist schlecht behandelt worden in diesem Hause. Wirst gewiss Durst haben.« Dann stieg er auf einen Stuhl und redete eine lange feierliche Rede auf die beiden weißgekleideten

Jungfräulein. »Mögen sie es ewig bleiben«, schloss er, »das wünsche ich von ganzem Herzen!«

Er log; er wünschte es gar nicht. Keiner wünschte es und die zwei jungen Dämchen am allerwenigsten. Aber sie klatschten doch mit den andern, gingen zu ihm, knixten und bedankten sich.

– Kaplan Schröder stand bei dem Justizrat, schimpfte mächtig, dass nun der Termin immer näher rücke, an dem das neue Bürgerliche Gesetzbuch eingeführt werden solle. Kaum zehn Jahre mehr – – und aus war's mit dem Code Napoléon. Und man hatte dasselbe Recht im Rheinlande, wie – – drüben in Preußen. Gar nicht auszudenken!

»Ja«, seufzte der Justizrat, »und die Arbeit! Was man da alles wieder lernen muss. Als ob man nicht gerade genug zu tun hätte.« – Ihm war's im Grunde völlig gleichgültig: er würde sich ebensowenig mit der Lektüre des Bürgerlichen beschäftigen, wie er je das Rheinische Recht studiert hatte. Gott sei Dank, seine Examina hatte man ja gemacht.

Die Fürstin empfahl sich, nahm Frau Marion mit sich in ihrem Wagen. Aber Olga blieb wieder zurück bei ihrer Freundin. Auch die andern gingen, verabschiedeten sich, einer nach dem andern.

»Willst du nicht auch gehen, Ohm Jakob?«, fragte der Student.

»Ich muss noch warten«, sagte der Geheimrat, »mein Wagen ist noch nicht da. Er wird wohl kommen im Augenblick.«

Frank Braun sah aus dem Fenster. Da jagte die kleine Frau von Dollinger über die Treppe, flink wie ein Eichhorn, trotz ihrer vierzig Jahre, hinunter in den Garten. Fiel hin, sprang wieder auf, flog zu auf die starke Buche, umschlang den Stamm mit beiden Armen und Beinen. Und sinnlos, völlig betrunken von Wein und Gier, küsste sie den Stamm mit heißen, brünstigen Lippen. Stanislaus Schacht löste sie ab, wie einen Käfer, der sich festhält. Nicht roh, aber kräftig und stark, immer noch nüchtern, trotz der ungeheuren Mengen Wein, die er trank. Sie schrie, klammerte sich fest, wollte nicht fort von dem glatten Stamm. Aber er hob sie hoch, nahm sie auf seine Arme. Da erkannte sie ihn, riss seinen Hut ab, küsste ihn, laut schallend, wild schreiend, mitten auf die Glatze –

Der Professor war aufgestanden, sprach noch ein letztes Wort mit dem Justizrat.

»Ich habe eine Bitte«, sagte er. »Wollen Sie mir das Unglücksmännchen schenken?«

Frau Gontram ersparte ihrem Manne die Antwort: »Jewiss, Herr Jeheimrat, nehme Sie et nur mit, dat fiese Alräunche! – Dat is sicher mehr wat für Jungjeselle!«

Sie griff in die große Bowle, zog das Wurzelmännchen heraus. Aber sie stieß mit dem harten Holz an den Rand, ein heller Klang flog durch den Raum. Und zersprungen bis zum Grunde brach der herrliche alte Kristall auseinander, zerfiel zu Scherben, goss seinen süßen Inhalt über Tisch und Boden.

»Heilije Mutter Jottes!«, rief sie aus. »Et is jewiss jut, dat dat freche Ding nu endlich aus 'm Haus kömmt!«

Drittes Kapitel, das zu wissen tut, wie Frank Braun den Geheimrat überredete, Alraune zu schaffen.

Sie saßen im Wagen, Professor ten Brinken und sein Neffe. Sie sprachen nicht. Frank Braun lehnte sich zurück, starrte vor sich hin, tief versunken in seine Gedanken. Still beobachtete ihn der Geheimrat, schielte lauernd zu ihm hinüber.

Kaum eine halbe Stunde dauerte die Fahrt. Sie rollten über die Landstraße, bogen rechts ein, rappelten über das holprige Pflaster von Lendenich. Dort, mitten im Dorf, lag der große Stammsitz der Brinken, ein mächtiger, fast viereckiger Komplex, Garten und Park, und darin, nach der Straße zu, eine Reihe kleiner unansehnlicher alter Gebäude. Sie bogen um die Ecke, vorbei an dem Schutzpatron des Dorfes, dem heiligen Nepomuk; sein Standbild, geschmückt mit Blumen und zwei ewigen Lämpchen war in eine Ecknische des Herrenhauses eingelassen. Die Pferde standen; ein Diener schloss das innere Tor auf, öffnete den Schlag der Kutsche.

»Bring uns Wein, Aloys«, befahl der Geheimrat, »wir gehen in die Bibliothek.« Er wandte sich zu seinem Neffen. »Willst du hier schlafen, Frank? Oder soll der Kutscher warten?«

Der Student schüttelte den Kopf. »Beides nicht. Ich werde zu Fuß zurückgehen zur Stadt.«

Sie schritten über den Hof, betraten das lange niedere Haus zur rechten Seite. Es war eigentlich nur ein riesiger Saal, dazu ein winziges Vorzimmer und ein paar kleine Nebengelasse. Rings an den Wänden standen die langen, ungeheuren Regale, dicht besetzt mit Tausenden von Bänden. Niedere Glaskasten standen hier und da, voll von römischen Ausgrabungen; viele Gräber waren hier ausgeleert, beraubt um ihre geizig bewahrten Schätze. Den Boden deckten große Teppiche; ein paar Schreibtische, Sessel und Sofas standen herum.

Sie traten ein, der Geheimrat warf sein Alräunchen auf den Diwan. Sie brannten die Kerzen an, rückten ein paar Sessel zusammen, setzten sich nieder. Und der Diener entkorkte die staubige Flasche.

»Du kannst gehen«, sagte sein Herr, »aber leg dich nicht nieder; der junge Herr geht wieder und du musst das Tor schließen.«

– »Nun?«, wandte er sich dann seinem Neffen zu.

Frank Braun trank. Er nahm das Wurzelmännchen auf und spielte damit. Es war immer noch ein wenig feucht und schien jetzt fast biegsam zu sein.

»Es gibt sich deutlich genug«, murmelte er. »Da sind die Augen – alle beide. Da quillt die Nase vor und da öffnet sich der Mund. Schau doch, Ohm Jakob, sieht es nicht aus, als ob es grinse? Die Ärmchen sind etwas verkümmert und die Beinchen zusammengewachsen bis zum Knie hinab. Es ist ein seltsames Ding.« Er hielt es hoch, drehte es nach allen Seiten. »Schau dich um, Alräunchen!«, rief er. »Hier ist deine neue Heimat. Hier passt du her, zu Herrn Jakob ten Brinken, besser noch als in das Haus der Gontrams.

Du bist alt«, fuhr er fort, »vierhundert, vielleicht sechshundert Jahre alt und noch mehr. Deinen Vater henkten sie, weil er ein Mordbube war, oder ein Rossdieb, oder auch, weil er Spottverse machte auf irgendeinen großen Herrn im Panzer oder im Priesterhemd. Einerlei was er tat, er war ein Verbrecher in seiner Zeit, und sie henkten ihn. Da spie er sein letztes Leben hinein in die Erde, zeugte dich, du seltsames Wesen. Und die Mutter Erde empfing dieses Lebewohl des Verbrechers in ihrem fruchtbaren Schoß und geheimnisvoll kreißte sie und gebar – dich. Sie, die Riesige, die Allgewaltige – dich, du armseliges, hässliches Männlein! – – Und sie gruben dich aus, zur Mitternachtstunde, am Kreuzwege, zitternd vor Angst, unter heulenden, kreischenden Beschwörungen. Da sahst du, als du zum ersten Male des Mondes Licht erblicktest, deinen Vater hängen, oben am Galgen: brüchige Knochen und faulige Fleischfetzen. Und sie nahmen dich mit, sie – die ihn aufgeknüpft hatten dort oben: deinen Vater. Dich aber griffen sie, schleppten sie heim: du solltest ihnen Geld bringen ins Haus! Rotes Gold und junge Liebe.

Sie wussten es gut: du würdest auch Qualen bringen, elende Verzweiflung und am Ende schmählichen Tod. Sie wussten das gut – und gruben dich doch aus, nahmen dich doch mit; tauschten alles gern ein um Liebe und Gold.«

Der Geheimrat sagte: »Du hast eine hübsche Art, das alles zu sehen, mein Junge. – Du bist ein Phantast.«

»Ja«, sagte der Student, »das bin ich wohl. Bin es – so wie du.«

»Wie ich?«, lachte der Professor. »Nun ich denke, mein Leben ist real genug dahingelaufen.«

Aber sein Neffe schüttelte den Kopf. »Nein, Ohm Jakob, das ist es nicht. Nur nennst du das schon sehr real – was andere Leute Phantastereien nennen. Denk nur an all deine Experimente! Für dich sind es mehr wie Spielereien, sind es Wege, die vielleicht einmal zu irgendeinem Ziele führen werden. Nie aber, nie wäre ein normaler Mensch auf deine Gedanken gekommen: nur ein Phantast konnte das tun. – Und nur ein wilder Kopf, nur ein Mann, durch dessen Adern ein Blut fließt, heiß wie das von euch Brinkens, nur der darf es wagen, das zu tun, was du jetzt tun sollst, Ohm Jakob.«

Der Alte unterbrach ihn, unwillig und doch wieder geschmeichelt.

»Du schwärmst, Junge. – Und du weißt ja gar nicht, ob ich überhaupt Lust dazu haben werde, das Geheimnisvolle zu tun, von dem du redest. – Und von dem ich noch immer keine Ahnung habe.«

Aber der Student gab nicht nach; seine Stimme klang hell, zuversichtlich, überzeugungsstark in jeder kleinen Silbe.

»Doch, Ohm Jakob, du wirst es tun. Ich weiß, dass du es tun wirst. – Wirst es schon darum tun, weil es kein anderer kann, weil du der einzige Mensch in der Welt bist, der es vollbringen kann. Gewiss, es gibt noch einige andere Gelehrte, die heute dieselben Versuche machen, mit denen du begannst, die ebenso weit sind wie du, vielleicht viel weiter noch. Aber sie sind normale Menschen, trockene, hölzerne – Männer der Wissenschaft. Sie würden mich auslachen, wenn ich ihnen mit meinen Gedanken käme, würden mich einen Narren schelten. Oder sie würden mich gar zur Türe hinauswerfen, weil ich es wagte, ihnen mit solchen Sachen zu kommen – solchen Gedanken, die sie unsittlich nennen, unmoralisch und verwerflich. Solchen Ideen, die es wagen, dem Schöpfer ins Handwerk zu pfuschen, die aller Natur ein Schnippchen schlagen sollen. Du nicht, Ohm Jakob, du nicht! Du wirst mich nicht auslachen und nicht zur Türe hinauswerfen. Dich wird es reizen, wie es mich reizt: und darum bist du der einzige Mensch, der es kann!«

»Aber was denn, bei allen Göttern?«, rief der Geheimrat. »Was denn nur?«

Der Student erhob sich, füllte die beiden Gläser zum Rande. »Stoß an, alter Zauberer«, rief er, »stoß an! Es soll ein neuer junger Wein fließen aus deinen alten Schläuchen. Stoß an, Ohm Jakob, es lebe – – – dein Kind!« Er stieß an des Onkels Glas, leerte das seine im Zuge und warf es hoch an die Decke. Oben klirrte es – aber lautlos fielen die Scherben hinab auf die schweren Teppiche.

Er rückte seinen Sessel näher heran. »Und nun hör an, Oheim, wie ich's meine. Wirst schon ungeduldig sein über meine langen Einleitungen – – nimm sie mir nicht übel. Sie helfen mir nur, die Gedanken zurechtzudenken, sie zu kneten, sie fasslich zu machen und greifbar.

So aber fass ich's:

Du sollst ein Alraunwesen schaffen, Ohm Jakob, sollst diese alte Sage zur Wahrheit machen. Was tut's, ob es Aberglauben ist, mittelalterlicher Gespensterwahn, mystischer Schnickschnack aus uralter Zeit? Du, du machst die alte Lüge zur Wahrheit. Du schaffst sie: sie steht da, klar im Lichte der Tage, greifbar vor aller Welt – – kein dümmster Professor wird sie leugnen dürfen.

Gib acht, wie du es machen sollst!

Den Verbrecher, Onkel, wirst du leicht finden. Es ist gleich, denk ich, ob er am Galgen starb und am Kreuzwege. Wir sind fortgeschrittene Leute; der Gefängnishof und unsere Guillotine sind ja viel bequemer. Auch für dich bequemer: dank deiner Verbindungen wirst du es leicht anstellen können, den seltenen Stoff zu bekommen, dem Tode selbst ein neues Leben zu entreißen.

Und die Erde? – Greif das Symbol heraus, Oheim, das ist: die Fruchtbarkeit. Die Erde ist das Weib, sie nährt den Samen, der ihrem Schoße anvertraut wurde. Nährt ihn, lässt ihn keimen, wachsen, blühen und Früchte tragen. So nimm du das, was fruchtbar ist, wie die Erde selbst – nimm das Weib.

Aber die Erde ist auch die ewige Metze, sie ist allen dienstbar. Sie ist die ewige Mutter, ist die immer feile Dirne für unendliche Milliarden. Keinem versagt sie den geilen Leib, jeder, der will, mag sie haben. Alles, was Leben hat, befruchtet ihren gebärfreudigen Schoß, durch die Jahrtausende hin.

Und darum, Ohm Jakob, musst du eine Dirne wählen. Nimm die schamloseste, nimm die frechste von allen, nimm eine, die geboren wurde zur Metze. Nicht eine, die ihr Gewerbe treibt aus Not, eine die der Verführung erlegen ist. O nein, die nicht! Nimm eine, die schon Buhlerin war, als sie gehen lernte, eine, der ihre Schande eine Lust ist und das einzige Leben. Die musst du wählen. Ihr Schoß wird sein wie der der Erde. Du bist reich – o du wirst sie finden. Bist ja kein Schulbub in solchen Dingen, du magst ihr viel Geld geben, sie dir kaufen für deinen Versuch. Und wenn sie die rechte ist, wird sie sich winden vor Lachen, wird dich an ihren fettigen Busen pressen und dich abküssen vor Lust. Weil – du ihr etwas bietest, was ihr kein anderer Mann je bot – vor dir!

Was dann kommt, weißt du besser als ich. Wirst das ja wohl auch mit Menschen zustande bringen, was du mit Affen machst und mit Meerschweinchen. Bereit sein ist alles, bereit für den Augenblick – in dem deines Mörders Kopf fluchend in den Sack springt!«

Er war aufgesprungen, lehnte sich an den Tisch, sah zu dem Alten hinüber mit starren, eindringlichen Augen. Und der Geheimrat fing seinen Blick, parierte ihn schielend. Wie ein schmutziger krummer Türkensäbel, der sich kreuzt mit schwankem Florett.

»Und dann, Herr Neffe?«, sagte er. »Und dann? Wenn das Kind zur Welt kommt? Was dann?«

Der Student zögerte; langsam, tropfend, fielen seine Worte. »Dann – werden wir – ein Zauberwesen haben.« Seine Stimme schwang leise, schmiegsam und klingend, wie Saitentöne. »Dann werden wir sehen – was Wahres ist an der alten Geschichte. Werden hineinschauen können in den tiefsten Bauch der Natur.«

Der Geheimrat öffnete die Lippen, aber Frank Braun fiel ihm ins Wort, ehe er noch sprach. »Dann mag sich zeigen, ob es etwas gibt, irgendein Geheimnisvolles, das stärker ist als alle Gesetze, die wir kennen. Mag sich zeigen, ob es der Mühe wert ist, dies Leben zu leben – – auch für uns.«

»Auch für uns?«, wiederholte der Professor.

Frank Braun sagte: »Ja, Ohm Jakob, – auch für uns! Für dich und für mich und die paar hundert Menschen, die – über dem Leben stehn. Und die doch gezwungen sind, die Straßen zu gehen, die alle Herden ziehen.« – Und plötzlich, unvermittelt fuhr er auf: »Ohm Jakob, glaubst du an Gott?«

Der Geheimrat schnalzte ungeduldig die Lippen. »Ob ich an Gott glaube? – – Was soll das hier?«

Aber der Neffe drängte ihn, ließ ihn nicht überlegen: »Antworte mir, Ohm Jakob, antworte: glaubst du an Gott?« Er beugte sich nieder zu dem Alten, hielt ihn fest im Blick.

Und der Geheimrat sagte: »Was geht's dich an, Junge? – Mit dem Verstande – – nach alledem, was ich erkannt habe – glaube ich ganz gewiss nicht an einen Gott. Nur mit dem Gefühl – aber das Gefühl ist etwas so Unkontrollierbares, etwas so –«

»Ja, ja, Onkel«, rief der Student, »mit dem Gefühl also –?«

Der Professor wehrte sich noch immer, rückte hin und her in seinem Sessel. »Nun – wenn ich offen sein soll – manchmal – selten genug – in langen Zwischenräumen –«

Da schrie Frank Braun: »Glaubst du – glaubst du an einen Gott!! Oh, ich wusste das wohl. Alle die Brinkens taten es, alle – bis hinab zu dir.« Er warf den Kopf hoch, hob die Lippen und zeigte die blanken Zahnreihen. Und er fuhr fort, jedes Wort hart ausstoßend: »Dann wirst du es tun, Ohm Jakob. Dann musst du es tun, und nichts wird dich mehr retten. Denn es ist dir etwas gegeben, was nur einem wird unter aber Millionen Menschen: *es ward dir die Möglichkeit – – Gott zu versuchen! Wenn er lebt, dein Gott, so muss er dir Antwort geben auf diese freche Frage!*«

Er schwieg, ging mit großen Schritten hin und wieder durch den langen Saal. Nahm dann seinen Hut auf, trat hin zu dem Alten.

»Gute Nacht, Ohm Jakob«, sagte er. »Wirst du es tun?« Er streckte ihm seine Hand hin.

Aber der Alte sah es nicht. Starrte vor sich hin, brütete. »Ich – ich weiß es nicht«, antwortete er endlich.

Frank Braun nahm das Alräunchen vom Tisch, schob es dem Alten in die Hände. Seine Stimme klang höhnisch und hochmütig. »Da – berat es mit dem da!« Aber dann, im Augenblick, änderte sich der Tonfall. Still sagte er: »Oh, ich weiß es: du wirst es tun.«

Er schritt rasch der Türe zu. Blieb noch einmal stehen. Wandte sich, kam zurück.

»Noch eins, Ohm Jakob! Wenn du es tust – –«

Aber der Geheimrat fuhr auf: »Ich weiß nicht, ob ich's tue.«

»Gut«, sagte der Student. »Ich frage ja nicht darnach. – Nur – für den Fall, dass du es tun solltest – willst du mir etwas versprechen?«

»Was denn?«, forschte der Professor.

Er antwortete: »Lade nicht – die Fürstin als Zuschauerin ein!«

»Warum denn nicht?«, fragte der Geheimrat.

Und Frank Braun sprach, weich und sehr ernst: »Weil – weil diese Sache zu – heilig ist.«

Dann ging er.

Er trat aus dem Haus, schritt über den Hof. Der Diener öffnete das Tor, schloss es dann knarrend hinter ihm. Frank Braun trat auf die Straße. Blieb stehn vor dem Bilde des Heiligen, schaute es prüfend an.

»O lieber Heiliger«, sagte er, »Blumen bringt man dir und frisches Öl für deine Lämpchen. Aber nicht dies Haus sorgt für dich, das dir Obdach gewährt: hier schätzt man dich höchstens als ein Altertum. Gut für dich, dass das Volk noch baut auf deine Macht.«

Und er sang, leise surrend:

»Johann von Nepomuk,
Retter vor Flutgefahr.
Schütze mein Haus!
Vor Fluten sollst du es hüten,
Lass Wasser anderswo wüten,
Johann von Nepomuk,
Schütze mein Haus!«

»Ach, alter Götze«, fuhr er fort, »du hast es leicht, dies Dorf zu schützen
vor Flutgefahr – – seit es dreiviertel Stunden abliegt vom Rhein. Und
seit der Rhein so hübsch reguliert ist und zwischen Steinmauern läuft. –
Aber versuch es doch, du frommer Nepomuk, dies Haus zu erretten vor
der Flut, die nun über ihm zusammenbrechen soll! Sieh, ich liebe dich,
steinerner Heiliger, weil du meiner Mutter Schutzpatron bist: Johanna
Nepomucena heißt sie – heißt dazu Hubertina, da wird sie nie von einem
tollen Hund gebissen. Erinnerst du dich, wie sie zur Welt kam in diesem
Hause, an dem Tage, der dir geweiht ist? Darum trägt sie deinen Namen,
Johann von Nepomuk! Und weil ich sie liebe, mein Heiliger, will ich
dich warnen – um ihretwillen.

Da drinnen, weißt du, ist heute Nacht ein anderer Heiliger eingezo-
gen – ein recht Unheiliger eigentlich. Ein kleines Männchen, nicht aus
Stein, wie du, und nicht schön angezogen im Faltengewande – nur aus
Holz ist es und jämmerlich nackt. Aber es ist alt wie du, und älter vielleicht, und man sagt, dass es eine seltsame Macht habe. So versuche es
doch, Sankt Nepomuk, beweise deine Kraft! Einer muss fallen von euch,
du oder das Männchen: da mag sich entscheiden, wer Herr sein wird
über das Haus der Brinken. Zeig nun, mein Heiliger, was du kannst.«

Frank Braun grüßte und schlug ein Kreuz. Lachte kurz auf, zog mit
raschen Schritten durch die Gassen. Kam hinaus auf die Felder, sog in
vollen Zügen die frische Nachtluft ein, schritt auf die Stadt zu. Dann,
in den Alleen, unter den blühenden Kastanien, verlangsamte er seinen
Schritt.

Schlenderte träumend, leise summend daher.

Aber plötzlich blieb er stehn, zögerte einen Augenblick, wandte sich.
Bog schnell links ab, hinein in den breiten Baumschuler-Weg. Blieb
stehen, sah sich um nach beiden Seiten. Schwang sich hinauf auf die
niedere Mauer, sprang hinunter an der anderen Seite. Lief durch den
stillen Garten auf eine breite rote Villa zu.

Dort blieb er stehn, blickte hinauf, spitzte die Lippen. Und sein wilder
kurzer Pfiff jagte durch die Nacht, zweimal, dreimal, rasch nacheinander.

Irgendwo schlug ein Hund an. Über ihm aber öffnete sich leise ein Fenster, zeigte in weißem Nachtkleide eine blonde Frau.

Ihre Stimme flüsterte durch das Dunkel: »Bist du's?«

Und er sagte: »Ja! Ja!«

Sie huschte ins Zimmer, kam gleich wieder zurück. Nahm ihr Taschentuch, band etwas hinein, warf es hinunter.

»Da, Lieber, der Schlüssel! – Aber sei leise – leise! Dass die Eltern nicht aufwachen.«

Frank Braun nahm den Schlüssel auf, stieg die kleine Marmortreppe hinauf. Öffnete die Türe, trat hinein.

Und, während er hinauftappte im Dunkeln, leise und vorsichtig, bewegten sich seine jungen Lippen:

> »Johann von Nepomuk,
> Retter von Flutgefahr,
> Schütz mich vor Lieb!
> Lass andere liebestoll werden,
> Lass mir die Ruh auf Erden.
> Johann von Nepomuk
> Schütz mich vor Lieb!«

Viertes Kapitel, das Kunde gibt, wie sie Alraunes Mutter fanden

Frank Braun saß auf der Veste. Oben auf Ehrenbreitstein. Saß schon zwei Monate dort und hatte noch drei zu sitzen. Den ganzen Sommer hindurch. Und das alles, weil er ein Loch in die Luft geschossen hatte und sein Gegner auch.

Er langweilte sich.

Er saß oben auf der Brüstung des Brunnens, der weit hinabsah von dem steilen Fels in den Rhein. Ließ die Beine baumeln, schaute ins Blaue und gähnte. Und genau dasselbe taten die drei Genossen, die mit ihm dasaßen; keiner sprach ein Wort.

Sie trugen gelbe Drillichjacken, die sie den Soldaten abgehandelt hatten. Von ihren Burschen hatten sie sich riesige schwarze Ziffern auf den Rücken malen lassen, die sollten die Nummern ihrer Zellen bedeuten. Zwei, Vierzehn und Sechs waren da. Frank Braun aber trug die Nummer Sieben.

Dann kam ein Trupp Fremder hinauf, Engländer und Engländerinnen, die ein Sergeant von der Wache führte. Er zeigte ihnen die armen Gefangenen mit den großen Nummern, die so trübselig dasaßen: da regte sich ihr Mitleid. Und mit Ach's und Oh's fragten sie den Sergeanten, ob man den elenden Menschen nichts geben dürfe? Das sei streng verboten, sagte der, und er dürfe so etwas nicht sehen. Aber in seines Herzens großer Güte drehte er sich um und erklärte den Herren die Gegend. Dort liege Coblenz, sagte er, und da hinten Neuwied. Und dort, unten am Rhein –

Derweilen kamen die Damen heran. Die armen Gefangenen streckten die Hand nach hinten, hielten sie gerade unter die dicke Nummer; dahinein tropften die Geldstücke, fielen Zigaretten und Tabak. Manchmal auch eine Visitenkarte mit einer Adresse.

Das war das Spiel, das Frank Braun erfunden und eingeführt hatte hier oben.

»Es ist eigentlich entwürdigend«, meinte Nr. Vierzehn. Das war der Rittmeister Baron Flechtheim.

»Du bist ein Idiot«, sagte Frank Braun. »Entwürdigend ist nur, dass wir uns so vornehm dünken, dass wir alles den Unteroffizieren geben und nichts behalten. Wenn wenigstens die verdammten englischen Zigaretten nicht so parfümiert wären.« – Er besah sich den Raub. »Da! Schon wieder ein Pfundstück dabei! Der Sergeant wird sich freuen. – Herrgott, ich könnt's gut selber gebrauchen heute!«

»Wie viel hast du gestern verloren?«, fragte Nr. Drei.

Frank Braun lachte. »Pah – meinen ganzen Wechsel, der am Morgen ankam. Und dazu ein paar Ehrenscheine auf einige Blaue. Hol der Henker das Bac!«

Nr. Sechs war ein blutjunger Fähnrich, ein Bübchen, das aussah wie Milch und Blut. Das seufzte tief: »Ich hab auch alles verjeut.«

»Na, und du meinst, uns geht es anders?«, schnauzte ihn Nr. Vierzehn an. »Und zu denken, dass die drei Halunken sich jetzt mit unserm Geld in Paris amüsieren! – Wie lange denkst du, dass sie bleiben werden?«

Dr. Klaverjahn, Marinearzt, Festungsstubengefangener Nr. Zwei, sagte: »Ich schätze drei Tage. Länger können sie nicht gut wegbleiben, ohne dass man es merkt. Und länger reichen *die* auch mit dem Gelde nicht!«

Die – das waren Nr. Vier, Nr. Fünf und Nr. Zwölf. Sie hatten in der letzten Nacht tüchtig gewonnen und waren gleich am Morgen den Berg hinuntergeklettert, um mit dem Frühzuge nach Paris zu fahren. Sich – ein bisschen auszuspannen, wie man das auf der Festung nannte.

»Was wollen wir anfangen, diesen Sonntagnachmittag?«, fragte Nr. Vierzehn.

»Streng deinen blöden Schädel einmal selber an!«, rief Frank Braun dem Rittmeister zu. Er sprang von der Mauer hinab, ging durch den

Kasernenhof in den Offiziersgarten. Er war missgestimmt genug, pfiff laut vor sich hin.

Nicht der Spielverlust war's – das war ihm öfter passiert und drückte ihn durchaus nicht. Aber dieser klägliche Aufenthalt hier oben, dieses unerträgliche Einerlei. Gewiss, die Festungsbestimmungen waren leicht genug und es war dazu keine dabei, die die Herrn Gefangenen nicht in jeder Stunde verletzten. Sie hatten ihr eigenes Kasino hier oben, in dem ein Klavier stand und ein Harmonium; zwei Dutzend Zeitungen hielten sie. Hatten jeder seinen eigenen Burschen und als Zelle einen mächtigen Raum, einen Saal fast, für den sie dem Staate eine tägliche Miete von einem Pfennig zahlten. Sie ließen sich ihr Essen aus dem besten Gasthofe der Stadt kommen und ihr Weinkeller war in allerschönster Ordnung. Nur eines war zu tadeln: man konnte seine Zimmertüre nicht von innen verschließen. Das war der einzige Punkt, in dem die Kommandantur ungeheuer streng war: seitdem einmal ein Selbstmord vorgekommen, wurde jeder Versuch, einen Riegel innen anzubringen, im Keime erstickt. »Sie sind ausgemachte Trottel dort unten«, dachte Frank Braun. »Als ob man sich nicht geradesogut ohne Riegel selbstmorden könnte!«

Dieser fehlende Riegel quälte ihn jeden Tag, verdarb ihm alle Freude am Dasein. Denn so war es unmöglich, allein zu sein auf der Festung. Er hatte mit Seilen und mit Ketten die Türe festgemacht, hatte sein Bett davor gestellt und alle andern Möbel. Es nutzte nichts: nach einem mehrstündigen Kampf war alles zertrümmert und zerschlagen und stand doch die ganze Gesellschaft triumphierend in seinem Zimmer.

O diese Gesellschaft! – Jeder einzelne war ein harmloser, netter, gutmütiger Kerl. Jeder einzelne einer, mit dem man – allein – wohl einmal eine halbe Stunde plaudern konnte. – Aber zusammen, zusammen waren sie unerträglich. Es war der »Komment«, der sie alle niederschlug, diese wilde Mischung von Offiziers- und Studentenkomment, aufgeputzt durch einige besondere Narrheiten der Festung. Man sang, man trank und man jeute, einen Tag, eine Nacht um die andere. Und dazwischen: ein paar Mädel, die man heraufschleppte, und ein paar Spritztouren, die man hinunter machte – –, das waren die Heldentaten.

Und man sprach auch von nichts anderm mehr.

Die, die am längsten oben waren, waren die schlimmsten, ganz verkommen in diesem ewigen Rundlauf. Dr. Bermüller, der seinen Schwager erschossen hatte und nun schon seit zwei Jahren hier oben saß, und sein Nachbar, der Dragonerleutnant Graf von Vallendar, der noch ein halbes Jahr länger die gute Luft hier oben genoss. Und die, die neu kamen, taten es in kaum einer Woche schon den andern gleich; wer am rohesten war und am wildesten – der stand hoch im Ansehn.

Frank Braun stand im Ansehn. Er hatte gleich am zweiten Tag das Klavier abgeschlossen, weil er des Rittmeisters grässliches ›Frühlingslied‹ nicht länger anhören wollte, hatte den Schlüssel in die Tasche genommen und dann hinuntergeworfen vom Festungswall. Er hatte auch seinen Pistolenkasten mitgebracht und schoß nun den lieben langen Tag. Und saufen konnte er und fluchen, so gut wie einer hier oben.

Eigentlich hatte er sich gefreut auf diese Sommermonate auf der Veste. Er hatte einen großen Stoß Bücher mitgeschleppt; neue Federn und blankes Papier. Er glaubte hier arbeiten zu können, freute sich auf den Zwang in der Einsamkeit.

Aber er hatte kein Buch aufmachen können, hatte nicht einmal einen Brief geschrieben. War hineingezogen in diesen wilden kindischen Strudel, der ihn ekelte, und den er doch so gründlich mitmachte, Tag um Tag. Er hasste seine Kameraden, jeden einzelnen unter ihnen –

Sein Bursche kam in den Garten, salutierte: »Herr Doktor, ein Brief.«

Ein Brief? Am Sonntagnachmittag? Er nahm ihn dem Soldaten aus der Hand. Es war ein Eilbrief, der ihm nachgeschickt war hierher. Er erkannte die dünnen Züge seines Onkels. Von dem? Was wollte der plötzlich von ihm? Und er wog den Brief in der Hand – ah, er hatte gute Lust, ihn zurückgehen zu lassen: Annahme verweigert. Was ging ihn dieser alte Professor an?!

Ja, das war das letzte, was er von ihm sah, als er mit ihm nach Lendenich fuhr – nach jenem Fest bei den Gontrams. Als er ihm einzureden versuchte, er müsse ein Alraunwesen schaffen. Damals – vor zwei Jahren.

Ah, wie weit lag das nun schon zurück!

Er war auf eine andere Universität gegangen, hatte zur rechten Zeit seine Examina gemacht. Saß nun in einem lothringischen Loch – war tätig als Referendar. War tätig –? Bah, er setzte das Leben fort, das er geführt hatte auf der hohen Schule. War gern gesehen bei den Frauen und bei allen denen, die ein lockeres Leben liebten und wilde Sitten. Und war sehr ungern gesehen bei seinen Vorgesetzten. O ja, er arbeitete auch wohl hie und da – so für sich. Aber es war sicher stets etwas, was seine Vorgesetzten groben Unfug nannten.

Wenn er eben konnte, drückte er sich, fuhr nach Paris. War besser zu Hause auf der Butte Sacrée, als im Gericht. Und er wusste nicht recht, wohin das alles führen sollte.

Das war ja gewiss, dass er nie ein Jurist sein würde, Rechtsanwalt oder Richter oder sonst ein Beamter. Aber was sollte er sonst machen? Er lebte dahin, in den Tag hinein, machte immer neue Schulden –

Immer noch hielt er den Brief in der Hand, begierig ihn aufzureißen, und doch voller Lust, ihn so zurückzugeben, wie er war. Als eine späte Antwort auf den andern Brief, den ihm der Onkel schrieb vor zwei Jahren.

Das war kurz nach jener Nacht gewesen. Mit fünf andern Studenten war er zur Mitternacht durchs Dorf geritten, zurück von einem Ausflug in die sieben Berge. Und er hatte alle eingeladen, aus einer plötzlichen Laune heraus, zum Nachtmahle im Hause ten Brinken.

Sie rissen die Schelle ab, schrien laut, hämmerten gegen das schmiedeeiserne Tor. Machten einen Heidenlärm, dass das Dorf zusammenlief. Der Geheimrat war verreist, aber der Diener ließ sie ein auf des Neffen Befehl. Sie brachten die Gäule zum Stalle und Frank Braun ließ die Dienerschaft wecken. Ließ ein großes Essen herrichten und holte selbst die besten Weine aus des Oheims Keller. Und sie schmausten und tranken und sangen, tobten herum durch Haus und Garten, lärmten, heulten und zerschlugen, was vor ihre Fäuste kam. Früh erst am Morgen ritten sie heim, johlend und gröhlend, hingen auf ihren Gäulen, wie wilde Cowboys die einen und die andern wie alte Mehlsäcke.

»Die jungen Herrn benahmen sich wie die Schweine«, berichtete Aloys dem Herrn Geheimrat.

Doch das war es nicht, was diesen so erboste, kein Wort hätte er darüber verloren. Aber auf dem Büfett lagen seltene Äpfel, taufrische Nektarinen, Birnen und Pfirsiche aus seinen Treibhäusern. Edle Früchte, mit unsäglicher Mühe gezogen. Erstlinge von neuen Bäumen, lagen auf Watte dort auf goldenen Tellern zum Nachreifen. Aber die Studenten hatten keinerlei Pietät vor des Professors Liebe, waren respektlos darüber hergefallen. Hatten sie angebissen, dann, da sie halb unreif noch waren, wieder liegen lassen. Das war es.

Er schrieb seinem Neffen einen erbitterten Brief, ersuchte ihn, nie wieder sein Haus zu betreten.

Und Frank Braun wieder war tief verletzt über den Grund dieses Schreibens, den er als jämmerliche Kleinlichkeit empfand.

– Ah, hätte ihn der Brief, den er nun in der Hand hielt, dort erreicht, wohin er gesandt war, in Metz, oder gar auf dem Montmartre – er würde keine Sekunde gezögert haben, ihn zurückgehen zu lassen.

Hier aber – hier – in dieser grässlichen Langeweile der Festung?

Er entschloss sich. »Auf alle Fälle ist's eine Abwechslung«, murmelte er. Öffnete den Brief.

Der Onkel teilte ihm mit, dass er, nach reiflicher Überlegung, gewillt sei, der Anregung, die er, sein Neffe, ihm damals gegeben, Folge zu leisten. Er habe nun auch schon einen geeigneten Vaterkandidaten: die Revision des Raubmörders Noerrissen sei zurückgewiesen und es sei nicht anzunehmen, dass das Begnadigungsgesuch mehr Erfolg habe. Nun suche er nach einer Mutter. Er habe schon einige Versuche nach dieser Richtung hin gemacht, diese seien aber leider durchaus negativ verlaufen; es scheine doch nicht ganz so leicht, hier das Richtige zu finden. Aber die Zeit dränge und er frage nun seinen Neffen, ob er bereit sei, ihn in dieser Angelegenheit zu unterstützen.

Frank Braun starrte den Burschen an: »Ist der Briefträger noch da?«, fragte er.

»Zu Befehl, Herr Doktor«, meldete der Soldat.

»Sag ihm, er solle warten. Da, gib ihm ein Trinkgeld!« Er suchte in seinen Taschen, schließlich fand er noch ein Markstück. Den Brief in der Hand, eilte er zurück, dem Gefangenenhause zu.

Doch kaum war er auf dem Kasernenhofe angelangt, als ihm die Frau des Feldwebels mit einem Depeschenboten entgegenkam. »Ein Telegramm für Sie!«, rief die Frau.

Es war von Dr. Petersen, dem Assistenzarzt des Geheimrats. Es lautete: »Exzellenz befinden sich seit vorgestern in Berlin, Hotel de Rome. Erwarten umgehend Nachricht, ob Sie eintreffen, lassen herzlich grüßen.«

Exzellenz? Also der Onkel war Exzellenz geworden. Und darum war er in Berlin. – In Berlin – ah, das war schade. Er wäre lieber nach Paris gefahren, dort hätte er gewiss viel leichter etwas gefunden und etwas Besseres wohl auch –

Einerlei, nun war es einmal Berlin. Zum mindesten war es eine Unterbrechung in dieser Öde. Er überlegte einen Augenblick. Er musste fort, heute abend noch. Aber – er hatte keinen Pfennig Geld. Und die Kameraden hatten ja auch nichts.

Er sah die Frau an. »Sie, Frau Feldwebel –« begann er. Aber nein, das ging nicht. Und er schloss: »Geben Sie dem Mann ein Trinkgeld. Schreiben Sie's mir auf die Rechnung.«

Er ging in sein Zimmer, ließ den Handkoffer packen, befahl dem Burschen ihn gleich zum Bahnhofe zu bringen und dort zu warten. Dann ging er hinunter.

In der Türe stand der Feldwebel, der Aufseher des Gefangenenhauses, händeringend, fast aufgelöst. »Sie wollen auch fort, Herr Doktor?«, jammerte er. – »Und die drei Herren sind schon weg – nach Paris – ins Ausland! Herrgott, das kann ja kein gutes Ende nehmen! Ich falle herein, ich allein – ich trag die Verantwortung.«

»Na, es wird nicht so schlimm sein«, antwortete Frank Braun. »Ich reise ja nur auf ein paar Tage, und die andern Herren werden dann auch wohl zurück sein.«

Der Feldwebel klagte weiter: »Es ist ja nicht wegen mir. Ich sag gewiss nichts! Aber die andern sind alle so neidisch auf mich. Und heut hat gar der Sergeant Becker die Wache, der –«

»Der wird's Maul halten!«, entgegnete ihm Frank Braun. »Der hat erst eben über dreißig Mark von uns bekommen – mildtätige Gaben der Engländerinnen. – Übrigens geh ich nach Coblenz zur Kommandantur, Urlaub zu erbitten. – Sind Sie nun zufrieden?«

Aber der Gefangenenaufseher war gar nicht zufrieden: »Was? Zur Kommandantur? – Aber Herr Doktor? Sie haben ja keinen Urlaub von hier oben fortzugehen, hinunter zur Stadt. Und Sie wollen gar zur Kommandantur?«

Frank Braun lachte: »Jawohl, gerade dahin! – Ich muss nämlich den Kommandanten um Reisegeld anpumpen.«

Der Feldwebel sagte kein Wort mehr, stand da, rührte sich nicht, völlig versteinert, mit weit offenem Munde.

»Gib mir zehn Pfennige, Schorsch«, rief Frank Braun seinem Burschen zu, »fürs Brückengeld.«

Er nahm das Geldstück und ging mit schnellen Schritten über den Hof. In den Offiziersgarten und von dort auf das Glacis. Schwang sich auf die Mauer, fasste an der andern Seite den Ast einer mächtigen Esche und kletterte hinab an ihrem Stamm. Stieg, durch das dichte Unterholz, den mächtigen Fels hinab.

In zwanzig Minuten schon war er unten. Das war der Weg, den sie gewöhnlich einschlugen auf ihren nächtlichen Streifzügen.

Er ging den Rhein entlang bis zur Schiffbrücke, dann hinüber nach Coblenz. Er kam zur Kommandantur, erfuhr, wo der General wohnte, und eilte dorthin. Er gab seine Karte ab und ließ sagen, dass er in sehr dringlicher Angelegenheit komme.

Der Herr General empfing ihn, hielt seine Karte in der Hand.

»Womit kann ich Ihnen dienen?«

Frank Braun sagte: »Gestatten Exzellenz, ich bin Festungstubengefangener.«

Der alte General musterte ihn ziemlich ungnädig, sichtlich verstimmt über die Störung.

»Nun, was wollen Sie? – Wie kommen Sie übrigens hinunter in die Stadt? Haben Sie Urlaub?«

»Jawohl, Exzellenz«, sagte Frank Braun. »Kirchenurlaub.«

Er log, aber er wusste gut: der General wollte nur eine Antwort haben. »Ich komme, um Exzellenz zu bitten, mir drei Tage Urlaub zu geben nach Berlin. Mein Onkel liegt im Sterben.«

Der Kommandant fuhr auf: »Was geht mich Ihr Onkel an? Ist vollkommen ausgeschlossen! Sie sitzen da oben nicht zu Ihrem Vergnügen, sondern weil Sie Staatsgesetze übertreten haben, verstehen Sie? Da könnte jeder kommen mit sterbenden Onkeln und Tanten! Wenn es nicht wenigstens die Eltern sind, verweigere ich einen solchen Urlaub grundsätzlich.«

»Ich danke gehorsamst, Exzellenz«, erwiderte er. »Ich werde meinem Onkel, Seiner Exzellenz, dem Wirklichen Geheimen Rat Professor ten Brinken sofort drahten, dass es seinem einzigen Neffen leider nicht erlaubt wurde, an sein Sterbebett zu eilen, um ihm die müden Augen zudrücken zu können.«

Er verbeugte sich, machte eine Wendung zur Türe hin. Aber der General hielt ihn zurück, wie er erwartet hatte. »Wer ist Ihr Herr Onkel?«, fragte er zögernd.

Frank Braun wiederholte den Namen und die schönen Titel, nahm dann das Telegramm aus der Tasche und reichte es hinüber. »Mein armer Onkel versuchte in Berlin eine letzte Rettung, leider ist die Operation sehr unglücklich verlaufen.«

»Hm!«, machte der Kommandant. »Fahren Sie, junger Mann, fahren Sie sofort. Vielleicht ist doch noch Hilfe möglich.«

Frank Braun machte eine Jammermiene, sagte: »Das steht nur bei Gott. Wenn mein Gebet da etwas nützen könnte – –« Er unterbrach einen schönen Seufzer und fuhr fort: »Ich danke gehorsamst, Exzellenz. – Ich habe noch eine Bitte.«

Der Kommandant gab ihm das Telegramm zurück. »Welche?«, fragte er.

Und Frank Braun platzte heraus: »Ich habe kein Reisegeld. Ich möchte Exzellenz bitten, mir dreihundert Mark zu leihen.«

Der General sah ihn an, misstrauisch genug: »Kein Geld – hm – so – also kein Geld? – Aber gestern war doch der Erste? Wechsel nicht eingetroffen – was?«

»Wechsel prompt eingetroffen, Exzellenz«, erwiderte er rasch. »Aber: ebenso prompt in der Nacht verjeut!«

Da lachte der alte Kommandant. »Ja, ja, das ist zur Sühne Ihres Verbrechens, Sie Missetäter! Also dreihundert Mark brauchen Sie?«

»Jawohl, Exzellenz! Mein Onkel wird sich gewiss sehr freuen, wenn ich ihm mitteilen darf, dass Exzellenz mir aus der Patsche geholfen haben.«

Der General wandte sich, ging zum Arnheim, öffnete ihn und entnahm drei Scheine einer kleinen Kasse. Er reichte seinem Gefangenen Feder und Papier und ließ sich einen Schuldschein ausstellen; dann gab er ihm das Geld. Frank Braun nahm es mit einer leichten Verbeugung. »Danke gehorsamst, Exzellenz.«

»Keinen Dank!«, sagte der Kommandant. »Reisen Sie glücklich und kommen Sie pünktlich zurück. Und dann – empfehlen Sie mich ergebenst Seiner Exzellenz.»

Noch einmal: »Danke gehorsamst, Exzellenz.« Dann eine letzte Verbeugung und er war draußen. Er sprang die sechs Stufen der Vordertreppe mit einem Satz hinab, musste sich fest zusammennehmen, dass er nicht einen lauten Juchzer ausstieß.

»So, dass wäre gelungen.« – Er rief einen Wagen an, fuhr hinüber nach Ehrenbreitenstein zum Bahnhofe.

Er blätterte im Fahrplan, fand, dass er noch drei Stunden zu warten hatte. Er rief den Burschen, der mit dem Koffer wartete, befahl ihm, schleunigst hinaufzulaufen und den Fähnrich von Plessen herunterzuschicken zum »Roten Hahnen«.

»Aber bring den richtigen, Schorsch!«, schärfte er dem Soldaten ein. »Den jungen Herrn, der erst unlängst kam, den, der die Nummer Sechs auf dem Rücken trägt. – Da, warte noch! Dein Groschen hat Zinsen getragen.« Er warf ihm ein Zehnmarkstück zu.

Er ging in das Weinhaus, überlegte lange und bestellte ein ausgesuchtes Nachtmahl. Saß am Fenster, blickte hinab auf die Sonntagsbürger, die am Rhein wandelten.

Endlich kam der Fähnrich. »Na, was ist los?«

»Setz dich«, sagte Frank Braun. »Halt's Maul. Frag nicht. Iss und trink und sei froh.« Er gab ihm einen Hundertmarkschein. »So, die Zeche wirst du zahlen. Der Rest ist für dich. – Und sag denen droben, ich sei nach Berlin gefahren – *mit Urlaub!* – Aber ich würde ihn wohl überschreiten, käme erst Ende der Woche zurück.«

Der blonde Fähnrich starrte ihn an, voll ehrlicher Bewunderung. »Sag nur – wie hast du denn das angefangen?«

»Mein Geheimnis«, sagte Frank Braun. »Aber es würde euch auch nichts nützen, wenn ich's euch verriete. Auf den Bluff fällt auch die gutmütigste Exzellenz nur einmal herein. Prosit!«

– Der Fähnrich brachte ihn zum Zuge, hob ihm den Koffer hinein, winkte dann mit dem Hut und dem Taschentuch. Frank Braun trat zurück vom Fenster, vergaß in demselben Augenblick den kleinen Fähnrich und all seine Mitgefangenen und die ganze Festung. Er sprach mit dem Schaffner, streckte sich lang aus in seinem Halbcoupé. Machte die Augen zu, schlief.

Der Schaffner musste ihn tüchtig schütteln, bis er aufwachte. »Wo sind wir denn?«, fragte er schlaftrunken.

»Gleich Bahnhof Freidrichstraße.«

Er suchte seine Sachen zusammen, stieg aus, fuhr zum Hotel. Ließ sich ein Zimmer geben, badete, wechselte die Kleider. Ging dann hinunter zum Frühstückszimmer.

In der Tür schon kam ihm Dr. Petersen entgegen.

»Ah, Sie sind da, lieber Herr Doktor!«, rief er. »Wie sich Exzellenz freuen werden!«

Exzellenz! Wieder: Exzellenz! Diese drei »E's« taten ihm ordentlich weh in den Ohren. »Wie geht es denn meinem Onkel?«, fragte er. »Besser?«

»Besser?«, wiederholte der Arzt. »Wieso besser? Exzellenz sind doch nicht krank!«

»So, so«, sagte Frank Braun. »Nicht krank?! Schade, ich dachte, der Onkel läge im Sterben.«

Dr. Petersen sah ihn verwundert an: »Ich verstehe Sie gar nicht –«

Er unterbrach ihn: »Ist auch nicht nötig. Es tut mir nur leid, dass der Geheimrat nicht im Serben liegt. Das wäre doch sehr nett! Da würde ich ihn doch beerben, nicht wahr? Vorausgesetzt, dass er mich nicht enterbt hat. – Was auch möglich ist – sogar höchst wahrscheinlich.« Er sah den verblüfften Arzt vor sich stehn, weidete sich einen Augenblick an seiner Verlegenheit. Dann fuhr er fort: »Aber sagen Sie mir doch, Doktor, seit wann ist denn mein Onkel eigentlich Exzellenz?«

»Seit vier Tagen, bei Gelegenheit –«

Er unterbrach ihn: »Seit vier Tagen also! Und wie viele Jahre sind Sie jetzt bei ihm als – als – rechte Hand?«

»Nun, das mögen nun wohl zehn Jahre sein«, erwiderte Dr. Petersen.

»Und zehn Jahre lang haben Sie nun zu ihm ›Geheimrat‹ gesagt und ihn mit Sie angeredet. Nun aber, in den vier Tagen, ist er so völlig schon

Exzellenz für Sie, dass Sie selbst ihn nicht einmal anders denken können, als in dritter Person Pluralis.«

»Erlauben Sie, Herr Doktor«, sagte der Assistenzarzt, eingeschüchtert und betreten – »erlauben Sie – wie meinen Sie das eigentlich?«

Aber Frank Braun nahm ihn unter den Arm, führte ihn zum Frühstückstisch. »Oh, ich meine, Doktor, dass Sie eben ein Mann von Welt sind! Einer, der Formen hat und Manieren. Einer, der einen angeborenen Instinkt hat für wirkliche Bildung. – So mein ich's. – Und nun, Doktor, wollen wir frühstücken, und Sie erzählen mir, was Sie ausgerichtet haben inzwischen.«

Befriedigt setzte sich Dr. Petersen nieder, durchaus ausgesöhnt, beglückt beinahe. Dieser junge Referendar, den er noch als kleinen Schulbuben gekannt hatte, war ja freilich ein Windhund, war ein rechter Durchgänger. – Aber er war doch immer der Neffe – von Exzellenz.

Der Assistenzarzt mochte ein Sechsunddreißiger sein, er war mittelgroß. Und Frank Braun dachte, dass alles »mittel« sei an diesem Menschen. Nicht groß und nicht klein war seine Nase, nicht hässlich und nicht hübsch sein Gesicht. Er war nicht mehr jung und noch nicht alt, seine Haarfarbe hielt genau die Mitte zwischen dunkel und hell. Nicht dumm und nicht klug war er, nicht gerade langweilig und doch nicht unterhaltend; seine Kleidung war nicht elegant und doch auch nicht ordinär. So der gute Durchschnitt war er, in allem: das war der rechte Mann, den der Geheimrat brauchte. Ein tüchtiger Arbeiter, gescheit genug, um alles zu begreifen und alles zu leisten, was man von ihm verlangte, und doch nicht so intelligent, um darüber hinauszugehen, klar hineinzublicken in das bunte Spiel, das sein Herr spielte.

»Wieviel Gehalt bekommen Sie eigentlich bei meinem Onkel?«, fragte ihn Frank Braun.

»Oh, nicht gerade sehr glänzend – aber doch recht reichlich«, war die Antwort. »Ich kann schon zufrieden sein. Zu Neujahr habe ich wieder vierhundert Mark Zulage erhalten.« Er bemerkte mit einer gewissen Bewunderung, dass der Herr Neffe sein Frühstück mit Obst begann, einen Apfel aß und eine Handvoll Kirschen.

»Was für Zigarren rauchen Sie?«, inquirierte der Referendar.

»Was ich rauche? – So eine Mittelsorte, nicht zu stark –« Er unterbrach sich. »Aber warum fragen Sie das eigentlich, Herr Doktor?«

»Nur so«, sagte Frank Braun. »Es interessierte mich eben. – Aber nun erzählen Sie mir, was Sie eigentlich schon getan haben in dieser Sache. Hat Ihnen der Geheimrat seine Pläne mitgeteilt?«

»Gewiss«, nickte Dr. Petersen stolz, »ich bin der einzige, der darum weiß – außer Ihnen natürlich. Der Versuch ist von allerhöchster wissenschaftlicher Bedeutung.«

Der Referendar räusperte sich. »Hm – meinen Sie?«

»Ganz zweifelsohne«, bekräftigte der Arzt. »Und es ist geradezu genial, wie Seine Exzellenz es herausklügelten, jede Möglichkeit einer eventuellen Anfeindung von vornherein zu ersticken. Sie wissen ja, wie vorsichtig man sein muss, wie wir Ärzte immer wieder von einem törichten Laienpublikum angegriffen werden, wegen so vieler, doch so absolut notwendiger Versuche. Da ist die Vivisektion – Gott, die Leute werden ja krank, wenn sie nur das Wort hören. Alle unsere Experimente mit Krankheitserregern, Impfungen und so weiter, sind der Laienpresse schon ein Dorn im Auge, obwohl wir doch fast nur mit Tieren arbeiten. Nun erst, wo es sich um künstliche Befruchtung handelt und wo Menschen in Frage kommen! – Da fanden Exzellenz das einzig Mögliche: einen hingerichteten Mörder und eine eigens für diesen Zweck bezahlte Dirne. Sagen Sie selbst: für ein solches Material wird auch der humanitätsduseligste Pastor sich nicht gerne einsetzen wollen.«

»Ja, es ist großartig«, bestätigte ihm Frank Braun. »Sie haben wirklich recht, wenn Sie die Kapazität Ihres Herrn Chefs so anerkennen.«

Dr. Petersen berichtete dann, dass Seine Exzellenz mit seiner Hilfe in Köln verschiedentlich Versuche gemacht hätten, die geeignete Frauensperson herbeizuschaffen, leider ohne jeden Erfolg. Es habe sich herausgestellt, dass in den Bevölkerungsklassen, aus denen diese Geschöpfe hervorzugehen pflegten, ganz absonderliche Begriffe über die künstliche Befruchtung bestehen müssten. Es sei ihnen beiden beinahe unmöglich gewesen, den Weibern überhaupt nur beizubringen, um was es sich eigentlich handle, geschweige denn, die eine oder die andere zu bewegen, auf den Handel einzugehen. Obwohl Seine Exzellenz das Äußerste aufgeboten hätten an Beredsamkeit, obwohl auch er immer wieder ihnen vor Augen gehalten habe, dass einmal gar nichts Gefährliches dabei sei, dass zweitens sie doch ein recht schönes Stück Geld verdienen würden und dass sie drittens der medizinischen Wissenschaft einen sehr großen Dienst erweisen würden.

Eine habe gar laut geschrien: die ganze Wissenschaft könne ihr – Und sie habe einen sehr hässlichen Ausdruck gebraucht.

»Pfui!«, sagte Frank Braun. »Wie konnte sie nur!«

Und da habe es sich dann ja sehr gut getroffen, dass Seine Exzellenz bei Gelegenheit des internationalen Gynäkologenkongresses nach Berlin hätten fahren müssen. Hier, in der Weltstadt, würde man ja zweifellos eine weit größere Auswahl haben, auch sei anzunehmen, dass die Begriffe der in Frage kommenden Personen nicht ganz so beschränkt seien, wie in der Provinz. Dass man auch in diesen Kreisen weniger abergläubische Furcht vor dem Neuen und dafür mehr praktischen Sinn für den materiellen Vorteil und mehr ideelles Interesse für die Wissenschaft habe.

»Besonders letzteres!«, unterstrich Frank Braun.

Und Dr. Petersen pflichtete ihm bei. Es sei ja unglaublich gewesen, auf welch veraltete Anschauungen sie da in Köln gestoßen seien! Jedes Meerschwein, jede Äffin sei ja unendlich viel einsichtsvoller und vernünftiger, als diese Weibsstücke. Er habe ordentlich verzweifelt an dem überragenden Intellekt der Menschheit. Aber er hoffe, dass sein erschütterter Glaube hier wieder gefestigt würde.

»Ohne jeden Zweifel!«, ermutigte ihn der Referendar. »Das wäre ja auch eine wahre Schande, wenn sich Berliner Dirnen ausstechen lassen würden von Äffinnen und Meerschweinen! – Übrigens, wann wird denn mein Onkel kommen? – Ist er schon aufgestanden?«

»Aber längst!«, erklärte der Assistenzarzt eifrig. »Exzellenz sind bereits fort, haben gegen zehn Uhr eine Audienz im Ministerium.«

»Na, und dann?«, fragte Frank Braun.

»Ja, ich weiß nicht, wie lange das dauern wird«, meinte Dr. Petersen. »Auf jeden Fall haben mich Exzellenz gebeten, ihn gegen zwei Uhr in der Kongresssitzung zu erwarten. Gegen fünf haben Exzellenz dann wieder eine wichtige Zusammenkunft hier im Hotel mit einigen Berliner Kollegen und um sieben sind Exzellenz zum Essen beim Rektor geladen. Vielleicht, Herr Doktor, könnten Sie zwischendurch –«

Frank Braun überlegte. Im Grunde war es ihm ganz lieb, dass sein Onkel den ganzen Tag beschäftigt war, da brauchte er sich nicht um ihn zu bekümmern. »Wollen Sie meinem Onkel ausrichten«, sagte er, »dass wir uns um elf Uhr heute nacht hier unten im Hotel treffen wollen.«

»Um elf Uhr?« Der Assistenzarzt machte ein etwas bedenkliches Gesicht. »Ist das nicht etwas reichlich spät? Seine Exzellenz pflegen um diese Zeit schon zu Bett zu sein. Und gar nach einem so anstrengenden Tag.«

»Seine Exzellenz werden sich eben heute noch ein bisschen länger anstrengen müssen. Richten Sie das aus, Doktor«, entschied Frank Braun. »Die Stunde ist durchaus nicht zu spät für unsere Zwecke, eher zu früh – bestimmen wir also lieber zwölf Uhr. Wenn der arme Onkel so sehr abgespannt ist, kann er sich ja vorher ein bisschen ausruhen. – Und nun addio, Doktor – auf heute nacht.« Er stand auf, nickte kurz und ging weg.

Er biss die Zähne aufeinander; empfand in demselben Augenblicke, als er die Lippen schloss, wie kindisch, wie tollpatschig das alles gewesen war, was er dem guten Doktor vorgeschwatzt hatte. Wie klein war sein Spott gewesen, wie billig sein Witz! Er schämte sich fast. Alle Nerven und Sehnen schrien nach irgendeiner Betätigung – und er ließ sie Disteln köpfen; sein Hirn sprühte in tausend Funken – und er schmiedete Studentenwitze!

Dr. Petersen sah ihm lange nach. »Er ist hochmütig«, sagte er zu sich selbst. »Nicht einmal die Hand hat er mir gegeben.« Er schenkte sich noch einmal Kaffee ein, mischte ihn hübsch mit Milch und schmierte bedächtig ein neues Butterbrot. Dann mit innerster Überzeugung: »Hochmut kommt vor dem Fall!«

Und, sehr befriedigt über seine gesunde bürgerliche Weisheit biss er in die weiße Semmel und hob die Tasse zum Munde.

Es war beinahe ein Uhr in der Nacht, als Frank Braun erschien. »Entschuldige, Oheim«, sagte er leichthin.

»Na, lieber Neffe«, erwiderte der Geheimrat, »hast uns lange genug warten lassen.«

Der Referendar sah ihn groß an. »Ich hatte weiß Gott Besseres zu tun, Onkel. Im übrigen wartest du ja nicht um meinetwillen, sondern nur wegen deiner Zwecke.«

Der Professor schielte zu ihm hinüber: »Junge –« begann er. Aber er beherrschte sich. »Na – lassen wir's. Ich danke dir, Neffe, dass du herkamst, mir zu helfen. Bist du nun bereit, mitzukommen?«

»Nein!«, erklärte Frank Braun, blind in kindlichem Trotz. »Ich will erst noch einen Whiskysoda trinken, wir haben Zeit genug.« Das war nun seine Natur, alle Dinge auf die Spitze zu treiben. Feinfühlig, überempfindlich fast gegen jedes kleinste Wort, jeden leisesten Ton eines Vorwurfes, liebte er doch, jeden, mit dem er zusammentraf, auf das frechste zu brüskieren. Immer schrie er gröbste Wahrheiten heraus und konnte selbst nicht die sanfteste vertragen.

Er fühlte wohl, wie er den alten Herrn verletzte. Aber die Tatsache gerade, dass der Onkel verletzt war, dass er seine Dummenjungenmanieren so ernst nahm und tragisch – das gerade kränkte und beleidigte ihn. Er empfand es fast wie eine Herabsetzung, dass ihn der Geheimrat so gar nicht verstand, dass er nicht durchsah durch den blonden Trotzkopf, durch das bisschen lumpige Oberfläche. Und er musste sich dagegen wehren, ob er wollte oder nicht, musste noch einen halben Korsaren draufsetzen auf den, der schon da war. Musste die Maske noch fester ziehen und den frechen Weg gehen, den er auf dem Montmartre gefunden: épater le bourgeois.

Er leerte langsam sein Glas, erhob sich dann nachlässig, wie ein melancholischer Prinz, der sich langweilt. »Wenn es den Herren beliebt?« Seine Geste war von oben herab, wie zu etwas unendlich tief unter ihm Stehenden. »Eine Droschke, Kellner.«

Sie fuhren. Der Geheimrat schwieg, seine Oberlippe hing tief herab, seine dicken Tränensäcke lappten sich über die Wangen. Weit standen nach beiden Seiten die mächtigen Ohren ab, das rechte Auge leuchtete grünschillernd im Dunkel. ›Wie eine Eule sieht er aus‹, dachte Frank Braun, ›wie eine hässliche alte Eule, die auf ihr Mäuschen lauert.‹

Dr. Petersen saß im Vordersitz, mit offenem Mund. Er begriff das alles gar nicht – dieses unglaubliche Benehmen des Neffen Exzellenz gegenüber.

Aber der junge Mann fand bald genug sein Gleichgewicht wieder. – Ach, wozu sich ärgern über den alten Esel?! Hat ja auch seine guten Seiten am Ende –

Er half dem Geheimrat aus dem Wagen. »Hier!«, rief er. »Bitte einzutreten!«

›Café Stern‹ stand auf dem großen Schilde, das die Bogenlampe bestrahlte. Sie traten ein, gingen durch die langen Reihen der kleinen Marmortische, durch eine Fülle schreiender und lärmender Menschen. Setzten sich endlich.

Hier war ein guter Markt. Viele Dirnen saßen herum, aufgetakelt, mit gewaltigen Hüten und bunten Seidenblusen. Riesige Massen von Fleisch, das auf den Käufer wartete, sich möglichst breit hinrekelte, wie in Schaufensterauslagen.

»Ist dies eines der besseren Lokale?«, fragte der Geheimrat.

Der Neffe schüttelte den Kopf. »Nein, Ohm Jakob, durchaus nicht. Wir würden da kaum das finden, was wir nötig haben. Aber vielleicht ist selbst das noch zu gut – Wir brauchen die letzte Hefe.«

Hinten saß ein Mann im fettigen, abgeschlissenen Frack am Klavier. Spielte unaufhörlich einen Gassenhauer nach dem andern. Zuweilen gröhlten mit seinem Spiel ein paar Angetrunkene; dann kam der Direktor, wies sie zur Ruhe, erklärte, dass es das nicht gäbe in diesem anständigen Lokale.

Kleine Kommis liefen herum; ein paar gute Bürger aus der Provinz saßen am Nebentische, kamen sich sehr fortgeschritten vor und sehr unmoralisch in ihrem Geschwätz mit den dicken Dirnen. Und die unappetitlichen Kellner zwängten sich zwischen die Tische, brachten braune Saucen in Gläsern und gelbe in Tassen, die sie dann Bouillon nannten oder Mélange. Auch volle Schnapskaraffen, die jedes kleine Gläschen in Strichen markierten.

Zwei Weiber kamen an ihren Tisch, baten um einen Kaffee. Machten keine Umstände, setzten sich und bestellten.

»Die Blonde vielleicht?«, flüsterte Dr. Petersen.

Aber der Referendar winkte ab. »Nein, nein, das ist gar nichts. – Ist nur Fleisch. Da behalten Sie besser Ihre Äffinnen.«

Eine Kleine fiel ihm auf, hinten im Raume. Sie war schwarz und ihre Augen kochten vor Gier. Er stand auf, winkte sie in den Gang. Sie machte sich los von ihrem Begleiter, kam auf ihn zu.

»Hör mal –« begann er. Aber sie sagte: »Heute nicht. Hab schon einen Kavalier. – Morgen, wenn du willst.«

»Lass ihn laufen«, drängte er. »Komm mit, wir gehen ins Separée.«

Das war verlockend. »Morgen – geht's nicht morgen, Schatz?«, bat sie. »Kann wirklich nicht heute, es ist ein alter Kunde. Er zahlt zwanzig Mark.«

Frank Braun fasste ihren Arm: »Ich zahl viel mehr, sehr viel mehr, verstehst du! Du kannst dein Glück machen. Es ist nicht für mich – 's ist für den Alten dort. Und es handelt sich um eine bessere Sache.«

Sie stutzte, ihr Blick folgte seinem Auge, das auf den Geheimrat wies. »Der da?«, sagte sie enttäuscht. »Und was wird der wieder verlangen?!«

»Lucy!«, schrie der Mensch von ihrem Tisch.

»Ich komm schon«, antwortete sie. »Also nochmal – heute nicht. Morgen können wir darüber reden, wenn du willst. Komm hierher, so um diese Zeit!«

»Blödes Frauenzimmer!«, flüsterte er.

Sie sagte: »Sei nicht bös! Er schlägt mich tot, wenn ich nicht mit ihm gehe heute. Er ist immer so, wenn er betrunken ist! – Komm morgen, hörst du? Und lass den Alten – komm allein. Brauchst auch nicht zu zahlen, wenn du nicht magst.«

Sie ließ ihn stehen, lief zurück an ihren Tisch; Frank Braun sah, wie der schwarze Herr mit dem steifen Filzhut ihr erbitterte Vorwürfe machte. O ja, sie musste ihm schon treu bleiben – für diese Nacht.

Er ging langsam durch den Saal, betrachtete die Dirnen. Aber er fand keine, die ihm lasterhaft genug erschien. Da war überall noch ein letzter Rest bürgerlicher Ehrbarkeit, irgendein instinktives Sicherinnern der Zugehörigkeit zu irgendeiner Gesellschaft. Nein, nein, da war keine, die losgelöst war von allem, die frech und selbstbewusst ihren Weg ging: da seht – ich bin eine Hure.

Er hätte es kaum definieren können, was er eigentlich suchte. Es lag im Gefühl. Es musste so eine sein, dachte er, die dahergehört an ihren Platz und nirgend anders. Nicht eine, wie diese alle, die irgendein bunter Zufall hierher verschlagen hatte. Die geradesogut kleine Frauen hätten werden können, Arbeiterinnen, Dienstmädchen, Tippfräulein oder gar Telephondamen, wenn nur ihres Lebens Wind ein klein wenig anders geblasen hätte. Die nur Dirnen waren – weil sie des Mannes rohe Gier dazu machte.

Nein, nein, die er suchte, die sollte Dirne sein, weil sie nicht anders konnte, weil ihr Blut es so heischte, weil jeder Zoll ihres Leibes schrie nach immer neuen Umarmungen, weil, unter den Zärtlichkeiten des einen, ihre Seele sich schon sehnte nach des anderen Küssen.

Sie sollte Dirne sein, so wie er – Er stockte – ja was war er denn eigentlich?

Müde, resigniert schloss er seine Gedanken: nun, so wie er – ein Träumer war.

Er kehrte an den Tisch zurück. »Komm, Oheim, es ist hier nichts. Wir wollen ein Haus weiter gehen.«

Der Geheimrat protestierte, aber der Neffe hörte nicht darauf. »Komm, Oheim«, wiederholte er. »Ich versprach dir, eine zu finden und ich finde sie.«

Sie standen auf, zahlten, gingen über die Straße, immer weiter hinauf, dem Norden zu.

»Wohin?«, fragte Dr. Petersen. Der Referendar antwortete nicht, schritt weiter, betrachtete die großen Schilder der Kaffeehäuser. Endlich blieb er stehen.

»Café Trinkherr«, murmelte er. »Das wird das richtige sein.«

In diesen verschmutzten Räumen war verzichtet auf jede Talmieleganz. Freilich standen auch hier die kleinen weißen Marmortische, klebten die roten Plüschsofas an den Wänden. Brannten auch hier überall die elektrischen Birnen, schoben sich plattfüßige Kellner in klebrigen Fracks. Aber es machte den Eindruck, als ob das alles nichts anderes scheinen wollte, als es wirklich war.

Die Luft war elend verräuchert und stickig – aber was hier atmete, fühlte sich doch freier und wohler in dieser Luft. Legte sich keinen Zwang auf, gab sich, wie es eben war.

Am Nebentisch saßen Studenten, ältere Semester schon. Sie tranken ihr Bier, zoteten dazwischen mit den Weibern. Sie waren sattelfest alle, kannten sich aus; eine gewaltige Flut von Schmutz, lustig springend, ergoss sich aus ihren Lippen. Einer von ihnen, klein und dick, das Gesicht zerfetzt von unzähligen Schmissen, schien unerschöpflich. Und die Weiber wieherten, bogen sich, krümmten sich in schallendem Lachen.

Zuhälter saßen herum an den Wänden, spielten Karten. Oder hockten allein, starrten vor sich hin, pfiffen mit dem Spiel des betrunkenen Musikanten, tranken ihren Schnaps. Zuweilen kam, von der Straße her, eine Dirne herein, schritt auf einen von ihnen zu, sprach ein paar rasche Worte und verschwand wieder.

»Das wird stimmen!«, sagte Frank Braun. Er winkte dem Kellner, bestellte Kirschwasser, gab ihm den Auftrag, ein paar Frauen an den Tisch zu holen.

Vier kamen. Aber als sie sich setzten, sah er eine andere zur Tür hinausgehen. Eine große, starke Person in weißseidener Bluse; unter dem kleinen Girardihut quoll üppiges brandrotes Haar hervor. Rasch sprang er auf, stürzte ihr nach auf die Straße.

Sie ging über den Fahrweg, lässig, langsam, die Hüften leicht wiegend. Bog zur Linken ab, trat in einen Torweg, über dem im Bogen ein rotes Glasplakat leuchtete. ›Festsäle zum Nordpol‹ las er.

Er schritt ihr nach über den schmutzigen Hof, betrat fast zugleich mit ihr den verräucherten Saal. Aber sie beachtete ihn nicht, blieb vorne stehen, blickte über die tanzende Menge.

Die schrie, johlte, riss weit die Beine auseinander – Männer und Weiber. Wirbelte herum, dass der Staub hochflog, heulte zur Musik die harten Worte des Rixdorfers. Schob sich quer durcheinander, wild, rauh und roh, aber sicher in diesem frechen Tanze, der auf ihrem eigenen Boden wuchs.

Die Craquette fiel ihm ein und die Likette, die sie droben auf Montmartre tanzten, und im Quartier Latin, auf der andern Seite der Seine. Leichter, graziöser, lachend und voll von Charme. Nichts davon lag in diesem Geschiebe, nicht ein kleiner Hauch von dem, was die Midinette ›Flou‹ nannte. Aber ein heißes Blut schrie aus dem gewaltigen Rasen des Rixdorfers, eine wilde Wut fast, die sich austobte durch den niedrigen Saal –

Die Musik schwieg, in schmutzigen, verschwitzten Fingern sammelte der Tanzmeister das Geld ein, von den Weibern, nicht von den Männern. Gab dann, ein Posa der Vorstadt, mit großen Gesten zur Galerie hinauf das Zeichen zu einem neuen Tanze.

Aber die Menge wollte den Rheinländer nicht. Sie schrie hinauf zum Kapellmeister, brüllte ihn an, dass er abklappen solle. Die Musik spielte trotzdem weiter, kämpfte an gegen den Saal, sicher in ihrer Höhe hinter der Ballustrade.

Da drangen sie auf den Maitre. Der kannte seine Weiber und seine Kerle, hielt sie fest in der Hand, ließ sich durchaus nicht einschüchtern durch trunkenes Geschrei oder drohend erhobene Fäuste. Aber er wusste auch, wann er nachgeben musste.

»Den Emil!«, schrie er hinauf. »Spielt den Emil!«

Ein dickes Weib in gewaltigem Hute hob ihre Arme, schlang sie dem Tanzmeister um den staubigen Frack. »Bravo, Justav, dat haste jut jemacht!«

Wie Öl glitt sein Ruf über die tobende Menge. Sie lachten, drängten sich, schrien Bravo, schlugen ihn wohlwollend auf den Rücken oder stießen ihn vor den Bauch. Dann, als der Walzer einsetzte, brach es los, kreischend und heiser:

>»Emil, du bist eene Flanze,
>Und so jefällst du mi–ir!
>Jehst immer jleich uffs Janze
>Und darum lieb ick di–ir!«

»Die Alma!«, schrie einer mitten aus dem Saale.

»Häh, die Alma!« Er ließ seine Partnerin stehen, sprang heran, griff die rothaarige Dirne am Arme. Ein kleiner, schwarzer Bursche, die glatte Pomadenlocke tief in die Stirne gekämmt, mit blanken stechenden Augen.

»Komm!«, rief er. Fasste sie fest um die Taille.

Die Dirne tanzte. Frecher wie die anderen schritt sie den schiebenden Walzer, ließ sich schneller herumwirbeln von ihrem Tänzer. Nach wenigen Takten schon war sie völlig im Tanze, warf die Hüften heraus, bog sich hin und zurück. Drängte den Leib vor, blieb mit dem Knie in steter Berührung mit ihrem Tänzer. Schamlos, gemein, in brutaler Sinnlichkeit.

Frank Braun hörte eine Stimme neben sich, sah den Tanzmeister, der mit einer gewissen Anerkennung der Dirne nachblickte. »Verdammt, wie det Aas den Steiß schwingt!«

O ja, sie schwang ihren Steiß! Schwang ihn höher und frecher, wie die »Baronin Gudel de Gudelfeld«, der »der Krone witziger Erbe« sein Lob zollte. Schwang ihn wie eine Flagge, wie ein sturmgefülltes Banner nacktester Sinnenlust.

›Sie ziert sich nicht‹, dachte Frank Braun. Er folgte ihr mit dem Blick hin durch den Saal und zurück. Trat rasch auf sie zu, als die Musik schwieg, legte ihr die Hand auf den Arm.

»Erst zahlen!«, lachte ihn der Schwarze an.

Er gab ihm ein Geldstück. Die Dirne betrachtete ihn mit raschem Blick, musterte ihn von oben bis unten. »Ich wohne nicht weit«, sagte sie, »kaum drei Minuten, in der –«

Er unterbrach sie. »Einerlei, wo du wohnst. Komm mit.«

– Derweilen bot im Café Trinkherr der Geheimrat den Frauen zu trinken an. Sie nahmen Sherry-Brandy und baten dann, dass er ihnen doch gleich ihre andere Zeche mitzahlen möge: ein Bier, und noch ein Bier und einen Pfannkuchen und eine Tasse Kaffee. Der Geheimrat zahlte; dann versuchte er sein Glück. Er habe ihnen einen Vorschlag zu machen, sagte er, und die, die wolle, möge zugreifen. Wenn aber, wie anzunehmen sei, auf seinen sehr vorteilhaften Vorschlag zwei eingehen wollten oder drei, oder gar alle vier – dann sollten sie darum würfeln.

Die hagere Jenny legte ihren Arm um seine Schulter. »Weesste, Alterchen, dann lassen wir lieber jleich knobeln, det is jescheiter! Denn ich und die Damens da – wir machen allet, wat du ooch für neue Zicken uff Lager hast!«

Und Elly, eine kleine mit blondem Puppenköpfchen, sekundierte ihr: »Wat meine Freundin macht, mach ick ooch. Da jibt et nischt! Streng solide fort Jeld!« Sie sprang auf, holte einen Würfelbecher. »Na, los Kinder, wer die Vorschläge von dem Ollen zu akzeptieren hat! – Max und Moritz wird jespielt.«

Aber die dicke Anna, die sie »die Henne« nannten, protestierte. »Ick habe immer Pech im Knobeln«, sagte sie. »Zahlste vielleicht Trostjeld, Onkelchen, für die, die nicht jewinnen?«

»Gewiss«, sagte der Geheimrat, »fünf Mark für jede.« Er legte drei dicke Silberstücke auf den Tisch.

»Du bis nobel!«, lobte ihn Jenny. Und um das zu bekräftigen, bestellte sie noch eine Runde Sherry-Brandy.

Sie war es auch, die gewann. Sie nahm die drei Geldstücke und überreichte sie den Kolleginnen: »Da habt ihr euer Schmerzensgeld. Un nu, schieß los, oller Schieber: wie du mir hier siehst, bin ich zu allen Schandtaten bereit!«

»Also höre, liebes Kind«, begann der Geheimrat, »es handelt sich um eine allerdings etwas außergewöhnliche Sache –«

»Hab dich man nich, jeliebter Jlatzkopp!«, unterbrach ihn die Dirne. »Mir sind alle keene Jungfern mehr und die lange Jenny erst recht nich!

Unser Herrjott hat ja allerhand komische Biester in seinem Tierjarten herumloofen – aber, wenn ma 'ne jute Praxis hat, lernt man alle Sauereien kennen. Mich wirste schwerlich wat Neuet beibringen.«

»Aber Sie missverstehen mich, liebe Jenny«, sagte der Professor, »ich verlange durchaus nichts Besonderes von Ihnen, wie Sie anzunehmen scheinen. Es handelt sich vielmehr um ein – rein wissenschaftliches Experiment.«

»Kenn ick!«, gröhlte die Jenny. »Kenn ick! – Du bis en Doktor, wat Oller? – Ich hatte auch mal so eenen, der immer erst mit die Wissenschaft anfing – det sind de jrößten Schweine von allen! – Na Prost, Onkelchen, ick hab ja nischt dajejen. Bei mir kann ooch jeder uff seine Fasson selig werden!«

»Prosit«, trank ihr der Geheimrat zu. »Ich freue mich, dass du so vorurteilsfrei bist – da werden wir ja bald einig werden. Also kurz, liebes Kind, es handelt sich um den Versuch einer künstlichen Befruchtung.«

»Einer – wat?«, fuhr das Mädchen auf. »Einer – – künstlichen – Befruchtung? Wat braucht et denn dazu für 'ne jroße Kunst? – Dat pflegt doch im alljemeinen einfach jenug zu sein!«

Und die schwarze Klara grinste: »Mich wär jedenfalls 'ne künstliche Unfruchtbarkeit lieber!«

Dr. Petersen kam seinem Herrn zu Hilfe. »Darf ich einmal versuchen, ihr die Sache auseinanderzusetzen?« Und als der Geheimrat nickte, hielt er einen kleinen Vortrag über die zugrundeliegende Idee, über die bisher erzielten Resultate und über die Möglichkeiten für die Zukunft. Er betonte scharf, dass der Versuch völlig schmerzlos sei und dass sich alle Tiere, mit denen man bisher gearbeitet habe, stets sehr wohl dabei befunden hätten.

»Wat für Tiere?«, fragte die Jenny.

Und der Assistenzarzt antwortete: »Nun Ratten, Affen und Meerschweinchen –«

Da fuhr sie auf. »Wat? Meerschweine? – En Schwein bin ick, meinswegen – sojar 'ne olle Sau! Aber ein Meerschwein – dat hat mir noch keiner jesagt! Und du, jlatzköppiger Igel, willst, dat ick mir von euch behandeln lassen soll wie en Meerschwein? – Nee, verstehste, det macht Jenny Lehmann nich!«

Der Geheimrat versuchte sie zu beruhigen, schenkte ihr einen neuen Schnaps ein. »So verstehe doch recht, liebes Kind –« begann er.

Aber sie ließ ihn nicht ausreden. »Ick verstehe recht jenug!«, rief sie. »Ick soll mir herjeben für Sachen, wofür ihr sonst schmierige Biester jebraucht! – Ruff uff'n Tiroler – und dann impfen mit so'n Serumdreck

un mit Bazillen – – oder am Ende wollt ihr mir jar vivisezieren, wat?«
Sie redete sich immer mehr hinein, wurde tiefrot vor Wut und Ärger.
»Oder ick soll wohl irjend so'n Monstrum zur Welt bringen, damit ihr
et uff'n Jahrmarkt sehen lassen könnt?! Ein Kind mit zwei Köppe und
een Rattenschwanz, wat? Oder eins, wat halb wie ein Meerschwein aus-
sieht? – Nu weess ick ooch, woher sie int Passagepanoptikum und bei
Castan alle die villen Missjeburten herkriegen – ihr seid wohl Ajenten
für die Brieder!!? – Und dazu soll ick mir herjeben, mir kinstlich von
dir befruchten lassen? Pass uff, ollet Schwein – da haste deine kinstliche
Befruchtung!« Sie sprang auf, bog sich über den Tisch, spie dem Geheimrat mitten ins Gesicht.

Dann hob sie das kleine Glas, trank es ruhig aus, drehte rasch um
und ging stolz davon.

In diesem Augenblick erschien Frank Braun in der Türe, winkte ihnen
herauszukommen.

»Kommen Sie her, Herr Doktor, kommen Sie schnell her!«, rief ihm
Dr. Petersen aufgeregt zu, während er bemüht war, den Geheimrat ab-
zuwischen.

»Nun, was gibt's denn?«, fragte der Referendar, als er an den Tisch
trat.

Der Professor schielte ihn an, bitterböse, wie ihm dünkte. Die drei
Dirnen schrien durcheinander, während Dr. Petersen ihm auseinandersetzte, was geschehen war. »Was soll man nun machen?«, schloss er.

Frank Braun zuckte die Achseln. »Machen? – Nun gar nichts. Zahlen
und gehen – sonst nichts. – Übrigens habe ich gefunden, was wir brauchen.«

Sie gingen hinaus; vor der Türe stand die rothaarige Dirne, die mit
ihrem Schirme eine Droschke heranwinkte. Frank Braun schob sie hinein,
ließ dann den Geheimrat und seinen Assistenzarzt einsteigen. Er rief
dem Kutscher eine Adresse zu und kletterte zu den andern.

»Gestatten die Herrschaften, dass ich bekannt mache«, rief er. »Fräulein Alma – – Seine Exzellenz, Geheimrat ten Brinken – Herr Doktor
Karl Petersen.«

»Bist du verrückt geworden?«, fuhr ihn der Professor an.

»Aber durchaus nicht, Ohm Jakob«, sagte der Referendar ruhig. »Du
wirst doch einsehen, dass Fräulein Alma, wenn sie sich längere Zeit in
deinem Hause oder in deiner Klinik aufhält, sowieso deinen Namen
erfährt, ob du's nun willst oder nicht.« – Er wandte sich an die Dirne.
»Entschuldigen Sie, Fräulein Alma, mein Onkel wird nämlich schon ein
bisschen alt!«

Er sah in dem Dunkel den Geheimrat nicht, aber er hörte gut, wie sich in ohnmächtiger Wut seine breiten Lippen aufeinanderpressten. Er empfand das angenehm, es deuchte ihn, dass der Onkel nun endlich losfahren müsse.

Aber er irrte sich. Der Geheimrat erwiderte ruhig: »So hast du dem Mädchen schon gesagt, um was es sich handelt? Und sie ist einverstanden?«

Frank Braun lachte ihm ins Gesicht. »Aber keine Ahnung! Ich habe nicht ein Wort davon gesprochen! Ich bin mit Fräulein Alma kaum hundert Schritt weit über die Straße gegangen – habe kaum zehn Worte mit ihr geredet. Vorher – sah ich sie tanzen –«

»Aber Herr Doktor«, unterbrach ihn der Assistenzarzt, »da könnten wir ja, nach den Erfahrungen, die wir soeben wieder gemacht haben –«

»Lieber Petersen«, sagte der Referendar, sehr von oben herab, »beruhigen Sie sich. Ich habe mich eben überzeugt, dass dieses Fräulein das ist, was wir brauchen. Und ich denke – das genügt wohl.«

Die Droschke hielt vor einem Weinlokal. Sie traten ein. Frank Braun forderte ein Separée und der Kellner führte sie hinauf. Er hielt ihm die Weinkarte hin, der Referendar bestellte zwei Flaschen Pommery und eine Flasche Kognak. »Aber beeilen Sie sich!«, rief er.

Der Kellner brachte den Wein und entfernte sich.

Frank Braun schloss die Türe. Dann trat er auf die Dirne zu. »Bitte, Fräulein Alma, legen Sie den Hut ab.«

Sie gab ihm den Hut; die wilden, von den Nadeln befreiten Haare quollen nach allen Seiten heraus über Stirn und Wangen. Ihr Gesicht zeigte die fast durchsichtige Farbe rothaariger Frauen, hier und da waren ein paar kleine Sommersprossen sichtbar. Die Augen schimmerten grün, kleine, blanke Zahnreihen leuchteten auf zwischen den dünnen bläulichen Lippen. Und über dem allen lag eine verzehrende, fast unnatürliche Sinnlichkeit.

»Ziehen Sie die Bluse aus«, sagte er. Sie gehorchte schweigend. Er löste die beiden Knöpfchen auf den Schultern und strich das Hemd hinunter. Man sah zwei fast klassisch geformte, nur ein wenig zu starke Brüste.

Frank Braun blickte zu seinem Onkel hinüber. »Das genügt wohl«, sagte er. »Das übrige könnt ihr ja so sehen. – Ihre Hüften lassen gewiss nichts zu wünschen übrig.« – Dann wandte er sich wieder zu der Dirne. »Ich danke Ihnen, Alma. Sie können sich wieder anziehen!«

Das Mädchen gehorchte, nahm den Kelch, den er ihr reichte und leerte ihn. Und er sah wohl zu, in diesen Stunden, dass ihr Glas nicht einen Augenblick leer stand.

Dann plauderte er. Erzählte von Paris, sprach von hübschen Frauen im Moulin de la Galette und im Elysée Montmartre. Beschrieb genau, wie sie aussahen, schilderte ihre Stiefelchen, ihre Hüte und ihre Kleider.

Und er wandte sich zu der Dirne. »Wissen Sie, Alma, es ist eine Schande, wie Sie herumlaufen! Bitte nehmen Sie mir das nicht übel. Können sich ja gar nirgends sehen lassen. – Waren Sie schon in der Union-Bar oder in der Arkadia?«

Nein, da war sie noch nicht gewesen. Nicht einmal in den Amorsälen. Einmal hatte sie ein Kavalier mitgenommen ins Alte Ballhaus, aber als sie wiederkommen wollte, allein, in der nächsten Nacht, war sie abgewiesen worden am Eingang. Ja, man müsste eben Toiletten haben –

»Natürlich muss man!«, bestätigte Frank Braun. Und ob sie glaube, dass sie jemals hochkommen könne, da draußen vor dem Oranienburger Tor?

Da lachte die Dirne: »Ach, im Grunde ist's ja ganz gleich – Mann ist Mann!«

Aber er ließ das nicht gelten. Erzählte ihr fabelhafte Geschichten, von Frauen, die ihr Glück gemacht hätten in den großen Ballhäusern. Sprach von Perlenschnüren und von großen Brillanten, erzählte von Equipagen, von Schimmelgespannen. Dann, plötzlich, fragte er: »Sagen Sie mal, wie lange laufen Sie nun so schon herum?«

Sie sagte ruhig: »Seit zwei Jahren, seit ich weg bin von Hause.«

Er fragte sie aus, holte stückweise aus ihr heraus, was er wissen wollte. Trank ihr zu, füllte immer von neuem ihr Glas. Und, ohne dass sie es merkte, goss er ihr Kognak in den Sekt.

Sie war nun bald zwanzig Jahre alt, stammte aus Halberstadt. Ihr Vater war ein biederer Bäckermeister, brav und sehr ehrbar, wie die Mutter, wie ihre sechs Geschwister. Sie – nun ja, gleich als sie von der Schule kam, ein paar Tage nach der Konfirmation, hatte sie sich mit einem Manne eingelassen – einem von Vaters Gesellen. Ob sie ihn liebgehabt habe? Aber gar nicht – das heißt: sonst gar nicht – nur, wenn –

Ja, und dann sei es ein anderer gewesen und wieder einer. Der Vater habe sie geschlagen und die Mutter auch, aber sie sei doch immer wieder fortgelaufen, die Nacht über weggeblieben vom Hause. Das sei so gegangen durch die Jahre – bis sie die Eltern eines Tages hinausgeworfen hätten. Da habe sie ihre Uhr versetzt und sei nach Berlin gefahren. Und nun sei sie eben da, seither –

Frank Braun sagte: »Ja, ja, das ist schon so.« Dann fuhr er fort: »Aber nun ist Ihr Glückstag gekommen heute!«

»So?«, fragte sie. »Wieso denn?« Ihre Stimme klang heiser, wie unter Schleiern. »Mir ist ein Tag so lieb wie der andere – nur ein Mann, weiter brauch ich nichts!«

Aber er verstand wohl, wie sie fassen konnte. »Aber Alma, Sie müssen doch zufrieden sein mit jedem Mann, der Sie will! – Möchten Sie nicht mal, dass es umgekehrt wäre? – Dass Sie jeden nehmen könnten, der Ihnen zusagte?«

Da leuchteten ihre Augen. »O ja, das möcht ich schon!«

Er lachte. »Na, und ist Ihnen noch niemand begegnet auf der Straße, den Sie gerne möchten? Und der doch sich gar nicht kümmerte um Sie, ruhig weiterging? Wäre es nicht famos, wenn Sie mal wählen könnten?«

Sie lachte: »Dich, Bubi, möcht ich schon nehmen –«

»Mich auch«, stimmte er zu. »Und den und jenen – wen du gerade willst! – Das kannst du dir aber nur leisten, wenn du Geld hast. Und darum meine ich, hast du heute deinen Glückstag, weil du heute viel Geld verdienen kannst, wenn du magst.«

»Wieviel denn?«, fragte sie.

Er sagte: »Geld genug, um dir die schönsten Toiletten kaufen zu können, um dir die Tore der besten und vornehmsten Ballsäle zu öffnen. – Wieviel? Sagen wir zehntausend – auch zwölftausend Mark.«

»Was?«, rief der Assistenzarzt dazwischen. Und der Professor, der nicht entfernt an eine solche Summe gedacht hatte, schnalzte: »Ich finde, dass du etwas flott mit dem Gelde anderer Leute umgehst.«

Frank Braun lachte vergnügt: »Da hören Sie, Alma, wie der Herr Geheimrat ganz außer sich ist über die Summe, die er dir geben soll. Aber ich sage dir: es kommt gar nicht darauf an. Du hilfst ihm – also soll er dir auch helfen. Ist's dir recht – fünfzehntausend?«

Sie sah ihn groß an: »Ja – aber was soll ich dafür tun?«

»Das ist's ja gerade, was so komisch ist«, sagte er. »Du brauchst eigentlich gar nichts zu tun. Nur ein wenig stillhalten, das ist alles. – Prosit, trink aus.«

Sie trank. »Stillhalten?«, rief sie fröhlich. »Ich halte nicht gern still. Aber wenn's sein muss – für fünfzehntausend Mark. – Prost, Bubi!« Und sie leerte ihr Glas, das er gleich wieder füllte.

»Es ist nämlich eine großartige Geschichte«, erklärte er. »Da ist ein Herr – ein Graf ist es – oder eigentlich ein Prinz. Ein bildhübscher Kerl, weißt du – er möchte dir schon gefallen. Aber leider wirst du ihn nicht sehen können – – sie haben ihn nämlich eingesperrt, und er soll nächstens hingerichtet werden. Der arme Kerl – im Grunde ist er so unschuldig wie du und ich.

Nur etwas jähzornig ist er – und so ist das Unglück passiert. Im Rausch bekam er Streit und da hat er seinen allerbesten Freund erschossen. Nun muss er sterben.«

»Und was soll ich dabei?«, fragte sie schnell. Ihre Nüstern flogen, ihr Interesse für diesen seltsamen Prinzen war voll erwacht.

»Ja – siehst du«, fuhr er fort, »du sollst ihm helfen, seinen letzten Wunsch erfüllen –«

»Ja!«, rief sie rasch. »Ja, ja! – Er will vorher noch einmal mit einer Frau zusammen sein, nicht wahr? Ich tu's, tu es gern – – und er soll mit mir zufrieden sein.«

»Bravo, Alma«, sagte der Referendar, »bravo, du bist ein tüchtiges Mädchen. – Aber die Sache ist nicht ganz so einfach. Pass gut auf, dass du's begreifst. Also, als er den Freund totgestochen hatte – totgeschossen, mein ich – lief er zu seiner Familie. Die sollte ihn schützen, ihn verbergen, ihm zur Flucht helfen. Das tat sie nun aber gar nicht. Sie wusste ja, dass er so ungeheuer reich sei, und dachte, nun sei eine günstige Gelegenheit, ihn bald zu beerben. Und darum rief sie die Polizei.«

»Pfui Teufel!«, sagte Alma mit Überzeugung.

»Ja, nicht wahr«, fuhr er fort, »es war schrecklich gemein?! Er wurde also eingesteckt – – und was denkst du wohl, was der Prinz jetzt vorhat?«

»Sich rächen!«, erwiderte sie prompt.

Er klopfte ihr beifällig auf die volle Schulter.

»Richtig, Alma, du hast deine Romane mit gutem Erfolge gelesen. Also er beschloss, sich zu rächen an dieser verräterischen Familie. Und das kann er nur tun, wenn er ihnen ein Schnippchen schlägt mit der Erbschaft. – So weit verstehst du's, nicht?«

»Natürlich versteh ich's«, erklärte sie. »Die lumpige Familie soll nichts kriegen. Geschieht ihr recht.«

»Wie aber das anstellen«, fuhr er fort, »das war die Frage! Doch nach langem Überlegen fand er den einzigen Weg: nur dann konnte die Familie um die vielen Millionen gebracht werden, wenn er selbst ein Kind hätte!«

»Hat der Prinz denn eins?«, fragte sie.

»Nein«, antwortete er, »er hat eben leider keins. Aber er lebt ja noch. Kann noch eins zeugen –«

Ihr Atem flog, ihre Brust hob sich rasch. »Ich begreife –« rief sie, »ich soll ein Kind von dem Prinzen bekommen.«

»Das ist es!«, sagte er. »Willst du's?«

Und sie schrie: »Ja, ich will!« Sie warf sich zurück in den Sessel, streckte die Beine lang von sich, öffnete weit die Arme. Eine schwere rote Locke löste sich, fiel hinab auf den Nacken. Dann sprang sie auf, leerte wieder ihr Glas. »Heiß ist's hier«, sagte sie. »Sehr heiß!« – Sie riss ihre Bluse auf, fächelte sich mit dem Taschentuche. Hielt ihm dann ihr Glas hin. »Hast du noch was? Komm, wir wollen auf den Prinzen trinken!«

Die Gläser stießen zusammen. »Eine nette Räubergeschichte erzählst du da«, zischte der Geheimrat seinem Neffen zu. »Ich bin neugierig, wie du wieder heraus willst.«

»Hab keine Angst, Ohm Jakob«, gab er zurück, »es kommt noch so ein Kapitel.« Wandte sich dann wieder zu der roten Dirne. »Also, das ist abgemacht, Alma, du hilfst uns. Aber nun ist noch ein Haken dabei, den ich dir erklären muss. Der Baron sitzt, wie du weißt –«

Sie unterbrach ihn: »Der Baron –? Ich denke, es ist ein Prinz?«

»Natürlich ist er ein Prinz«, verbesserte Frank Braun. »Aber wenn er inkognito ist, nennt er sich nur Baron – – das ist so Mode bei den Prinzen. Also, Seine Hoheit der Prinz –«

Sie flüsterte: »Ist er Hoheit?«

»Jawohl«, rief er. »Kaiserliche und Königliche Hoheit! Aber du musst schwören, dass du nicht drüber redest – zu keinem Menschen. – Also der Prinz schmachtet nun im Kerker und wird aufs allerstrengste bewacht. Kein Mensch darf zu ihm, nur sein Rechtsanwalt. Es ist also ganz unmöglich, dass er noch einmal mit einer Frau zusammen sein könnte, ehe sein letztes Stündlein naht.«

»Ah!«, seufzte sie. Ihr Interesse für den unglücklichen Prinzen war sichtlich gemindert.

Aber Frank Braun achtete es nicht. »Da« – deklamierte er unbeirrt mit vollklingendem Pathos – »in seines Herzens schrecklicher Not, in seiner furchtbaren Verzweiflung und seinem unstillbaren Durste nach Rache gedachte er plötzlich an die seltsamen Versuche Seiner Exzellenz des Wirklichen Geheimen Rates Professor Doktor ten Brinken, dieser strahlenden Leuchte der Wissenschaft. Der junge, schöne Prinz, der nun in seines Lebens Lenz der Welt Valet sagen muss, erinnerte sich noch gut aus seiner goldenen Knabenzeit des gütigen alten Herrn, der ihn pflegte, als er den Keuchhusten hatte, und der ihm damals mehrmals Bonbons geschenkt hatte. – Da sitzt er, Alma, sehen Sie ihn sich an: das Werkzeug der Rache des unglücklichen Prinzen!« Und er wies mit einer großartigen Gebärde auf seinen Onkel.

»Dieser würdige Herr da«, sprach er weiter, »ist seiner Zeit um einige Meilen vorausgegangen. – Wie Kinder zur Welt kommen, weißt du, Alma, und du weißt auch, wie sie gemacht werden. Aber du kennst nicht das Geheimnis, das dieser Wohltäter der Menschheit entdeckte: Kinder zu zeugen, ohne dass Vater und Mutter sich überhaupt nur sehen. Der edle Prinz wird ruhig weiter in seinem Kerker klagen – oder auch schon im kühlen Grabe ruhen, während du, Mädchen, unter der gütigen Hilfe dieses alten Herrn und unter der sachkundigen Assistenz des braven Doktor Petersen zur Mutter seines Kindes wirst.«

Alma starrte zu dem Geheimrat hinüber – – dieses plötzliche Quiproquo, dieses unheimliche Vertauschen eines schönen, edlen, todgeweihten jungen Prinzen gegen einen alten und sehr hässlichen Professor gefiel ihr gar nicht.

Frank Braun bemerkte es wohl, begann eine neue Suada, um ihre Bedenken zu ersticken. »Das Prinzenkind, Alma, dein Kind – muss natürlich in äußerster Verborgenheit zur Welt kommen. Und muss streng verborgen bleiben, bis es herangewachsen ist, um es vor den Nachstellungen und Intrigen der bösen Familie zu schützen. Es ist natürlich auch ein Prinz – wie der Vater!«

»Mein Kind wird ein – Prinz!?«, flüsterte sie.

»Ja, natürlich!«, bestätigte er. »Oder vielleicht eine Prinzess, das kann man nicht wissen. Es wird Schlösser haben und große Güter und viele Millionen Geld. – Aber du darfst ihm später keine Steine in seinen Weg legen, darfst ihm dich nicht aufdrängen wollen und es kompromittieren.«

Das saß; die dicken Tränen liefen ihr über die Wangen. Oh, sie fühlte sich schon in ihrer Rolle, empfand jetzt schon dieses stille, schmerzhafte Entsagen für das geliebte Kind. – Sie war eine Dirne – aber ihr Kind war ein Prinz! Wie durfte sie ihm nahen? O sie wollte schweigen und dulden und ertragen – nur beten für ihr Kind. Nie sollte es wissen – wer seine Mutter war –

Ein heftiges Schluchzen ergriff sie, schüttelte ihren Leib. Sie warf sich über den Tisch, vergrub den Kopf in die Arme, weinte bitterlich.

Liebkosend, zärtlich fast, ließ er seine Hand über ihren Nacken gleiten, streichelte ihre wilden, aufgelösten Locken. Er schmeckte wohl das Zuckerwasser der sentimentalen Limonade, die er selbst gemischt. Und nahm sie doch ernst in diesem Augenblick. »Magdalena«, flüsterte er. »Magdalena –«

Sie richtete sich auf, streckte ihm die Hand entgegen. »Ich – verspreche es Ihnen – dass ich mich nie aufdrängen will, nie wieder etwas von mir sehen und hören lasse. – Aber – aber –«

»Was denn, Mädchen?«, fragte er leise.

Sie fasste seinen Arm, fiel vor ihm auf die Knie, schlug laut aufschlagend ihr Haupt in seinen Schoß.

»Nur eines – nur eines!«, rief sie. »Darf – darf ich es nicht manchmal sehen? Nur von weitem – oh, nur ganz aus der Ferne –?«

»Bist du nun endlich fertig mit deiner kitschigen Komödie?«, warf ihm der Geheimrat zu.

Frank Braun sah ihn wild an – gerade weil er genau fühlte, wie recht sein Onkel hatte, gerade darum empörte sich sein Blut. Er zischte hinüber: »Schweig, alter Narr! – Siehst du denn nicht, wie schön das ist?« Und er beugte sich hinab zu der Dirne. »Doch, Mädchen, du sollst ihn sehen, deinen jungen Prinzen. Ich werde dich mitnehmen, wenn er einst ausreitet vor seinen Husaren. Oder ins Theater, wenn er oben in der Loge sitzt – da sollst du ihn sehn –«

Sie antwortete nicht, aber sie presste seine Hände und mischte Küsse in ihre Tränen.

Dann richtete er sie langsam auf, setzte sie behutsam nieder, gab ihr wieder zu trinken. – Ein großes Glas voll, das zur Hälfte Kognak enthielt.

»Willst du also?«, fragte er.

»Ja«, sagte sie leise, »ich will. – Was soll ich tun?«

Er besann sich einen Augenblick. »Zuerst – zuerst – wollen wir einen kleinen Vertrag aufsetzen.« Er wandte sich an den Assistenzarzt. »Haben Sie Papier da, Doktor? Und eine Füllfeder? – Gut! So schreiben Sie. Schreiben Sie alles gleich zweimal, wenn's beliebt.«

Er diktierte. Sagte, dass die Unterzeichnete für den Versuch, den Seine Exzellenz ten Brinken zu machen beabsichtige, sich freiwillig zur Verfügung stelle. Dass sie fest verspreche, allen Anordnungen dieses Herrn pünktlich Folge zu leisten. Dass sie weiter, nach der Geburt, allen Ansprüchen auf das Kind völlig entsage. Dafür verpflichte sich Seine Exzellenz sogleich fünfzehntausend Mark in ein Sparkassenbuch auf den Namen der Unterzeichneten einzuzahlen und ihr dieses Buch nach der Entbindung zu übergeben. Er verpflichte sich ferner, bis zu diesem Zeitpunkte für ihren Unterhalt alle Kosten zu tragen, ihr dazu ein monatliches Taschengeld von hundert Mark bis dahin zu gewähren.

Er nahm das Blatt, las es noch einmal laut vor. »Es steht ja nichts von dem Prinzen darin?«, sagte sie.

»Natürlich nicht«, erklärte er, »kein Wort. Das muss strengstes Geheimnis bleiben.«

Das sah sie wohl ein. Aber da war noch etwas, das sie beunruhigte. »Warum –« fragte sie, »warum nehmt ihr gerade mich? Für den armen Prinzen würden doch gewiss alle Frauen gern tun, was sie könnten.«

Er zögerte. Diese Frage kam ihm ein wenig unerwartet. Aber er fand eine Antwort. »Ja, weißt du«, begann er, »das ist – so: – Des Prinzen Jugendliebe nämlich war eine wunderschöne Gräfin. Er liebte sie, mit all der Glut, mit der nur ein echter Prinz zu lieben imstande ist. Und sie liebte den schönen, edlen Jüngling nicht weniger. Aber sie starb.«

»Woran starb sie?«, warf Alma dazwischen.

»Sie starb an – an den Masern. – Und diese schöne Geliebte des edlen Prinzen nun hatte gerade so goldrote Locken wie du. Sah überhaupt genau so aus wie du. – Das ist nun des Prinzen letzter Herzenswunsch, dass die Mutter seines Kindes Ähnlichkeit haben möchte mit der Geliebten seiner Jugend. Er gab uns ihr Bild mit, beschrieb sie uns genau: so suchten wir in ganz Europa herum, aber wir fanden die Rechte nicht. – Bis wir heute abend dich sahen.«

Sie lachte geschmeichelt. »Seh ich der schönen Gräfin wirklich so ähnlich?«

»Wie zwei Sternschnuppen!«, rief er. »Ihr hättet Schwestern sein können. – Übrigens werden wir dich photographieren lassen; wie wird sich der Prinz freuen, wenn er dein Bild sieht!«

Er reichte ihr die Feder hin. »So, Kind, nun unterschreib!«

Sie nahm das Blatt und setzte an. »Al–« schrieb sie. Sie unterbrach sich. »Da ist ein dickes Haar in der Feder.« Sie nahm die Serviette und reinigte die Feder damit.

»Verflucht –« murmelte Frank Braun, »da fällt mir ein, sie ist ja noch nicht majorenn. Eigentlich müssten wir auch des Vaters Unterschrift haben. – Ach was – für den Vertrag da wird's genügen. – Schreib nur!«, rief er laut. – »Wie ist übrigens deines Vaters Name?«

Sie sagte: »Mein Vater ist der Bäckermeister Raune in Halberstadt.« Und sie schrieb, mit steilen unbeholfenen Zügen ihres Vaters Namen.

Frank Braun nahm ihr das Blatt aus der Hand. Ließ es sinken und hob es wieder hoch. Starrte es an.

»Bei allen Heiligen!«, rief er laut. »Das – das ist – –«

»Nun, was gibt es, Herr Doktor?«, fragte der Assistenzarzt.

Er reichte ihm den Vertrag herüber. »Da – da – sehen Sie sich die Unterschrift an.«

Dr. Petersen blickte auf den Bogen. »Nun?«, fragte er verwundert. »Was soll's? Ich finde nichts Merkwürdiges dabei.«

»Nein, nein, natürlich nicht, Sie nicht!«, rief Frank Braun. »Geben Sie den Kontrakt dem Geheimrat. So – nun lies, Ohm Jakob!«

Der Professor betrachtete die Unterschrift. Das Mädchen hatte vergessen, ihren Vornamen zu Ende zu schreiben: *Al Raune* stand auf dem Blatt.

»Allerdings – ein merkwürdiger Zufall«, sagte der Professor. Er faltete den Bogen sorgfältig zusammen und steckte ihn in die Brusttasche.

Aber sein Neffe rief: »Ein Zufall? – Gut – meinetwegen ein Zufall. – Alles was merkwürdig ist und geheimnisvoll – ist ja ein Zufall für euch!« Er schellte dem Kellner. »Wein, Wein!«, schrie er. »Gebt mir zu trinken. – Alma Raune – *Al Raune* auf dein Wohl!«

Er setzte sich auf den Tisch, lehnte sich hinüber, dem Geheimrat zu.

»Erinnerst du dich, Ohm Jakob, des alten Kommerzienrates Brunner aus Köln? Und seines Sohnes, den er Marco nannte? Er war mit mir zusammen auf einer Schulklasse, obwohl er ein paar Jahre älter war. Das war ein Witz, dass ihn der Vater Marco nannte, so dass sein Junge nun als Marco Brunner durchs Leben lief! – Nun kommt der Zufall. Der alte Kommerzienrat ist der nüchternste Mensch auf der Welt und so ist seine Frau, so sind alle seine Kinder. – Ich glaube, in ihrem Hause am Neumarkt wurde nie etwas getrunken, als Wasser und Milch, Tee und Kaffee. – Aber der Marco trank. Trank schon, als er noch Sekundaner war – oft genug brachten wir ihn betrunken nach Hause. Dann wurde er Fähnrich, auch Leutnant – da war's aus. Er trank, trank immer mehr, machte Dummheiten und wurde weggejagt. Dreimal hat ihn der Alte in Entziehungsanstalten gebracht und dreimal kam er heraus und war in wenigen Wochen ein noch schlimmerer Säufer wie jemals. Und nun kommt der weitere Zufall: er, Marco Brunner, trank – Marcobrunner. Das wurde seine fixe Idee, er lief in alle Weinhäuser der Stadt, suchte seine Marke, reiste herum am Rhein, trank auf, was er fand von seinem Weine. Er konnte sich's leisten, da er sein eignes Vermögen hatte von der Großmutter her. ›Hallo!‹, schreit er im Delirium. ›Marcobrunner wird Marco Brunner vertilgen! Warum? Weil Marco Brunner Marcobrunner vertilgt!‹ Und die Leute lachten über seinen Witz. – Alles ein Witz, alles ein Zufall – wie das ganze Leben ein Witz und ein Zufall ist! – Ich weiß aber, dass der alte Kommerzienrat viele Hunderttausende drum geben möchte, wenn er nie diesen Witz gemacht hätte – weiß auch, dass er's sich nie verzeihen wird, dass er seinen armen Jungen Marco nannte und nicht Hans oder Peter. – Trotzdem – es ist ein Zufall, ein sehr närrischer grotesker Zufall – wie dies Geschreibsel des Prinzenbräutchens.«

Das Mädchen war aufgestanden, hielt sich trunken mit der Hand am Stuhle. »Ein Prinzenbräutchen –« lallte sie. »Holt mir den Prinzen ins Bett!«

Sie nahm die Kognakflasche, goss ihr Glas hoch voll. »Den Prinz will ich, hört ihr nicht? Auf dein Wohl, zuckersüßer Prinz.«

»Er ist leider nicht da!«, sagte Dr. Petersen.

»Nicht da?«, lachte sie, »nicht da? So soll es ein anderer sein! Du – oder du – oder du, Alterchen! Einerlei – irgendein Mann!« Sie riss ihre Bluse herunter, streifte die Röcke ab, löste das Mieder, warf es krachend gegen den Spiegel. »Einen Mann will ich – kommt doch alle drei! Holt herein von der Straße, wen ihr wollt!«

Das Hemd glitt herab, nackt stand sie vor dem Spiegel, presste mit beiden Händen ihre Brüste hoch. »Wer will mich?«, rief sie laut. »Hereinspaziert – alle zusammen! Kost' keinen Pfennig heute, weil Festtag ist – für Kinder und Soldaten die Hälfte.« Sie breitete die Arme aus, umarmte die Luft. »Soldaten –« schrie sie, »Soldaten – ein ganzes Regiment will ich haben.«

»Schäm dich«, sagte Dr. Petersen, »passt das für eine Prinzenbraut?« – Aber gierig hingen seine Blicke an ihren starken Brüsten.

Sie lachte. »Ach was – Prinz oder nicht Prinz! Jeder, der will, soll mich haben! Meine Kinder sind Hurenkinder – die kann ein jeder machen – Bettler und Prinz!«

Ihr Leib hob sich, ihre Brüste reckten sich, den Männern zu. Heiße Lust jauchzte ihr weißes Fleisch, geile Gier strömte ihr Blut durch die blauen Adern. Und ihre Blicke und ihre bebenden Lippen, und ihre verlangenden Arme und fordernden Beine und ihre Hüften und Brüste schrien die wilde Sehnsucht: Empfangen – empfangen! Keine Dirne mehr schien sie – war, aller Hüllen entblößt, frei aller Fesseln, des Weibes letztes, gewaltiges Urbild: nur Geschlecht vom Scheitel zur Sohle.

»Oh, sie ist die Rechte!«, flüsterte Frank Braun. »Mutter Erde – die Mutter Erde –«

Ein rasches Zittern überfiel sie. Ihre Haut fröstelte. Die Füße schwer schleppend schwankte sie auf das Sofa zu.

»Ich weiß nicht recht, was mir ist«, murmelte sie, »das dreht sich alles!«

»Hast einen Schwips«, sagte der Referendar rasch. »Da trink und dann schlaf dich aus.« Er führte ihr wieder ein volles Glas Kognak zum Munde.

»Ja – schlafen möcht ich –« stotterte sie. »Schläfst mit mir, Junge?«

Sie warf sich lang auf das Sofa, streckte beide Beine in die Luft. Lachte hell auf, schluchzte dann laut. Weinte endlich still vor sich hin, warf sich auf die Seite, schloss die Augen.

Frank Braun schob der Schlafenden ein großes Kissen unter den Kopf, deckte sie zu. Er bestellte Kaffee, ging ans Fenster und öffnete es weit. Aber er schloss es wieder im Augenblick, als der junge Morgen hell hereinbrach.

Er wandte sich um: »Nun, meine Herren, sind Sie zufrieden mit diesem Objekt?«

Dr. Petersen sah die Dirne an mit bewundernden Blicken. »Ich glaube, sie wird sich sehr gut eignen«, meinte er. »Wollen Exzellenz gütigst die Hüften betrachten – – sie ist wie prädestiniert für eine tadellose Geburt.«

Der Kellner kam und brachte den Kaffee. Frank Braun befahl ihm: »Telephonieren Sie zur nächsten Unfallstation. – Man soll eine Tragbahre herschicken. – Die Dame ist recht krank geworden.«

Der Geheimrat sah ihn erstaunt an: »Was soll das?«

»Das soll heißen –« lachte sein Neffe, »dass ich Nägel mit Köpfen mache, Ohm Jakob. Soll heißen, dass ich für dich denke, und, wie mich deucht, gescheiter als du. Bildest du dir denn ein, dass dies Mädchen, wenn es wieder nüchtern ist, auch nur einen Schritt mit dir gehen würde? – Solange ich sie trunken mache, mit Worten und mit Wein, immer wieder von neuem, so lange mag's am Ende gehen. Aber euch beiden Helden läuft sie an der nächsten Straßenecke davon, trotz allem Geld und allen Prinzen der Welt! – Und darum heißt es jetzt zufassen. Sie, Dr. Petersen, werden, wenn die Bahre kommt, das Mädchen sofort zum Bahnhof schaffen lassen. Der Frühzug geht, wenn ich nicht irre, um sechs Uhr, den werden Sie benutzen. Sie werden ein ganzes Coupé nehmen und Ihre Patientin dort hinbetten. Ich denke, sie wird nicht aufwachen, sollte sie es doch tun, so geben Sie ihr etwas Kognak. Sie mögen ja ein paar Morphiumtropfen noch hineintun. Auf diese Weise werden Sie am Abende bequem in Bonn sein – mit Ihrer Beute. Telegraphieren Sie, dass die Equipage des Geheimrats Sie am Bahnhof erwartet, schaffen Sie das Mädchen in den Wagen und bringen Sie sie zu Ihrer Klinik. – Ist sie einmal dort, wird sie nicht so leicht wieder loskommen – dazu haben Sie ja Ihre Mittel und Wege.«

»Aber, verzeihen Sie, Herr Doktor«, wandte der Assistenzarzt ein, »das sieht ja beinahe so aus, wie eine gewaltsame Entführung.«

»Ist es auch«, nickte der Referendar. »Übrigens ist ja Ihr bürgerliches Gewissen salviert: Sie haben den Kontrakt! – Und nun reden Sie nicht lange herum – tun Sie, was man Ihnen sagt.«

Dr. Petersen wandte sich an seinen Chef, der schweigend und brütend mitten im Zimmer stand. Ob er erste Klasse nehmen könne? Und welches Zimmer man dem Mädchen einräumen solle? Ob es nicht zu empfehlen sei, noch einen besonderen Wärter zu nehmen? Und ob –

Währenddessen trat Frank Braun zu der schlafenden Dirne. »Schönes Mädchen«, murmelte er. »Wie brennende Goldnattern kriechen deine Locken.« Er zog einen schmalen Goldreif vom Finger, der eine kleine Perle trug. Nahm ihre Hand und streifte ihn an. »Da nimm: Emmy Steenhop gab mir den Ring, als mich ihr Blütenzauber vergiftete. Sie war schön und stark und war wie du eine seltene Dirne! – Schlafe, Kind, träume von deinem Prinzen und deinem Prinzenkind!« Er beugte sich und küsste leicht ihre Stirn –

– Die Träger kamen mit der Krankenbahre. Sie betteten die schlafende Dirne, zogen sie notdürftig an, deckten sie warm zu mit wollenen Decken, trugen sie hinaus. ›Wie eine Leiche‹, dachte Frank Braun.

Dr. Petersen verabschiedete sich, ging ihnen nach.

Nun waren die beiden allein.

Einige Minuten verstrichen, keiner von ihnen sprach. Dann ging der Geheimrat auf seinen Neffen zu.

»Ich danke dir«, sagte er trocken.

»Durchaus keine Ursache«, erwiderte der Neffe. »Ich tat's nur, weil mir's selbst Spaß machte und mir eine kleine Abwechslung war. Ich müsste lügen, wenn ich sagen wollte, dass ich es für dich tat.«

Der Geheimrat blieb dicht vor ihm stehen, drehte seine Daumen übereinander. »Das dachte ich mir wohl. Übrigens möchte ich dir noch eine Mitteilung machen, die dich interessieren dürfte. Mir ist da vorhin, als du von dem Prinzenkind schwatztest, ein Gedanke gekommen. Ich werde, wenn das Kind zur Welt kommen sollte, es adoptieren.« Er lächelte schleimig: »Du siehst, lieber Neffe, dass deine Theorie nicht so ganz unrecht war: dies kleine Alraunwesen nimmt dir, ehe es noch gezeugt ist, schon ein hübsches Vermögen weg. Ich werde es zum Erben einsetzen. Ich sage dir das nur, um dich vor unnützen Illusionen zu bewahren.«

Frank Braun fühlte den Hieb; er blickte seinem Onkel offen ins Auge. »Ist gut, Ohm Jakob«, sagte er ruhig. »Es wäre wohl über kurz oder lang doch so gekommen, dass du mich enterbt hättest, nicht wahr?«

Aber der Geheimrat hielt seinen Blick aus, antwortete nicht.

Da fuhr der Referendar fort: »Nun, dann wäre es vielleicht gut, wenn wir die Stunde benutzen würden, um unsere Rechnung miteinander abzumachen. – Ich habe dich oft geärgert und gekränkt – dafür hast du mich enterbt: so sind wir quitt. Aber du wirst zugeben: den Gedanken da – hast du von mir. Und dass du ihn nun ausführen kannst, hast du auch mir zu verdanken. Nun gut – dafür bist du mir wohl eine kleine Erkenntlichkeit schuldig. Ich habe Schulden –«

Der Professor horchte auf. Ein rasches Grinsen huschte über sein Gesicht. »Wieviel?«, fragte er.

Frank Braun antwortete: »– Nun – es geht! Einige zwanzig Mille mögen es wohl sein.«

Er wartete, aber der Geheimrat ließ ihn ruhig warten.

»Nun?«, fragte er ungeduldig.

Da sagte der Alte: »Wieso – nun? Du glaubst doch nicht im Ernst, dass ich dir diese Schulden bezahlen würde?«

Frank Braun starrte ihn an, das heiße Blut schoß ihm in die Schläfen. Aber er bezwang sich. »Ohm Jakob«, sagte er und seine Stimme zitterte, »ich würde dich nicht bitten, wenn ich es nicht müsste. Einige meiner Schulden sind dringend, sehr dringend sogar. Es sind Spielschulden dabei, Ehrenscheine.«

Der Professor zuckte die Achseln: »Du hättest eben nicht spielen sollen –«

»Das weiß ich recht gut«, antwortete sein Neffe. Noch immer hielt er an sich, mit Aufbietung all seiner Nerven. »Gewiss hätte ich es nicht tun sollen. Aber nun tat ich's – und nun muss ich zahlen. Noch etwas – ich kann meiner Mutter nicht mehr kommen mit diesen Sachen. Du weißt so gut wie ich, dass sie mehr für mich tut, als sie kann; dazu hat sie erst – unlängst – meine Affären geregelt. Zudem ist sie jetzt krank – – kurz, ich kann es nicht tun und ich tu's nicht.«

Der Geheimrat lächelte, bittersüß: »Das tut mir ja sehr leid für deine arme Mutter, aber es kann mich durchaus nicht bewegen, meinen Entschluss zu ändern.«

»Ohm Jakob!«, rief er, außer sich über diese kalte höhnische Maske. »Ohm Jakob, du weißt nicht was du tust. Ich bin auf der Festung ein paar Mitgefangenen einige Tausende schuldig und ich muss sie bezahlen zum Ende der Woche. Ich habe weiter eine Reihe jämmerlicher Schulden an kleine Leute, die mir geborgt haben auf mein gutes Gesicht hin – ich kann sie nicht betrügen. Ich habe auch den Kommandanten angepumpt, um hierher reisen zu können –«

»Den auch?«, unterbrach ihn der Professor.

»Ja, den auch!«, wiederholte er. »Ich habe ihm vorgelogen, dass du sterbenskrank seiest und ich dir nahe sein müsste in deiner letzten Stunde. Daraufhin gab er mir die Lappen.«

Der Geheimrat wiegte den Kopf hin und her. »So – das hast du ihm erzählt? – Du bist ja ein wahres Genie im Pumpen und im Schwindeln. – Das muss nun endlich ein Ende haben.«

»Heilige Jungfrau!«, schrie der Neffe. »So nimm doch Vernunft an, Ohm Jakob! Ich muss das Geld haben – ich bin verloren, wenn du mir nicht hilfst.«

Da sagte der Geheimrat: »Nun – der Unterschied scheint mir nicht eben groß zu sein. Verloren bist du ohnehin – ein anständiger Mensch wird nie aus dir werden.«

Frank Braun griff sich mit beiden Händen an den Kopf. »Und das sagst du mir, Onkel, du?«

»Gewiss«, erklärte der Professor. »Wofür hast du denn dein Geld weggeworfen? – Immer nur auf die lumpigste Art und Weise.«

Da warf er ihm ins Gesicht: »Mag sein, Onkel – Aber nie hab ich Geld eingesteckt auf die lumpigste Weise – – wie du.«

Er schrie und es schien ihm, als ob er eine Reitpeitsche schwinge und sie niedersausen lasse, mitten in des Alten hässliches Gesicht. Er fühlte, wie sein Hieb traf – aber er fühlte auch, wie er durchschnitt, rasch, ohne Widerstand, wie durch Schaum, wie durch klebrigen Schleim –

Ruhig, fast freundlich, erwiderte ihm der Geheimrat: »Ich sehe, dass du noch recht dumm bist, mein Junge. – Erlaube deinem alten Onkel, dir einen guten Rat zu geben, vielleicht wird er dir etwas nützen im Leben. Wenn man etwas will von den Leuten, so muss man schon eingehen auf ihre kleinen Schwächen, merk dir das. Ich gebrauchte dich heute: du wirst mir zugeben, dass ich darum manches einsteckte, das du mir hinwarfst. Aber du siehst, dass es half. Nun habe ich, was ich von dir wollte. Jetzt ist es anders – du kommst, um mich zu bitten, aber du denkst nicht daran, den unteren Weg zu gehen. – Nicht, lieber Neffe, dass ich glaubte, dass es dir etwas genützt hätte – bei mir. O nein! – Aber vielleicht wird es dir bei andern einmal nützen – dann wirst du mir dankbar sein für den guten Rat.«

Frank Braun sagte: »Onkel, *ich* ging den unteren Weg. Tat es – zum erstenmal im Leben; tat es, als ich dich bat – so bat, wie es geschah. – Und – ich werde ihn nie wieder gehen. Was willst du denn – soll ich mich noch mehr – demütigen vor dir? – Komm, lass es nun genug sein – gib mir das Geld.«

Da sprach der Geheimrat: »Ich will dir einen Vorschlag machen, Neffe. Versprichst du mir, ruhig zuzuhören? Nicht wieder aufzubrausen, was es auch sein möge?«

Er sagte fest: »Ja, Ohm Jakob.«

»So höre. – Du sollst das Geld haben, das nötig ist, dich zu rangieren. Sollst auch mehr haben – wir werden einig werden über die Summe. Aber ich gebrauche dich – gebrauche dich zu Hause. Ich werde es durchsetzen, dass du dorthin versetzt wirst, auch dass dir der Rest deiner Festungshaft geschenkt wird.«

»Warum nicht?«, antwortete Frank Braun. »Es ist mir völlig gleich, ob ich hier bin oder dort. Wie lang soll's dauern?«

»Ein Jahr etwa. Nicht einmal ganz so lange«, antwortete der Professor.

»Einverstanden«, sagte der Referendar. »Was hab ich zu tun?«

»Ah, nicht viel«, erwiderte der Alte. »Auch ist's eine kleine Nebenbeschäftigung, die du gewohnt bist und die dir nicht schwerfällt!«

»Was also?«, drängte er.

»Sieh, mein Junge«, fuhr der Geheimrat fort, »ich werde eine kleine Hilfe gebrauchen, für dieses Mädchen, das du mir da angeschafft hast. Du hast ganz recht: sie wird uns fortlaufen. Sie wird sich unsäglich langweilen in der Zeit des Wartens und gewiss versuchen, sie abzukürzen auf ihre Weise. Nun aber überschätzt du unsere Mittel, sie halten zu können. Das geht natürlich sehr gut und bequem in jeder Privatirrenanstalt, in der man einen Menschen viel sicherer bewachen kann, als im Zuchthaus oder Gefängnis. Leider sind wir aber gar nicht darauf eingerichtet. Ich kann sie doch nicht in das Terrarium sperren mit den Fröschen, oder in die Käfige zu den Affen oder Meerschweinchen, nicht wahr?«

»Gewiss nicht, Onkel«, sagte der Referendar. »Du musst etwas anderes finden.«

Der Alte nickte: »Ich habe gefunden, was nötig ist. Wir müssen etwas haben, das sie festhält. Nun scheint mir aber mein Doktor Petersen nicht die geeignete Persönlichkeit zu sein, um auf längere Zeit ihr Interesse zu fesseln, ich meine, er wird ihr kaum für eine Nacht genügen. Ein Mann aber muss es wohl sein: ich habe daher an dich gedacht –«

Frank Braun presste die Stuhllehne, als wollte er sie zerbrechen. Sein Atem ging tief. »An mich –« wiederholte er.

»Ja, an dich«, fuhr der Geheimrat fort. »Es scheint das eines der wenigen Dinge zu sein, zu denen du zu gebrauchen bist. Du wirst sie halten können. Wirst ihr immer von neuem irgendeinen Blödsinn vorerzählen – – da hat deine Phantasie endlich einmal einen vernünftigen Zweck. Und in Ermangelung ihres Prinzen wird sie sich in dich verlieben – du wirst also auch ihre sinnlichen Bedürfnisse befriedigen können. Wenn ihr das nicht genügt, so hast du ja gewiss Freunde und Bekannte genug, die sehr gern die Gelegenheit wahrnehmen werden, einmal auf ein paar Stunden mit so einem hübschen Geschöpf zusammen zu sein.«

Der Referendar keuchte, seine Stimme klang heiser. »Onkel«, sprach er, »weißt du, was du verlangst? Ich soll der Geliebte dieser Dirne werden, während sie des Mörders Kind trägt? Soll dazu ihr Zuträger sein, soll sie jeden Tag neu verkuppeln – ich soll –«

»Gewiss«, unterbrach ihn der Professor ruhig. »Ich weiß es recht gut. Es scheint das einzige zu sein auf dieser Welt, wozu du gut bist, mein Junge.«

Er antwortete nicht. Er fühlte diese Streiche, fühlte, wie seine Wangen tiefrot wurden, wie seine Schläfen heiß glühten. Es war ihm, als brannten quer durch sein Gesicht diese langen Striemen, die des Onkels scharfe Peitsche schlug. Und er empfand es gut: o ja, der Alte hatte seine Rache.

Der Geheimrat merkte es wohl, ein zufriedenes, triefendes Grinsen legte sich breit über seine hängenden Züge. »Überleg es dir in aller Ruhe, Junge«, sagte er langsam. »Wir brauchen uns ja nichts vorzumachen, wir beide, du und ich. Können die Dinge beim rechten Namen nennen: ich will dich engagieren als – Zuhälter für diese Dirne.«

Frank Braun fühlte: nun liegst du am Boden. Hilflos, völlig wehrlos, elend nackt. Kannst dich nicht rühren. Und der hässliche Alte tritt dich mit schmutzigem Fuß, speit in deine klaffenden Wunden seinen giftigen Speichel –

Kein Wort fand er. Er wankte, taumelte. Irgendwie kam er die Treppe hinab. Stand auf der Straße, starrte in die helle Morgensonne.

Er wusste kaum, dass er ging. Hatte das Empfinden, dass er daläge, lang in der schmutzigen Gosse, niedergeworfen durch einen dumpfen, furchtbaren Schlag auf den Kopf –

Was es war, wusste er kaum mehr. Er schlich durch die Straßen, kroch dahin durch Jahrhunderte. Blieb stehn vor einer Litfasssäule, las die Theateranzeigen, die Plakate. Aber er sah nur Worte – verstand nichts.

Dann fand er sich am Bahnhofe. Er ging an den Schalter, verlangte ein Billett.

»Wohin?«, fragte der Beamte.

Wohin? – Ja – wohin denn? Und er war erstaunt, wie er seine eigene Stimme hörte: »Coblenz.«

Er suchte aus allen Taschen das Geld zusammen.

»Dritter Klasse«, rief er. Dazu langte es noch.

Er stieg die Treppe hinauf zum Perron, da erst bemerkte er, dass er ohne Hut war. – Er setzte sich auf eine Bank und wartete.

Dann sah er, wie sie eine Bahre hinauftrugen, sah hinter ihr Dr. Petersen kommen. Er rührte sich nicht von seinem Platze, es war ihm, als ob das alles gar nichts zu tun habe mit ihm. Er sah, wie der Zug einlief, beobachtete, wie der Arzt ein Abteil erster Klasse öffnen ließ, wie die Träger vorsichtig die Last hineinhoben.

Und, hinten am letzten Ende des Zuges, stieg er ein.

Irgendein Lachen krampfte sich in seine Kinnbacken. »So ist es recht –«, dachte er. »Dritte Klasse – das passt für den Knecht, für den – Zuhälter.«

Aber er vergaß es wieder, wie er dasaß auf der harten Bank. Drückte sich eng in seine Ecke, starrte auf den Fußboden.

Und dieser dumpfe Druck wich nicht von seinem Kopf. Er hörte den Namen der Stationen rufen; manchmal schien es ihm, als ob drei, vier, gleich hintereinander kämen, als ob dieser Zug dahinsause, wie der Funke durch die Drähte da zur Seite. Und dann wieder lag eine Ewigkeit zwischen einer Stadt und der andern –

In Köln musste er umsteigen, warten auf den Zug, der den Rhein hinauffuhr. Aber es deuchte ihn keine Unterbrechung, er merkte kaum den Unterschied, ob er dasaß auf der Bank oder im Zuge.

Dann war er in Coblenz, stieg aus, lief wieder durch die Straßen. Die Nacht brach herein, da besann er sich, dass er doch hinauf wollte auf die Festung. Und er ging über die Brücke, stieg im Dunkel den Fels hinauf, den schmalen Fußweg der Gefangenen, durch das Unterholz.

Plötzlich war er oben. Fand sich auf dem Kasernenhof, dann in seinem Zimmer, auf dem Bette sitzend.

Jemand kam den Gang entlang. Trat hinein ins Zimmer, die Kerze in der Hand. Es war der starke Marinearzt, Dr. Klaverjahn.

»Hallo!«, rief er in der Tür. »Da hat also der Feldwebel doch recht gehabt! Schon zurück, Bruder? Na, komm gleich rüber – der Rittmeister hat die Bank.«

Frank Braun rührte sich nicht, hörte kaum, was der andere sprach. Da fasste ihn der an der Schulter, schüttelte ihn tüchtig. »Willst wohl schon einschlafen, Murmeltier? – Mach keine Dummheiten, komm mit!«

Frank Braun sprang auf, irgend etwas war da, das ihn hochriss. Er griff einen Stuhl, hob ihn, trat einen Schritt näher. »Geh hinaus«, zischte er, »geh hinaus, du Schuft!«

Dr. Klaverjahn sah ihn dicht vor sich stehn. Blickte in diese bleichen, verzerrten Züge, dieses stiere, drohende Auge. Es erwachte alles, was noch in ihm war von einem Arzt, ließ ihn im Augenblicke die Lage erkennen.

»Steht es so?«, sagte er ruhig. – »Entschuldige bitte –« Dann ging er.

Frank Braun stand eine Weile, immer den Stuhl in der Hand. Ein kaltes Lachen hing um seine Lippen. Aber er dachte nichts, gar nichts. Er hörte ein Klopfen an der Tür, hörte es wie in unendlicher Ferne. Dann schaute er auf – der kleine Fähnrich stand vor ihm.

»Bist du wieder da?«, fragte er. »Was fehlt dir?« – Er erschrak, lief dann zurück, als der andere nicht antwortete, kam wieder mit einem Glas und einer Flasche Bordeaux. »Trink. Es wird dir guttun.«

Frank Braun trank. Er fühlte, wie ihm der Wein in die Pulse drang, fühlte, wie seine Beine zitterten, zusammenzubrechen drohten unter ihm. Er ließ sich schwer auf das Bett fallen.

Der Fähnrich stützte ihn. »Trink!«, drängte er.

Aber Frank Braun winkte ab. »Nein, nein«, flüsterte er. »Es macht mich trunken.« Er lächelte schwach. »Ich glaub nämlich – ich habe noch nichts gegessen heute –«

Ein Lärm drang herüber, ein lautes Lachen und Schreien.

»Was machen sie?«, fragte er gleichgültig.

Der Fähnrich antwortete: »Sie spielen. Es sind zwei neue gekommen gestern.« Dann griff er in seine Tasche. »Ich habe übrigens ein Telegramm für dich angenommen, eine Gelddepesche mit hundert Mark. Sie kam heute abend. Da!«

Frank Braun nahm das Blatt, aber er musste es zweimal lesen, ehe er es verstand.

Sein Onkel schickte ihm hundert Mark, ließ dabei melden: »Bitte als Vorschuss zu betrachten.«

Er sprang auf mit einem Satz. Der Nebel riss, ein roter Blutregen ging nieder vor seinen Augen –

Vorschuss! Vorschuss? Für – ja für diese – Beschäftigung, die ihm der Alte anbot. Oh – dafür!

Der Fähnrich hielt ihm den Schein hin: »Hier ist das Geld.«

Er griff den Schein. Er fühlte, wie er ihm die Fingerspitzen verbrannte, und dieser Schmerz, den er rein physisch empfand, tat ihm fast wohl. Er schloss die Augen, ließ diese sengende Glut in die Finger steigen, in die Hand und hinauf in den Arm. Ließ sich versengen bis auf der Knochen Mark von diesem letzten, infamsten Schimpf –

»Gib her!«, rief er. »Gib mir Wein!« Und er trank, trank, es schien ihm, als lösche der dunkle Wein alle zischenden Gluten.

»Was spielen sie?«, fragte er. »Bac?«

»Nein«, sagte der Fähnrich. »Sie knobeln. Lustige Sieben.«

Frank Braun nahm seinen Arm. »Komm – wir wollen hinübergehen!«

Sie traten in das Kasino.

»Da bin ich!«, schrie er. »Hundert Mark auf 145 die Acht.« Und er warf seinen Schein auf den Tisch.

Der Rittmeister zog den Becher. Es war Sechs –

Fünftes Kapitel, das vermeldet, wen sie zu ihrem Vater wählten, und wie der Tod Pate stand, als Alraune zum Leben kam

Dr. Karl Petersen brachte dem Geheimrat ein großes, hübsch gebundenes Buch, das er in dessen Auftrag hatte anfertigen lassen. Der rote Lederband zeigte in der linken Ecke oben das alte Wappen der Brinken; in der Mitte leuchteten die großen goldenen Lettern: A. T. B.

Die ersten Seiten waren frei; der Professor hatte sich selbst vorbehalten, hierhin die Vorgeschichte zu schreiben. So begann ein Abschnitt von Dr. Petersens Hand, der die kurze und einfache Lebensgeschichte der Mutter des Wesens enthielt, für dessen Leben dies Buch bestimmt war. Der Assistenzarzt hatte sich noch einmal der Dirne Lebenslauf erzählen lassen und dann gleich zu Papier gebracht. Sogar ihre Vorstrafen waren angegeben: Alma war bestraft zweimal wegen Vagabondage, fünf- oder sechsmal wegen Übertretung der ihrem Gewerbe auferlegten polizeilichen Vorschriften. Endlich auch einmal wegen Diebstahls – doch behauptete sie, in diesem Falle unschuldig zu sein: der Herr habe ihr die Brillantnadel geschenkt.

Weiter hatte Dr. Petersen auch den zweiten Abschnitt niedergeschrieben, der von dem präsumptiven Vater handelte, dem beschäftigungslosen Bergarbeiter Peter Weinand Noerrissen, im Namen des Königs zum Tode verurteilt durch das Urteil des Schwurgerichts. Die Staatsanwaltschaft hatte ihm in liebenswürdiger Weise die Akten zur Verfügung gestellt; an deren Hand hatte er seine Auszüge machen können.

Danach schien der p. Noerrissen schon von Kindesbeinen an zu dem Schicksal vorbestimmt zu sein, das ihm werden sollte. Die Mutter war eine notorische Trinkerin, der Vater, ein Gelegenheitsarbeiter, häufig wegen Roheitsdelikten vorbestraft; einer seiner Brüder saß schon seit zehn Jahren aus gleichem Grunde im Zuchthaus. Peter Weinand Noerrissen selbst war nach Beendigung seiner Schulzeit zu einem Schmied in die Lehre getan worden, der ihm übrigens im Laufe der Verhandlung wegen seiner Geschicklichkeit und auch wegen seiner ungewöhnlichen Stärke ein recht gutes Zeugnis ausstellte. Trotzdem habe er ihn wegjagen müssen, da er sich nichts habe sagen lassen wollen, auch die weiblichen Hausgenossen stets belästigt habe. Er arbeitete dann in einer Reihe verschiedener Fabriken, kam endlich auf die Zeche Phönix im Ruhrgebiet, nachdem er vom Militärdienst infolge eines Geburtsfehlers befreit war: an der linken Hand fehlten ihm zwei Finger. Irgendeiner gewerkschaftlichen Bewegung schloss er sich nicht an, weder dem Alten Sozialistischen Verbande, noch den Christlichen, noch endlich den Hirsch-Dunkerschen – – – was sein Verteidiger im Plädoyer als ein für ihn sprechendes Moment auszuschlachten versuchte. Er wurde entlassen, als er bei einem Streit mit einem Obersteiger sein Messer zog und diesen ziemlich gefährlich verletzte; hierfür erhielt er auch seine erste Strafe – ein Jahr Gefängnis. Von seiner Entlassung an fehlten begründete Angaben fast vollständig, man war hier lediglich auf seine eigenen Aussagen angewiesen. Danach war er auf die Landstraße gekommen, hatte zweimal die Alpen überschritten und sich durchgeschlagen von Neapel bis Amsterdam. Gelegentlich hatte er auch gearbeitet, einige Male war er, meist wegen Landstreicherei und kleiner Eigentumsdelikte, festgesetzt worden. Doch schien, so war wenigstens die Ansicht der Staatsanwaltschaft, wohl anzunehmen zu sein, dass er auch im Laufe dieser sieben bis acht Jahre einige größere Verbrechen auf dem Kerbholz hatte.

Die Tat, wegen der er nun verurteilt war, war in ihrer Entstehung nicht so ganz klar, namentlich blieb die Frage völlig offen, ob ein Raubmord oder ein Lustmord beabsichtigt war. Die Verteidigung suchte es so darzustellen, als ob der Angeklagte auf den Ellinger Rheinwiesen, als er in der Abenddämmerung die neunzehnjährige, gut gekleidete und sehr gut gewachsene Hausbesitzerstochter Anna Sibilla Trautwein habe kommen sehen, zunächst nur eine Notzucht habe begehen wollen. Dass er dann, während er das recht kräftige Mädchen zu vergewaltigen versuchte, lediglich, um ihrem wilden Geschrei ein Ende zu machen, zum Messer gegriffen und sie niedergeschlagen habe. Weiter die Ohnmächtige gewaltsam genommen, und ihr endlich, aus Furcht vor Entdeckung, ganz den Garaus gemacht habe. Wobei es dann natürlich gewesen sei, dass er, um die Mittel zur Flucht zu gewinnen, sie auch ihrer geringen Barmittel und wenigen Schmuckgegenstände beraubt habe. Dieser Darstellung stand allerdings der Befund der Leiche einigermaßen entgegen, der eine schreckliche Zerstückelung des Opfers durch zum Teil fast kunstgerechte Schnitte nachwies. Der Bericht endete damit, dass die Revision vom Reichsgericht zurückgewiesen sei, dass die Krone von dem ihr zustehenden Rechte der Begnadigung keinen Gebrauch gemacht habe und dass die Hinrichtung auf den morgigen Tag, frühmorgens um sechs Uhr festgesetzt sei. Zum Schlusse war noch gesagt, dass der Delinquent auf den ihm von Dr. Petersen vorgebrachten Wunsch bereitwillig eingegangen sei, nachdem er ihm dafür zwei Flaschen Kornbranntwein, die er abends um acht Uhr erhalten solle, zugesagt habe.

Der Geheimrat beendete die Lektüre, gab dann das Buch zurück. »Der Vater ist billiger wie die Mutter!«, lachte er. Er wandte sich an seinen Assistenzarzt. »Sie werden also der Hinrichtung beiwohnen. Vergessen Sie nicht, sich mit physiologischer Kochsalzlösung zu versehen, nicht wahr? Und beeilen Sie sich nach Möglichkeit – jede Minute ist kostbar. Besondere Anordnungen hier brauchen ja wohl kaum getroffen zu werden. Ich erwarte Sie morgen früh in der Klinik. Es ist nicht nötig, eine der Wärterinnen zu bemühen: die Fürstin wird uns assistieren.«

»Die Fürstin Wolkonski, Exzellenz?«, fragte Dr. Petersen.

»Gewiss«, nickte der Professor. »Ich habe Grund, sie zu der kleinen Operation zuzuziehen – für die sie übrigens viel Interesse hat. Übrigens – wie benimmt sich unsere Patientin heute?«

Der Assistenzarzt sagte: »Ach, Exzellenz, es ist das alte Lied. Immer dasselbe seit den drei Wochen, die sie nun hier ist. Sie weint und schreit und tobt – kurz, sie will hinaus. Heute hat sie wieder zwei Waschschüsseln zerschlagen.«

»Haben Sie ihr nochmal ins Gewissen geredet?«, fragte der Professor.

»Versucht hab ich's, aber sie ließ mich kaum zu Worte kommen«, antwortete Dr. Petersen. »Es ist ein Glück, dass wir morgen endlich so weit sind. – Wie wir es dann freilich anstellen wollen, sie so lange zu halten, bis das Kind zur Welt kommt, ist mir ein Rätsel.«

»Das Sie nicht zu lösen brauchen, Petersen.« Der Geheimrat klopfte ihm wohlwollend auf die Schulter. »Da werden wir schon Mittel finden. – Tun Sie nur Ihre Pflicht.«

Und der Assistenzarzt sagte: »Darauf können sich Exzellenz fest verlassen.«

Die frühe Morgensonne küsste die Geisblattlaube des sauberen Gartens, in dem des Geheimrats weiße Frauenklinik lag. Schmeichelte leicht über bunte taufrische Dahlienbeete, liebkoste an den Mauern große, tiefblaue Klematis. Bunte Finken und große Drosseln liefen über die glatten Wege, huschten durch die geschorenen Rasenflächen. Flogen schnell auf, als acht eiserne Hufe aus dem Steinpflaster der Straße helle Funken schlugen –

Die Fürstin stieg aus dem Wagen, kam mit raschen Schritten durch den Garten. Ihre Wangen glühten, ihr starker Busen atmete heftig, als sie die hohen Stufen hinaufstieg zu dem Hause.

Der Geheimrat kam ihr entgegen, öffnete selbst: »Nun, Durchlaucht, das nenne ich pünktlich! Treten Sie näher; ich habe Tee für Sie machen lassen.«

Sie sagte – und ihre Stimme überschlug sich, hastete und sprang –: »Ich komme von – dort. Ich sah es. Es – es war – fabelhaft – aufregend.«

Er führte sie ins Zimmer: »Woher kommen Sie, Durchlaucht? Von der – Hinrichtung?«

»Ja«, sagte sie. »Ihr Doktor Petersen wird auch gleich hier sein. – Ich hatte eine Karte bekommen – gestern abend noch. Es war – ungeheuer – ganz ungeheuer –«

Der Geheimrat bot ihr einen Stuhl. »Darf ich Ihnen einschenken?«

Sie nickte. »Bitte, Exzellenz, sehr liebenswürdig! – Ein Jammer, dass Sie das versäumt haben! – Es war ein Prachtkerl – groß – stark –«

»Wer?«, fragte er. »Der Delinquent?«

Sie trank ihren Tee. »Ja gewiss, der! Der Mörder! Sehnig und stramm – eine mächtige Brust – wie ein Ringkämpfer. Er trug eine Art blauen Sweater – sie hatten ihm den Nacken freigelegt. Kein Fett – nur Muskeln und Sehnen. Wie ein Stier –«

»Und konnten Durchlaucht die ganze Exekution gut sehen?«, fragte der Geheimrat.

»Aber ganz ausgezeichnet!«, rief sie. »Ich stand an einem Fenster im Gang, gerade vor mir war das Gerüst. Er schwankte ein wenig, als er hinaufschritt – sie mussten ihn stützen. – Bitte, noch ein Stück Zucker, Exzellenz.«

Der Geheimrat bediente sie. »Sprach er etwas?«

»Ja«, sagte die Fürstin. »Zweimal. Aber jedesmal nur ein Wort. Das erstemal, während der Staatsanwalt das Urteil vorlas. Da rief er halblaut – aber ich kann es wirklich nicht wiederholen –«

»Aber Durchlaucht!« Der Geheimrat grinste, tatschte ihr leicht auf die Hand. »Vor mir brauchen Sie sich doch gewiss nicht zu genieren.«

Sie lachte auf. »Nein, natürlich nicht. Also – – Aber reichen Sie mir eine Scheibe Zitrone. Danke – geben Sie sie nur gleich in die Tasse! – Also er sagte – nein, ich kann es nicht wiedergeben.«

»Durchlaucht!«, sagte der Professor mit leichtem Vorwurf.

Und sie sagte: »Sie müssen die Augen zumachen.«

Der Geheimrat dachte: »Alte Äffin!« Aber er schloss die Augen. »Nun?«, fragte er.

Sie zierte sich noch immer. »Ich – ich will es französisch sagen.«

»Also gut – französisch!«, rief er ungeduldig.

Da zog sie die Lippen zusammen, beugte sich vor und flüsterte ihm ins Ohr: »Merde!«

Der Professor bog sich zurück, das starke Parfüm der Fürstin irritierte ihn. »So, also das sagte er?«

»Ja«, nickte sie, »und er sprach es so, als ob er sagen wolle, dass ihm das alles gleichgültig sei. Ich fand das hübsch von ihm, fast kavaliermäßig.«

»Gewiss«, bestätigte der Geheimrat. »Schade nur, dass er es nicht auch – französisch sagte. Na, und was war das andere Wort?«

»Ach, das war übel.« Die Fürstin schlürfte ihren Tee, knabberte dazu ein Cake. »Es verdarb völlig den guten Eindruck, den er auf mich gemacht hatte! Denken Sie nur, Exzellenz, als ihn die Henkersknechte recht packten, da begann er plötzlich zu schreien, zu flennen, wie ein kleines Kind.«

»Ach!«, sagte der Professor. »Noch ein Tässchen, Durchlaucht? – Und was schrie er dann?«

»Erst wehrte er sich«, erzählte sie, »so gut er konnte, schweigend und stark, obwohl ihm beide Hände eng auf dem Rücken gefesselt waren. Drei Gehilfen waren da, die warfen sich auf ihn, während der Henker im Frack und in weißen Handschuhen ruhig dastand und zusah. Anfangs gefiel es mir, wie der Mörder die drei Fleischer abschüttelte von sich, wie sie immer von neuem an ihm rissen und stießen, ohne ihn nur einen Fußbreit weiter bringen zu können. Oh, es war ungeheuer aufregend, Exzellenz.«

»Kann ich mir denken, Durchlaucht«, warf er ein.

»Dann aber«, fuhr sie fort, »dann änderte es sich. Einer hatte ihm ein Bein gestellt, riss ihm zugleich von hinten die gefesselten Arme hoch, dass er nach vorne stolperte. In der Sekunde fühlte er wohl, dass sein Widerstand nichts nutze, dass er verloren sei. Vielleicht – vielleicht war er auch trunken gewesen – und wurde nun plötzlich hell nüchtern. – Pfui – und da schrie er –«

Der Geheimrat lächelte. »Was schrie er? Muss ich wieder die Augen dazu schließen?«

»Nein«, rief sie, »Sie können sie ruhig offen lassen, Exzellenz. – Er war feige geworden, jämmerlich feige, und voll von Angst. Und er schrie: Mama – Mama – Mama! – Oh, Dutzende von Malen! Bis sie ihn auf den Knien hatten, herangezerrt unter das Fallbeil, den Kopf hineingezwängt in die kreisrunde Öffnung des Bretts.«

»Also bis zum letzten Augenblick rief er nach seiner Mama?«, fragte der Geheimrat.

»Nein«, antwortete sie, »nicht bis ganz zuletzt. Als das harte Brett den Hals fest umschloss und der Kopf auf der anderen Seite herausragte, da schwieg er. Irgend etwas schien in ihm vorzugehen.«

Der Professor wurde aufmerksam. »Konnten Sie sein Gesicht gut sehen, Durchlaucht? Konnten Sie irgendwie erraten, was in ihm vorging?«

Die Fürstin sagte: »Aber so deutlich, wie ich Sie jetzt vor mir sehe. Was in ihm vorging – – ja, das weiß ich nicht. Es war ja auch nur ein Augenblick – während der Scharfrichter noch einmal sich umsah, ob alles in Ordnung sei, während seine Hand schon nach dem Knopfe suchte, der das Messer herunterfallen ließ. – Ich sah die Augen des Mörders, die weit offen standen, wie in wahnsinniger Lust, sah den aufgerissenen Mund, der zu schnappen schien, und die gierigen, verzerrten Züge –«

Sie stockte. »Das war alles?«, forschte der Geheimrat.

Sie schloss: »Ja. – Dann fiel das Beil. Und der Kopf sprang in den Sack, den einer der Knechte offen hielt. – Bitte, reichen Sie mir doch die Marmelade, Exzellenz.«

Es klopfte; Dr. Petersen öffnete die Tür und trat ein. Er schwang in der Hand ein langes Glas, wohl verkorkt und in Watte gewickelt.

»Guten Morgen, Durchlaucht«, sprach er. »Guten Morgen, Exzellenz. – Hier – hier ist es.«

Die Fürstin sprang auf: »Lassen Sie sehen –«

Aber der Geheimrat hielt sie zurück. »Gemach, Durchlaucht, Sie werden es noch früh genug sehen. – Wenn es Ihnen recht ist, wollen wir gleich an die Arbeit gehen.« Er wandte sich an seinen Assistenzarzt. »Ich weiß nicht, ob es nötig sein wird, aber jedenfalls werden Sie guttun –« Seine Stimme sank, er näherte seine Lippen dem Ohr des Arztes.

Der nickte. »Gut, Exzellenz. Ich werde sofort die Anweisungen geben.«

Sie gingen durch den weißen Korridor, hielten ganz hinten vor Nr. Siebzehn.

»Hier liegt sie«, sagte der Geheimrat und öffnete behutsam die Türe.

Das Zimmer war ganz weiß, strahlte von Licht und Sonne. Das Mädchen lag tief schlafend in dem Bett; ein heller Strahl huschte herein vom engvergitterten Fenster, zitterte auf dem Boden, kletterte auf goldener Leiter hinauf, schlich sich über die Linnen, schmiegte sich zärtlich an ihre süßen Wangen, tauchte die roten Haare in glühende Flammen. Ihre Lippen standen halb offen, bewegten sich – es schien, als ob sie leise Liebesworte flüsterte.

»Sie träumt«, sagte der Geheimrat. »Wohl von ihrem Prinzen!« Dann legte er seine feuchte, kalte Hand auf ihre Schulter, schüttelte sie. »Wachen Sie auf, Alma.«

Ein leichter Schreck flog durch ihre Glieder; sie richtete sich auf, schlaftrunken.

»Wa–as – Was denn?«, stotterte sie. Dann erkannte sie den Professor, warf sich zurück in die Kissen. »Lassen Sie mich.«

»Kommen Sie, Alma, machen Sie nun keine Faxen«, ermahnte sie der Geheimrat. »Es ist endlich soweit. Seien Sie vernünftig und machen Sie uns keine Schwierigkeiten.« Und er zog ihr mit einem schnellen Ruck die Leintücher weg, warf sie auf den Boden.

Die Augen der Fürstin weiteten sich. »Sehr gut!«, rief sie aus. »Das Mädchen ist sehr gut gewachsen. – Das wird schon passen.«

Aber die Dirne strich ihr Hemd herunter, bedeckte sich, so gut es gehen mochte mit den Kissen. »Weg! Fort!«, schrie sie. »Ich will nicht.«

Der Geheimrat winkte dem Assistenzarzt. »Gehen Sie«, befahl er. »Beeilen Sie sich, wir dürfen keine Zeit verlieren.« Dr. Petersen verließ rasch das Zimmer.

Die Fürstin kam vor, setzte sich auf das Bett, redete dem Mädchen zu. »Kleine, seien Sie doch nicht töricht. Es tut ja gar nicht weh.« Sie versuchte sie zu streicheln, strich ihr mit den dicken, beringten Fingern schwer über Hals und Nacken, hinunter zu den Brüsten.

Alma stieß sie fort. »Was wollen Sie denn? – Wer sind Sie? – Weg, weg – ich will nicht!«

Die Fürstin ließ sich nicht abweisen. »Ich will ja nur dein Bestes, Kindchen. – Werde dir auch einen hübschen Ring schenken und ein neues Kleid –«

»Ich will keinen Ring«, schrie die Dirne. »Ich brauche kein Kleid. Ich will fort von hier, man soll mich in Ruhe lassen!«

Der Geheimrat öffnete in lächelnder Ruhe das Glas. »Man wird Sie später in Ruhe lassen – und später können Sie auch fortgehen. Einstweilen müssen Sie nur die kleinen Verpflichtungen erfüllen, die Sie uns gegenüber eingegangen sind. – Ah, da sind Sie, Doktor.« Er wandte sich dem Assistenzarzt zu, der eben hereintrat, die Chloroformmaske in der Hand. »Kommen Sie schnell her.«

Die Dirne starrte ihn an, mit weit aufgerissenen, entsetzten Augen. »Nein!«, jammerte sie. »Nein! Nein!« Sie machte Miene aus dem Bett zu springen, stieß den Assistenzarzt, der sie zurückzuhalten versuchte, mit beiden Händen vor die Brust, so dass er zurücktaumelte, beinahe niederfiel.

Da warf sich, mit ausgebreiteten Armen, die Fürstin auf das Mädchen, drückte es mit dem mächtigen Gewicht ihres Körpers zurück in das Bett. Umfasste es rings, krallte die Finger in das leuchtende Fleisch, griff mit den Zähnen eine lange rote Haarsträhne. Die Dirne strampelte, schlug mit den Beinen in die Luft, unfähig, ihre Arme zu gebrauchen, ihren Leib zu rühren unter dieser wuchtigen Last.

Sie sah, wie der Arzt die Maske niedersenkte auf ihr Gesicht, hörte ihn leise zählen: »Eins – zwei – drei – –« Sie schrie, dass es widergellte von den Wänden: »Nein! Nein! Ich will nicht, ich will nicht! – Ach – ah – ich ersticke –«

Dann erstarb ihr Schreien. Wich einem kläglichen, elenden Wimmern. – – »Mutter – ach – Mut–ter –«

Zwölf Tage später wurde die Prostituierte Alma Raune dem Gerichtsgefängnis zur Untersuchungshaft eingeliefert. Der Haftbefehl wurde verhängt, weil die des Einbruchsdiebstahls Beschuldigte ohne feste Wohnung und somit fluchtverdächtig war. Die Anzeige war von Seiner Exzellenz dem Wirkl. Geh. Rat ten Brinken erstattet worden.

Gleich in den ersten Tagen hatte der Professor seinen Assistenzarzt wiederholt befragt, ob er nicht diese und jene Sache gesehen habe, die er vermisse. So fehlte ihm ein alter Siegelring, den er beim Waschen abgelegt und dann habe liegen lassen, fehlte ihm eine kleine Geldbörse, die er, wie er sich genau erinnere, in seinem Überzieher hatte stecken lassen. Er bat Dr. Petersen, doch ganz unauffällig ein scharfes Auge auf die Angestellten zu haben.

Dann war die goldene Uhr des Assistenzarztes aus seinem Zimmer in der Klinik, aus einer verschlossenen Schublade seines Schreibtisches heraus verschwunden. Und zwar war die Schublade mit Gewalt geöffnet worden. Eine eingehende Untersuchung der Klinik, zu der alle Angestellten sich sofort bereit erklärten, lieferte ein völlig negatives Resultat.

»Es muss eine der Patientinnen gewesen sein«, schloss der Geheimrat und ordnete eine Untersuchung aller Krankenzimmer an.

Auch diese leitete Dr. Petersen, auch hier ohne jeden Erfolg. »Haben Sie keinen Raum vergessen?«, forschte sein Chef.

»Keinen, Exzellenz!«, antwortete der Assistenzarzt. »Bis auf das Zimmer der Alma.«

»Und warum haben Sie dort nicht nachgeforscht?«, fragte der Geheimrat weiter.

»Aber, Exzellenz!«, entgegnete Dr. Petersen. »Das ist doch völlig ausgeschlossen. Das Mädchen ist ja Tag und Nacht bewacht, ist nicht einmal herausgekommen aus ihrem Zimmer. Und seitdem sie nun auch weiß, dass unser Eingriff geglückt ist, ist sie erst völlig außer Rand und Band. Sie heult und schreit den ganzen Tag, droht uns völlig verrückt zu werden, denkt nur daran, wie sie hier herauskommen kann, und wie sie es anstellen soll, um unsere Bemühungen nachträglich wieder zu vereiteln. – Geradeheraus gesagt, Exzellenz, es scheint mir völlig unmöglich, das Mädchen die lange Zeit über hier zu halten.«

»So?« Der Geheimrat lachte. »Nun, Petersen, zuerst werden Sie einmal in Zimmer Siebzehn nachforschen. Die Täterschaft der Dirne scheint mir doch nicht so ganz ausgeschlossen.«

Nach einer Viertelstunde kam Dr. Petersen zurück, brachte ein zusammengeknüpftes Taschentuch. »Hier sind die Sachen«, sagte er. »Ich fand sie versteckt, tief unten in dem Wäschesack des Mädchens.«

»Also doch!«, nickte der Geheimrat. »Nun, telephonieren Sie gleich der Polizei.«

Der Assistenzarzt zögerte. »Verzeihen Exzellenz, wenn ich mir eine Einwendung erlaube. Das Mädchen ist sicher unschuldig, wenn auch der Schein vielleicht gegen sie spricht. Exzellenz hätten sie sehen sollen, als ich mit der alten Wärterin das Zimmer durchsuchte und schließlich die Sachen fand. Sie war völlig apathisch, alles das berührte sie gar nicht. Sie hat ganz sicher nichts mit dem Diebstahl zu tun. Irgend jemand vom Personal muss die Gegenstände genommen, und dann, als eine Entdeckung drohte, in ihrem Zimmer versteckt haben.«

Der Professor grinste. »Sie sind sehr ritterlich, Petersen. – Aber – einerlei! Telephonieren Sie.«

»Exzellenz«, bat der Assistenzarzt, »vielleicht könnten wir doch noch etwas warten. Vielleicht noch einmal das Personal eingehend verhören –«

»Hören Sie, Petersen«, sagte der Geheimrat.

»Sie sollten ein wenig mehr nachdenken. Ob die Dirne diese Sachen gestohlen hat oder nicht, ist doch ganz gleichgültig. Die Hauptsache ist, dass wir sie loswerden, und dass sie irgendwo durchaus sicher aufgehoben wird, bis ihre Stunde gekommen ist, nicht wahr? Im Gefängnis ist sie uns sicher – viel sicherer wie hier. Sie wissen, wie anständig wir sie bezahlen und ich bin sogar gewillt, ihr für dies kleine Missgeschick noch etwas zuzulegen – – wenn alles glücklich vorüber ist. – Schlechter hat sie es im Gefängnis auch nicht, wie hier: das Zimmer wird wohl etwas kleiner, das Bett etwas härter und das Essen etwas weniger gut sein, aber dafür hat sie dort Gesellschaft – und das ist viel wert in ihrem Zustand.«

Dr. Petersen sah ihn an, noch immer ein wenig schwankend. »Ganz recht, Exzellenz, aber – wird sie dort nicht schwatzen? Es wäre doch sehr unangenehm, wenn –«

Der Geheimrat lächelte. »Wieso denn? Lassen Sie sie schwatzen, soviel sie mag. Hysteria mendax – wissen Sie, sie ist hysterisch und eine Hysterische hat ja das Recht zu lügen! Kein Mensch wird ihr glauben. Nun gar eine hysterische Schwangere! – Und was wird sie dann erzählen? Die Geschichte von dem Prinzen, die ihr mein sauberer Neffe vorgeschwindelt hat? Ja, glauben Sie denn, dass der Richter, der Staatsanwalt, der Gefängnisdirektor, der Pastor, oder sonst ein vernünftiger Mensch überhaupt nur hinhören wird, wenn eine Dirne solch abstruses Zeug redet? – Übrigens werde ich selbst mit dem Gefängnisarzt sprechen – wer ist es zurzeit?«

»Kollege Dr. Perscheidt«, sagte der Assistenzarzt.

»Ah, Ihr Freund, der kleine Perscheidt«, fuhr der Professor fort. »Ich kenne ihn auch. Ich werde ihn bitten, ein besonders wachsames Auge auf unsere Patientin zu haben. Ich werde ihm sagen, dass sie mir von einem Bekannten, der mit ihr ein Verhältnis hatte, in die Klinik geschickt wurde, und dass dieser Herr bereit sei, für das zu erwartende Kind in jeder Weise zu sorgen. Ich werde ihn dazu auf die außerordentliche krankhafte Lügenhaftigkeit der Patientin aufmerksam machen und ihm gleich von vornherein erzählen, was sie ihm mutmaßlicherweise vorschwatzen wird. – Außerdem werden wir auf unsere Kosten Herrn Justizrat Gontram mit der Verteidigung betrauen und auch ihm den Fall so erklären, dass er den Reden der Dirne auch nicht eine Sekunde lang Glauben schenkt. – Befürchten Sie noch etwas, Petersen?«

Der Assistenzarzt sah seinen Chef voller Bewunderung an. »Nein, Exzellenz!«, sagte er. »Exzellenz denken an alles. – Was in meinen Kräften steht, werde ich gewiss aufbieten, um Exzellenz behilflich zu sein.«

Der Geheimrat seufzte laut, dann reichte er ihm die Hand. »Ich danke Ihnen, lieber Petersen. Sie glauben nicht, wie schwer mir diese kleinen Lügereien werden. Aber, was will man machen? Die Wissenschaft verlangt eben solche Opfer. Unsere tapfern Vorgänger, die Ärzte des späten Mittelalters, waren gezwungen, sich die Leichen von den Friedhöfen zu stehlen, wenn sie Anatomie lernen wollten, sie mussten allen Gefahren einer hochnotpeinlichen Verfolgung wegen Leichenschändung und ähnlichem Unsinn trotzen. – Da dürfen wir uns nicht beklagen. Müssen solche kleinen Schwindeleien schon mit in den Kauf nehmen – im Interesse unserer heiligen Wissenschaft. – Und nun gehen Sie, Petersen, telephonieren Sie!«

Und der Assistenzarzt ging, im Herzen eine große und ehrliche Hochachtung vor seinem Chef.

Alma Raune wurde verurteilt wegen Einbruchdiebstahls. Strafschärfend wirkte ihr hartnäckiges Leugnen, sowie die Tatsache, dass sie schon einmal vorbestraft war wegen Diebstahls. Trotzdem wurden ihr mildernde Umstände zugebilligt, wahrscheinlich weil sie wirklich sehr hübsch aussah und dann auch, weil sie Justizrat Gontram verteidigte. Sie erhielt nur ein Jahr sechs Monate Gefängnis, auf die dazu die Untersuchungshaft noch angerechnet wurde.

Aber Exzellenz ten Brinken erreichte es, dass ihr ein erheblicher Teil dieser Strafe geschenkt wurde, obwohl ihre Führung in der Anstalt durchaus keine mustergültige war. Es wurde jedoch in Erwägung gezogen, dass diese schlechte Aufführung wohl auf ihren hysterisch-krankhaften Zustand, den der Geheimrat in seiner Gnadeneingabe stark betonte, zurückzuführen sei; auch wurde berücksichtigt, dass sie nun bald Mutter werden sollte.

Sie wurde entlassen, als sich die ersten Anzeichen einer baldigen Geburt bemerkbar machten, wurde am frühen Morgen in die Klinik ten Brinken geschafft. Lag dort in ihrem alten weißen Zimmer, Nr. Siebzehn, am letzten Ende des Korridors. Schon auf dem Transport hatten die Wehen begonnen: es würde sehr schnell vorüber sein, hatte sie Dr. Petersen beruhigt.

Aber er irrte sich. Die Wehen hielten den ganzen Tag an, die Nacht und den nächsten Tag. Ließen bald ein wenig nach, setzten dann wieder ein mit erneuter Heftigkeit. Und das Mädchen schrie und wimmerte, wand sich in elenden Schmerzen.

– Von dieser merkwürdigen Geburt handelt der dritte kurze Abschnitt in dem Lederbande A. T. B., auch von der Hand des Assistenzarztes geschrieben. Er leitete, in Gemeinschaft mit dem Gefängnisarzte, die sehr schwere Entbindung, die erst am dritten Tage stattfand und mit dem Tode der Mutter endete. Der Herr Geheimrat selbst war nicht dabei zugegen.

In diesem Bericht betonte Dr. Petersen die überaus kräftige Konstitution und den ausgezeichneten Bau der Mutter, die eine sehr leichte Entbindung geradezu bedingten. Nur die äußerst seltsame Querlage des Kindes bewirkten die eintretenden Komplikationen, die es letzten Endes unmöglich machten, beide, Mutter und Kind, zu retten. Weiter war erwähnt, dass das Kind, ein Mädchen, sogleich, fast noch im Mutterleibe, ein ganz außerordentliches Geschrei erhob, so heftig und so durchdringend schrill, wie es weder die beiden Herren noch die assistierende Hebamme je bei einem Neugeborenen erlebt hätten. Dies Geschrei habe beinahe etwas Bewusstes gehabt, als ob das Kind bei der gewaltsamen Lostrennung von dem Mutterschoße außerordentliche Schmerzen empfunden habe; es sei so eindringend und entsetzlich gewesen, dass sie sich eines gewissen Grauens kaum hätten enthalten können, ja, dass sein Kollege, Dr. Perscheidt, sich habe niedersetzen müssen, während ihm ein kalter Schweiß aus den Schläfen gebrochen sei.

Dann allerdings sei das Kind sofort ruhig gewesen und habe nicht einmal mehr gewimmert. Die Hebamme habe beim Baden sofort bei dem überhaupt sehr zarten und dürftigen Kinde eine außergewöhnlich stark entwickelte Atresia vaginalis festgestellt, so zwar, dass auch die Haut beider Beine, bis oberhalb der Knie, zusammengewachsen sei. Diese merkwürdige Erscheinung sei aber nach eingehender Untersuchung nur eine oberflächliche Verbindung der Epidermis, die durch eine baldige Operation leicht behoben werden könne.

Was die Mutter betreffe, so habe sie gewiss sehr heftige Schmerzen und Qualen aushalten müssen. An eine Chloroformierung, oder eine Lumbalanaesthesie habe man ebensowenig denken können, wie an eine Injektion von Scopolamin-Morphium, da die nicht zu stillende Blutung eine große Herzschwäche hervorrief. Sie habe alle die Stunden über in der grässlichsten Weise geschrien und gejammert, sei hierbei nur in dem Augenblicke der Geburt selbst durch das entsetzliche Geschrei des Kindes übertönt worden. Später sei ihr Gestöhne langsam schwächer geworden, sie sei etwa zweieinhalb Stunden später, ohne Bewusstsein, entschlafen. Als direkte Todesursache müsse man einen Gebärmutterriss und die daraus resultierende Verblutung bezeichnen.

Der Körper der Dirne Alma Raune wurde der Anatomie überwiesen, da ihre benachrichteten Angehörigen in Halberstadt keinerlei Ansprüche darauf erhoben, auch erklärten, die Bestattungskosten nicht tragen zu wollen. Er diente dem Anatomieprofessor Holzberger zu Lehrzwecken und hat gewiss in allen seinen Teilen das Studium seiner Hörer wesentlich gefördert; mit Ausnahme des Kopfes, den der cand. med. Fassmann, i. a. C. B. der »Hansea« präparieren sollte. Er vergaß ihn während der Ferien und ließ sich dann, da er schon genug Schädel hatte und das Ding zu einem sauberen Präparat doch nicht mehr zu gebrauchen war, aus der Schädeldecke einen hübschen Knobelbecher machen. Er besaß schon fünf Würfel aus Wirbelknochen des hingerichteten Mörders Noerrissen, und benötigte für diese nun einen geeigneten Becher. Herr cand. med. Fassmann war nicht abergläubisch, aber er behauptete, dass dieser Schädelbecher beim Ausspielen von Frühschoppen ganz außerordentliche Dienste leistete. Er sang sein Lob in so hohen Tönen, dass der beinerne Becher und seine knöchernen Würfel im Laufe der Semester allmählich eine gewisse Berühmtheit erlangten, erst am Stammtische der Herren i. a. C. B. i. a. C. B., dann beim S. C. und schließlich darüber hinaus in der ganzen Studentenschaft. Cand. med. Fassmann liebte seinen Becher und er sah es fast wie eine Art Erpressung an, als ihn – bei Gelegenheit seines Examenbesuches bei Exzellenz ten Brinken – der Geheimrat bat, ihm doch den berühmten Becher und die Würfel zu überlassen. Und er wäre ganz gewiss nicht darauf eingegangen, wenn er sich nicht gerade in Gynäkologie so außerordentlich schwach gefühlt hätte und wenn nicht gerade dieser Professor ein so außerordentlich scharfer und gefürchteter Examinator gewesen wäre. Tatsache ist, dass der Kandidat diese Station mit Glanz bestand: so brachte ihm sein Becher gutes Glück, solange er ihn besaß.

Auch das, was sonst noch übrigblieb von den beiden Menschen, die, ohne einander je gesehen zu haben, Alraune ten Brinkens Vater und Mutter wurden, trat nach deren Tode miteinander in eine gewisse Beziehung: der Anatomiediener Knoblauch warf die Knochen und Fleischfetzen wie gewöhnlich in eine schnell aufgeworfene Grube des Anatomiegartens. Hinten an der Mauer, wo die weißen Kletterrosen so üppig wuchern –

Intermezzo

Alle Sünde, du liebe Freundin, brachte der heiße Südwind aus den Wüsten her. Wo die Sonne glüht durch endlose Jahrtausende, da schwebt über dem schlafenden Sande ein dünner weißer Schwaden. Und der Nebel ballt sich zu weichen Wolken, die rollt ringsherum der Wirbelwind, formt sie wie runde seltsame Eier: die halten aller Sonnen heiße Glut.

Da schleicht zur bleichen Nachtzeit der Basilisk herum, den auf seltsame Art einst der Mond erzeugte. Er, der ewig unfruchtbare, er ist sein Vater; doch die Mutter ist ihm der Sand, unfruchtbar wie jener: das ist das Geheimnis der Wüsten. Manche sagen, dass es ein Tier sei, aber es ist nicht wahr: ein Gedanke ist es, der da wuchs, wo kein Boden war und kein Samen, der heraussprang aus dem ewig Unfruchtbaren und nun wirre Formen annahm, die das Leben nicht kennt. Daher kommt es auch, dass dies Wesen niemand beschreiben kann, weil es unbeschreiblich ist, wie das Nichts selbst.

Wahr aber ist, was die Leute sagen, dass es sehr giftig sei. Denn es frisst die Gluteier der Sonne, die der Wirbelwind rollte im Wüstensande. So kommt es auch, dass purpurne Flammen aus seinen Augen schießen und dass sein Atem heiß schwält von grauen Dünsten.

Aber nicht alle die Nebeleier frisst der Basilisk, des bleichen Mondes Kind. Wenn er satt ist, rings angefüllt mit den heißen Giften, speit er seinen grünen Speichel über die, die noch daliegen im Sande, ritzt die weiche Haut mit scharfer Kralle, dass der widrige Schleim wohl eindringen möge. Und wenn zum Morgen sich der Frühwind hebt, sieht er ein seltsames Wogen und Wachsen unter den dünnen Schalen, wie von violetten und feuchtgrünen Schleiern.

Und wenn ringsum in den Landen des Mittags die Eier bersten, die die Glutsonne brütete, Krokodileier, Kröteneier, Schlangeneier – Eier von allen hässlichen Echsen und Lurchen, dann springen auch mit einem leichten Knall die giftigen Eier der Wüste. Kein Kern ist darin, kein Echslein und Schlänglein: nur ein luftiges, seltsames Gebilde. Allfarbig, wie der Tänzerin Schleier beim Flammentanze, allduftig, wie die bleichen Sangablüten von Lahore, alltönend, wie des Engels Israfel klingendes Herz. Und allgiftig auch, wie des Basilisken greulicher Leib.

Da jagt der Südwind von Mittag her. Kriecht aus den Sümpfen des heißen Waldlandes, tanzt über die Sandwüsten. Der hebt die glühenden Schleier der Sonneneier, trägt sie weit fort über die blauen Meere. Reißt sie mit, wie leichte Wolken, wie lose Gewänder nächtlicher Priesterinnen.

So fliegt zum blonden Norden aller Lüste giftige Pest –

Kühl, Schwesterlein, wie dein Norden, sind unsere stillen Tage. Deine Augen sind blau und sind gut und wissen nichts von den heißen Lüsten. Wie die schweren Trauben blauer Glyzinen sind deiner Tage Stunden, tropfen hinab zum weichen Teppich: da schreitet durch sonnenglitzernde Laubengänge mein leichter Fuß.

Wenn aber die Schatten fallen, blonde Schwester, da kriecht ein Brennen über deine junge Haut. Nebelschwaden fliegen vom Süden her, die atmet deine gierige Seele. Und deine Lippen bieten in blutigem Kusse aller Wüsten glutheißes Gift –

Dann nicht, du mein blondes Schwesterlein, schlafendes Kind meiner traumstillen Tage! – Wenn der Mistral leicht die blauen Wogen kräuselt, wenn aus meines Rosenlorbeers Krone der süßen Vögel Stimmen klingen, dann blättere ich wohl in dem schweren Lederbande des Herrn Jakob ten Brinken. Langsam wie das Meer flutet mein Blut durch die Adern, und ich lese mit deinen stillen Augen in unendlicher Ruhe Alraunens Geschichte. Gebe sie wieder, wie ich sie finde, schlicht, einfach – recht wie einer, der frei ist von allen Leidenschaften –

Aber ich trank das Blut, das in Nächten aus deinen Wunden floss, das ich mischte mit meinem roten Blute, dies Blut, das vergiftet ward durch der heißen Wüsten sündige Gifte. Und wenn mein Hirn fiebert von deinen Küssen, die Schmerzen sind, und von deinen Lüsten, die Qualen bedeuten – dann mag es wohl sein, dass ich mich losreiße aus deinen Armen, du wilde Schwester –

Mag es sein, dass ich traumschwer dasitze an meinem Fenster zum Meer, in das der Scirocco seine Gluten wirft. Mag es sein, dass ich wieder greife zu dem Lederbande des Geheimrats, dass ich Alraunens Geschichte lese – mit deinen giftheißen Augen. Das Meer schreit an die starren Felsen – so schreit mein Blut durch die Adern –

Anders, ganz anders deucht mich nun das, was ich lese. Und ich gebe es wieder, wie ich es finde, wild, heiß – recht wie einer, der voll ist von allen Leidenschaften –

Sechstes Kapitel, das davon handelt, wie das Kindlein Alraune heranwuchs

Den Erwerb des Würfelbechers erwähnt der Geheimrat in dem Lederbande, der von nun an nicht mehr die deutliche, klare Hand des Dr. Petersen zeigt, sondern seine eigene dünne, langgezogene, kaum leserliche Schrift. Aber schon vor dieser kleinen Episode befinden sich in diesem Bande manche kurze Eintragungen, von denen einige für den Verlauf dieser Geschichte von Interesse scheinen.

Die erste betrifft die Operation der Atresia vaginalis des Kindes, die ebenfalls Dr. Petersen vornahm und der sein vorzeitiges Ende zuzuschreiben ist. Der Geheimrat erwähnt, dass er, in Überlegung einmal der Ersparnis, die ihm der Tod der Mutter gemacht habe, dann der guten Hilfe seines Assistenzarztes in der ganzen Angelegenheit, diesem einen dreimonatlichen Urlaub mit vollen Bezügen für eine Sommerreise bewilligt und ihm obendrein noch eine besondere Gratifikation von eintausend Mark versprochen habe. Dr. Petersen habe sich auf diese Reise, die erste größere, die er in seinem Leben machen sollte, ganz außerordentlich gefreut, habe aber darauf bestanden, vorher noch die ziemlich leichte Operation vorzunehmen, obwohl man sie ohne besondere Bedenken ganz gut noch längere Zeit hätte hinausschieben können. Er habe also diese Operation ein paar Tage vor seiner beabsichtigten Abreise gemacht und zwar mit ausgezeichnetem Erfolge für das Kind. Leider habe er sich selbst dabei eine schwere Blutvergiftung zugezogen – was um so erstaunlicher sei, als Dr. Petersen sonst stets eine fast übertriebene Sorgfalt an den Tag legte – und sei im Laufe von kaum achtundvierzig Stunden nach sehr heftigen Leiden gestorben. Die direkte Ursache dieser Blutvergiftung sei nicht festzustellen gewesen; es habe sich um eine mit unbewaffneten Auge kaum wahrnehmbare Wunde am linken Unterarme gehandelt, die vielleicht von einem leichten Kratze der kleinen Patientin herrührte. Der Professor hebt dann noch hervor, dass ihm dadurch nun schon zum zweiten Male in dieser Angelegenheit durch den Tod des Betreffenden die Auszahlung einer größeren Summe erspart worden sei. Irgendein Kommentar ist an diese Bemerkung nicht geknüpft.

Es wird dann weiter berichtet, dass das Baby, das er einstweilen in der Klinik selbst unter der Obhut der Oberwärterin gelassen habe, ein ganz außergewöhnlich stilles und zartes Kind sei. Nur ein einziges Mal noch habe es geschrien und zwar bei Gelegenheit der heiligen Taufe, die der Kaplan Ignaz Schröder im Münster vornahm. Da allerdings habe es ganz fürchterlich gebrüllt, so dass die kleine Gesellschaft – die Wärterin, die es trug, die Fürstin Wolkonski sowie Justizrat Sebastian Gontram, die seine Taufpaten waren, endlich der Pfarrer, der Küster und er selbst – durchaus nichts mit ihm hätten anfangen können. Von dem Augenblick an, als man es hinaustrug aus dem Hause, habe es begonnen zu schreien und habe nicht eher wieder aufgehört, bis es wieder von der Kirche dorthin zurückgebracht worden sei. Im Münster selbst sei sein Geschrei so unerträglich gewesen, dass Seine Hochwürden die heilige Handlung nach Möglichkeit beschleunigt habe, um nur sich selbst und die Anwesenden bald von diesem greulichen Ohrenschmause zu befreien. Man habe ordentlich aufgeatmet, als alles zu Ende gewesen, und die Wärterin mit dem Kinde in den Wagen gestiegen sei.

Es scheint, dass in diesen ersten Lebensjahren des Mädchens, dem der Professor aus einer begreiflichen Laune heraus den Namen »Alraune« gab, nichts Sonderliches vorgekommen sei, wenigstens finden sich in dem Lederbande kaum bemerkenswerte Angaben. Es wird noch berichtet, dass der Professor seinen schon vor ihrem Erscheinen in dieser Welt gefassten Entschluss wahr machte, das Mädchen adoptierte und in einem beglaubigten Testamente als alleinige Erbin, unter ausdrücklichem Ausschluss aller Verwandten einsetzte. Es wird weiter erwähnt, dass die Fürstin dem Kinde als Patengeschenk einen ganz außerordentlichen kostbaren und ebenso geschmacklosen Halsschmuck übersenden ließ, der aus vier mit Brillanten besetzten Goldketten und zwei Schnüren großer schöner Perlen bestand. In der Mitte aber befand sich, wieder reich mit Perlen besetzt, eine Schnur brandroten Haares, die die Fürstin aus einer Locke hatte anfertigen lassen, die sie bei der Erzeugung des Kindes der bewusstlosen Mutter abgeschnitten hatte.

In der Klinik verblieb das Kind über vier Jahre, bis zu dem Zeitpunkte, als der Geheimrat dieses Institut, sowie die angegliederten Versuchsstationen, die er ohnehin mehr und mehr vernachlässigt hatte, aufgab. Er nahm es dann heraus auf seine Besitzung in Lendenich.

Dort erhielt das Kind einen Spielkameraden, der freilich um fast vier Jahre älter war: das war Wölfchen Gontram, der jüngste Sohn des Justizrates. Geheimrat ten Brinken erzählt wenig genug von dem Zusammenbruche des Gontramhauses; er erwähnt nur kurz, dass dem Tode das Spiel in dem weißen Hause am Rhein doch einmal zu fade geworden sei und dass er in einem Jahre die Mutter und drei ihrer Söhne weggewischt habe. Den vierten der Jungen, Josef, der auf Wunsch der Mutter zum Geistlichen bestimmt war, habe Seine Hochwürden Kaplan Schröder zu sich genommen, während Frieda, die Tochter, mit ihrer Freundin Olga Wolkonski, die inzwischen einen etwas zweifelhaften spanischen Grafen geheiratet hatte, nach Rom gezogen sei und in deren Hause dort lebe. Zugleich mit diesen Ereignissen sei der finanzielle Zusammenbruch des Justizrates erfolgt, der trotz des glänzenden Honorars, das ihm die Fürstin für ihren endlich gewonnenen Eheprozess gezahlt habe, nicht aufzuhalten gewesen wäre. Der Geheimrat stellt die Tatsache, dass er das jüngste Kind zu sich aufnahm, als eine Art menschenfreundlicher Handlung dar, vergisst aber nicht hinzuzufügen, dass gerade Wölfchen einige Weinberge mit kleinen Baulichkeiten von einer Tante mütterlicher Seite geerbt hatte, so dass seine Zukunft durchaus sichergestellt war. Er bemerkt auch, dass er sich die Verwaltung über dies Vermögen von dem Vater habe übertragen lassen, fügt sogar hinzu, dass er – aus Delikatesse: damit der Junge später einmal nicht das Gefühl habe, aus Gnade und Barmherzigkeit in fremdem Hause aufgezogen worden zu sein – von diesen Zinsen den Unterhalt des Pflegekindes bestreite. – Es ist anzunehmen, dass der Herr Geheimrat bei dieser Rechnung nicht zu kurz kam.

Übrigens lässt sich aus allen den Eintragungen, die Geheimrat ten Brinken in diesen Jahren in den Lederband machte, wohl schließen, dass Wölfchen Gontram das Brot, das er in Lendenich aß, reichlich selbst verdiente. Er war ein guter Spielkamerad für sein Pflegeschwesterchen, war mehr als das: war ihr einziges Spielzeug und ihr Kindermädchen zugleich. Gewohnt mit seinen wilden Brüdern herumzutollen, übertrug sich seine Liebe im Augenblicke auf das kleine zarte Geschöpf, das allein in diesem weiten Garten, in den Ställen, Treibhäusern und allen Gebäuden herumlief. Das große Sterben im Elternhause, der jähe Zusammenbruch alles dessen, was für ihn die Welt war, hatte einen starken Eindruck auf ihn gemacht – trotz aller Gontramschen Indolenz. Der kleine hübsche Bursche, der seiner Mutter große schwarze Traumaugen hatte, war still geworden, schweigsam und in sich gekehrt. Und das so plötzlich erstickte Interesse für tausend Knabengedanken schlang sich nun wie leichte Ranken um dieses kleine Wesen Alraune, sog sich dort fest mit vielen dünnen Würzelchen. Was seine junge Brust trug, gab er dem neuen Schwesterchen, gab es mit der großen, unbegrenzten Gutmütigkeit, die seiner Eltern sonniges Erbteil war.

Wenn er mittags zurückkam aus der Stadt, vom Gymnasium, wo er stets in den allerletzten Bänken saß, lief er an der Küche vorbei, so hungrig er auch war. Suchte im Garten herum, bis er Alraune fand. Und die Dienstboten mussten ihn oft genug mit Gewalt hereinholen, um ihm sein Essen zu geben. Niemand kümmerte sich so recht um die beiden Kinder, aber während sie alle vor dem kleinen Mädchen ein seltsames Misstrauen hatten, mochten sie doch Wölfchen gern leiden. So übertrug sich auf ihn diese etwas plumpe Liebe des Gesindes, die vordem durch so lange Jahre Frank Braun, dem Neffen des Herrn galt, wenn er als Knabe seine Schulferien hier verbrachte. Wie einst ihn, so duldete Froitsheim, der alte Kutscher, jetzt Wölfchen gern bei den Pferden, hob ihn hinauf, ließ ihn reiten auf der Wolldecke durch Hof und Garten. Der Gärtner wies ihm die besten Früchte im Garten, schnitt ihm die schwanksten Gerten, und die Mägde stellten sein Essen warm, sahen zu, dass ihm nirgends etwas abging. Es war wohl so, dass der Junge es verstand, sie alle wie seinesgleichen zu nehmen, während das Mädchen, so klein es auch war, doch eine eigentümliche Art hatte, zwischen sich und ihnen allen einen breiten Graben zu ziehen. Es plauderte nie mit ihnen und wenn es überhaupt sprach, so war das irgendein Wunsch, der fast wie ein Befehl klang: gerade das, was diese Leute vom Rhein in innerster Seele nicht ertragen konnten. Von ihrem Herrn nicht – und nun erst von diesem fremden Kinde –

Sie schlugen es nicht; das hatte der Geheimrat streng verboten. Aber sie ließen auf jede Weise das Kind empfinden, dass sie sich durchaus nicht um es kümmerten, taten so, als ob es gar nicht da sei. Es lief da herum – gut, sie ließen es laufen. Sorgten für sein Essen, für sein Bettchen, für Wäsche und Kleider – – aber so, wie sie dem alten bissigen Hofhund sein Essen brachten, wie sie seine Hütte fegten und ihn losketteten zur Nacht.

Der Geheimrat bekümmerte sich in keiner Weise um die Kinder, er ließ sie völlig ihren eigenen Weg gehen. Seitdem er kurz nach der Auflösung der Klinik auch seine Professur aufgegeben hatte, beschäftigte er sich neben allerlei Grundstück- und Hypothekengeschäften nur mehr mit seiner alten Liebhaberei, der Archäologie. Er betrieb sie, wie alles was er anfasste, als kluger Kaufmann und verstand bei allen Museen der Welt seine geschickt zusammengestellten Sammlungen zu recht hohen Preisen anzubringen. Dieser Boden, rings um den Sitz der Brinken, bis hin zum Rhein und zur Stadt nach der einen Seite, bis weit hinaus an die Eifeler Vorgebirge nach der andern, stak ja voll von Dingen, die einst Rom hertrug und alle seine Hilfsvölker. Von jeher sammelten die Brinken, und wenn, auf zehn Meilen in der Runde, ein Bauer mit der Pflugschar auf irgend etwas stieß, dann grub er sorgfältig nach und brachte seine Schätze nach Lendenich in das alte Haus, das dem Johann von Nepomuk geweiht war. Der Professor nahm alles, ganze Töpfe von Münzen, verrostete Waffen und vergilbte Knochen, Urnen, Schnallen und Tränenkrüglein. Er zahlte mit Pfennigen, mit Groschen höchstens – – aber der Bauer war immer gewiss, in seiner Küche einen guten Schnaps zu bekommen, auch, wenn es nötig war, das Geld, das er brauchte zur Aussaat, freilich auf sehr hohe Zinsen, aber ohne die Sicherung, die die Banken verlangten.

Und das war gewiss, dass dieser Boden nie mehr ausspie, als in den Jahren, seit Alraune im Hause war. Der Professor lachte: sie bringt Gold ins Haus. Er wusste gut, dass es zuging auf die natürlichste Weise der Welt, dass nur seine intensivere Beschäftigung mit all diesen Dingen der Grund war, aber er brachte es mit Absicht doch in Verbindung mit dem kleinen Wesen – spielte mit diesem Gedanken. Er ließ sich ein auf recht gewagte Spekulationen, kaufte mächtige Komplexe in der Fortsetzung der breiten Villenstraße, ließ den Boden aufgraben, jede Handvoll Erde durchwühlen. Er machte Geschäfte mit denkbar größtem Risiko, sanierte die Hypothekenbank, der jeder Vernünftige einen sicheren Bankerott in kürzester Frist prophezeite. Aber die Bank hielt sich; was er auch anfasste, ging den rechten Weg. – Dann, durch einen Zufall, fand sich ein Sauerbrunnen auf einem seiner Grundstücke im Gebirge; er ließ ihn fassen und abfüllen. So kam er auf die Säuerlinge, kaufte auf, was zu haben war im rheinischen Lande, monopolisierte fast diese Industrie. Er bildete einen kleinen Trust, hing ihm ein nationales Mäntelchen um, erklärte, dass man gegen das Ausland Front machen müsse, gegen die Engländer, denen Apollinaris gehörte. Die kleinen Besitzer scharten sich rings um diesen Führer, schworen auf ›ihre Exzellenz‹, ließen ihn gerne mittun, wenn er bei der Gründung von Aktiengesellschaften eine Handvoll Anteile für sich ausbedang. Und sie taten wohl daran: der Geheimrat verdoppelte ihre Interessen und rechnete scharf genug ab mit den Außenseitern, die nicht mittun wollten.

Eine Menge Dinge trieb er durcheinander – nur das eine hatten sie gemein, dass sie alle mit dem Boden etwas zu tun hatten. Auch das war eine Marotte von ihm, ein bewusstes Spiel mit Gedanken. Die Alraune zieht Gold aus dem Boden, dachte er, und so blieb er bei dem, was mit der Erde zusammenhing. Er glaubte nicht eine Sekunde lang selbst daran; aber doch hatte er bei jeder wildesten Grundspekulation das sichere Vertrauen, dass sie gelingen müsse. Alles andere lehnte er ab, ohne es auch nur zu prüfen. Sehr vorteilhafte Börsengeschäfte, deren Chancen sonnenklar schienen, die kaum ein kleinstes Risiko boten. Dagegen kaufte er eine Menge äußerst fauler Kuxen, Erz sowohl wie Kohlen, wurde Gewerke in einer Reihe recht übel beleumdeter Zechen. Er gewann auch hier. – Die Alraune tut es, sagte er lachend.

Dann kam der Tag, wo ihm dieser Gedanke mehr wurde als nur ein Witz.

Wölfchen grub im Garten, hinter den Ställen unter dem großen Maulbeerbaum; dort wollte Alraune ihre unterirdische Burg haben. Er grub, Tag um Tag, und zuweilen half ihm einer der Gärtnerburschen. Das Kind saß dabei, sprach nicht, lachte nicht, sah still zu.

Und dann, eines Abends, gab des Knaben Schaufel einen hellen Klang.

Der Gärtnerbursche half ihm; sie gruben vorsichtig, holten mit den Händen die braune Erde zwischen den Wurzeln vor. Und sie brachten dem Professor ein Wehrgehenk, eine Schnalle und eine Handvoll Münzen. Nun ließ er nachgraben, kunstgerecht; er fand einen kleinen Schatz – lauter gallische Stücke, selten und kostbar genug.

Freilich, absonderlich war das nicht. Wenn die Bauern ringsum bald hier und bald dort etwas fanden – warum sollte nicht auch in seinem eigenen Garten etwas verborgen sein? Aber das war es: er fragte den Jungen, warum er gerade dort gegraben habe, unter dem Maulbeerbaum. Und Wölfchen sagte, dass die Kleine es so gewollt habe – dort und nirgend anders.

Er fragte auch Alraune. Aber Alraune schwieg.

Der Geheimrat dachte: sie ist eine Wünschelrute. Sie fühlt es, wo der Grund Schätze hält. Er lachte dabei – lachte immer noch.

Manchmal nahm er sie mit. Hinaus zum Rhein, an die Villenstraße. Ging mit ihr über die Grundstücke, wo seine Leute gruben. Fragte sie – trocken genug: »Wo soll man graben?« Und beobachtete sie scharf, wenn sie ging über die Wiesen, ob ihr zarter Leib irgendein Anzeichen gäbe, irgend etwas, das vermuten ließe –

Aber sie schwieg und ihr kleiner Körper sagte nichts.

Dann später begriff sie wohl. Manchmal blieb sie stehen, irgendwo an beliebiger Stelle. Sagte: »Graben.«

Man grub und fand nichts. Dann lachte sie hell.

Der Professor dachte: »Sie narrt uns.« Aber er ließ doch immer wieder graben, wo sie befahl.

Ein- oder zweimal fand man etwas. Fand ein römisches Grab, dann eine große Urne mit frühen Silbermünzen.

Jetzt sagte der Geheimrat: »Es ist Zufall.« – Aber er dachte: ›Es – kann auch Zufall sein!‹

Eines Nachmittags, als der Geheimrat aus der Bibliothek trat, sah er den Jungen unter der Pumpe stehn. Halbnackt mit weit vorgerecktem Oberkörper. Und der alte Kutscher pumpte, ließ ihm den kalten Strahl über Kopf und Nacken laufen, über den Rücken und beide Arme. Rot strahlte die Haut und überall waren kleine Blasen.

»Was hast du, Wölfchen?«, fragte er.

Der Junge schwieg, biss die Zähne aufeinander, ob ihm auch die schwarzen Augen voll Tränen standen.

Aber der Kutscher sagte: »Es sind Brennesseln. Die Kleine hat ihn mit Brennesseln geschlagen.«

Da wehrte er sich: »Nein, nein, sie hat mich nicht geschlagen. Ich bin selbst schuld – ich hab mich hineingeworfen.«

Der Geheimrat nahm ihn ins Verhör; mühsam genug, und nur mit Hilfe des Kutschers, gelang es ihm die Wahrheit herauszuholen.

Es war schon so: er hatte sich ausgezogen bis Hüfte, sich hineingeworfen in die Brennesseln und darin gewälzt. Aber – auf den Wunsch des Schwesterchens. Die hatte bemerkt, dass er sich die Hand verbrannte, als er zufällig an das Kraut stieß, hatte gesehen, wie sie rot wurde und Blasen trieb. Da hatte sie ihn veranlasst, auch mit der andern Hand hineinzugreifen, dann sich darin zu wälzen mit der nackten Brust –

»Dummer Junge!«, schalt ihn der Geheimrat. Dann fragte er, ob Alraune auch in die Brennnesseln gefasst habe.

»Ja«, antwortete der Knabe, »aber sie verbrannte sich nicht.«

Der Professor ging in den Garten, suchte, fand endlich sein Pflegekind. Sie stand hinten an der großen Mauer, riss von einem Schutthaufen große Büschel von Brennnesseln. Trug sie in ihren nackten Ärmchen über den Weg in die Glyzenenlaube, schichtete sie dort auf den Boden auf. Ein richtiges Lager machte sie.

»Für wen ist das?«, fragte er.

Die Kleine sah ihn an, sagte dann ernst: »Für Wölfchen!«

Er nahm ihre Hände, betrachtete ihre dünnen Ärmchen. An keiner Stelle war etwas von einem Hautausschlag zu bemerken.

»Komm mit«, sagte er.

Er führte sie in das Treibhaus, da standen in langen Reihen japanische Primeln. »Brich die Blumen«, rief er.

Und Alraune brach, eine Blüte um die andere. Sie musste hinauflangen, hoch sich recken, überall kamen ihre Arme in Berührung mit den giftigen Blättern. Aber nirgend zeigte sich der brennende Ausschlag.

»Sie ist also immun«, murmelte der Professor.

– Und er schrieb in den braunen Lederband eine saubere Abhandlung über das Auftreten von Urticaria beim Anfassen von Urtica dioica und von Primula obconica. Er setzte auseinander, dass die Wirkung eine rein chemische sei, dass die kleinen Härchen des Stengels und der Blätter, die die Haut verletzten, eine Säure ausschwitzten, welche an den verletzten Stellen eine lokale Vergiftung hervorrufe. Er untersuchte, ob und inwiefern die Immunität gegen diese Primeln und Brennnesseln, die sich so selten findet, mit der Empfindungslosigkeit der Hexen und Besessenen verwandt sei, und ob man bei beiden Erscheinungen die Ursache in einer Autosuggestion auf hysterischer Basis zu suchen habe, die diese Immunität erklären könne. Nun er einmal angefangen, in dem kleinen Mädchen etwas Absonderliches zu sehen, suchte er gewissenhaft nach allen Zufälligkeiten, die ihm für diesen Gedanken zu sprechen schienen. So findet sich auch an dieser Stelle die nachgetragene Bemerkung – die Dr. Petersen in seinem Bericht als völlig unwesentlich übersehen hatte – dass die eigentliche Geburt des Kindes in der Mitternachtsstunde vor sich ging.

»Alraune wurde also in dies Leben geholt – – *wie es sich gehörte*«, fügte der Geheimrat hinzu.

Der alte Brambach war heruntergekommen vom Hügelland, vier Stunden weit vom Dorfe Filip her. Er war ein Halbinvalide, zog durch die Dörfer des Vorgebirges, verkaufte Kirchenlose und dazu Heiligenbilder und billige Rosenkränze. Er hinkte in den Hof und ließ dem Geheimrat melden, dass er römische Sachen mitgebracht habe, die ein Bauer auf seinem Acker gefunden. Der Professor ließ ihm sagen, dass er keine Zeit habe, und dass er warten solle; da wartete der alte Brambach, saß auf der Steinbank im Hofe und rauchte seine Pfeife.

Dann, nach zwei Stunden, rief ihn der Geheimrat herein. Er ließ immer die Leute warten, auch wenn er gar nichts zu tun hatte – nichts drückt so die Preise, wie warten lassen, sagte er. Aber diesmal war er wirklich beschäftigt; der Direktor des Germanischen Museums aus Nürnberg war da und hatte gerade eine hübsche Sammlung angekauft: gallische Funde im Rheinland.

Der Geheimrat ließ den lahmen Brambach nicht hereinkommen in die Bibliothek, hielt ihn fest in dem kleinen Vorraum. »Na, alter Hümpelepümp, zeigt her, was Ihr habt!«, rief er.

Der Invalide knüpfte das große rote Taschentuch auf, legte den Inhalt sorgfältig auf den morschen Rohrstuhl: viele Münzen, ein paar Helmstücke, ein Schildknauf und ein entzückendes Tränenfläschchen. Der Geheimrat wandte sich kaum, nur ein rascher schielender Blick streifte das kleine Fläschchen. »Das ist alles, Brambach?«, fragte er vorwurfsvoll. Und als der Alte nickte, begann er ihn tüchtig auszuschimpfen. So alt sei er nun und noch so dumm, wie ein Rotzjunge! Vier Stunden weit käme er her und vier müsse er zurück – ein paar Stunden müsse er warten dazu: so vertrödele er den ganzen Tag um den Quark da! Nichts sei der Plunder wert, er solle nur alles wieder einpacken und mitnehmen, keinen bergischen Stüber könne er dafür geben! Wie oft müsse er es immer wieder und wieder sagen: die dummen Bauern sollten doch nicht um jeden Dreck nach Lendenich laufen! Hübsch warten, bis sie etwas zusammen hätten und dann alles auf einmal bringen! Oder ob es ihm mit seiner krummen Hinkepote so angenehm wäre, den weiten Weg von Filip in der Sonnenhitze hin und wieder zu traben, um nichts? Schämen solle er sich.

Der Invalide kratzte sich hinter den Ohren, drehte dann verlegen die braune Mütze in den Fingern. Er hätte gern irgend etwas gesagt, um den Professor umzustimmen; sonst konnte er doch ganz gut schwatzen, um seine Sachen anzupreisen. Aber es fiel ihm gar nichts ein, als der weite Weg, den er gekommen – und gerade den machte ihm ja der Professor so zum Vorwurf. Er war völlig zerknirscht und sah durchaus ein, wie dumm er war; so machte er gar keine Widerworte. Bat nur, die Sachen dalassen zu dürfen – – dann brauchte er sie wenigstens nicht zurückzuschleppen. Der Geheimrat nickte, dann gab er ihm ein Fünfzig-pfennigstück.

»Da, Brambach, für den Weg! Aber seid ein andermal gescheiter und tut, wie ich euch sagte! Und nun geht in die Küche, lasst euch ein Butterbrot geben und ein Glas Bier!«

Der Invalide bedankte sich, froh genug, dass es noch so abgelaufen war. Und er hinkte wieder über den Hof, der Küche zu.

Exzellenz ten Brinken aber nahm mit raschem Griffe das süße Tränenfläschchen. Zog ein seidenes Tuch aus der Tasche, reinigte es sorgfältig, betrachtete das feine violette Glas von allen Seiten. Dann erst öffnete er die Türe, trat zurück in die Bibliothek, wo der Nürnberger Konservator vor den Glaskästen stand, schwenkte sein Fläschchen in erhobenem Arm.

»Sehen Sie her, lieber Doktor«, begann er, »hier habe ich noch einen besonderen Schatz! Es gehört zu dem Grabe der Tullia, der Schwester des Feldherrn Aulus, beim Lager von Schwarz-Rheindorf – ich zeigte Ihnen ja vorhin die andern Funde von dort!« Er überreichte ihm das Fläschchen und fuhr fort: »Nun bestimmen Sie einmal, wo es herstammt!«

Der Gelehrte nahm das Glas, trat ans Fenster, rückte seine Brille zurecht. Er bat sich eine Lupe aus und einen Seidenlappen, rieb und wischte, hielt das Fläschchen gegen das Licht, wandte es hin und her. Etwas zögernd und nicht ganz sicher sagte er endlich: »Hm – es scheint syrisches Fabrikat zu sein, aus der Glasfabrik zu Palmyra.«

»Bravo!«, rief der Geheimrat. »Vor Ihnen muss man sich in acht nehmen, Sie sind ein Kenner!« – Hätte der Nürnberger auf Agrigent geraten oder auf Munda, so würde er geradeso begeistert zugestimmt haben. – »Und nun, Herr Doktor, die Zeit?«

Der Konservator hob noch einmal das Fläschchen auf. »Zweites Jahrhundert«, sagte er dann, »erste Hälfte.« Und diesmal klang es schon recht bestimmt.

»Ich mache Ihnen mein Kompliment!«, bestätigte der Geheimrat. »Ich glaube nicht, dass noch jemand so schnell und treffsicher bestimmen könnte!«

»Außer Ihnen natürlich, Exzellenz!«, erwiderte der Gelehrte geschmeichelt. Aber der Professor sagte bescheiden: »Sie überschätzen meine Kenntnisse bedeutend, Herr Doktor. Ich habe nicht weniger wie acht Tage angestrengter Arbeit benötigt, um dies Fläschchen mit völliger Gewissheit bestimmen zu können und ich habe eine Menge Bände dazu gewälzt. – Nun, es tut mir nicht leid, es ist ein selten schönes Stück –

hab's freilich auch teuer genug erworben. Der Kerl, der es fand, hat sein Glück damit gemacht.«

»Ich möchte es gerne für mein Museum haben«, erklärte der Direktor. »Was verlangen Sie?«

»Für Nürnberg nur fünftausend Mark«, antwortete der Professor. »Sie wissen, dass ich allen deutschen Institutionen besondere Preise berechne. Nächste Woche kommen zwei Herren aus London, da werde ich achttausend fordern – und gewiss bekommen.«

»Aber Exzellenz«, erwiderte der Gelehrte, »fünftausend Mark! Sie wissen doch, dass ich solche Preise nicht bezahlen kann! Das übersteigt meine Befugnisse.«

Der Geheimrat sagte: »Es tut mir sehr leid – aber ich kann das Fläschchen wirklich nicht anders geben.«

Der Herr aus Nürnberg wog das kleine Glas in der Hand: »Es ist ein entzückendes Tränenfläschlein. Ich bin ordentlich verliebt darin. – Dreitausend will ich Ihnen geben, Exzellenz.«

Da sagte der Geheimrat: »Nein, nicht einen Heller weniger, wie fünftausend! – Aber ich will Ihnen was sagen, Herr Direktor: da Ihnen das Fläschchen so gefällt, so erlauben Sie mir, es Ihnen persönlich zum Geschenk anbieten zu dürfen. Behalten Sie es zur Erinnerung an Ihre so treffsichere Bestimmung.«

»Ich danke Ihnen, Exzellenz, ich danke Ihnen!«, rief der Konservator. Er stand auf und drückte dem Geheimrat kräftig die Hand. »Aber ich darf keinerlei Geschenke annehmen in meiner Stellung – verzeihen Sie also, wenn ich ablehne. – Im übrigen bin ich bereit, den geforderten Preis zu bezahlen, wir müssen das Stück unserm Vaterland erhalten, dürfen es nicht den Engländern lassen.«

Er ging zum Schreibtisch und schrieb seinen Scheck. Ehe er sich aber empfahl, hatte ihm der Geheimrat noch die anderen, weniger interessanten Stücke angeredet – aus dem Grabe der Tullia, der Schwester des Feldherrn Aulus.

Der Professor ließ anspannen für seinen Gast, geleitete ihn hinaus bis zum Wagen. Als er zurückkam über den Hof, sah er Wölfchen und Alraune bei dem Hausierer stehen, der ihnen seine bunten Heiligenbilder zeigte. Der alte Brambach hatte sich bei Speis und Trank wieder etwas Mut geholt, auch der Köchin einen Rosenkranz verkauft, von dem er behauptete, dass er vom Bischof geweiht sei, und der deshalb dreißig Pfennige mehr kostete, als die andern. Das alles belebte seine Zunge, die vorhin so furchtsam gewesen war, er fasste sich ein Herz und humpelte auf den Geheimrat zu.

»Herr Professor«, meckerte er, »kaufen Sie den Kindern ein hübsches Josefbildchen!«

Exzellenz ten Brinken war gut gelaunt; so antwortete er: »Den heiligen Josef? – Nein! Aber habt Ihr nicht den Johann von Nepomuk da?«

Nein, den hatte der Brambach nicht. Den Antonius ja, und den Johannes und den Thomas und Jakobus – aber den Nepomuk leider nicht. Und er musste sich wieder vorwerfen lassen, dass er sein Geschäft nicht verstehe: in Lendenich könne man nur mit St. Nepomuk Geschäfte machen, mit keinem andern Heiligen. Der Hausierer war betreten genug, aber er machte doch noch einen letzten Versuch.

»Ein Los, Herr Professor! Nehmen Sie ein Los! Für den Wiederaufbau der Laurentiuskirche zu Dülmen! Nur eine Mark kostet's – und jeder Käufer bekommt hundert Tage Ablass im Fegefeuer! – Da steht's gedruckt!« Er hielt ihm die Lose unter die Nase.

»Nein«, sagte der Professor. »Wir brauchen keinen Ablass – wir sind Geusen, da kommen wir so in den Himmel. – Und gewinnen kann man bei der Lotterie ja doch nichts.«

»So?«, antwortete ihm der Hausierer. »Man kann nicht gewinnen? Dreihundert Gewinne gibt's und als ersten fünfzigtausend Mark in bar! Hier steht's!« Er wies mit dem schmutzigen Finger auf das Los.

Der Professor nahm es ihm aus der Hand. »Du alter Esel!«, lachte er. »Und hier steht: fünfmalhunderttausend Lose! Da kannst du dir ausrechnen, wieviel Chancen man zum Gewinnen hat!«

Er wandte sich zum Gehen, aber der Invalide hinkte ihm nach, hielt ihn am Rock fest.

»Versuchen Sie es trotzdem, Herr Professor«, bat er. »Unsereins will doch auch leben.«

»Nein!«, rief der Geheimrat.

Doch der Hausierer gab nicht nach. »Ich hab so eine Ahnung, als ob Sie gewinnen müssten!«

»Die hast du immer!«, sagte der Geheimrat.

»Lassen Sie die Kleine ein Los ziehen, das bringt Glück!«, bettelte Brambach. – Da stutzte der Professor.

»Ich will es versuchen«, murmelte er. »Komm einmal her, Alraune!«, rief er. »Zieh ein Los.«

Das Kind trippelte heran; sorgfältig machte der Invalide einen Fächer von seinen Losen, hielt ihn ihr entgegen.

»Mach die Augen zu«, gebot er. »So – und nun zieh.«

Alraune zog ein Los und gab es dem Geheimrat. Der zögerte einen Augenblick, dann winkte er den Knaben heran. »Zieh du auch ein Los, Wölfchen«, sagte er.

In dem Lederbande berichtet Exzellenz ten Brinken, dass er fünfzigtausend Mark in der Dülmener Kirchenlotterie gewann. Er könne leider nicht feststellen, setzte er hinzu, ob das von Alraune, oder das von Wölfchen gezogene Los der Treffer war, da er beide zusammen, ohne die Namen der Kinder daraufzuschreiben, in seinen Schreibtisch gelegt hatte. Doch hege er kaum einen Zweifel, dass es das der Alraune gewesen sei.

Im übrigen zeigte er sich dem alten Brambach, der ihm dieses Geld fast mit Gewalt ins Haus gebracht hatte, erkenntlich. Er schenkte ihm fünf Mark und setzte es durch, dass er aus der Provinzialunterstützungskasse für alte notleidende Krieger eine regelmäßige Ehrengabe von jährlich dreißig Mark erhielt.

Siebentes Kapitel, das mitteilt, was geschah, als Alraune ein Mägdlein war

Von ihrem achten bis zum zwölften Lebensjahre wurde Alraune ten Brinken im Kloster Sacré-Cœur zu Nancy erzogen, von dieser Zeit ab bis zu ihrem siebzehnten Geburtstage in dem Pensionat der Mlle. de Vynteelen, Avenue du Marteau, in Spa. Zweimal in jedem Jahre, zu den Ferien, war sie in dieser Zeit im Hause ten Brinken zu Lendenich.

Zuerst versuchte der Geheimrat, sie zu Hause unterrichten zu lassen. Er engagierte ein Fräulein, um das Kind ein wenig zu erziehen, dann einen Lehrer und bald darauf einen zweiten. Aber sie verzweifelten alle in kurzer Zeit: mit dem Mädchen sei mit dem besten Willen nichts anzustellen. Es war durchaus nicht ungezogen, in keiner Weise wild und ungebärdig. Aber es gab eben keine Antworten, war durch nichts von seinem hartnäckigen Schweigen abzubringen. Es saß still und ruhig da, blinzelte mit halboffenen Augen geradeaus; es war kaum festzustellen, ob es überhaupt zuhörte. Den Griffel nahm es wohl in die Hand, aber es war nicht zu bewegen, Haarstriche, Grundstriche oder Buchstaben zu machen – es zeichnete vielmehr irgendein merkwürdiges Tier mit zehn Beinen, oder ein Gesicht mit drei Augen und zwei Nasen.

Was es überhaupt lernte, ehe es der Geheimrat ins Kloster schickte, brachte ihm Wölfchen bei. Dieser Knabe, der selbst auf jeder Klasse sitzenblieb, unendlich faul war in der Schule und auf alle Schularbeit mit souveräner Verachtung herabsah, beschäftigte sich zu Hause mit einer unendlichen Geduld mit dem Schwesterchen. Sie ließ ihn schreiben, lange Reihen von Zahlen, hunderte Male seinen Namen und ihren Namen, und sie freute sich, wenn seine ungeschickte Hand versagte, wenn die kleinen schmutzigen Finger ihm kribbelten. Zu diesem Zwecke nahm sie Griffel, Bleistift und Feder, lernte eine Zahl, ein Wort um das andere, fasste es bald, schrieb es auf und ließ es dann den Knaben durch Stunden wiederholen. Immer hatte sie etwas auszusetzen, da war dieser, hier jener Strich nicht in Ordnung. Sie spielte die Lehrerin – so lernte sie.

Dann, als irgendein Oberlehrer einmal herauskam, sich beim Geheimrat zu beklagen über die jämmerlichen Leistungen seines Pflegesohnes, merkte sie, dass Wölfchen recht schwach sei in den Wissenschaften. Und nun spielte sie Schule mit ihm, kontrollierte ihn, ließ ihn hocken bis in die Nacht hinein, überhörte ihn und machte ihn lernen. Sie sperrte ihn ein, schloss die Türe ab, ließ ihn nicht eher wieder herauskommen, bis er seine Aufgabe erledigt hatte. Und sie tat so, als ob sie das alles wüsste, duldete keinen Zweifel an ihrer Überlegenheit.

Sie fasste sehr leicht und sehr schnell. Sie wollte sich keine Blößen geben vor dem Knaben, so nahm sie ein Buch vor um das andere. Griff dies auf und das, ohne Zusammenhang, wild durcheinander. So weit ging es, dass der Junge, wenn er irgend etwas nicht wusste, zu ihr kam, sie zu fragen, durchaus überzeugt, dass sie es wissen müsste. Dann hielt sie ihn hin, sagte, dass er nachdenken solle, schalt ihn aus. So gewann sie Zeit, suchte in den Büchern, lief auch wohl, wenn sie sich gar nicht zurechtfinden konnte, zu dem Geheimrat und fragte den. Kam dann zurück zu dem Knaben, fragte, ob es ihm noch nicht eingefallen sei. Gab ihm endlich die Antwort.

Der Professor merkte dies Spiel, das ihn amüsierte. Und er würde nie daran gedacht haben, das Mädchen aus dem Hause zu geben, wenn nicht die Fürstin ihn immer wieder gedrängt hätte. Von jeher eine gute Katholikin, wurde diese Frau gläubiger mit jedem neuen Jahre, es war, als ob jedes Kilo Fett sie wieder ein wenig frömmer machte. Sie bestand darauf, dass ihr Patenkind im Kloster erzogen werden müsse, und der Geheimrat, der nun schon seit Jahren ihr finanzieller Berater war und mit den Millionen der Fürstin fast wie mit seinen eignen operierte, hielt es für klug, ihr in diesem Punkte zu Gefallen zu sein: so kam Alraune nach Nancy ins Sacré-Cœur.

Für diese Zeit finden sich in dem Lederbande, außer kurzen Eintragungen von des Geheimrats Hand, einige längere Berichte der mère supérieure. Der Professor grinste, als er sie einheftete, besonders bei den lobenden Stellen, wenn von den außerordentlichen Fortschritten des Mädchens die Rede war: er kannte seine Klöster und wusste gut, dass man nirgends auf der Welt weniger lernen kann, als bei den frommen Schwestern. Und es machte ihm Spaß, als die anfänglichen Lobestiraden, die alle Eltern bekamen, bei Alraune sehr bald einer anderen Tonart Platz machten, als die mère supérieure immer wieder und immer mehr bewegliche Klagen über allerlei Grausamkeiten zu berichten hatte. Und diese Klagen hatten stets denselben Grund: nicht das Betragen des Mädchens selbst, nicht ihre Leistungen gaben zu Vorstellungen Anlass, es war immer nur der Einfluss, den sie auf ihre Mitschülerinnen ausübte.

– »Es ist wohl wahr«, schrieb die révérende mère, »dass das Kind nie selbst Tiere quält; wenigstens ist sie nie dabei ertappt worden. Aber es ist ebenso wahr, dass alle kleine Grausamkeiten – die sich die Schülerinnen zuschulden kommen lassen, in ihrem Kopfe entstanden sind. Zuerst wurde die kleine Marie, ein sehr braves und folgsames Kind, dabei erwischt, wie sie im Klostergarten mit Grashalmen Fröschlein aufblies. Zur Rede gestellt, wie sie dazu komme, gestand sie, dass Alraune ihr den Gedanken eingegeben habe. Wir wollten das erst nicht recht glauben, dachten vielmehr, dass es nur eine Ausrede sei, um die Schuld einigermaßen von sich abzuwälzen. Aber bald darauf wurden zwei andere Mädchen dabei entdeckt, wie sie einige große Nacktschnecken mit Salz bestreuten, so dass die armen Tiere, die doch auch Gottesgeschöpfe sind, sich auf qualvolle Weise zu Schleim auflösten. Und wieder gaben die zwei Kinder an, dass Alraune sie angestiftet habe. Ich stellte sie nun selbst zur Rede und das Kind gab ohne weiteres alles zu, erklärte, dass es das einmal gehört habe und nun habe sehen wollen, ob es wirklich so wäre. Auch die Anstiftung zum Fröscheaufblasen gestand sie ein; sie sagte, dass es so hübsch knalle, wenn man dann den aufgeblasenen Frosch mit einem Stein zerschlage. Sie selbst würde es freilich nicht tun, weil so leicht von dem zerquetschten Frosch einem etwas auf die Hand spritzen könne. Gefragt, ob sie ihre Sünden einsehe, erklärte sie: nein, sie habe ja nichts getan; und was andere Kinder täten, ginge sie gar nichts an.«

Bei dieser Stelle befindet sich eine Parenthese des Geheimrats, die lautet: »Sie hat vollkommen recht.«

»Trotz allen Strafen«, ging der Brief weiter, »haben wir dann in kurzer Zeit noch einige andere bedauerliche Fälle feststellen müssen, die wieder Alraune zur Urheberin hatten. So stach Clara Maassen aus Düren, ein Mädchen einige Jahre älter als Alraune, das bereits seit vier Jahren in unserer Pflege ist und sonst nie den geringsten Anlass zur Klage gab, einem jungen Maulwurf mit der glühend gemachten Stricknadel beide Augen aus. Sie war über ihre Tat selbst so entsetzt, dass sie ein paar Tage, bis zum nächsten Beichttag, ein äußerst aufgeregtes Wesen zur Schau trug und ohne jeden Anlass immer wieder zu weinen begann; sie beruhigte sich erst wieder, nachdem sie Absolution empfangen hatte. Hier erklärte Alraune, dass Maulwürfe in der dunklen Erde kröchen, und es also ganz gleichgültig sei, ob sie sehen könnten oder nicht. Dann fanden wir im Garten Vogelfallen, die sehr sinnreich zusammengesetzt waren, die kleinen Vogelstellerinnen, die Gott sei Dank noch nichts gefangen hatten, wollten durchaus nicht mit der Sprache heraus, wie sie auf den Gedanken gekommen seien. Erst unter der Androhung schärfster Strafen gestanden sie, dass Alraune sie verlockt und zu gleicher Zeit bedroht habe, ihnen etwas anzutun, wenn sie sie verraten würden. – Und leider ist der unheilvolle Einfluss des Kindes auf ihre Mitschülerinnen in letzter Zeit derartig gestiegen, dass wir kaum mehr die Wahrheit ermitteln können. So wurde Hélène Petiot von der Klassenschwester dabei erwischt, wie sie in der Freistunde Fliegen fing, ihnen vorsichtig mit der Schere die Flügel abschnitt, die Beinchen einzeln ausriss und sie dann in einen Ameisenhaufen warf. Das kleine Mädchen blieb aber dabei, dass es ganz allein auf den Gedanken gekommen sei und beteuerte selbst vor Seiner Hochwürden, dass Alraune nichts damit zu tun hätte. Genau so hartnäckig leugnete gestern ihre Cousine Ninon, die unserer braven alten Katze einen alten Blechtopf an den Schwanz gebunden hatte, der das arme Tier halb verrückt machte. Trotzdem sind wir überzeugt, dass auch hier Alraune wieder ihre Hand im Spiele hatte.«

Die mère supérieure schreibt dann weiter, dass sie eine Konferenz zusammenberufen habe und dass man beschlossen habe, Seine Exzellenz ergebenst zu bitten, seine Tochter vom Kloster wegzunehmen und so bald wie möglich abholen zu lassen. – Der Geheimrat antwortete, dass er die Vorkommnisse außerordentlich bedaure, aber bitten müsse, das Kind einstweilen noch im Kloster zu lassen: je schwieriger die Arbeit, um so größer nachher der Erfolg. Er zweifle nicht, dass es der Geduld und der Frömmigkeit der Schwestern gelingen würde, das Unkraut in dem Herzen seines Kindes auszuroden und dieses zu einem schönen Garten des Herrn zu machen.

Im Grunde war es ihm darum zu tun, zu sehen, ob wirklich der Einfluss dieses zarten Kindes stärker wäre als alle Klosterzucht und alle Einwirkung der frommen Schwestern. Er wusste recht gut, dass das billige Kloster von Sacré-Cœur in Nancy ohnehin nicht gerade von den besten Familien beschickt war, dass es sehr froh sein musste, das Töchterlein einer Exzellenz unter seinen Schülerinnen zu zählen. Er täuschte sich nicht: die rèvèrende mère antwortete, dass man es mit Gottes Hilfe noch einmal versuchen wolle und dass alle Schwestern sich freiwillig bereit erklärt hätten, allabendlich in ihr Gebet eine besondere Bitte für Alraune mit einzuschließen. Worauf ihnen der Geheimrat großmütig einen Hundertmarkschein für ihre Armen sandte.

In diesen Ferien beobachtete der Professor ziemlich gründlich das kleine Mädchen. Er kannte die Gontramfamilie vom Urgroßvater her und er wusste, dass ihnen die Liebe zu allen Tieren mit der Muttermilch eingeflößt war. Wie groß auch des Kindes Einfluss auf den soviel älteren Knaben war – hier musste er einen Damm finden, musste machtlos werden an diesem innersten Gefühl grenzenloser Güte.

Und doch erwischte er Wölfchen Gontram eines Nachmittags bei dem kleinen Teich, unter dem Trompetenbaum. Er kniete auf der Erde, vor ihm saß auf einem Stein ein großer Frosch. Der Junge hatte ihm eine brennende Zigarette in das breite Maul gesteckt, tief hinein in den Rachen. Und der Frosch rauchte in Todesangst. Er verschluckte den Rauch, sog ihn in den Magen, mehr und immer mehr; aber er stieß ihn nicht wieder aus – so wurde er dicker und dicker. Wölfchen starrte ihn an, dicke Tränen liefen ihm über die Wangen. Aber er zündete doch, als die Zigarette heruntergebrannt war, eine zweite an, nahm den Stummel dem Frosch aus dem Hals, steckte ihm mit zitternden Fingern die frische ins Maul. Und der Frosch schwoll unförmig an, dick quollen ihm die großen Augen aus den Höhlen. Es war ein starkes Tier: zwei und eine halbe Zigarette konnte es vertragen, ehe es zerplatzte. Der Junge schrie jammernd auf, es schien, als ob sein Schmerz noch viel größer sei, als der des Tieres, das er zu Tode quälte. Er sprang zurück, als wollte er fliehen in das Gebüsch hinein, blickte sich um, lief, als er sah, dass der zerrissene Frosch sich noch bewegte, schnell hinzu, trat wild und verzweifelt mit den Absätzen auf dem Tier herum, um es zu töten und so von seinen Qualen zu befreien.

Der Geheimrat nahm ihn am Ohr, untersuchte zuerst seine Taschen. Er fand noch ein paar Zigaretten und der Junge gestand, sie vom Schreibtische aus der Bibliothek genommen zu haben. Aber er war nicht zu bewegen, eine Antwort darauf zu geben, wer ihm das beigebracht habe, dass rauchende Frösche sich selbst aufblasen und endlich zerplatzen. Da half kein Zureden und die Prügel, die ihm der Professor sehr reichlich durch den Gärtner geben ließ, halfen erst recht nichts. Auch

Alraune leugnete hartnäckig, selbst dann noch, als eine der Mägde angab, dass sie gesehen habe, wie das Kind die Zigaretten nahm. Trotzdem blieben die beiden dabei: der Knabe, dass er die Zigaretten gestohlen habe, und das Mädchen, dass sie es nicht getan habe.

Noch ein Jahr blieb Alraune im Kloster, dann wurde sie – mitten im Schuljahr – nach Hause geschickt. Und diesmal gewiss mit Unrecht: nur die abergläubischen Schwestern glaubten an ihre Schuld und, vielleicht, ein klein wenig auch der Geheimrat. Aber kein vernünftiger Mensch würde es tun.

Schon einmal war im Sacré-Cœur eine Krankheit ausgebrochen, die Masern. Siebenundfünfzig kleine Mädchen lagen in ihren Bettchen, und nur sehr wenige, darunter Alraune, gingen gesund herum. Diesmal aber war es viel schlimmer: eine Typhusepidemie. Acht Kinder starben und eine Schwester; fast alle andern waren krank. Aber Alraune ten Brinken war nie so gesund wie in dieser Zeit, sie nahm zu, blühte, lief fröhlich durch alle Krankenzimmer. Und da sich niemand um sie kümmerte in diesen Wochen, so lief sie treppauf und ab, setzte sich an alle Bettchen und erzählte den Kindern, dass sie sterben müssten, morgen schon, und dass sie alle in die Hölle kämen. Sie aber, Alraune, würde leben und würde doch in den Himmel kommen. Und sie verschenkte überall ihre Heiligenbildchen, sagte den kranken Mädchen, dass sie fleißig beten sollten zur Madonna und zum heiligen Herzen Jesu – – aber dass es doch nichts nutzen würde. Brennen müssten sie doch und tüchtig braten – – o es war erstaunlich wie gut sie das alles ausmalen konnte. Manchmal, wenn sie gut gelaunt war, war sie milde: dann versprach sie nur hunderttausend Jahre Fegefeuer. Aber auch das war am Ende schlimm genug für die kranken Sinne der frommen kleinen Mädchen. Der Arzt warf Alraune höchst eigenhändig aus dem Zimmer und die Schwestern, fest überzeugt, dass sie allein die Krankheit ins Kloster gezogen habe, schickten sie Hals über Kopf nach Hause.

Der Professor lachte und war entzückt über diesen Bericht. Und er wurde kaum ernster, als kurz nach des Kindes Ankunft zwei seiner Mägde am Typhus erkrankten und alle beide bald darauf im Krankenhause starben. Der Vorsteherin des Klosters zu Nancy aber schrieb er einen entrüsteten Brief, in dem er sich bitter beklagte, dass man ihm unter den obwaltenden Umständen die Kleine ins Haus gesandt habe. Er verweigerte die Zahlung des Schulgeldes für das letzte halbe Jahr und verlangte energisch Rückerstattung des Geldes, das er für die kranken Mägde hatte auslegen müssen. Und es ist ja richtig – – vom sanitären

Standpunkte aus hätten die Schwestern vom Sacré-Cœur nicht so handeln dürfen.

Im übrigen handelte Exzellenz ten Brinken nicht viel anders. Er hatte nicht gerade Angst vor der Ansteckungsgefahr, aber, wie allen Ärzten, so waren auch ihm Krankheiten sehr viel sympathischer bei andern Menschen, als am eigenen Leibe. Er ließ Alraune so lange in Lendenich, bis er sich in der Stadt nach einer guten Pension erkundigt hatte; dann, schon am vierten Tage, sandte er sie nach Spa, in das berühmte Institut der Mlle. de Vynteelen. Der schweigsame Aloys musste sie begleiten. Die Reise ging für das Kind ohne Zwischenfall vonstatten, während der Diener zwei kleine Erlebnisse hatte: auf der Hinfahrt fand er ein Porte-monnaie mit einigen Silberstücken und auf der Rückfahrt zerquetschte er sich beim Zuschlagen der Coupétür einen Finger. Der Geheimrat nickte befriedigt, als ihm Aloys diesen Bericht abstattete.

Von den Jahren, die Alraune in Spa zubrachte, wusste Fräulein Becker, die deutsche Lehrerin, die auch aus der Universitätsstadt am Rhein stammte und dort ihre Ferien verbrachte, dem Geheimrat viel zu erzählen. Gleich vom ersten Tage an habe Alraune begonnen in der alten Avenue du Marteau ihre Herrschaft auszuüben, und diese Herrschaft habe sich nicht nur auf ihre Mitschülerinnen erstreckt, sondern auch auf die Lehrerinnen und ganz besonders auf die Miss, die schon nach wenigen Wochen ein fast willenloses Spielzeug der absurden Launen des kleinen Mädchens geworden sei. So habe Alraune gleich beim Frühstück erklärt, dass sie Honig und Marmelade nicht möge, dass sie vielmehr Butter haben wolle; Mlle. de Vynteelen habe ihr natürlich keine Butter gegeben. Nach wenigen Tagen schon hätten einige der andern Pensionärinnen auch schon Butter verlangt und schließlich sei durch das ganze Institut ein großer Schrei nach Butter gegangen. Miss Patterson aber, die nie in ihrem Leben etwas anderes zum Morgentee genossen habe, als Toast mit Jam, habe plötzlich auch eine unstillbare Sehnsucht nach Butter empfunden – – so habe die Vorsteherin nachgeben und die große Butterforderung bewilligen müssen. – Alraune aber habe von diesem Tage an mit Vorliebe Orangenmarmelade genommen.

Tierquälereien, erklärte Fräulein Becker auf die besondere Frage des Geheimrats, kamen in diesen Jahren im Pensionat Vynteelen nicht vor, wenigstens wurde kein einziger solcher Fall entdeckt. Dagegen habe Alraune sowohl die andern Kinder, wie die Lehrer und Lehrerinnen gründlich gequält, besonders den armen Musikprofessor. In seiner Schnupftabaksdose, die er stets im Mantel auf dem Korridor ließ, um nicht in die Versuchung zu kommen, während der Stunden zu schnupfen, seien seit Alraunens Eintritt die merkwürdigsten Gegenstände gefunden worden, so: dicke Kreuzspinnen und Kellerasseln, dann Schießpulver, Pfeffer, Streusand mit Tinte und einmal gar zerhackte Tausendfüße. Einige Male seien Mädchen dabei ertappt und auch dafür bestraft worden – nie aber Alraune. Doch habe diese dem alten Musiker stets eine passive Resistenz gezeigt, nicht geübt und in der Stunde die Hände in den Schoß gelegt und sie nie zum Spiel erhoben. Als aber der Professor sich in seiner Verzweiflung endlich einmal bei der Leiterin beschwert habe, habe Alraune ruhig erklärt, dass der Alte lüge. Mlle. de Vynteelen wohnte dann der nächsten Stunde persönlich bei – – und, siehe da, das kleine Mädchen konnte seine Lektion vorzüglich, spielte besser wie eine der andern und zeigte plötzlich eine ganz erstaunliche Fertigkeit. Die Pensionsdame machte dem Musiklehrer heftige Vorwürfe – der sprachlos dabeistand und nichts anderes zu sagen wusste, als: »Mais c'est aiccoyable – c'est vraiment aiccoyable!«

Weshalb ihn die kleinen Pensionsfräulein von nun an nur noch ›Monsieur Incroyable‹ nannten; sie riefen es ihm nach, wo er sich nur sehen ließ, und sprachen es aus, wie er, als ob sie keine Zähne mehr im Munde hätten.

Was die Miss angehe, so habe sie kaum mehr einen ruhigen Tag erlebt, stets sei ihr wieder ein neuer dummer Streich gespielt worden. Man habe ihr Juckpulver ins Bett gestreut, und einmal, nach einer Landpartie, sogar ein halbes Dutzend Flöhe hineingesetzt. Bald war der Schlüssel zu ihrem Schranke, oder zu ihrem Zimmer verschwunden, bald waren alle Haken und Ösen von dem Kleide, das sie gerade anziehen wollte, abgetrennt. Einmal, als sie zu Bett gehen wollte, erschreckte sie zu Tode die Wirkung des Brausepulvers in ihrer ›Vase de nuit‹, und ein andermal flogen ihr durch das offene Fenster brennende Schwärmer herein, so dass sie laut um Hilfe schrie. Bald war der Stuhl, auf den sie sich setzte, mit Leim oder Farbe beschmiert; bald fand sie in ihren Taschen eine tote Maus oder einen alten Hühnerkopf. Und so ging es fröhlich weiter, die arme Miss konnte kaum eine Stunde mehr ihres Lebens froh werden. Eine Untersuchung löste die andere ab, stets wurden ein paar Schuldige ermittelt und bestraft. Nie aber befand sich Alraune dabei, obwohl jedermann überzeugt war, dass sie die eigentliche Urheberin all dieser Streiche war. Die einzige, die diesen Verdacht mit Entrüstung zurückwies, war die Engländerin selbst; sie schwor auf die Unschuld des Mädchens, tat es bis zu dem Tage, als sie dem Institut de Vynteelen den Rücken kehrte: dieser Hölle, wie sie sagte, die nur einen kleinen süßen Engel beherbergte.

Der Geheimrat grinste, als er in dem Lederbande eintrug: »Dieser kleine süße Engel ist Alraune.«

Was sie selbst angehe, erzählte Fräulein Becker dem Professor weiter, so habe sie es von vornherein vermieden, mit dem seltsamen Kinde in Berührung zu kommen. Das sei ihr um so leichter möglich gewesen, als sie ja hauptsächlich sich mit den französischen und englischen Schülerinnen beschäftigen musste und Alraune nur im Turnen und in der Handarbeit zu unterrichten gehabt hätte. Von letzterem Gegenstand habe sie sie gleich dispensiert, als sie gesehen habe, dass Alraune nicht nur kein Interesse dafür, sondern geradezu einen direkten Widerwillen dagegen zeigte; in den Turnstunden aber, in denen sie sich übrigens stets ausgezeichnet, habe sie immer so getan, als ob sie die Launen des Kindes gar nicht bemerkte. Nur einmal habe sie, und zwar bald nach Alraunens Eintritt, einen kleinen Zusammenstoß mit ihr gehabt, bei dem sie, wie sie leider zugeben müsse, durchaus den kürzeren zog. Sie habe zufällig in einer Freistunde gehört, wie Alraune ihren Mitschülerinnen von ihrem Aufenthalte im Kloster erzählte, dabei so abscheulich renommierend und frech aufschneidend, dass sie es für ihre Pflicht gehalten habe, einzuschreiten. Auf der einen Seite habe die Kleine erzählt, wie wundervoll und herrlich da alles sei, auf der andern Seite habe sie wahre Mordgeschichten berichtet über allerhand Untaten der frommen Schwestern. Da sie nun selbst in dem Kloster von Sacré-Cœur zu Nancy erzogen worden sei, also recht gut wisse, dass es da sehr einfach und schlicht zugehe, dass auch die Nonnen die harmlosesten Geschöpfe von der Welt seien, so habe sie Alraune herausgerufen und ihr diese Schwindelgeschichten vorgeworfen, auch verlangt, dass das Mädchen sogleich ihren Mitschülerinnen sage, dass sie die Unwahrheit gesprochen. Als das Alraune hartnäckig verweigerte, habe sie erklärt, dass sie es dann selber den Mädchen sagen würde. Darauf habe Alraune sich hoch auf ihre Fußspitzen gereckt, sie still angesehen und ruhig erwidert: »Wenn Sie das sagen, Fräulein, werde ich erzählen, dass Ihre Mutter zu Hause einen kleinen Käseladen hat.«

Sie, Fräulein Becker, müsse bekennen, dass sie schwach genug gewesen sei, einer falschen Scham nachzugeben und dem Kinde seinen Willen zu lassen. Es habe freilich, fügte sie hinzu, aus der leisen Stimme des Mädchens etwas so Überlegenes geklungen, dass sie sich in dem Augenblicke beinahe gefürchtet. Sie habe Alraune stehen lassen und sei in ihr Zimmer gegangen, froh, mit dem kleinen Geschöpf in keinen Streit geraten zu sein. Übrigens habe sie die verdiente Strafe dafür, dass sie ihre gute Mutter so verleugnet, bald genug erhalten: Alraune habe schon am nächsten Tage die andern Pensionärinnen doch mit der Tatsache des mütterlichen Käseladens bekannt gemacht und es habe viel Mühe gekostet, den Respekt, den sie dadurch im Institut einbüßte, nach und nach sich wieder zu erobern.

Viel schlimmer aber, als ihren Vorgesetzten, spielte Alraune ihren Kameradinnen mit – da war nicht eine in der Pension, die nicht darunter zu leiden hatte. Und es schien, seltsam genug, als ob die Kleine sich durch jede neue Untat noch beliebter machte. Wohl schalt jene der Pensionärinnen, die sie sich gerade zum Opfer ausersehen hatte, aber dann waren alle andern stets auf Alraunes Seite; sie war beliebter wie eines der anderen Mädchen. Fräulein Becker berichtete dem Geheimrat darüber eine Menge Einzelheiten, einige der krassesten Fälle erwähnt dieser dann in dem Lederbande.

Blanche de Banville war aus den Ferien zurückgekehrt, die sie bei ihren Verwandten in der Picardie verbracht hatte; bei dieser Gelegenheit hatte sich das warmblütige vierzehnjährige Ding bis über beide Ohren in ihren nicht viel älteren Vetter verliebt. Sie schrieb ihm auch von Spa aus und der Junge antwortete: B. d. B., poste restante; dann aber hatte er wohl etwas Besseres zu tun – jedenfalls blieben die Briefe aus. Alraune wusste um das Geheimnis, sie und die kleine Louison. Blanche war natürlich sehr unglücklich und weinte ganze Nächte hindurch; Louison saß dann bei ihr und suchte sie zu trösten. Alraune aber erklärte, man dürfe sie nicht trösten; ihr Vetter sei ihr untreu geworden und habe sie verraten, und Blanche müsse nun sterben an unglücklicher Liebe. Das sei das einzige Mittel, um dem Falschen seine Untat recht vorzustellen; zeit seines Lebens würde er dann von Furien gefoltert herumlaufen. Und sie wusste eine Menge berühmter Beispiele, wo es auch so gewesen sei. Blanche war einverstanden mit dem Sterben, aber es ging nicht so recht; sogar das Essen schmeckte ihr stets vorzüglich, trotz ihres großen Schmerzes. Da erklärte Alraune, dass Blanche die Pflicht habe, sich selbst umzubringen, wenn sie denn durchaus nicht an gebrochenem Herzen sterben könne. Sie empfahl einen Dolch oder eine Pistole – aber man hatte weder das eine noch das andere. Auch war Blanche nicht zu bewegen, aus dem Fenster zu springen, noch eine Hutnadel sich ins Herz zu stoßen, noch auch sich aufzuhängen. Nur schlucken wollte sie, und sonst nichts. Aber Alraune wusste bald Rat. In dem Arzeneischränkchen der Mlle. de Vynteelen stand eine Lysolflasche – die musste Louison stehlen. Es war leider nur noch ein ganz kleines Restchen darin, darum musste

Louison noch von ein paar Dosen mit Streichhölzern die Phosphorköpfe abkratzen. Blanche schrieb einige Abschiedsbriefe, an ihre Eltern, an die Vorsteherin und an den verräterischen Geliebten; dann trank sie das Lysol und schlang die Zündholzköpfe – beides schmeckte ihr abscheulich genug. Um aber ja ihrer Sache sicher zu sein, ließ sie Alraune noch drei Päckchen mit Nähnadeln herunterschlucken. – Sie selbst war übrigens bei diesem Selbstmordversuche nicht zugegen, war vielmehr unter dem Vorwande, aufpassen zu wollen, in ihr Zimmer gegangen, nachdem ihr Blanche auf das Kruzifix geschworen hatte, alles genau zu tun. Die kleine Louison saß an dem Abend an dem Bette ihrer Freundin, sie reichte ihr unter jämmerlichen Tränen, erst das Lysol, dann die Phosphorköpfchen und endlich die Nähnadelbriefchen. Als aber dieses dreifache Mordgift der armen Blanche sehr schlecht bekam, als sie sich wand und vor Schmerzen schrie, da schrie Louison mit, dass das Haus dröhnte, lief hinaus aus dem Zimmer, holte die Vorsteherin und die Lehrerinnen und zeterte, dass Blanche im Sterben liege.

Blanche de Banville starb gar nicht, ein geschickter Arzt gab ihr gleich ein tüchtiges Brechmittel, das das Lysol und das Phosphor und auch die Nadelbriefchen wieder hervorholte. Freilich hatte sich eines von diesen gelöst und ein halbes Dutzend Nadeln im Magen verloren: die wanderten durch den Körper, kamen an allen möglichen Stellen im Laufe der Jahre wieder heraus und erinnerten die kleine Selbstmörderin noch oft schmerzhaft genug an ihre erste Liebe.

Blanche lag noch lange im Bett und hatte tüchtige Schmerzen; so schien sie genügend bestraft. Alle hatten viel Mitleid mit ihr, waren so lieb zu ihr, wie sie konnten und erfüllten ihr alle ihre kleinen Wünsche. Aber sie wünschte nichts anderes, als dass man ihre beiden Freundinnen, die ihr geholfen hatten, nicht bestrafen solle, Alraune und die kleine Louison. Und sie bat und bettelte so lange, bis die Vorsteherin es versprach – so wurde Alraune nicht weggejagt aus dem Pensionat.

Dann kam Hilde Aldekerk an die Reihe, die so gerne Berliner Pfannkuchen aß; die bekam man in der deutschen Konditorei auf der Place Royale. Sie könne zwanzig essen, meinte sie, aber Alraune behauptete, dass sie gewiss nicht dreißig vertilgen könne. Sie wetteten; wer verlor, sollte die Kuchen bezahlen. Hilde Aldekerk gewann – aber sie wurde krank, dass sie vierzehn Tage das Bett hüten musste. »Vielfraß!«, sagte Alraune ten Brinken. »Es ist dir recht geschehen.« –

Und alle die kleinen Mädchen nannten die dicke, runde Hilde nur noch: »Vielfraß«. Diese heulte ein bisschen, gewöhnte sich dann an den

Kosenamen und wurde endlich eine der allertreuesten Anhängerinnen Alraunens – genau so wie Blanche de Banville.

Nur ein einziges Mal, berichtete Fräulein Becker, sei Alraune im Pensionat ernsthaft bestraft worden, und merkwürdigerweise in diesem Falle gewiss zu Unrecht. In einer Vollmondnacht sei die französische Lehrerin entsetzt aus ihrem Zimmer gestürzt, habe das ganze Haus wach geschrien und gezetert, dass auf der Balustrade ihres Balkons ein weißes Gespenst sitze. Niemand habe sich in ihr Zimmer hineingetraut, schließlich habe man den Portier geweckt, der, mit einem tüchtigen Knüppel bewaffnet, hineingegangen sei. Das Gespenst entpuppte sich dann als Alraune, die still in ihrem Nachthemde dort saß und mit weit offenen Augen in den Mond starrte. Wie sie dort hinkam, war nicht aus ihr herauszubringen. Die Vorsteherin habe das Gespensterspielen für einen sehr schlechten Streich gehalten – erst viel später habe sich herausgestellt, dass das Mädchen offenbar nur unter dem Einflusse des Vollmondes gehandelt hatte: noch zu verschiedenen andern Gelegenheiten sei sie beim Schlafwandeln erwischt worden. Seltsam sei, dass Alraune ihre ungerechte Strafe – das Abschreiben langer Kapitel aus dem ›Télémaque‹ an schulfreien Nachmittagen – ohne Widerrede und höchst gewissenhaft abbüßte: gegen jede gerechte Strafe würde sie sich gewiss bis aufs äußerste empört haben.

– Fräulein Becker sagte zu dem Geheimrat: »Ich fürchte, Exzellenz werden nicht viel Freude an Ihrem Töchterlein erleben.«

Aber der Professor antwortete: »Ich glaube doch. Bisher bin ich recht zufrieden.«

Die beiden letzten Jahre ließ er Alraune nicht in den Ferien nach Hause kommen. Er erlaubte ihr, mit ihren Pensionsfreundinnen zu reisen, nach Schottland einmal mit Maud Macpherson, dann mit Blanche zu ihren Eltern nach Paris und endlich mit den beiden Rodenbergs auf ihr Gut im Münsterlande. Er hatte von diesen Episoden aus Alraunens Leben gar keine bestimmte Nachrichten – – malte sich nur aus, was sie in den Ferien vielleicht angestellt haben könnte. Und es war ihm eine Befriedigung zu denken, dass dies Wesen, das er schuf, weit hinaus die merkwürdigen Kreise seines Einflusses ziehen möchte. In der Zeitung las er, dass in dem Sommer, in dem Alraune auf Boltenhagen war, die grün-weißen Farben des alten Grafen Rodenberg auf dem Rasen ganz besonders gut abgeschnitten und seinem Gestüt einen sehr erheblichen Gewinn gebracht hatten; weiter erfuhr er, dass Mlle. de Vynteelen eine ziemlich unerwartete Erbschaft gemacht habe, die sie in den Stand setzte, ihr Institut aufzulösen, so dass sie keine neuen Pensionärinnen mehr aufnahm und nur noch die alten bis zum Schluss ihrer Studien behielt. Beides schrieb er der Gegenwart Alraunens zu und war halb überzeugt, dass sie auch den übrigen Häusern, in denen sie geweilt, dem Kloster in Nancy, dem Reverend Macpherson in Edinburgh und dem Heim der Banville auf dem Boulevard Haussmann Gold ins Haus gebracht habe: so habe sie dreifach ihre kleinen Teufeleien wieder gutgemacht. Er dachte, dass alle diese Menschen seinem Kinde sehr dankbar sein müssten, hatte ein Gefühl, als ob er ein seltsames »Mädchen aus der Fremde« in die Welt gesetzt habe, das jedem seine Gaben brachte und ringsum Rosen auf den Lebensweg der Menschen streute, die das Glück hatten es zu treffen. Er lachte, als ihm einfiel, dass diese Rosen auch scharfe Dornen hatten und manche hübsche Wunde reißen konnten.

Und er fragte das Fräulein Becker: »Sagen Sie mir doch – wie geht es eigentlich Ihrer lieben Mama?«

»Danke, Exzellenz«, antwortete sie, »die Mutter kann nicht klagen. Das Geschäft ist erheblich besser geworden in den letzten Jahren!«

Da sagte der Geheimrat: »Sehen Sie!« – Und er gab Auftrag, dass von nun an aller Käse bei Frau Becker in der Münsterstraße gekauft werden solle, Emmenthaler, Roquefort, Chester und alter Holländer.

Achtes Kapitel, das ausführt, wie Alraune Herrin ward auf dem Sitze der Brinken

Als Alraune wieder zurückkam in das Haus am Rhein, das dem heiligen Nepomuk geweiht war, da war der Geheimrat ten Brinken sechsundsiebzig Jahre alt. Aber man stellte dies Alter nur mit dem Kalender fest, keine Schwäche und keine kleinsten Leiden erinnerten daran. Er fühlte sich sonnenwarm in seinem alten Dorfe, das nun bald die immer wachsenden, lang sich streckenden Finger der Stadt fassen wollten, hing wie eine feiste Spinne in dem starken Netze seiner Macht, das sich ausspannte nach allen Windseiten hin. Und er empfand einen leichten Kitzel, als Alraune kommen sollte, erwartete sie als willkommenes Spielzeug für seine Launen, und zugleich als lustigen Köder, der ihm noch manche dumme Fliege und Motte ins Netz locken sollte.

Alraune kam und sie deuchte dem Alten nicht viel anders, wie sie als Kind war. Er studierte sie lange, wie sie vor ihm saß in der Bibliothek, und er fand nichts, das ihn erinnerte an den Vater oder die Mutter. Dies junge Mädchen war klein und war zierlich, schmal, engbrüstig und noch wenig entwickelt. Wie eines Buben war die Figur, waren ihre raschen, etwas eckigen Bewegungen. Er hätte denken mögen: ein Püppchen – nur war der Kopf so gar nicht ein Puppenkopf. Ein wenig heraus traten die Backenknochen, dünn und bleich schoben sich ihre Lippen über die kleinen Zähne. Aber die Haare fielen reich und voll, nicht rot wie ihrer Mutter, sondern schwer und kastanienbraun. »Wie die der Frau Josefa Gontram«, dachte der Geheimrat und der Gedanke gefiel ihm, dass das eine Erinnerung sei an das Haus, in dem man Alraune erdachte. Er schielte zu ihr hinüber, die still vor ihm saß, betrachtete sie kritisch wie ein Bild, belauerte sie, suchte nach andern Erinnerungen –

Ja, ihre Augen! Sie öffneten sich weit unter den frechen dünnen Strichen der Brauen, die die schmale, glatte Stirn abhoben. Blickten kühl und höhnisch, und doch wieder weich und verträumt. Grasgrün, stahlhart – wie seines Neffen Augen, Frank Brauns.

Der Professor schob die breite Unterlippe vor, diese Entdeckung berührte ihn nicht sympathisch. Aber gleich zuckten seine Schultern – – warum sollte der Junge, der sie dachte, nicht dies Teil an ihr haben? Es war wenig genug und dazu teuer erkauft: um all die runden Millionen, die ihm dies stille Mädchen abnahm –

»Du hast blanke Augen«, sagte er. – Sie nickte nur. Er fuhr fort: »Und deine Haare sind schön. Wölfchens Mutter hatte solche Haare.«

Da sagte Alraune: »Ich werde sie abschneiden.«

Der Geheimrat befahl ihr: »Das wirst du nicht tun! Hörst du?«

– – Aber als sie zum Nachtmahl kam, waren die Haare geschnitten. Wie ein Page sah sie aus, rings fielen die Locken um den Bubenkopf.

»Wo sind deine Haare?«, rief er sie an.

Ruhig sagte sie: »Hier.« Sie wies ihm eine große Pappschachtel, da lagen die glänzenden meterlangen Strähnen.

Er begann: »Warum schnittest du sie ab? – Weil ich es dir verbot? – Aus Trotz also?«

Alraune lächelte. »Nein, gar nicht. Ich hätte es auch so getan.«

»Warum also?«, forschte er.

Da griff sie die Schachtel, nahm die Haare heraus, sieben lange Strähnen. Jede war umwickelt mit einer goldenen Schnur und jede Schnur hielt eine kleine Karte. Sieben Namen trugen die sieben Karten: Emma, Marguerite, Louison, Evelyn, Anna, Maud und Andrea.

»Das sind deine Schulfreundinnen?«, fragte der Geheimrat. »Und du dummes Kind schneidest dir dein Haar ab, um ihnen ein Andenken zu schicken?!« Er ärgerte sich; diese unerwartete Backfischsentimentalität gefiel ihm gar nicht, er hatte sich das Mädchen viel reifer und herber gedacht.

Sie sah ihn groß an. »Nein«, sprach sie. »Sie sind mir ganz gleichgültig. Nur –«

Sie stockte. »Nur –?«, drängte der Professor.

»Nur –« begann sie wieder, »nur – – sie sollen sich auch die Haare abschneiden.«

»Was sollen sie?«, rief der Alte.

Da lachte Alraune. »Sich die Haare abschneiden! Ganz ab! Noch mehr wie ich – dicht am Kopf. Ich schreibe ihnen, dass ich sie dicht am Kopf abgeschnitten habe – da müssen sie's auch tun!«

»Sie werden durchaus nicht so dumm sein«, warf er ein.

»Doch!«, beharrte sie. »Sie werden's tun. – Ich sagte, wir sollten uns alle die Haare abschneiden und sie versprachen es, wenn ich's zuerst tun möchte. Aber ich vergaß es und dachte erst wieder daran, als du sprachst von meinem Haar.«

Der Geheimrat lachte sie aus: »Sie versprachen's – man verspricht allerhand. Aber sie werden's doch nicht tun: du allein bist die Dumme.

Da hob sie sich von ihrem Stuhle, kam nahe heran an den Alten. »Doch«, flüsterte sie heiß, »sie werden es doch tun. Sie wissen alle gut, dass ich ihnen die Haare ausreißen würde, wenn sie es nicht täten. Und – sie haben Angst vor mir, auch wenn ich nicht mehr da bin.«

Erregt, leise zitternd stand sie vor ihm.

»Bist du so sicher, dass sie's tun werden?«, fragte er.

Und sie sagte fest: »Ja, ganz sicher.«

Da wuchs auch in ihm diese selbe Gewissheit und er wunderte sich nicht einmal darüber.

»Warum stelltest du es denn an?«, fragte er.

Im Augenblick schien sie verwandelt. Alles Absonderliche schwand, sie schien wieder ein launenhaftes kapriziöses Kind.

»Ja!«, lachte sie kurz und ihre kleinen Hände streichelten die vollen Haarsträhnen. »Ja – siehst du, das ist so: mir taten sie weh, diese schweren Haare und ich bekam manchmal Kopfschmerzen davon. Und dann – mir stehen die kurzen Locken gut, das weiß ich. Ihnen aber werden sie gar nicht stehen. Wie im Affenhaus wird es aussehen in der ersten Klasse der Mademoiselle de Vynteelen! Und sie werden alle heulen, die dummen Dinger, und die Mademoiselle wird schimpfen und die neue Miss und das Fräulein werden auch schimpfen und heulen dazu.«

Sie klatschte die Hände zusammen, lachte hell und voll Lust.

»Willst du mir helfen?«, fragte sie. »Wie soll ich's verpacken?«

Der Geheimrat sagte: »Einzeln. Als Muster ohne Wert. Einschreiben lassen.«

Sie nickte: »Ja, so ist's gut!«

Und sie beschrieb ihm, während des Essens, wie die Mädchen aussehen würden – ohne Haar. Die hoch aufgeschossene Evelyn Clifford, die dünnes, glattes, hellblondes Haar habe, und die vollblütige braune Louison, die bisher eine hohe Turbanfrisur trug. Und nun erst die beiden Rodenbergkomtessen, Anna und Andrea, deren lange Ringellocken rings um die starkknochigen Westfalenschädel fielen.

»Alles weg!«, lachte sie. »Sie werden ausschauen wie die Meerkater – jeder wird lachen, wenn sie so daherkommen.«

Sie gingen zurück in die Bibliothek, der Geheimrat half ihr, alles zusammensuchen, gab ihr Pappschachteln, Bindfaden, Siegellack, Freimarken. Rauchte seine Zigarre, zerkaute sie halb, sah zu, wie sie ihre Briefe schrieb.

Sieben Brieflein an sieben Mädchen in Spa. Das alte Wappen der Brinken war auf den Bogen: Johann von Nepomuk, der Flutenheilige, im oberen Felde, unten ein silberner Reiher, der mit einer Schlange kämpfte. Der Reiher – das war das Tier der Brinken.

Er sah ihr zu, und ein leises Jucken kroch über die alte Haut. Alte Erinnerungen wurden wach in ihm, lüsterne Gedanken an halbwüchsige Buben und Mädel –

Die da, Alraune, war ein Mädel und ein Bub zugleich.

Und der feuchte Speichel löste sich aus den fleischigen Lippen, nässte rings die schwarze Havanna. – Er schielte zu ihr hinüber, gierig und voll zitternder Lust. Und er begriff in diesen Minuten, was es war, das die Menschen hinzog zu diesem schlanken kleinen Geschöpfchen. Wie die Fischlein, die nach dem Köder schwimmen und den Haken nicht sehen. Er aber sah den scharfen Haken gut, und er dachte, dass er ihn schon vermeiden wolle und doch den süßen Bissen verzehren –

Wolf Gontram war Junger Mann in dem Bureau, das der Geheimrat in der Stadt hatte. Sein Pflegevater hatte ihn nach dem Einjährigen aus dem Gymnasium genommen, ihn als Lehrling in irgendeine Bank gesteckt. Da hatte er vergessen, was er auf der Schule mühsam gelernt hatte, war seinen Trott gegangen, hatte so das getan, was man von ihm verlangte. Dann, als seine Lehrzeit beendet war, kam er in das Bureau des Geheimrats, das dieser sein »Sekretariat« nannte.

Es war ein seltsamer Betrieb, dies Sekretariat der Exzellenz. Karl Mohnen leitete es, Doktor in vier Fakultäten, und sein alter Chef fand ihn brauchbar genug. Er ging noch immer auf Freiersfüßen; wo er herumkam im Lande, machte er Bekanntschaften, knüpfte stets wieder neue Bande, die nie zu irgend etwas führten. Seine Haare waren längst ausgegangen, aber seine Nase war gut wie je – – überall witterte er etwas: eine Frau für sich, ein Geschäft für den Geheimrat. Und der stand sich besser dabei.

Ein paar kaufmännische Beamte hielten die Bücher zur Genüge in Ordnung, sorgten einigermaßen für einen geregelten Betrieb. Ein Raum war da, der das Schild trug: »Rechtssachen«; hier pflegten Justizrat Gontram und Herr Manasse, der noch immer nicht Justizrat war, zuweilen eine Stunde hinzukommen. Sie führten die Prozesse des Geheimrats, die hübsch sich mehrten: Manasse die hoffnungsvollen, die mit einem Siege endeten, der alte Justizrat die faulen, die er immer wieder vertagen ließ und schließlich doch noch zu einem annehmbaren Vergleiche führte.

Auch Dr. Mohnen hatte sein eigenes Zimmer, bei ihm saß Wolf Gontram, den er protegierte und zu bilden suchte auf seine Weise. Dieser Allerweltsmann wusste viel, kaum weniger als der kleine Manasse, aber nirgends trat dieses Wissen in irgendeine Beziehung zu seiner Persönlichkeit. Nichts konnte er damit anfangen; er hatte seine Bildung gesammelt, so wie ein Knabe Briefmarken sammelt – weil es die Mitschüler auch tun. Irgendwo in einer Schublade lag seine Sammlung, er kümmerte sich nicht darum; nur wenn jemand eine seltene Marke sehen wollte, nahm er das Album heraus, klappte es auf: »Da, Sachsen, drei, rot!«

Etwas zog ihn hin zu Wolf Gontram. Vielleicht waren es die großen schwarzen Augen, die er einst geliebt hatte, als sie noch der Mutter gehörten – geliebt, so gut wie er es eben konnte, und so, wie er fünfhundert andere schöne Augen auch liebte. Je weiter zurück die Beziehungen lagen, die er zu irgendeiner Frau gehabt, um so größer schienen sie ihm; es kam ihm heute fast vor, als ob er der intime Vertraute dieser Frau gewesen sei, obwohl er nicht einmal gewagt hätte, ihr die Hand zu küssen. Und dazu kam, dass dieser junge Gontram alle seine kleinen Liebesgeschichten gläubig hinnahm, nicht eine Sekunde zweifelte an seinen Heldentaten, ihn fest für den großen Verführer hielt, der er so schrecklich gerne sein wollte.

Dr. Mohnen kleidete ihn, zeigte ihm, wie man einen Schlips band, machte ihn elegant – – soweit er es verstand. Er gab ihm Bücher, nahm ihn mit ins Theater und in Konzerte, um so stets für sein Gerede ein

dankbares Publikum zu haben. Er hielt sich für einen Mann von Welt –
und den wollte er auch aus Wolf Gontram machen.

Und es lässt sich nicht leugnen, dass ihm allein der Gontramjunge
alles zu verdanken hatte, was aus ihm wurde. Dies war der Lehrer, der
ihm nötig war, der nichts forderte und immer nur gab, Tag um Tag
und in jeder Minute fast, der ihn bildete, ohne dass er es auch nur
merkte. So wuchs ein Leben in Wolf Gontram.

Schön war er, das sah jeder in der Stadt. Nur Karl Mohnen nicht,
dem der Gedanke Schönheit nur in engster Verbindung mit einem Rocke
möglich war, und dem alles das schön schien, was lange Haare trug und
sonst nichts. Aber die andern sahen es. Als er noch zum Gymnasium
ging, wandten sich alte Herren nach ihm, schielten ihm nach, blickten
blasse Offiziere sich nach ihm um und manch ein gut geschnittener
Kopf mit zerrissenen Zügen, in denen verhaltene Sehnsüchte schrien –
seufzten, unterdrückten schnell einen heißen Wunsch. Nun aber kamen
die Blicke unter Schleiern her, oder unter großen Hüten, folgten dem
Jünglinge schöne Augen der Frauen.

– »Das kann noch gut werden!«, brummte der kleine Manasse, als er
mit dem Justizrat und dessen Sohn im Konzertgarten saß. »Wenn die
sich nicht bald umdreht, wird ihr der Nacken schön weh tun!«

»Wem denn?«, fragte der Justizrat.

»Wem? Ihrer Königlichen Hoheit!«, rief der Rechtsanwalt. »Schauen
Sie doch herüber, Herr Kollege, seit einer halben Stunde starrt sie Ihren
Bengel an, dreht sich den Hals nach ihm ab.«

»Gott, lassen Sie sie doch«, antwortete der Justizrat gleichmütig.

Aber der kleine Manasse gab nicht nach. »Setz dich hierher, Wolf!«,
befahl er. Und der Junge gehorchte, setzte sich neben ihn, drehte der
Prinzessin den Rücken.

Ach, diese Schönheit erschreckte den kleinen Rechtsanwalt – wie bei
der Mutter glaubte er auch hinter dieser Maske den Tod lachen zu hören.
Und das quälte ihn, marterte ihn – so hasste er fast den Jungen, wie er
einst die Mutter geliebt hatte. Dieser Hass war seltsam genug, war ein
Albdruck, ein heißer Wunsch, dass dem jungen Gontram das Geschick
bald werden sollte, das ihm doch einmal werden musste, – lieber heute
als morgen. Es war dem Rechtsanwalt, als ob ihm das eine Befreiung
bringen könne. Und dabei tat er doch alles, was diese Erlösung möglichst
lange hinausschieben konnte, trat – wo er nur konnte – für Wolf ein,
half ihm, sein Leben zu ebnen.

– Als Exzellenz ten Brinken des Pflegesohnes Vermögen stahl, war
er außer sich. »Sie sind ein Narr, sind ein Idiot!«, bellte er den Justizrat

an, wäre ihm am liebsten in die Waden gefahren, wie sein seliger Hund, der Cyklop.

Und er setzte dem Vater haarklein auseinander, in welch gemeiner Weise sein Sohn beschwindelt würde. Der Geheimrat übernahm die Weinberge und Grundstücke, die Wolf von seiner Tante geerbt hatte und zahlte dafür kaum den ortsüblichen Preis. Und dabei hatte er nicht weniger wie drei reiche Säuerlinge in diesem Boden entdeckt, die er nun fassen und ausbeuten ließ.

»Wir hätten doch nie daran gedacht«, erwiderte der Justizrat ruhig.

Der kleine Manasse spuckte vor Ärger. Das sei doch ganz gleichgültig! Die Grundstücke seien heute das Sechsfache wert. Und was der alte Gauner überhaupt bezahlt habe, das habe er zum großen Teile dem Jungen wieder angerechnet für seinen Lebensunterhalt. Eine Schweinerei sei es –

Aber das machte gar keinen Eindruck auf den Justizrat. Er war gut, so voll von warmer Güte, dass er in jedem Menschen auch nur das Gute sah; er brachte es fertig bei den niedrigsten Verbrechern in ihren gemeinsten Taten dennoch ein Stückchen Güte herauszufinden. So rechnete er es dem Geheimrat hoch an, dass er den Jungen in seinem Sekretariat angestellt hatte und warf dann die Trumpfkarte hin, dass er sich zu ihm geäußert habe, er wolle seinen Sohn gar in seinem Testament bedenken.

»Der? Der?« Der Rechtsanwalt wurde hochrot vor verhaltenem Ärger, zupfte sich die grauen Bartstoppeln aus. »Nicht einen Heller wird er dem Jungen vermachen!«

Aber der Justizrat schloss die Debatte: »Übrigens ist es noch nie einem Gontram schlecht gegangen, solange der Rhein fließt.«

Und da hatte er wohl recht.

Jeden Abend ritt Wölfchen hinaus nach Lendenich, seit Alraune zurück war. Dr. Mohnen hatte ihm ein Pferd besorgt, das ihm sein Freund, der Rittmeister Graf Geroldingen, zur Verfügung stellte. Auch Tanzen und Fechten hatte den Jungen sein Mentor lernen lassen. Das müsse ein Mann von Welt, erklärte er, und erzählte von wilden Ritten, siegreichen Mensuren und großen Erfolgen im Ballsaal, obwohl er selbst nie einen Gaul erklettert, nie vor dem langen Messer gestanden hatte und kaum eine Polka hüpfen konnte.

Wolf Gontram brachte des Grafen Pferd in den Stall, dann ging er über den Hof zum Herrenhaus. Eine Rose brachte er, nie mehr wie eine, so hatte ihn Dr. Mohnen belehrt, aber es war stets die schönste, die es gab in der Stadt.

Alraune ten Brinken nahm seine Rose und begann sie langsam zu zerzupfen. Jeden Abend war es so. Sie kniff die Blätter zusammen, machte kleine Blasen und zerschlug sie knallend auf seiner Stirn und an seinen Wangen. Das war die Gunst, die sie ihm gewährte.

Er verlangte nichts anderes. Er träumte – aber nicht einmal zu Wünschen dichteten sich diese Träume. Woben rings in der Luft, füllten die alten Räume, wie herrenlose Sehnsüchte.

Wie ein Schatten folgte Wolf Gontram dem seltsamen Wesen, das er liebte.

Wölfchen nannte sie ihn, wie sie als Kind getan. »Weil du so ein großer Hund bist«, erklärte sie, »so ein gutes, dummes und treues Tier. Schwarz und langzottig und sehr schön, und mit tiefen treuen Frageaugen. – Darum! Weil du zu nichts gut bist, Wölfchen, als hinterdrein zu laufen, irgendein Täschchen nachzutragen.«

Und sie hieß ihn sich niederlegen vor ihrem Sessel, setzte die Füßchen leicht auf seine Brust. Strich ihm über die Wangen mit den kleinen Wildlederschuhen; warf sie dann fort, bohrte die Spitzen ihrer Zehen zwischen seine Lippen.

»Küss, küss!«, lachte sie.

Dann küsste er ringsherum den feinen Seidenstrumpf, der ihren Fuß umschloss.

Der Geheimrat schielte mit saurem Lächeln nach dem jungen Gontram. Er war so hässlich, wie der Junge schön war – das wusste er wohl. Er fürchtete nicht, dass sich Alraune in ihn verlieben würde, nur seine stete Gegenwart war ihm unbequem.

»Er braucht auch nicht jeden Abend herauszukommen«, brummte er.

»Doch!«, erwiderte Alraune. – Und Wölfchen kam.

Der Professor dachte: »Auch gut! – Schluck nur den Haken, mein Junge.«

So war es: Alraune war Herrin auf dem Sitze der Brinken, war es vom ersten Tage an, als sie zurückkam aus der Pension. Sie war die Herrin – und blieb doch eine Fremde; blieb ein Eindringling, ein Ding, das nicht verwachsen war mit dieser alten Erde, das mit nichts Gemeinschaft hatte, was hier Atem schöpfte und Wurzel schlug. Die Dienstboten, die Mägde und Kutscher und Gärtner, nannten sie nur das Fräulein und so sagten auch die Leute im Dorfe. Sie sagten: »Da geht das Fräulein«, und sagten es so, als ob sie von jemandem sprächen, der nur zum Besuch da sei. Wolf Gontram aber nannten sie: den jungen Herrn.

Der kluge Geheimrat bemerkte es wohl und es gefiel ihm. »Die Leute merken, dass sie etwas anderes ist«, schrieb er in den Lederband. »Und die Tiere merken es auch.«

Die Tiere – die Pferde und Hunde. Der schlanke Rehbock, der im Garten herumlief und selbst die kleinen Eichhörnchen, die durch die Kronen der Bäume huschten. Wolf Gontram war ihr großer Freund, sie hoben den Kopf, kamen heran, wenn er nur in ihre Nähe kam. Aber sie schlichen still weg, wenn das Fräulein nahte. »Nur auf die Menschen erstreckt sich ihr Einfluss«, dachte der Professor, »Tiere sind immun.« Und er rechnete unbedingt die Bauern und Dienstboten zu den Tieren. »Sie haben denselben gesunden Instinkt«, überlegte er, »diese gleiche unwillkürliche Abneigung, die eine halbe Furcht ist. Sie kann froh sein, dass sie heute zur Welt kam und nicht vor einem halben Jahrtausend: da möchte sie in Monatsfrist als Hexe verschrien sein in dem Dorfe Lendenich, und der Bischof würde einen guten Braten bekommen.« – Dieser Widerwillen der Leute und der Tiere gegen Alraune entzückte den alten Herrn fast ebensosehr, wie die seltsame Anziehung, die sie auf höher Geborene ausübte. Er stellte immer wieder neue Beispiele solcher Zuneigungen und solchen Hassens fest, obwohl er auch Ausnahmen fand in beiden Lagern.

Es geht aus den Aufzeichnungen des Geheimrats mit Gewissheit hervor, dass er immer von dem Vorhandensein irgendeines Momentes in Alraune überzeugt war, das geeignet sein mochte, einen ganz scharf umrissenen Einfluss auf ihre Umgebung hervorzurufen. So kommt es, dass der Professor bestrebt war, alles das zusammenzusuchen und hervorzukehren, das ihm geeignet schien, diese Hypothese zu unterstützen. Freilich ward auf diese Weise die Lebensgeschichte Alraunens, soweit sie ihr Erzeuger niederschrieb, viel weniger ein Bericht über das, was sie tat, als vielmehr eine Wiedergabe dessen, was andere taten – beeinflusst durch sie: erst in den Handlungen der Menschen, die mit ihr zusammenkamen, spiegelte sich das Leben des Wesens Alraune. Sie erschien dem Geheimrat recht eigentlich ein Phantom, ein schemenhaftes Ding, das nicht in sich selbst leben konnte, ein Schattenwesen, das in ultravioletten Strahlen rings reflektierte, und erst zur Form wurde in einem Geschehen, das außerhalb ihrer selbst lag. Er verbiss sich so in diesen Gedanken, dass er manchmal nicht recht glaubte, dass sie überhaupt ein Mensch war, dass er sie vielmehr als ein unwirkliches Ding ansprach, dem er Körper und Form gegeben, als eine blutleere Puppe, der er eine

Maske geborgt hatte. Das schmeichelte seiner alten Eitelkeit: war doch so er selbst der tiefste Grund zu alledem, was durch Alraune geschah.

Und so putzte er seine Puppe bunter und schöner auf mit jedem Tag. Er ließ sie Herrin sein und fügte sich nicht weniger ihren Wünschen und Launen, wie es die andern taten. Mit dem Unterschiede nur, dass er glaubte, das Spiel stets in der Hand zu haben, dass er voll überzeugt war, dass es letzten Endes nur sein eigener Wille war, der sich äußerte durch das Medium Alraune.

Neuntes Kapitel, das davon spricht, wer Alraunens Liebhaber waren und wie es ihnen erging

Dies waren die fünf Männer, die Alraune ten Brinken liebten: Karl Mohnen, Hans Geroldingen, Wolf Gontram, Jakob ten Brinken und Raspe, der Chauffeur.

Von ihnen allen spricht des Geheimrats brauner Lederband, und von ihnen allen muss man erzählen in dieser Geschichte der Alraune.

Raspe, Matthieu-Maria Raspe, kam mit dem Opelwagen, den ihr die Fürstin Wolkonski zum siebzehnten Geburtstag schenkte. Er hatte bei den Husaren gedient und musste nun auch dem alten Kutscher mit den Pferden helfen. Er war verheiratet und hatte zwei kleine Buben; Lisbeth, seine Frau, übernahm die Wäscherei im Hause ten Brinken. Sie wohnten in dem kleinen Hause, das neben der Bibliothek lag, dicht an dem eisernen Eingangstore zum Hofe.

Matthieu war blond und war groß und stark. Er verstand seine Arbeit, mit dem Kopf wie mit der Hand, und seinen Muskeln gehorchten die Pferde, wie es die Maschine tat. Früh am Morgen sattelte er die irische Stute seiner Herrin, stand im Hofe und wartete.

Langsam kam das Fräulein die Steintreppe hinab vom Herrenhause. Kam als Junge, in gelben Ledergamaschen und grauem Reitanzug; die kleine Schirmmütze über den kurzen Locken. Sie stieg nicht in den Steigbügel, ließ ihn seine Hände hinhalten, trat hinein und blieb so eine kurze Sekunde, ehe sie sich hinaufschwang in den Herrensattel. Dann schlug sie das Tier mit der scharfen Peitsche, dass es aufsprang und hinausjagte durch das offene Tor. Matthieu-Maria hatte alle Not, den schweren Fuchs zu besteigen und ihr nachzukommen auf seinem Wallach.

Die braune Lisbeth schloss das Tor hinter ihnen. Sie presste die Lippen aufeinander und sah ihnen nach – ihrem Mann, den sie liebte und dem Fräulein ten Brinken, das sie hasste.

Irgendwo auf den Wiesen machte das Fräulein halt. Wandte sich, ließ ihn herankommen.

»Wohin reiten wir heute, Matthieu-Maria?«, fragte sie.

Und er sagte: »Wohin das Fräulein befehlen.«

Dann riss sie die Stute herum, galoppierte weiter. »Komm, Nellie!«, rief sie.

Raspe hasste diese Morgenritte nicht weniger, wie es seine Frau tat. Es war, als ob das Fräulein allein ritt, als ob er nur Luft, nur ein Stück Staffage in der Landschaft sei, oder auch, als ob er gar nicht existierte für seine Herrin. Dann aber, wenn sie sich um ihn bekümmerte für kurze Augenblicke, dann empfand er das noch unangenehmer. Denn es war gewiss, dass sie wieder etwas Absonderliches von ihm verlangte.

Sie hielt am Rhein, wartete ruhig, bis er ihr zur Seite war. Er ritt langsam genug; wusste, dass sie irgendeine neue Laune hatte, hoffte auch wohl, dass sie daran vergessen möge diesmal. Aber sie vergaß nie eine Laune.

»Matthieu-Maria«, sagte sie, »wollen wir hinüberschwimmen?«

Er machte Einwände, aber er wusste von vornherein, dass sie nichts nutzen würden. Die Böschung drüben sei zu steil, sagte er, man würde nicht hinaufkommen. Auch sei gerade hier die Strömung so reißend und –

Er ärgerte sich. Alles war so zwecklos, was seine Herrin machte. Warum denn durch den Rhein reiten? Nass wurde man und fror, konnte froh sein, wenn man mit einem Schnupfen davonkam. Riskierte dabei zu ersaufen – – um nichts und wieder nichts. Und er nahm sich fest vor, zurückzubleiben – mochte sie doch ihre Narrheiten allein treiben. Was ging es ihn an? Er hatte Frau und Kind –

So weit kam er – dann ritt er doch in die Fluten. Trieb weit hinunter mit dem schweren Mecklenburger, hatte alle Mühe irgendwo zwischen den Klippen ans Ufer zu gelangen. Schüttelte sich und fluchte, ritt im scharfen Trabe den Strom hinauf, seiner Herrin zu. Die sah ihn kaum an, mit einem raschen spöttischen Blick.

»Nass geworden, Matthieu-Maria?«

Er schwieg, verletzt und verärgert. Warum nannte sie ihn beim Vornamen, warum sagte sie »du« zu ihm? Er war Raspe, war Chauffeur und kein Pferdeknecht. Sein Hirn fand ein Dutzend gute Antworten, aber seine Lippen sprachen sie nicht.

Oder sie ritten zum Sand, wo die Husaren übten. Das war ihm noch fataler, manche der Offiziere und Unteroffiziere kannten ihn, von der Zeit her, als er im Regimente diente. Und der schnauzbärtige Wachtmeister der zweiten Schwadron rief ihm höhnisch herüber: »Na, Raspe, wieder einmal ein bisschen mittun?«

»Hol' der Teufel das verrückte Weibsstück!«, brummte Raspe, aber er galoppierte doch hinterher, wenn das Fräulein die Attacke zur Seite mitritt.

Dann kam Graf Geroldingen, der Rittmeister, auf seinem englischen Schecken, plauderte mit dem Fräulein. Raspe blieb zurück, aber sie sprach so laut, dass er's hören musste: »Nun, Graf, wie gefällt Ihnen mein Knappe?«

Der Rittmeister lächelte: »Prächtig! Passt zu dem jungen Prinzen.«

Raspe hätte ihn ohrfeigen mögen und das Fräulein dazu – und den Wachtmeister und die ganze Schwadron, die ihn angrinste. Er schämte sich, ward rot wie ein Schuljunge.

Aber schlimmer war es, wenn er nachmittags mit ihr fahren musste im Auto. Er saß auf seinem Sitz am Steuer und schielte nach der Türe, seufzte erleichtert, wenn irgend jemand mit ihr hinaustrat; unterdrückte einen Fluch, wenn sie allein kam. Oft stellte er sein Weib an, um herauszubringen, ob sie allein fahren würde; dann nahm er schnell ein paar Teile aus der Maschine, legte sich platt auf den Rücken, schmierte und fegte, tat, als ob er etwas reparieren müsste.

»Wir können heute nicht fahren, Fräulein«, sagte er. Und er lachte vergnügt, wenn sie hinaus war aus der Garage.

Dann wieder ging es ihm nicht so gut. Sie blieb ruhig da, wartete. Sie sagte nichts, aber es war ihm, als verstände sie gut seinen Schwindel. So setzte er, langsam genug, seine Schrauben zusammen.

»Fertig?«, fragte sie. Und er nickte.

»Siehst du«, sagte sie, »es geht besser, wenn ich dabei bin, Matthieu-Maria.«

Wenn er zurückkam von diesen Fahrten, wenn sein Opelwagen wieder unter Dach stand und er sich niedersetzte an den Tisch, den seine Frau ihm gedeckt, zitterte er manchmal. Er war bleich und seine Augen blickten starr. Lisbeth fragte ihn nicht; sie wusste was es war.

»Das verdammte Weibsbild!«, murmelte er. – Sie holte ihm die blonden, blauäugigen Buben, weiß in frischen Nachtkitteln, setzte ihm einen auf jedes Knie. Da wurde ihm froh und leicht mit den lachenden Kindern.

Und wenn die Knaben im Bett lagen, wenn er draußen auf der Steinbank saß und seine Zigarre rauchte, wenn er durchs Dorf schlenderte, oder durch den alten Garten der Brinken, dann überlegte er mit seiner Frau.

»Es kann kein gutes Ende nehmen«, sagte er. »Sie hetzt und hetzt – kein Tempo ist ihr schnell genug. Vierzehn Protokolle in drei Wochen –«

»Du brauchst sie nicht zu zahlen«, sagte Frau Lisbeth.

»Nein«, sagte er, »aber ich bin verschrien überall. Die Gendarmen nehmen schon ihr Notizbuch heraus, wenn sie nur den weißen Wagen sehen und die I. Z. 937!« Er lachte. »Na, bei der Nummer irren sie sich ausnahmsweise nicht! – Wir verdienen wenigstens unsere Protokolle.«

Er schwieg, zog einen Schraubenschlüssel aus der Tasche und spielte damit. Seine Frau schob ihren Arm unter den seinen, nahm ihm die Mütze ab und strich ihm das wirre Haar zurück.

»Weißt du eigentlich, was sie will?«, fragte sie. Gab sich Mühe dabei, ihre Stimme harmlos und gleichgültig klingen zu lassen.

Raspe schüttelte den Kopf. »Nein, Frau, das weiß ich nicht. Sie ist verrückt – das ist es. Und sie hat eine verdammte Art, dass man alles tun muss, was sie will, ob man sich auch noch so dagegen wehrt und genau weiß, dass es Unfug ist. Heute –«

»Was hat sie heute gemacht?«, fragte Frau Lisbeth.

Und er sagte: »Oh – nicht mehr wie sonst. Sie kann kein Auto vor sich fahren sehen – sie muss es überholen und wenn es dreißig Pferdekräfte mehr hat wie unseres. Ketschen nennt sie das. ›Ketsch es!‹, sagt sie zu mir, und wenn ich zögere, legt sie leicht die Hand mir auf den Arm. Da leg ich los, als ob der Teufel selbst die Maschine steure.«

Er seufzte, klopfte sich die Zigarrenasche von der Hose. »Immer sitzt sie neben mir«, fuhr er fort, »und schon, dass sie nur dasitzt, macht mich unruhig und nervös. Ich denke nur, was sie mir diesmal für einen Blödsinn befehlen wird. Hindernisse nehmen – das ist ihre größte Freude – Planken, Sandhaufen und solche Dinge. Verdammt, ich bin nicht feige – aber es muss doch irgendeinen Zweck haben, wenn man jeden Tag sein Leben riskiert. – ›Fahr nur‹, sagte sie neulich, ›mir passiert nichts!‹ Sie ist seelenruhig, wenn sie im Hundertkilometertempo über einen Chausseegraben springt – schon möglich, dass ihr nichts passieren kann! – Aber ich schlag mich zuschanden – morgen oder übermorgen!«

Frau Lisbeth presste seine Hand. »Du musst es versuchen, ihr einfach nicht zu gehorchen. Sag: nein, wenn sie etwas Dummes will! Du darfst dein Leben nicht so aufs Spiel setzen, das bist du uns schuldig – mir und den Kindern.«

Er sah sie an, still und ruhig. »Ja, Frau, das weiß ich. Euch – – und auch mir selbst am Ende. – Aber schau, das ist es ja gerade: ich kann dem Fräulein nicht nein sagen. Niemand kann es. Wie ihr der junge Herr Gontram wie ein Hündchen nachläuft, wie all die andern froh sind, ihre närrischen Launen zu erfüllen! Und keiner von allen Leuten im Hause mag das Fräulein leiden – dabei tut doch ein jeder was sie will und wenn es noch so dumm ist und abgeschmackt.«

»Falsch!«, sagte Frau Lisbeth. »Froitsheim, der Kutscher, tut das gar nicht.«

Er pfiff. »Froitsheim! Da hast du recht. Der dreht sich um und geht weg, wenn er sie nur sieht. Aber er ist bald neunzig Jahre alt und hat schon lange kein Blut mehr.«

Sie sah ihn groß an. »Dann kommt es – – vom Blut, Matthieu, dass du ihren Willen tun musst?«

Er wich ihr aus, suchte mit den Augen auf dem Boden. Dann aber nahm er ihre Hand, blickte sie voll an. »Ja, siehst du, Lisbeth, ich weiß es nicht. Ich hab schon oft darüber nachgedacht, was es eigentlich ist. Ich könnte sie erwürgen, ich ärgere mich über sie, wenn ich sie sehe, und wenn sie nicht da ist, laufe ich herum voller Angst, sie möchte mich rufen lassen.« – Er spie auf den Boden. »Verflucht noch mal!«, rief er. »Ich wollte, ich wäre diese Stelle los! Wollte, ich hätte sie nie angenommen!«

Sie überlegten, drehten es hin und her, wogen jedes Für ab und jedes Wider. Und sie kamen zu dem Schlusse, dass er kündigen solle. Vorher aber solle er sich nach einer andern Stelle umsehen, solle gleich morgen deshalb in die Stadt gehen.

In dieser Nacht schlief Frau Lisbeth ruhig, zum ersten Male seit Monaten; Matthieu-Maria aber schlief gar nicht.

Er bat um Urlaub am nächsten Morgen und er ging in die Stadt zum Vermittlungsbureau. Er hatte großes Glück, der Agent nahm ihn gleich mit zum Kommerzienrat Soenneken, der einen Chauffeur suchte, stellte ihn vor. Raspe wurde engagiert, er bekam ein besseres Gehalt wie bisher und dazu weniger Arbeit, auch mit Pferden hatte er nichts zu tun.

Als sie aus dem Hause traten, gratulierte ihm der Vermittler. Raspe sagte: »Danke« – – aber er hatte ein Gefühl, als ob gar nichts da sei, für das er sich zu bedanken habe und als ob er diese neue Stelle nie antreten würde.

Doch freute es ihn, wie er seiner Frau Augen glücklich leuchten sah, als er ihr erzählte. »In vierzehn Tagen also!«, sagte er. »Wenn nur diese Zeit erst vorüber wäre!«

Sie schüttelte den Kopf. »Nein«, sagte sie fest, »nicht erst in vierzehn Tagen – – morgen schon! Sie müssen es erlauben, du musst mit dem Geheimrat sprechen.«

»Das nützt gar nichts«, antwortete er. »Der wird mich an das Fräulein weisen – und –«

Frau Lisbeth griff seine Hand: »Lass nur!«, schloss sie. »Ich werde selbst mit dem Fräulein reden.«

Sie ließ ihn stehn, ging über den Herrenhof, ließ sich melden. Und während sie wartete, überlegte sie genau, was sie alles sagen wollte, um ihre Bitte durchzusetzen, gleich morgen gehen zu dürfen.

Aber sie brauchte gar nichts zu sagen. Das Fräulein hörte nur, dass er gehen wolle, ohne Kündigung; nickte kurz und sagte, dass es gut sei.

Frau Lisbeth flog zurück zu ihrem Manne, umhalste, küsste ihn. Nur eine Nacht noch – dann sei der böse Traum vorbei. Und man müsse gleich packen – und er solle dem Kommerzienrat telephonieren, dass er morgen schon bei ihm seine Stellung antreten könne. Sie zog den alten Koffer unter dem Bette her; ihr heller Eifer steckte ihn an.

Er schleppte seine eisenbeschlagenen Kisten heran, staubte sie aus, half ihr beim Packen. Reichte ihr alles an, lief zwischendurch ins Dorf, bestellte einen Karren, der ihre Siebensachen fortschaffen sollte. Und er lachte und war zufrieden – zum ersten Male in diesem Hause ten Brinken.

Dann, als er die Kochtöpfe vom Herde nahm, eindrehte in Zeitungspapier, kam Aloys, der Diener. Er meldete: »Das Fräulein will ausfahren.«

Raspe starrte ihn an, sprach kein Wort. »Fahr nicht!«, rief seine Frau.

Und er sagte: »Bestellen Sie dem Fräulein, dass ich heute nicht mehr –«

Er schloss nicht; Alraune ten Brinken stand in der Türe.

Sie sagte: »Matthieu-Maria, ich hab dich zu morgen entlassen. Heute will ich mit dir fahren.«

Dann ging sie und hinter ihr ging Raspe.

»Fahr nicht – fahr nicht!«, schrie Frau Lisbeth. Er hörte es wohl, aber er wusste nicht, wer es rief, noch woher es kam.

Frau Lisbeth ließ sich schwer auf die Bank fallen. Sie hörte die Schritte der beiden, über den Hof hin, der Garage zu. Sie hörte, wie das Eisentor sich öffnete, leise in knirschenden Angeln, hörte das Auto, das hinausfuhr auf die Dorfgasse. Und sie hörte weither, noch einen kurzen Schrei mit der Huppe.

Das war der Abschiedsgruß, den ihr Mann ihr zurief, jedesmal, wenn er hinausfuhr durch das Dorf.

Sie saß da, beide Hände im Schoß. Wartete.

Wartete, bis sie ihn brachten. Vier Bauern trugen ihn, auf einer Matratze. Legten ihn mitten ins Zimmer, zwischen die Kisten und Kasten.

Zogen ihn aus, halfen ihn waschen, wie es der Arzt befahl. Einen langen weißen Körper, voll von Blut, Staub und Schmutz.

Frau Lisbeth kniete bei ihm, wortlos, ohne Tränen. Der alte Kutscher kam, nahm die schreienden Knaben hinüber. Dann gingen die Bauern und endlich auch der Arzt. Sie hatte ihn nicht gefragt, mit Worten nicht und nicht mit Blicken. Sie wusste die Antwort, die er geben würde.

Einmal, mitten in der Nacht, erwachte Raspe, schlug die Augen auf. Er erkannte sie, bat sie um Wasser. Und sie gab ihm zu trinken.

»Es ist aus«, sagte er leise.

Sie fragte: »Wie kam es?«

Er schüttelte den Kopf. »Ich weiß es nicht. Das Fräulein sagte: ›Fahr zu, Matthieu-Maria.‹ Ich wollte nicht. Da legte sie ihre Hand auf meine und ich fühlte sie durch den Handschuh. Dann fuhr ich. Sonst weiß ich nichts mehr.«

Er sprach so leise, dass sie ihr Ohr dicht an seinen Mund legen musste. Und wie er schwieg, flüsterte sie: »Warum tatest du es?«

Wieder bewegte er die Lippen. »Verzeih mir, Lisbeth! Ich – ich musste es tun. Das Fräulein –«

Sie sah ihn an, schrak heiß auf über den Glanz in seinen Augen. Und sie rief – o so plötzlich war der Gedanke, dass ihre Zunge ihn sprach, fast ehe ihr Hirn ihn gedacht –: »Du – du liebst sie?«

Da hob er, nur um Daumenbreite, den Kopf. Und er murmelte, mit geschlossenen Augen: »Ja – ja! Ich – fuhr – mit ihr.«

Das war das Letzte, was er sprach. Er sank zurück in seine tiefe Ohnmacht, blieb liegen so bis zum frühen Morgen. Schlummerte dann langsam hinüber.

Frau Lisbeth stand auf.

Sie lief zur Tür, dem alten Froitsheim in die Arme. »Mein Mann ist tot«, sagte sie. Und der Kutscher schlug ein großes Kreuz, wollte an ihr vorbei in die Stube. Aber sie hielt ihn zurück. »Wo ist das Fräulein?«, fragte sie schnell. »Lebt sie? Ist sie verletzt?«

Tiefer gruben sich die tiefen Furchen in das alte Gesicht. »Lebt sie? – Ob sie lebt! Da steht sie ja! Verletzt? Nicht eine Schramme – nur ein bisschen schmutzig war sie!« Und er wies mit zitternder Gichthand hinunter in den Hof.

Da stand das schlanke Fräulein in ihrem Knabenanzug. Hob den Fuß, setzte ihn einem Husaren in die Hände, schwang sich in den Sattel –

»Sie hat dem Rittmeister telephoniert«, sagte der Kutscher, »dass sie keinen Reitknecht habe zu heute morgen. Da hat der Graf seinen Burschen herausgeschickt.«

Frau Lisbeth lief über den Hof: »Er ist tot!«, rief sie. »Mein Mann ist tot.«

Alraune ten Brinken wandte sich im Sattel, wippte mit der Reitgerte. »Tot«, sagte sie langsam. »Tot – – es ist wirklich schade.« Sie schlug leicht ihr Pferd, führte es im Schritt dem Tore zu.

»Fräulein!«, schrie Frau Lisbeth. »Fräulein, Fräulein –«

Doch die Hufe schlugen die alten Steine, kleine Funken sprühten herum. Und wieder, wie so oft, sah sie das Fräulein wie einen braungelockten Knaben durch die Dorfgasse traben, frech und keck, wie ein hochmütiger Prinz. Aber ein blauer Königshusar folgte hinter ihr, und nicht mehr ihr Mann – Matthieu-Maria Raspe –

»Fräulein!«, schrie ihre wilde Angst. »Fräulein – Fräulein –«

– Frau Lisbeth lief zum Geheimrat, strömte über von aller Verzweiflung und allem Hass. Der Geheimrat ließ sie ruhig reden, sagte, dass er ihren Schmerz verstehe und ihr all das nicht übelnehmen wolle. Auch sei er bereit, trotz der Kündigung, ihr noch auf ein Vierteljahr den Lohn ihres Mannes zu zahlen. Aber sie solle vernünftig sein, solle doch einsehen, dass er allein die Schuld trage an dem bedauerlichen Unglück –

Sie lief zur Polizei; da waren sie nicht so höflich. Sie hätten es kommen sehen, sagten sie, und jeder Mensch wisse, dass der Raspe der wildeste Fahrer gewesen sei am ganzen Rhein. Es sei eine gerechte Strafe, und sie hätte die Pflicht gehabt, ihn beizeiten zu warnen. Ihr Mann allein trage die Schuld, sagten sie, und sie solle sich schämen, dem jungen Fräulein die Sache in die Schuhe zu schieben! Habe die etwa am Steuer gesessen? Gestern? Oder überhaupt?

Und sie lief in die Stadt zu einem Anwalt. Und zu einem zweiten und dritten. Aber es waren ehrliche Leute, und sie sagten ihr, dass sie den Prozess nicht führen könnten und wenn sie noch soviel Vorschuss zahle. O gewiss, das sei ja alles möglich und denkbar. Warum denn nicht? Aber habe sie Beweise? Nein, gar keine – also! Sie solle nur ruhig nach Hause gehen – da sei gar nichts zu machen. Wenn das auch alles so wäre und wenn man es selbst beweisen könne – – so trage ja doch ihr Mann die Schuld. Denn er wäre eben ein Mann gewesen und ein gelernter und tüchtiger Chauffeur, aber das Fräulein sei ein unerfahrenes, kaum erwachsenes Ding –

Sie kam nach Hause. Sie begrub ihren Mann, hinter der Kirche auf dem kleinen Friedhof. Sie packte ihre Sachen und lud sie selbst auf den Karren. Sie nahm das Geld, das ihr der Geheimrat gab, nahm ihre Buben und ging.

In ihre Wohnung zog ein neuer Chauffeur, ein paar Tage drauf. Der war dick und klein und er trank auch. Das Fräulein ten Brinken mochte ihn nicht und fuhr selten allein mit ihm aus. Nie bekam er Protokolle und die Leute sagten, dass er ein tüchtiger Mensch sei und viel besser als der wilde Raspe.

»Mottchen!«, sagte Alraune ten Brinken, wenn Wolf Gontram zum Abend in das Zimmer trat. Dann glühten die schönen Augen des Jungen. »Du bist das Licht«, sagte er.

Und sie sprach: »Du wirst dir die hübschen Flügelchen verbrennen. Dann liegst du am Boden: ein hässliches Würmchen. – Hüte dich, Wolf Gontram.«

Er sah sie an und schüttelte den Kopf. »O nein«, sagte er, »das ist gut so.«

Und er flog um das Licht, jeden langen Abend.

Noch zwei flogen da herum und sie sengten sich: Karl Mohnen war der eine und der andere war Hans Geroldingen.

Dass ihr Dr. Mohnen den Hof machte, war ihm Ehrensache. Eine reiche Partie, dachte er, endlich; die ist die Rechte! – Da rauschte sein Schifflein mit vollen Segeln.

Ein wenig verliebt war er immer, bei jeder Frau. Nun aber brannte sein Hirnchen unter dem kahlen Schädel, machte ihn närrisch, ließ ihn alles fühlen bei dieser einen, was er sonst empfand bei Dutzenden hübsch nacheinander, durch die Jahre hindurch. Und wie er es stets tat, setzte er auch jetzt bei der Partnerin das voraus, was er selbst fühlte: so, deuchte ihn, war er heiß begehrt von Alraune ten Brinken, schrankenlos, atemlos, ohne Grenzen.

Am Tage erzählte er Wolf Gontram von seiner großen neuen Eroberung. Es war ihm lieb, dass der Junge jeden Abend hinausritt nach Lendenich – als seinen Liebesboten betrachtete er ihn und sandte mit ihm: viele Grüße, Handküsse und kleine Geschenke.

Nicht *eine* Rose nur – – das war für den Kavalier. Aber er war ja Liebhaber und Geliebter, er musste mehr senden: Blumen und Schokolade, Petit Fours, Pralinées, Fächer. Hundert Kleinigkeiten und Kinkerlitzchen. Das bisschen Geschmack, das er hatte, und das er so erfolgreich seinen Schutzbefohlenen lehrte, schmolz im Augenblick in dem Flackerfeuer dieser Verliebtheit.

Oft kam der Rittmeister mit ihm hinaus. Sie waren seit langen Jahren befreundet; wie jetzt Wolf Gontram, so pflegte früher der Graf von Geroldingen sich von dem Wissensschatze zu nähren, den Dr. Mohnen aufgespeichert hatte. Dieser gab ihm mit vollen Händen, froh genug überhaupt einen Gebrauch von all dem Kram machen zu können. – Oft gingen sie zusammen auf Abenteuer aus; stets war es der Doktor, der die Bekanntschaft gemacht hatte und der dann später seinen gräflichen Freund, mit dem er sich brüstete, vorstellte. Und oft genug pflückte schließlich der Husarenoffizier die reifen Kirschen von dem Baume, den Karl Mohnen entdeckt hatte. Das erstemal hatte er Gewissensbisse, kam sich recht gemein vor, quälte sich ein paar Tage herum und sagte dann dem Freunde offen heraus, was er getan. Er entschuldigte sich feierlich: das Mädchen habe ihm solche Avancen gemacht, da habe er zugegriffen; und er fügte hinzu, dass es wirklich gut sei, dass es so gekommen, denn er glaube nicht, dass das Mädchen der Liebe des Freundes würdig sei. Dr. Mohnen machte gar kein Wesen daraus, sagte, dass es ihm ganz gleichgültig sei und völlig in der Ordnung, führte als Beispiel die Maya-Indianer in Yucatan an, bei denen es gelte: ›Meine Frau ist auch meines Freundes Frau‹. Aber Geroldingen merkte doch, dass der andere sich kränkte, so sagte er das nächstemal nichts mehr davon, als wieder einmal eine neue Bekanntschaft des Doktors ihn vorzog. So wurden mit der Zeit gar manche Frauen Dr. Mohnens auch des hübschen Rittmeisters Frauen; genau wie in Yucatan, mit dem Unterschied nur, dass die meisten vorher gar nie Karl Mohnens Frauen gewesen waren. Er war der Chicari, war der Treiber, der das Wild aufspürte und zutrieb – – aber der Jäger war Hans Geroldingen. Doch war der verschwiegen, hatte ein gutes Herz und wollte des Freundes Gefühle nicht verletzen – – so merkte der Treiber nie, wenn der Jäger schoß und hielt sich selbst für den glorreichsten Nimrod am Rhein.

Oft sagte Dr. Mohnen: »Kommen Sie, Graf! Ich habe eine neue Eroberung gemacht, eine bildschöne Engländerin. Gestern angekrallt beim Promenadenkonzert. Ich treffe sie heute abend am Rheinufer.«

»Aber die Elly?«, antwortete der Rittmeister.

»Versetzt!«, erklärte Karl Mohnen großartig.

Es war fabelhaft, wie leicht er seine Flammen versetzen konnte. Sowie er eine neue fand, machte er Schluss mit der alten, bekümmerte sich einfach nicht mehr um sie. Und die Mädchen machten ihm nie Schwierigkeiten. Darin war er freilich tüchtiger, als der Husar – der konnte sich stets nur schwer genug losreißen und die Frauen noch schwerer von ihm. Es bedurfte aller Energie und aller Überredungskunst des Doktors, um ihn wieder zu einer neuen Schönheit mitzuschleppen.

Diesmal sagte er: »Sie müssen sie sehen, Rittmeister! Herrgott bin ich froh, dass ich so heil durch alle Abenteuer durchgekommen bin und nirgends hängen blieb: jetzt ist's die Rechte, endlich! Enorm reich, enorm geradezu – die alte Exzellenz hat über dreißig Millionen – vierzig vielleicht. Na, was sagen Sie, Graf? Und bildsauber, sein Töchterchen, wie ein Blütenzweig frisch! – Übrigens, im Vertrauen, das Vögelchen ist bereits ins Netz gegangen – nie war ich meiner Sache so sicher!«

»Ja – aber das Fräulein Clara?«, wandte der Rittmeister ein.

»Abgeschafft!«, erklärte der Doktor. »Ich habe ihr heute schon einen Brief geschrieben, dass es mir sehr leid täte, aber dass ich wegen Arbeitsüberhäufung keine Zeit mehr habe für sie.«

Geroldingen seufzte. Fräulein Clara war Lehrerin in einem englischen Pensionat, Dr. Mohnen hatte sie bei einem Bürgerball kennen gelernt und später seinem Freunde vorgestellt. Fräulein Clara liebte den Rittmeister und der machte sich Hoffnung, dass sie Dr. Mohnen einmal ihm abnehmen möchte – wenn er selbst heiraten würde. Denn das musste über kurz oder lang doch geschehn: immer höher wuchsen seine Schulden und er musste sich schließlich rangieren.

»Schreiben Sie dasselbe!«, riet Karl Mohnen.

»Herrgott – wenn ich es tue, können Sie es doch erst recht tun – als bloßer Freund! Sie haben zuviel Gewissen, Mensch, vielzuviel Gewissen.« Er wollte den Grafen durchaus mit nach Lendenich nehmen, der sollte ihm Relief geben bei dem kleinen Fräulein ten Brinken. Er schlug ihn leicht auf die Schulter. »Sentimental sind Sie, Graf, wie ein Primaner! Ich lasse eine sitzen – und Sie machen sich die Vorwürfe; immer dasselbe Lied! Aber bedenken Sie, was auf dem Spiele steht: die reizendste Erbin am ganzen Rhein – da darf man nicht zögern!«

Der Rittmeister fuhr mit seinem Freunde hinaus. Und er verliebte sich nicht weniger in das junge Wesen, das so ganz anders war, als alles, was ihm bisher die roten Lippen zum Kusse bot.

Als er in dieser Nacht nach Hause kam, hatte er ein ähnliches Gefühl, wie damals, vor zwanzig Jahren, als er zum ersten Male des Freundes Angebetete für sich nahm. Er hielt sich für abgebrüht genug, nachdem er so oft und so erfolgreich den guten Doktor betrogen hatte – und doch schämte er sich jetzt. Denn diese da – diese – das war etwas ganz anderes. Und anders war sein Empfinden diesem halben Kinde gegenüber, anders waren auch, das merkte er gut, die Gefühle seines Freundes.

Etwas beruhigte ihn: den Dr. Mohnen würde das Fräulein ten Brinken gewiss nicht nehmen, viel weniger noch, als eine der andern Frauen es getan hätte. Freilich, ob sie dagegen ihn selbst haben wollte, das schien ihm diesmal durchaus nicht gewiss; alle natürliche Sicherheit hatte ihn diesem Püppchen gegenüber völlig verlassen.

Was den jungen Wolf betraf, so war es augenscheinlich, dass das Fräulein den Jungen, den sie ihren hübschen Pagen nannte, gerne um sich mochte, aber es war ebenso klar, dass er für Alraune nichts anderes war als ein willenloses Spielzeug. Nein, diese beiden waren keine Rivalen, weder der geschmeidige Doktor, noch der schöne Junge. Der Rittmeister wog seine Chancen, zum ersten Male in seinem Leben. Er war von gutem alten Adel und die Königshusaren galten als das beste Regiment im Westen. Er war schlank und gut gewachsen, sah jung genug aus – immer noch, obwohl er nun dicht vor dem Major stand. Er dilettierte – und gut genug – in allen Künsten; wenn er ehrlich sein wollte, musste er zugeben, dass man nicht leicht einen preußischen Reiteroffizier finden möchte, der mehr Interessen und auch mehr Bildung hatte wie er. Wahrhaftig – es war eigentlich kaum zu verwundern, dass ihm die Frauen und Mädchen an den Hals flogen. – Warum sollte Alraune es nicht tun? Sie würde lange suchen können, bis sie was Besseres fände, um so mehr, als das Adoptivtöchterlein der Exzellenz ja das einzige, was er ihr nicht bieten konnte, in solch ungeheurer Fülle besaß: Geld! – Und er dachte, dass sie beide wohl ein recht gutes Paar abgeben möchten.

Jeden Abend war Wolf Gontram in dem Hause des heiligen Nepomuk, aber wenigstens dreimal in der Woche brachte er den Rittmeister mit und den Doktor. Der Geheimrat zog sich zurück nach dem Essen, kam nur gelegentlich einmal herein auf eine halbe Stunde, hörte zu, beobachtete ein wenig, entfernte sich wieder. Machte Stichproben, wie er das nannte. Und die drei Liebhaber saßen herum um das kleine Fräulein, sahen sie an, machten Liebe, ein jeder auf seine Weise.

Eine Zeitlang gefiel das dem jungen Mädchen, dann aber begann es sie zu langweilen. Und es schien ihr, als ob das ein wenig zu eintönig sei und als ob ein bisschen mehr Farbe hineingehöre in die abendlichen Genrebilder in Lendenich.

»Sie sollten etwas tun«, sagte sie zu Wolf Gontram.

Der Junge fragte: »Wer sollte etwas tun?«

Sie sah ihn an: »Wer? Die beiden! Doktor Mohnen und der Graf.«

»Sag ihnen doch, was sie tun sollen«, erwiderte er, »sie werden es gewiss tun.«

Alraune blickte ihn groß an. »Weiß ich es denn?«, sprach sie langsam. »Sie müssten es selbst wissen.« Sie legte den Kopf in beide Hände, starrte geradeaus in den Raum. Nach einer Weile sagte sie: »Wäre es nicht nett, Wölfchen, wenn die zwei sich duellierten? Sich totschössen – gegenseitig?«

Wolf Gontram meinte: »Warum sollen sie sich denn totschießen? Sie sind die allerbesten Freunde.«

»Du bist ein dummer Junge, Wölfchen!«, sagte Alraune. »Was hat das damit zu tun, ob sie gute Freunde sind oder nicht? – Dann müsste man sie eben zu Feinden machen.«

»Ja, aber warum denn?«, fragte er. »Es hat doch gar keinen Zweck.«

Sie lachte. Nahm seinen Lockenkopf, küsste ihn rasch mitten auf die Nase. »Nein, Wölfchen – einen Zweck hat es gar nicht – wozu auch? Aber es wäre doch einmal etwas anderes. – Willst du mir helfen.«

Er antwortete nicht. Da fragte sie noch einmal: »Willst du mir helfen, Wölfchen?«

Und er nickte.

An diesem Abende überlegte Alraune mit dem jungen Gontram, wie man es anstellen könne, die beiden Freunde ein wenig zu verhetzen, so zwar, dass der eine den andern zum Zweikampfe fordern würde. Alraune überlegte, sie spann den Plan und machte einen Vorschlag nach dem andern; Wölfchen Gontram nickte dazu, immer noch ein wenig befangen. Alraune beruhigte ihn: »Sie brauchen sich ja gar nichts zu tun am Ende – es fließt immer nur wenig Blut bei Duellen. Und nachher söhnen sie sich wieder aus: das befestigt nur ihre Freundschaft!«

Das leuchtete ihm ein; nun half er überlegen. Erzählte ihr allerhand kleine Schwächen der beiden, wo der empfindlich war und wo jener – – so wuchs ihr kleiner Plan. Es war durchaus keine feingesponnene Intrige, war vielmehr kindlich und naiv genug: nur zwei Leute, die so blind verliebt waren, mussten stolpern über diese plumpen Steine. Exzellenz ten Brinken merkte etwas; er holte Alraune aus, dann, als sie schwieg, den jungen Gontram. Da erfuhr er, was er nur wollte, lachte und gab ihm für den kleinen Plan noch einige hübsche Winke.

Aber die Freundschaft zwischen den beiden war fester wie Alraune geglaubt hatte; über vier Wochen dauerte es, bis sie glücklich so weit war, den von seiner Unwiderstehlichkeit so felsenfest überzeugten Dr. Mohnen zu der Meinung zu bringen, dass er dennoch diesmal vielleicht dem Rittmeister das Feld räumen müsse, und in diesem umgekehrt den Glauben wachsen zu lassen, dass es doch nicht so völlig ausgeschlossen sei, dass auch einmal zur Abwechslung der Doktor über ihn triumphieren könne. Man muss sich aussprechen! dachte er, und so dachte auch Karl Mohnen; aber das Fräulein ten Brinken verstand es, diese Aussprache, die ein jeder wünschte, immer wieder zu verhindern. Sie lud zum einen Abend den Doktor ein, und den Rittmeister nicht; dann wieder ritt sie mit dem Grafen aus und ließ den Doktor in irgendeinem Gartenkonzert auf sie warten. Jeder von ihnen hielt sich nun für den Bevorzugten, aber jeder auch musste anerkennen, dass ihr Benehmen dem Rivalen gegenüber nicht ganz gleichgültig war.

Es war der alte Geheimrat selber, der schließlich als Blasebalg die glimmenden Funken hochwarf. Er nahm seinen Bureauchef beiseite, hielt ihm eine lange Rede, dass er mit seinen Leistungen zufrieden sei, und dass er gar nicht ungern sehen würde, wenn jemand, der so sehr in alle Geschäfte eingeweiht sei, einmal sein Nachfolger werden möchte. Freilich würde er nie der Entscheidung seines Kindes vorgreifen; doch wolle er ihn warnen: es würde mit allen Mitteln von einer Seite, die er nicht nennen wolle, gegen ihn gekämpft, namentlich alle möglichen Gerüchte über sein lockeres Leben verbreitet und dem Fräulein ins Ohr geflüstert. Fast dieselbe Rede hielt Exzellenz ten Brinken dann dem Rittmeister, nur dass er hier bemerkte, dass er es gar nicht ungern sehen würde, wenn seine kleine Tochter in eine so gute alte Familie, wie die Geroldingen, hineinheiraten würde.

In den nächsten Wochen vermieden die beiden Rivalen es streng, irgendwie zusammenzutreffen, verdoppelten aber ihre Aufmerksamkeiten Alraune gegenüber; besonders Dr. Mohnen ließ keinen ihrer Wünsche unerfüllt. Wie er hörte, dass sie von einem entzückenden siebenfachen Perlenkollier schwärmte, das sie in Köln bei einem Juwelier in der Schildergasse gesehen hatte, fuhr er sofort hinüber und kaufte es. Und als er bemerkte, dass das Fräulein über sein Geschenk wirklich einen Augenblick entzückt war, glaubte er den Weg zu ihrem Herzen nun sicher gefunden zu haben und begann sie mit allen schönen Steinen zu überhäufen. Freilich musste er zu diesem Zwecke die Geschäftskasse des ten Brinkenschen Bureaus stark in Anspruch nehmen, aber er war seiner Sache so gewiss, dass er das leichten Herzens tat und die kleine Zwangsanleihe nur als einen fast berechtigten Pump betrachtete, den er dem Geschäfte sogleich wieder zurückerstatten würde, sowie er die Mitgiftmillionen des Schwiegervaters bekam. Die Exzellenz, des war er sicher, würde über den kleinen Streich nur lachen.

Die Exzellenz lachte auch – aber ein wenig anders, als sich der gute Doktor dachte. Noch am selben Tage, an dem Alraune das Perlenkollier bekommen hatte, fuhr er in die Stadt und stellte sofort fest, woher der Freier die Mittel zu dem Geschenk genommen hatte. Aber er sagte nicht eine Silbe.

Graf Geroldingen konnte keine Perlen schenken. Da war keine Kasse, die er plündern konnte, und kein Juwelier würde ihm etwas geliehen haben. Aber er dichtete dem Fräulein Sonette, die wirklich recht hübsch

138

waren, malte sie in ihrem Knabenanzuge, und geigte ihr, statt Beethoven, den er liebte, Offenbach vor, den sie gerne hörte.

Dann, an dem Geburtstag des Geheimrats, zu dem alle beide geladen waren, kam es endlich zum Zusammenstoße. Das Fräulein hatte heimlich einen jeden gebeten, sie zu Tisch zu führen, so kamen sie beide auf sie zu, als der Diener meldete, dass serviert sei. Jeder hielt das Vordrängen des andern für taktlos und anmaßend und jeder sagte – und verschluckte halb – ein paar Worte.

Alraune winkte Wolf Gontram heran. »Wenn die Herren sich nicht einigen können – –« sagte sie lachend. Und nahm seinen Arm.

Bei Tisch ging es ein wenig still zu am Anfange, der Geheimrat musste das Gespräch führen. Aber bald wurden auch die beiden Liebhaber warm und man trank auf das Wohl des Geburtstagskindes und seines liebreizenden Töchterleins. Karl Mohnen hielt die Rede und das Fräulein warf ihm ein paar Blicke zu, die dem Rittmeister das Blut heiß in die Schläfen trieben. Später aber, beim Dessert, legte sie leicht ihre kleine Hand auf des Grafen Arm – eine Sekunde nur, aber doch lang genug, um des Doktors runde Fischaugen starr zu machen.

Als sie aufstanden, ließ sie sich von beiden führen, tanzte auch mit beiden herum. Und sie sagte während des Walzers zu jedem von ihnen besonders: »Oh – es war abscheulich von Ihrem Freunde! – Das dürfen Sie sich wirklich nicht gefallen lassen!«

Der Graf antwortete: »Gewiss nicht!« Aber Dr. Mohnen warf sich in die Brust und erklärte: »Rechnen Sie auf mich!«

Am andern Morgen erschien der kleine Zwist dem Husaren nicht weniger kindisch wie dem Doktor – aber sie hatten beide das unsichere Gefühl, als ob sie dem Fräulein ten Brinken etwas versprochen hätten. – »Ich werde ihn vor die Pistole fordern«, sagte sich Karl Mohnen und glaubte dabei, dass es wohl doch nicht nötig wäre. Aber der Rittmeister schickte dem Freunde am frühen Morgen auf alle Fälle ein paar Kameraden hin – – mochte später das Ehrengericht sehen, was es daraus machte.

Dr. Mohnen parlamentierte mit den Herrn Kartellträgern, setzte ihnen auseinander, dass der Graf sein allerintimster Freund sei und dass er ihm gar nicht übelwolle. Der Graf solle ihn nur um Verzeihung bitten, dann sei alles gut – – und er wolle ihnen im Vertrauen sagen, dass er auch alle Schulden des Freundes bezahlen würde, sogleich am Tage nach seiner Hochzeit. Aber die beiden Offiziere erklärten, dass das alles ja sehr nett sei, aber sie gar nichts anginge. Der Herr Rittmeister fühle sich beleidigt und verlange Genugtuung – sie hätten nur den Auftrag zu fragen, ob er kavaliermäßig genug denke, die Forderung anzunehmen. Dreimaliger Kugelwechsel – fünfzehn Schritte Distanz.

Dr. Mohnen erschrak: »Drei – dreimaliger Kugelwechsel –« stotterte er.

Da lachte der Husarenoffizier. »Nun, beruhigen Sie sich nur, Herr Doktor! – Das Ehrengericht wird ja nie im Leben eine so unsinnige Forderung für eine solche Bagatelle zugeben. – Es ist nur der guten Form halber.«

Dr. Mohnen sah das ein; er rechnete auf den gesunden Menschenverstand der Herren Ehrenrichter und nahm die Forderung an. Er tat noch mehr, lief spornstreichs in das Korpshaus der Sachsen, bat um Waffenschutz und sandte seinerseits zwei der Studenten zu dem Rittmeister, um die Forderung zu überstürzen: fünfmaligen Kugelwechsel bei zehn Schritten verlangte er. Das musste sich sehr gut machen – und würde dem kleinen Fräulein gewiss imponieren.

Das gemischte Ehrengericht, das sich aus Offizieren und Korpsstudenten zusammensetzte, war vernünftig genug: es bestimmte einmaligen Kugelwechsel und setzte die Distanz auf zwanzig Schritte fest. Da konnten die beiden nicht viel Unfug anrichten und der Ehre war doch genug geschehen. Hans Geroldingen lächelte, als er den Spruch vernahm und verbeugte sich verbindlich; aber Dr. Mohnen wurde sehr bleich. Er hatte darauf gerechnet, dass man überhaupt jeden Zweikampf für unnötig erklären und sie beide veranlassen würde, sich gegenseitig um Entschuldigung zu bitten. Es war zwar nur *eine* Kugel – – aber die konnte doch auch treffen!

Früh am Morgen fuhren sie hinaus in den Kottenforst, alle in Zivil, aber feierlich genug in sieben Wagen. Drei Husarenoffiziere und der Stabsarzt, dann Dr. Mohnen und mit ihm Wolf Gontram. Zwei Korpsstudenten der Saxonia und einer von Guestphalia, der als Unparteiischer fungieren sollte; auch der S. C. Arzt, Dr. Peerenbohm, ein alter Herr von den Pfälzern. Und dazu zwei Korpsdiener, zwei Offiziersburschen und noch ein Heilgehilfe des Stabsarztes.

Noch einer war dabei: Exzellenz ten Brinken. Er hatte seinem Bureauchef seine ärztliche Hilfe angeboten, hatte dann sein altes Besteck heraussuchen und hübsch reinigen lassen.

Zwei Stunden fuhren sie durch den lachenden Morgen. – Sehr gut gelaunt war Graf Geroldingen; er hatte am Abende vorher einen kleinen Brief bekommen aus Lendenich. Ein vierblättriges Kleeblatt war darin und auf einem Zettelchen stand das eine Wort: ›Mascotte‹. – In seiner unteren Westentasche steckte der Brief und machte ihn lachen und träumen von allen guten Dingen. Er plauderte mit den Kameraden, machte sich lustig über dieses Kinderduell. Er war der beste Pistolenschütze in der Stadt und er sagte, dass es ihn reizen möchte, dem Doktor einen Knopf vom Rockärmel abzuschießen. Aber man könne bei aller Sicherheit doch nie ganz seiner Sache gewiss sein, besonders nicht bei fremden Pistolen – – da wolle er doch lieber in die Luft knallen. Denn es wäre eine Gemeinheit, wenn er den guten Doktor auch nur ritzen würde.

Dr. Mohnen aber, der mit dem Geheimrat und dem jungen Gontram zusammen im Wagen saß, sagte gar nichts. Auch er hatte ein kleines Briefchen erhalten, das die großen steilen Züge des Fräulein ten Brinken trug und ein zierliches goldenes Hufeisen enthielt, aber er hatte seine Mascotte nicht einmal recht angesehen, hatte etwas von »kindlichem Aberglauben« gemurmelt und das Briefchen auf den Schreibtisch geworfen. Er hatte Angst, rechte und schlechte Angst, die goss sich wie schmutziges Kehrichtwasser in das Strohfeuer seiner Liebe. Er schalt sich einen kompletten Idioten, dass er so früh am Morgen aufgestanden war, nur um herauszufahren zur Schlachtbank; immerzu kämpften in ihm der heiße Wunsch, den Rittmeister um Entschuldigung zu bitten und so aus der Falle herauszukommen, mit dem Schamgefühl, das er vor dem Geheimrat und vielleicht mehr noch vor Wolf Gontram empfand, dem er so erfolgreich von allen seinen Heldentaten erzählt hatte. Mittlerweile gab er sich ein ganz heroisches Aussehen, versuchte eine Zigarette zu rauchen und recht gleichmütig dreinzublicken. Aber er war kreideweiß, als die Wagen im Walde auf der Landstraße hielten, als man den kleinen Fußweg einschlug zu der weiten Lichtung.

Die Herren Ärzte machten ihre Verbandkasten zurecht, der Unparteiische ließ den Pistolenkasten öffnen und lud die Mordgewehre. Wog sorgfältig das Pulver ab, dass beide Schüsse gleich stark waren. Es waren hübsche Waffen, die den Westfalen gehörten; die Sekundanten losten für ihre Klienten, zogen Streichhölzchen: kurz verliert, lang gewinnt. Lächelnd schaute der Rittmeister der etwas gemachten Feierlichkeit zu, die niemand recht ernst nahm; aber Dr. Mohnen wandte sich ab und starrte auf den Boden. Dann nahm der Unparteiische die zwanzig Schritte, er machte ungeheure Sprünge, so dass die Offiziere ein etwas missmutiges Gesicht zogen, es schien ihnen nicht ganz passend, dass dieser Herr die Sache allzusehr zur Farce machte und das Dekorum gar so wenig wahrte.

»Die Lichtung wird zu klein sein!«, rief ihm Major v. d. Osten höhnisch zu. Aber der lange Westfale antwortete seelenruhig: »Dann können sich die Herren ja in den Wald stellen – das ist *noch* sicherer.«

Die Sekundanten führten ihre Klienten auf ihre Plätze, der Unparteiische forderte sie noch einmal zur Versöhnung auf, wartete aber gar nicht erst eine Antwort ab. »Da eine Versöhnung von beiden Seiten abgelehnt wird«, fuhr er fort, »bitte ich die Herren auf mein Kommando zu achten –«

Ein tiefer Seufzer des Doktors unterbrach ihn. Karl Mohnen stand da, mit schlotternden Knien, die Pistole fiel ihm aus der zitternden Hand; bleich wie ein Leichentuch waren seine Züge.

»Einen Augenblick!«, rief der S. C. Arzt herüber, eilte mit langen Schritten auf ihn zu; ihm folgten der Geheimrat, Wolf Gontram und die beiden Herren von Saxonia.

»Was haben Sie?«, fragte Dr. Peerenbohm.

Dr. Mohnen gab keine Antwort; völlig aufgelöst starrte er geradeaus. »Nun, was ist Ihnen, Doktor?«, wiederholte sein Sekundant, nahm die Pistole vom Boden auf und drückte sie ihm wieder in die Hand.

Aber Karl Mohnen schwieg; wie ein Ertrunkener sah er aus.

Da glitt ein Lächeln über das breite Gesicht des Geheimrats. Er näherte sich dem Sachsen und flüsterte ihm ins Ohr: »Es ist ihm etwas Menschliches passiert!«

Der Korpsbursche verstand ihn nicht gleich. »Wie meinen Exzellenz?«, fragte er.

»Riechen Sie doch!«, flüsterte der Alte.

Der Sachse lachte rasch auf. Aber sie wahrten den Ernst der Situation, nahmen nur ihre Taschentücher heraus und drückten sie an die Nasen. »Incontinentia alvi!«, erklärte Dr. Peelenbohm würdig. Er nahm ein Fläschchen aus der Westentasche, gab ein paar Tropfen Opiumtinktur auf ein Stückchen Zucker und reichte es Dr. Mohnen. »Hier, knabbern Sie«, sagte er und steckte es ihm in den Mund. »Nehmen Sie alle Ihre Kräfte zusammen! – Nun, freilich, so ein Duell ist ja auch eine ganz erschreckliche Sache!«

Aber der arme Doktor hörte nichts und sah nichts, nicht einmal den bitteren Geschmack des Opiums fühlte seine Zunge. Er empfand wirr, dass die Menschen sich von ihm entfernten; dann vernahm er die Stimme des Unparteiischen. »Eins«, klang ihm in die Ohren – dann »Zwei« – und gleich mit dem »Zwei« hörte er einen Schuss. Er schloss die Augen, die Zähne klapperten ihm, alles drehte sich rings um in seinem Schädel. »Drei« scholl es von dem Waldrande her – da ging seine eigene Pistole los. Und dieser laute Knall in nächster Nähe betäubte ihn so, dass die Beine den Dienst versagten. Er fiel nicht, sank vielmehr in sich zusammen, wie ein ›sterbendes Schweinchen‹, setzte sich breit auf den taufrischen Boden.

Wohl eine Minute saß er so, und es deuchte ihm eine lange Stunde zu sein; dann kam ihm das Bewusstsein, dass nun wohl der Handel aus sei. »Es ist vorüber«, murmelte er mit einem glücklichen Seufzer. Er befühlte sich überall – nein, er war nirgend verletzt. Nur – nur die Hose hatte wohl Schaden gelitten. Aber was verschlug das?

Niemand bekümmerte sich um ihn, so erhob er sich selbst; fühlte ordentlich mit welch ungeheurer Schnelle alle Lebenskräfte in ihn zurückkehrten. Mit tiefen Zügen trank er die Morgenluft – ah, wie gut es doch war, zu leben!

Hinten, am andern Ende der Lichtung, sah er in dichtem Knäuel die Menschen zusammenstehen. Er putzte seinen Zwicker und sah hindurch – alle drehten sie ihm den Rücken zu. Langsam ging er hinüber, erkannte Wolf Gontram, der ganz zurückstand, sah dann ein paar knien und einen, in der Mitte, lang daliegen.

War das der Rittmeister? – Sollte er ihn getroffen haben? – Ja – – hatte er denn überhaupt geschossen? Er machte einen kleinen Umweg, zwischen den hohen Föhren her. Kam nahe heran und sah nun deutlich genug. Und er sah, wie des Grafen Auge auf ihn fiel, sah, wie er mit der Hand ihn leicht heranwinkte.

Alle machten ihm Platz, so trat er in den Kreis. Hans Geroldingen streckte ihm die Rechte entgegen, da kniete er hin und fasste sie. »Verzeihen Sie mir«, murmelte er. »Ich habe es wirklich nicht gewollt –«

Der Rittmeister lächelte: »Ich weiß es, alter Freund. – Es war ein Zufall – – ein gottverdammter Zufall!« Irgendein jäher Schmerz fasste ihn, er stöhnte und ächzte elendiglich. »Ich wollte Ihnen nur sagen, Doktor, dass ich Ihnen nicht böse bin«, fuhr er leise fort.

Dr. Mohnen antwortete nicht, ein heftiges Zucken ging um seine Mundwinkel, seine Augen füllten sich mit dicken Tränen. Dann zogen ihn die Ärzte zur Seite, beschäftigten sich wieder mit dem Verwundeten.

»Nichts zu machen«, flüsterte der Stabsarzt.

»Wir müssen versuchen, ihn möglichst rasch in die Klinik zu schaffen«, sagte der Geheimrat.

»Es wird uns nichts nützen«, erwiderte Dr. Peerenbohm. »Er wird uns auf dem Transport eingehen. – Wir werden ihm nur unnütz jämmerliche Qualen bereiten.«

Die Kugel war in den Unterleib gedrungen, hatte alle Eingeweide durchschlagen und war dann im Rückgrat steckengeblieben. Aber es war, als ob sie dahin gelockt worden sei mit geheimer Kraft: gerade durch die Westentasche war sie gedrungen, durch das Brieflein Alraunens, hatte das vierblättrige Kleeblatt durchschlagen und das liebe Wörtlein: »Mascotte« –

Der kleine Rechtsanwalt Manasse war es, der Dr. Mohnen rettete. Als ihm Justizrat Gontram den Brief zeigte, den er soeben aus Lendenich bekommen, erklärte er, dass der Geheimrat der geriebenste Schuft sei, den er je kennen gelernt habe, und beschwor den Kollegen, nicht eher die Anzeige bei der Staatsanwaltschaft zu übermitteln, bis der Doktor in Sicherheit sei. Nicht um den Zweikampf handelte es sich – deshalb hatte die Behörde noch am selben Tage das Verfahren eingeleitet – sondern um die Unterschlagungen im Bureau der Exzellenz. Und der Rechtsanwalt lief selbst zu dem Delinquenten, holte ihn aus dem Bette heraus.

»Aufstehen!«, kläffte er. »Anziehen! Koffer packen! – Fahren Sie mit dem nächsten Zuge nach Antwerpen und dann schnell übers Wasser! Sie sind ein Esel! Ein Kamel sind Sie! – Wie konnten Sie nur solchen Blödsinn anstellen!«

Dr. Mohnen rieb sich die schlaftrunkenen Augen; er konnte das alles gar nicht recht begreifen. So, wie er stehe mit dem Geheimrat –

Aber Herr Manasse ließ ihn gar nicht zu Worte kommen. »Wie Sie mit ihm stehen?«, bellte er. »Ja – großartig stehen Sie mit ihm! Glänzend! Unübertrefflich! – Gerade die Exzellenz ist es, Sie Dummkopf, die den Justizrat beauftragte, Sie bei der Staatsanwaltschaft anzuzeigen, weil Sie seine Kasse bestohlen haben.«

Da entschloss sich Karl Mohnen, aus dem Bette zu kriechen.

Stanislaus Schacht war es, sein alter Freund, der ihm forthalf. Er studierte die Fahrpläne, er gab ihm das Geld, das nötig war, er besorgte das Auto, das ihn fortbringen sollte nach Köln.

Es war ein wehmütiger Abschied. Über dreißig Jahre lebte Karl Mohnen in dieser Stadt, in der jedes Haus, jeder Stein fast, ihm eine Erinnerung gab. Hier wurzelte er, hier allein hatte sein Leben eine Berechtigung. Und nun fort, Hals über Kopf, hinaus in irgendein Fremdes –

»Schreib mir«, sagte der dicke Schacht. »Was gedenkst du zu machen?«

Karl Mohnen zögerte. Alles schien ihm vernichtet, zusammengebrochen und zerstört; ein wirrer Schutthaufen lag sein Leben. Seine Schultern zuckten, trübselig blickten seine gutmütigen Augen. »Ich weiß nicht«, murmelte er.

Dann aber kroch die Gewohnheit aus seinen Lippen. Er lächelte unter Tränen: »Ich werde eine Partie machen«, sagte er. »Es gibt ja viele reiche Mädchen – – drüben, in Amerika.«

Zehntes Kapitel, das schildert, wie Wolf Gontram an Alraune zugrunde ging

Karl Mohnen war nicht der einzige, der um diese Zeit unter die Räder kam, die den Prunkwagen der Exzellenz trugen. Der Geheimrat übernahm völlig die große Volkshypothekenbank, die längst unter seinem Einfluss war, und bemächtigte sich zugleich der Kontrolle über das weit im Lande verzweigte System der Frostsilbervereine, die unter klerikaler Flagge bis ins letzte Dorf hinein ihre kleinen Sparbanken ausdehnten. Das ging nicht ohne scharfe Reibungen ab; so strauchelten manche alten Beamten, die dem neuen Regime, das ihnen jede Selbständigkeit nahm, widerstrebten. Rechtsanwalt Manasse, der gemeinsam mit Justizrat Gontram als juristischer Berater bei diesen Transaktionen fungierte, versuchte manche Härten zu mildern, ohne doch verhindern zu können, dass Exzellenz ten Brinken rücksichtslos genug vorging und alles kurzerhand hinauswarf, was ihm nur einigermaßen überflüssig erschien, auch auf recht zweifelhafte Weise einzelne zur Seite stehende kleine Rabattvereine und Sparkassen zwang, sich seiner übermächtigen Kontrolle zu unterwerfen. Bis weit in den Industriebezirk hinein erstreckte sich nun seine Macht, alles was mit dem Boden zu tun hatte, Kohlen und Metalle, Säuerlinge, Wasserwerke, Grundstücke und Gebäude, landwirtschaftliche Genossenschaften, Wegebauten, Talsperren und Kanalanlagen, alles das war im ganzen Rheinlande mehr oder weniger von ihm abhängig. Seit Alraune zurück war im Hause, griff er noch skrupelloser überall zu, von vornherein seines Erfolges bewusst; kannte keine Rücksichten mehr, keinerlei Hemmungen und Bedenken.

In langen Seiten erzählt er in dem Lederbuche von allen diesen Geschäften. Es machte ihm augenscheinlich Freude, genau zu untersuchen, was alles gegen irgendeine neue Unternehmung sprach, wie außerordentlich gering im Grunde die Möglichkeit eines Erfolges schien – nur, um gerade diese Sache dann um so sicherer anzugreifen und schließlich den Erfolg dem Wesen zuschreiben zu können, das in seinem Hause weilte. Auch holte er sich zuweilen Rat von ihr, ohne ihr freilich irgendwelche

Einzelheiten anzuvertrauen; er fragte nur: »Soll man das tun?« Wenn sie nickte, tat er's, und ließ es, wenn sie den Kopf schüttelte.

Gesetze schienen schon lange nicht mehr zu existieren für den alten Mann. Hatte er früher oft lange Stunden mit seinen Anwälten beraten, um einen Ausweg zu finden, ein offenes Hintertürchen bei einer besonders heikeln Wendung, hatte er alle möglichen Lücken des Gesetzbuches genau studiert und mit hundert Kniffen und Pfiffen recht üble Handlungen immer noch juristisch haltbar gemacht, so kümmerte er sich nun längst nicht mehr um solche Winkelzüge. Fest vertrauend auf seine Macht und sein Glück, brach er offen genug das Recht; er wusste gut, dass es keinen Richter gab, wo kein Kläger aufzustehen wagte. Freilich häuften sich seine Zivilprozesse, mehrten sich auch die Anzeigen, die meist anonym, oft auch namentlich, bei der Behörde gegen ihn einliefen. Aber seine Verbindungen gingen so weit, ihn deckten der Staat wie die Kirche, mit denen er beiden wie auf Duzfuß stand; seine Stimme im Provinziallandtag war ausschlaggebend und die Politik des erzbischöflichen Palais in Köln, die er zum mindesten materiell unterstützte, gab ihm fast eine noch bessere Rückendeckung. Bis nach Berlin gingen seine Fäden: der außergewöhnlich hohe Orden, der ihm bei Enthüllung des Kaiserdenkmals von allerhöchster Hand selbst um den Hals gehängt wurde, dokumentierte das öffentlich genug. Freilich hatte er eine recht runde Summe zu diesem Monument beigesteuert – aber die Stadt hatte dafür auch das Grundstück, das sie zur Verfügung stellte, sehr teuer von ihm erstehen müssen. Dazu seine Titel, dazu sein würdiges Alter, seine anerkannten Verdienste um die Wissenschaft – welcher kleine Staatsanwalt wäre da gerne gegen ihn vorgegangen?

Ein paarmal drang der Geheimrat selbst auf Untersuchung – da stellten sich die Anzeigen wirklich als arge Übertreibungen heraus, zerplatzten wie Seifenblasen. So nährte er die Skepsis der Behörde gegen die Denunziationen. So weit ging es, dass, als ein junger Assessor in einer Sache, die ihm sonnenklar schien, durchaus gegen die Exzellenz einschreiten wollte, der Erste Staatsanwalt, ohne nur einen Blick in die Akten zu werfen, ihm zurief: »Dummes Zeug! Querulantengeschrei – wir kennen das! Wir würden uns nur blamieren damit.«

Der Querulant war der provisorische Direktor des Wiesbadener Landesmuseums, der von dem Geheimrat alle möglichen Ausgrabungen gekauft hatte, sich betrogen fühlte und ihn nun öffentlich der Fälschung zieh. Die Behörde nahm die Klage nicht auf, aber sie machte dem Geheimrat Mitteilung. Und der wehrte sich gut: schrieb in seinem Leiborgan, der Sonntagsbeilage der »Kölnischen Zeitung« einen schönen Artikel, der den humanen Titel »Museumspflege« führte. Er ging auf nichts ein, was ihm zum Vorwurf gemacht wurde, aber er griff seinen Gegner so blutig an, vernichtete ihn so gründlich, stellte ihn als solchen Nichtswisser und Kretin hin, dass der arme Gelehrte völlig am Boden lag. Und er zog seine Schnüre, ließ seine Rädchen laufen – – nach wenigen Monaten schon war ein anderer Herr Direktor des Museums. Der Erste Staatsanwalt nickte befriedigt, als er diese Notiz in der Zeitung las; er brachte das Blatt dem Assessor hinüber und sagte: »Da lesen Sie, Kollege! Danken Sie Gott, dass Sie damals mich fragten und so eine Mordsdummheit vermieden.« Der Assessor bedankte sich, aber er war gar nicht zufrieden.

Zur »Lese« fuhren die Schlitten und die Autos am Tage Mariä Lichtmess, da war der große Fastnachtball der Gesellschaft. Die Hoheiten waren da, und um sie herum, was immer nur Uniform hatte in der Stadt, oder bunte Korpsbänder und Mützen. Dazu die Professorenkreise und die vom Gericht, von der Regierung und der Stadtverwaltung, endlich die reichen Leute, Kommerzienräte und Großindustrielle. Alles war in Kostüm, nur den erklärten Ballmüttern war »die falsche Spanierin« erlaubt; selbst die alten Herren mussten ihren Frack zu Hause lassen und erschienen im schwarzen Domino, den man ›Mönemantel‹ nannte.

Justizrat Gontram präsidierte an dem großen Tische der Exzellenz; er kannte den alten Keller und verstand es, die besten Marken herbeizuschaffen. Die Fürstin Wolkonski saß da mit ihrer Tochter Olga, Gräfin Figueirera y Abrantes, und mit Frieda Gontram, die beide in diesem Winter bei ihr zu Besuch waren. Dann der Rechtsanwalt Manasse, ein paar Privatdozenten und Professoren und ebensoviel Offiziere. Und der Geheimrat selbst, der sein Töchterlein zum ersten Male auf einen Ball führte.

Alraune kam als das Fräulein von Maupin, in dem Bubenkleide des Beardsley. Sie hatte manche Schränke in dem Hause ten Brinken aufgerissen, in alten Kasten und Truhen herumgestöbert; da fand sie, von der Urahne her, ganze Stöße schöner Mechelner Kanten. Gewiss klebten Zähren armer Näherinnen in feuchten Kellern daran, wie an allen herrlichen Spitzenkleidern schöner Frauen, aber Alraunens frechen Anzug netzten noch frische Tränen – der gescholtenen Schneiderin, die sich nicht zurechtfinden konnte mit dem kapriziösen Kostüm, der Friseurin, die sie schlug, weil sie die Frisur nicht begriff und die Chi-Chis nicht legen konnte, und der kleinen Zofe, die sie beim Anziehen ungeduldig mit langen Nadeln stach. Oh, es war eine Qual, dieses Mädchen

Gautiers in der bizarren Auffassung des Engländers – – aber als es fertig war, als der launenhafte Knabe auf hohen Stöckeln mit dem zierlichen Prunkdegen durch den Saal stolzierte, da war kein Auge, das ihm nicht gierig folgte, kein altes und kein junges, von Herren keines und keines von Damen.

Der Chevalier de Maupin teilte mit Rosalinde seinen Erfolg. Rosalinde – die der letzten Szene – das war Wolf Gontram, und nie sah die Bühne eine schönere. Zu Shakespeares Zeiten nicht, als schlanke Knaben seine Frauenrollen spielten, und auch später nicht, seit Margaret Hews, Prinz Ruperts Geliebte, zum ersten Male als Frau das schöne Mädchen in ›Wie es euch gefällt‹ darstellte. Alraune hatte den Jungen angezogen; mit unendlicher Mühe hatte sie ihm beigebracht, wie er gehen und wie er tanzen müsse, wie er den Fächer bewegen und wie er lächeln solle. Und wie sie ein Knabe schien und doch ein Mädchen in dem Gewande Beardsleys, dessen Stirne Hermes küsste und Aphrodite zugleich, so verkörperte Wolf Gontram nicht minder die Figur seines großen Landsmannes, der die ›Sonette‹ schrieb: war in seinem Schleppgewande in rotem golddurchwirktem Brokate ein schönes Mädchen und doch wieder ein Knabe.

Vielleicht verstand das alles der alte Geheimrat, vielleicht der kleine Manasse, vielleicht auch ein wenig Frieda Gontram, deren rasche Blicke flackernd von einem zum andern flogen. Sonst gewiss keiner in dem gewaltigen Saale der ›Lese‹, in dem schwere Girlanden roter Rosen rings von der Decke hingen. Aber das fühlten alle, dass hier ein Besonderes war, etwas, das seine eigenen Werte hatte.

Ihre Kgl. Hoheit sandte ihren Adjutanten, ließ die beiden holen und sie sich vorstellen. Sie tanzte den ersten Walzer mit ihnen, als Herr zuerst mit Rosalinde und darauf als Dame mit dem Chevalier de Maupin. Und sie klatschte laut in die Hände als dann beim Menuett Théophile Gautiers lockiger Knabengedanke kokett sich neigte vor Shakespeares holdem Mädchentraume. Ihre Kgl. Hoheit war selbst eine ausgezeichnete Tänzerin, war die erste auf dem Tennisplatze und die beste Schlittschuhläuferin in der Stadt – – sie hätte am liebsten die ganze Nacht hindurch nur mit den beiden getanzt. Aber die Menge wollte auch ihr Recht: so flogen Mlle. de Maupin und Rosalinde aus einem Arm in den andern; bald pressten sie sehnige Arme junger Männer, bald fühlten sie heiß atmende Brüste schöner Frauen.

Gleichmütig blickte Justizrat Gontram darein; die Trierische Punschbowle, die er nun braute, interessierte ihn weit mehr als die Erfolge seines Sohnes. Er versuchte der Fürstin Wolkonski eine lange Geschichte von einem Falschmünzer zu erzählen, aber Ihre Durchlaucht hörte nicht hin. Sie teilte die Befriedigung und den freudigen Stolz der Exzellenz ten Brinken, fühlte sie sich doch mitbeteiligt daran, dass dieses Wesen, ihr Patenkind Alraune, in der Welt war. Nur der kleine Manasse war missmutig genug, schimpfte und knurrte halblaut vor sich hin.

»Du solltest nicht soviel tanzen, Junge«, fauchte er Wolf an, »solltest mehr achtgeben auf deine Lungen!« Aber der junge Gontram hörte ihn nicht.

Gräfin Olga sprang auf, flog hin zu Alraune. »Mein hübscher Kavalier –« flüsterte sie. Und der Spitzenknabe antwortete: »Komm her, kleine Toska!« Er wirbelte sie daher, links herum, rings durch den Saal, ließ sie kaum Atem schöpfen. Brachte die Atemlose zurück zum Tisch, küsste sie mitten auf den Mund.

Frieda Gontram tanzte mit ihrem Bruder, sah ihn lange an mit klugen grauen Augen: »Schade, dass du mein Bruder bist«, sagte sie.

Er verstand sie gar nicht. »Warum denn?«, fragte er.

Sie lachte. »O du dummer Junge! – Übrigens hast du ja im Grunde ganz recht mit deiner Frage: ›Warum denn?‹ Denn eigentlich sollte das wirklich kein Hinderungsgrund sein, nicht wahr? Es ist nur eben, weil uns die Moralfetzen unserer blöden Erziehung immer noch wie die Bleikugeln in unseren Schoßnähten hängen und uns die Tugendröcke fein sittsam strecken. – Das ist es, mein schönes Brüderchen!«

Aber Wolf Gontram begriff nicht eine Silbe; da ließ sie ihn lachend stehen und nahm den Arm des Fräulein ten Brinken. »Mein Bruder ist ein schöneres Mädchen, wie du«, sagte sie, »aber du bist ein süßerer Junge.«

»Und du«, lachte Alraune, »du blonde Äbtissin, du hast die süßen Jungen lieber?«

Sie antwortete: »Was darf Héloise verlangen? Grimmig schlecht ging es meinem armen Abälard, weißt du – der war schlank und war zart wie du es bist! Da lernt man sich bescheiden. Dir aber, mein holder Knabe, der du ausschaust, wie ein seltsam Pfäfflein einer neuen und frechen Lehre, dir wird niemand ein Leid antun.«

»Meine Spitzen sind alt und sind ehrwürdig«, sagte der Chevalier de Maupin.

»Da decken sie am besten die süße Sünde«, lachte die blonde Äbtissin. Sie nahm ein Spitzglas vom Tische und reichte es ihr: »Trink, süßer Junge.«

Die Gräfin kam, heiß mit bittenden Augen. »Lass ihn mir«, drängte sie ihre Freundin, »lass ihn mir!« Aber Frieda Gontram schüttelte den

Kopf. »Nein«, sagte sie scharf, »*den nicht!* Freier Wettbewerb, wenn du magst.«

»Sie hat mich geküsst«, machte die Tosca geltend. Und Héloise spottete: »Glaubst du: dich allein in dieser Nacht?« Sie wandte sich zu Alraune.

»Entscheide, mein Paris, wen willst du? Die weltliche Dame oder die geistliche?«

»Heute?«, fragte das Fräulein de Maupin.

»Heute – und solange du magst!«, rief Gräfin Olga.

Da lachte der Spitzenknabe. »Ich will die Äbtissin – und die Tosca auch.«

Und er lief lachend hinüber zu dem blonden Teutonen, der als roter Henkersknecht daherstolzierte mit einem gewaltigen Richtbeil aus Pappe.

»Du, Schwager«, rief sie, »ich habe zwei Mamas bekommen! – Willst du sie hinrichten, alle beide?«

Der Student reckte sich und streifte die Ärmel hoch. »Wo sind sie?«, brüllte er.

Aber Alraune fand keine Zeit zu antworten, der Oberst des 28. Regiments holte sie zum Two-Step.

– – Der Chevalier de Maupin trat an den Tisch der Professoren.

»Wo ist dein Albert?«, fragte der Literarhistoriker, »Und wo ist deine Isabella?«

»Mein Albert läuft überall herum, Herr Examinator«, antwortete Alraune, »in zwei Dutzend Exemplaren springt er im Saal! Und Isabella – –« sie ließ ihre Augen suchend herumschweifen. »Isabella«, fuhr sie fort, »die will ich dir auch gleich zeigen.«

Sie trat auf das Töchterlein des Professors zu, ein fünfzehnjähriges, verschüchtertes Ding, das sie mit großen blauen Augen verwundert ansah. »Willst du mein Page sein, kleine Gärtnerin?«, fragte sie.

Da sagte das flachshaarige Mädel: »Ja – gerne! – Wenn du mich willst!«

»Du musst mein Page sein, wenn ich eine Dame bin«, belehrte sie der Chevalier de Maupin, »und meine Zofe, wenn ich als Herr gehe.« Und die Kleine nickte.

»Bestanden, Herr Professor?«, lachte Alraune.

»Summa cum laude!«, bestätigte der Literarhistoriker. »Aber lass mir doch lieber meine kleine Trude.«

»Jetzt frage *ich*!«, rief das Fräulein ten Brinken. Und sie wandte sich an den kleinen, runden Botaniker. »Welche Blumen blühen in meinem Garten, Herr Professor?«

»Rote Hibiskus«, antwortete der Botaniker, der Ceylons Flora gut kannte, »Goldlotos und weiße Tempelblumen.«

»Falsch!«, rief Alraune. »Ganz falsch! Weißt du es, Herr Schützenbruder aus Haarlem? Welche Blumen wachsen in meinem Garten?«

Der Professor der Kunstgeschichte sah sie scharf an, ein leichtes Lächeln zuckte um seine Lippen.

»Les fleurs du mal«, sagte er. »Stimmt es?«

»Ja!«, rief Mlle. de Maupin. »Ja, es stimmt gut. Aber nicht für euch blühen sie, meine Herren Gelehrten – – ihr müsst hübsch warten, bis sie verdorrt und gepresst in den Büchern liegen, oder auf Bildern unter dem Firnis trocknen.«

Sie zog ihren hübschen Degen, verbeugte sich, schlug die hohen Stöckel zusammen und salutierte. Drehte herum auf dem Absatz, tanzte ein paar Schritte mit dem Baron v. Manteuffel von den Preußen, hörte die helle Stimme Ihrer Kgl. Hoheit und sprang rasch heran an den Tisch der Prinzessin.

»Gräfin Almaviva«, begann sie, »was begehrt Ihr von Eurem treuen Cherubin?«

»Recht unzufrieden bin ich mit ihm«, sagte die Prinzessin, »er hätte wirklich die Rute verdient! Strolcht herum im Saale mit einem Figaro nach dem andern!«

»Die Susannen nicht zu vergessen!«, lachte der Prinzgemahl.

Alraune ten Brinken zog die Lippen zum Pfännchen. »Was soll so ein armer Junge auch machen«, rief sie, »der nichts weiß von der bösen Welt?« Sie lachte, nahm dem Adjutanten, der als Frans Hals vor ihr stand, die Laute von der Schulter, präludierte, ging ein paar Schritte zurück und sang:

»Ihr, die ihr Triebe
Des Herzens kennt,
Sagt, ist es Liebe,
Das hier so brennt?«

»Bei wem willst du dir Rat erholen, Cherubin?«, fragte die Prinzessin.

»Weiß meine Gräfin Almaviva nicht Bescheid?«, gab Alraune zurück. Da lachte die Kgl. Hoheit. »Du bist sehr keck, mein Page!«, sagte sie. Cherubin antwortete: »Das ist Pagenart.«

Er streifte die Spitzen von dem Ärmel der Prinzessin und küsste ihr die Hand – ein wenig zu hoch am Arme und ein wenig zu lange. »Soll ich dir Rosalinde bringen?«, flüsterte er. Und er las die Antwort aus ihren Augen.

Rosalinde tanzte vorbei – nicht einen Augenblick gönnte man ihr Ruhe an diesem Abend. Der Chevalier de Maupin nahm sie ihrem Tänzer fort, führte sie die Stufen hinauf zu dem Tische der Hoheiten. »Gebt ihr zu trinken«, rief sie, »meine Liebste verschmachtet.« Sie nahm das Glas, das ihr die Prinzessin reichte und führte es Wolf Gontram an die roten Lippen.

Dann wandte sie sich zu dem Prinzgemahl. »Willst du tanzen mit mir, wilder Raugraf bei Rhein?«

Er lachte derb, wies ihr die riesigen braunen Reiterstiefel mit den ungeheuren Sporn. »Glaubst du, dass ich damit tanzen kann?«

»Versuch es!«, drängte sie und zog ihn am Arme von seinem Sitze auf. »Es wird schon gehen! Nur tritt mich nicht tot und zerbrich mich nicht, du rauher Jägersmann!«

Der Fürst warf einen bedenklichen Blick auf das zarte Ding in dem duftigen Spitzengewebe, dann streifte er die mächtigen Wildlederhand-schuhe über. »Also komm, kleiner Page!«, rief er.

Alraune warf eine Kusshand hinüber zu der Prinzessin, walzte durch den Saal mit dem schweren Fürsten. Die Leute machten ihnen Platz und es ging gut genug, quer hinüber und wieder zurück. Er hob sie hoch, wirbelte sie durch die Luft, dass sie laut aufschrie, da verwickelten sich seine langen Reitersporen – plumps, lagen sie beide auf dem Parkett. Im Nu war sie wieder auf, streckte ihm ihre Hand hin.

»Aufstehen, Herr Raugraf«, rief sie. – »Ich kann dich doch wirklich nicht aufsammeln.«

Er hob den Oberkörper, aber wie er den rechten Fuß aufsetzte, fuhr ein rasches »Au« aus seinem Munde. Er stützte sich auf die linke Hand, versuchte wieder sich aufzurichten. Aber es ging nicht, ein heftiger Schmerz nahm ihm die Herrschaft über den Fuß.

Da saß er, groß und stark, mitten im Saale, konnte sich nicht erheben. Einige kamen heran, mühten sich, ihm den mächtigen Stiefel abzuziehen, der das ganze Bein deckte. Aber es ging nicht, so schnell schwoll ihm der Fuß auf; sie mussten mit scharfen Messern das harte Leder herun-terschneiden. Prof. Dr. Helban, der Orthopäde, untersuchte ihn, er stellte einen Knöchelbruch fest.

»Für heute ist's aus mit dem Tanzen!«, brummte der Prinzgemahl.

Alraune stand in dem dichten Kreise, der ihn umgab, neben ihr drängte sich der rote Henkersknecht. Ihr fiel ein Liedchen ein, das sie die Studenten zur Nachtzeit durch die Straßen hatte johlen hören.

»Sag doch«, fragte sie, »wie geht das Lied von den Feldern und den Wäldern und der Muskelkraft?«

Der lange Teutone, der einen tüchtigen Schwips hatte, reagierte, als ob man einen Groschen in einen Automaten geworfen hätte. Er schwang sein Henkerbeil hoch in der Luft und brüllte los:

>»Er fiel auf einen Stein.
> Er fiel auf einen – kille, kille, kille –
> Er fiel auf einen Stein!
> Zerbrach drei Rippen im Leibe,
> Und die Felder und die Wälder und die Muskelkraft –
> Dazu das rechte – kille, kille, kille –
> Dazu das rechte Bein!«

»Halt's Maul!«, raunte ihm ein Korpsbruder zu, »Bist du ganz verrückt geworden?«

Da schwieg er. Aber der gutmütige Fürst lachte: »Danke für das passende Ständchen! Aber die drei Rippen hättest du dir sparen können – – ich habe vollständig genug mit dem Bein da!«

Sie trugen ihn hinaus auf einem Sessel, schafften ihn in seinen Schlitten. Mit ihm verließ die Prinzessin den Saal – sie war gar nicht zufrieden mit diesem Zwischenfall.

Alraune suchte Wolf Gontram, fand ihn noch immer an dem verlassenen Tisch der Hoheiten.

»Was hat sie getan?«, fragte sie rasch. »Was hat sie gesagt?«

»Ich weiß es nicht«, antwortete Wölfchen.

Sie nahm seinen Fächer, schlug ihn heftig über den Arm. »Du weißt es wohl«, beharrte sie. »Du musst es wissen und musst es mir sagen!«

Er schüttelte den Kopf. »Aber ich weiß es wirklich nicht. Sie hat mir zu trinken gegeben, hat mir die Locken aus der Stirne gestrichen. Ich glaube, sie hat auch meine Hand gedrückt. – Aber ich kann es nicht genau sagen, weiß auch nichts von alldem, was sie gesagt hat. Ich habe ein paarmal »Ja« gesagt, aber ich habe gar nicht auf sie hingehört. – Ich habe an ganz was anderes gedacht.«

»Du bist schrecklich dumm, Wölfchen«, sagte das Fräulein vorwurfsvoll. »Du hast wieder geträumt! – An was hast du denn eigentlich gedacht?«

»An dich«, erwiderte er.

Sie stampfte ärgerlich mit den Füßen auf. »An mich! Immer an mich! – Warum denkst du eigentlich immer nur an mich?«

Da blickten sie seine großen, tiefen Augen bittend an. »Ich kann doch nichts dafür«, flüsterte er.

Die Musik fiel ein, unterbrach die Stille, die der Weggang der Hoheiten verursacht hatte. Weich und lockend klangen die »Rosen des Südens«. Sie nahm seine Hand, zog ihn mit sich fort: »Komm, Wölfchen, wir wollen tanzen!«

Sie traten an, drehten sich, noch allein in dem großen Saal. Der graubärtige Kunsthistoriker sah sie, kletterte auf seinen Stuhl und schrie hinab: »Silentium! Extrawalzer für den Chevalier de Maupin und seine Rosalinde.«

Viele hundert Augen ruhten auf dem hübschen Paar. Alraune bemerkte es wohl und jeder Schritt, den sie tat, geschah in dem Bewusstsein, dass man sie bewundern müsse. Aber Wolf Gontram bemerkte nichts, er fühlte nur, dass er in ihren Armen lag und von weichen Klängen getragen wurde. Und seine großen, schwarzen Brauen senkten sich halb, beschatteten die traumtiefen Augen.

Der Chevalier de Maupin führte. Sicher, selbstbewusst, wie ein schlanker Page, der das glatte Parkett gewohnt ist von der Wiege an. Leicht vorgebeugt den Kopf, die Linke, die zwei Finger Rosalindens hielten, zugleich an dem goldenen Knauf des Degens, den er hinabdrückte, so dass das Ende hinten den Spitzenschoß hob. Seine gepuderten Locken sprangen wie silberne Schlänglein, ein Lächeln öffnete die Lippen und zeigte die blanken Zähne.

Und Rosalinde folgte dem leichten Drucke. Die goldrote Schleppe glitt über den Boden, wie eine holde Blüte wuchs ihre Figur daraus hervor. Ihr Kopf lag weit im Nacken, schwer fielen die weißen Straussenfedern von dem großen Hute. Weltfern, weit entrückt von allem, was da war, schwebte sie unter den Rosengirlanden. Rund durch den Saal, wieder und wieder.

Die Gäste drängten sich am Rande, hinten stiegen sie auf Stühle und Tische. Sahen herüber, atemlos.

»Ich gratuliere, Exzellenz«, murmelte die Fürstin Wolkonski. Und der Geheimrat antwortete: »Danke, Durchlaucht. Sie sehen, dass unsere Mühen damals nicht ganz vergebens waren.«

Sie changierten, der Chevalier führte seine Dame quer durch den Saal. Und Rosalinde schlug die Augen weit auf, warf schweigende, erstaunte Blicke auf die Menge ringsum.

»Shakespeare würde knien, wenn er diese Rosalinde sähe«, erklärte der Literaturprofessor. Aber am Nebentische kläffte von seinem Stuhle herunter der kleine Manasse den Justizrat Gontram an. »Stehen Sie doch auch mal auf, Herr Kollege! Sehen Sie doch! Wie Ihre selige Frau blickt der Junge herum – genau so!«

Der alte Justizrat blieb ruhig sitzen, prüfte eine neue Flasche Ürziger Auslese. »Ich kann mich nicht mehr besonders erinnern, wie das war«, meinte er gleichgültig. Oh, er wusste es gut – aber was gingen seine Gefühle andere Menschen an?

Die beiden tanzten, hin durch den Saal und zurück. Schneller hoben und senkten sich Rosalindens weiße Schultern, röter färbten sich ihre Wangen. Aber gleich zierlich, gleich sicher und gewandt lächelte unter dem Puder der Chevalier de Maupin.

Gräfin Olga riss die roten Nelken aus dem Haare, warf sie dem Paare zu. Und der Chevalier de Maupin haschte eine in der Luft, drückte sie an die Lippen, grüßte hinüber. Da griffen auch die andern nach bunten Blumen, nahmen sie aus den Vasen der Tische, trennten sie von den Kleidern, lösten sie aus der Frisur. Und unter einem Regen von Blüten walzten die beiden daher, links herum, leicht getragen von den ›Rosen des Südens‹.

Immer von neuem setzte die Kapelle ein. Die Musiker, abgestumpft, übermüdet durch das allnächtliche Spiel in der Saison, schienen wach zu werden, bogen sich über die Brüstung der Galerie, blickten hinunter. Schneller flog der Taktstock des Dirigenten, heißer rauschten die Bogen der Geigen. Und unermüdlich in tiefem Schweigen glitt das Paar durch ein Rosenmeer von Farben und Klängen: Rosalinde und der Chevalier de Maupin.

Dann klappte der Kapellmeister ab – da brach es los. Der Freiherr von Platen, Oberst der Achtundzwanziger, schrie mit Stentorstimme herab von der Gallerie: »Ein Hoch dem Paare! Ein Hoch dem Fräulein ten Brinken! Ein Hoch der Rosalinde!« Und die Gläser klangen und die Leute schrien und johlten. Drangen auf das Parkett, umringten die beiden, erdrückten sie fast.

Zwei Korpsburschen von Rhenania schleppten einen mächtigen Korb voller Rosen, den sie unten irgendwo einer Blumenfrau abgehandelt hatten, ein paar Husarenoffiziere brachten Champagner. Alraune nippte nur, aber Wolf Gontram, überhitzt, glühend durstig, schlürfte gierig den kühlen Trank, einen Kelch um den andern. Alraune zog ihn fort, bahnte sich einen Weg durch die Menge.

Mitten im Saale saß der Henkersknecht. Er streckte den langen Hals weit vor, hielt mit beiden Händen ihr sein Richtbeil entgegen. »Ich hab keine Blumen«, schrie er. »Ich bin selbst eine rote Rose! Schneid sie dir ab!«

Alraune ließ ihn sitzen. Führte ihre Dame weiter, an den Tischen unter der Gallerie vorbei, in den Wintergarten. Sie sah sich um: hier war es nicht weniger voll von Menschen und alle winkten, riefen ihnen zu. Da sah sie, hinter einem schweren Vorhange, die kleine Türe, die zum Balkon führte.

»Oh, das ist gut!«, rief sie. »Komm mit, Wölfchen!« Sie schlug den Vorhang zurück, drehte den Schlüssel um, drückte die Hand auf die Klinke. Aber fünf plumpe Finger legten sich auf ihren Arm. »Was wollen Sie da?«, rief eine rauhe Stimme. Sie wandte sich um; es war Rechtsanwalt Manasse in seinem schwarzen Domino. »Was wollen Sie da draußen?«, wiederholte er.

Sie schüttelte seine hässliche Hand ab. »Was geht Sie das an?«, antwortete sie. »Ein bisschen frische Luft schöpfen wollen wir.«

Er nickte eifrig. »Das dacht ich mir doch! Grade darum kam ich Ihnen nach. – Aber Sie werden es nicht tun, werden es nicht tun!«

Das Fräulein ten Brinken reckte sich, sah ihn hochmütig an. »Und warum sollte ich es nicht tun? Wollen Sie uns vielleicht daran hindern?«

Er duckte unwillkürlich unter ihrem Blicke. Aber er ließ nicht los. »Ja, ich will Sie hindern, gerade ich! Begreifen Sie denn nicht, dass es Wahnsinn ist? Sie sind überhitzt alle beide, fast gebadet in Schweiß – und da wollen Sie auf den Balkon hinaus bei minus zwölf Grad!?«

»Wir werden doch gehen«, beharrte Alraune.

»Gehen *Sie* doch«, kläffte er. »Es ist mir ganz gleichgültig, was *Sie* tun, Fräulein. – Nur den Jungen will ich zurückhalten, Wolf Gontram, ihn allein.«

Alraune maß ihn vom Kopf zu den Füßen. Sie zog den Schlüssel aus dem Schlosse, öffnete die Türe weit.

»So!«, machte sie. Sie trat hinaus auf den Balkon, hob die Hand und winkte ihrer Rosalinde. »Willst du mit mir hinauskommen in die Winternacht?«, rief sie, »Oder willst du drinnen bleiben im Saale?«

Wolf Gontram stieß den Rechtsanwalt zur Seite, trat rasch durch die Türe. Der kleine Manasse griff nach ihm, klammerte sich fest an seinen Arm, aber er stieß ihn wieder zurück, schweigend, dass er unbeholfen gegen den Vorhang fiel.

»Geh nicht Wolf!«, schrie der Rechtsanwalt, »Geh nicht!« Er jammerte fast, seine heisere Stimme überschlug sich.

Aber Alraune lachte laut. »Adieu, du getreuer Eckart! Bleib hübsch draußen und bewach unseren Hörselberg!« Sie schlug ihm die Türe dicht vor der Nase zu, steckte den Schlüssel ein und drehte ihn zweimal im Schloss.

Der kleine Rechtsanwalt versuchte durch die gefrorenen Scheiben zu sehen. Er riss an der Klinke, stieß mit beiden Füßen wütend auf den Boden. Dann, langsam, beruhigte er sich. Ging zurück hinter dem Vorhang her, trat in den Saal.

»So ist es Fatum«, brummte er. Er biss die starken wirr stehenden Zähne übereinander, kam zurück an den Tisch der Exzellenz, ließ sich schwer auf einen Stuhl fallen.

»Was haben Sie, Herr Manasse?«, fragte Frieda Gontram. »Sie sehen aus wie sieben Tage Regenwetter!«

»Nichts!«, kläffte er. »Gar nichts. – Ihr Bruder ist ein Esel. – Übrigens – trinken Sie doch nicht alles allein aus, Herr Kollege! Geben Sie mir doch auch was mit!«

Der Justizrat goss ihm sein Glas voll. Frieda Gontram aber sagte überzeugt: »Ja, das glaube ich, dass er ein Esel ist.«

Die beiden traten durch den Schnee, lehnten sich über die Brüstung, Rosalinde und der Chevalier de Maupin. Der volle Mond fiel über die breite Gasse, warf sein süßes Licht auf die barocken Formen der Universität, den alten Palast des Erzbischofs. Spielte über die weiten weißen Flächen da unten, warf phantastische Schatten quer über die Bürgersteige.

Wolf Gontram trank die eisige Luft. »Das ist schön«, flüsterte er, wies mit der Hand hinunter auf die weiße Straße, deren tiefe Stille kein kleinster Laut störte. Aber Alraune ten Brinken sah hinauf zu ihm, sah wie seine weißen Schultern im Mondlichte strahlten, sah seine großen Augen, die tief leuchteten wie zwei schwarze Opale. »Du bist schön«, sagte sie ihm, »du bist schöner noch, als die Mondnacht.«

Da lösten sich seine Hände von der steinernen Brüstung, griffen nach ihr und umschlangen sie. »Alraune«, rief er, »Alraune –«

Einen kleinen Augenblick duldete sie es. Dann machte sie sich los, schlug ihn leicht auf die Hand. »Nein!«, lachte sie, »nein! Du bist Rosalinde – und ich bin ein Knabe: so will ich dir den Hof machen.« Sie sah sich um, griff aus der Ecke einen Stuhl, schleppte ihn her und klopfte mit ihrem Degen den Schnee herunter. »Hier, setz dich, mein schönes Fräulein – du bist leider ein wenig zu groß für mich! So ist's recht – nun gleicht es sich aus!«

Sie verbeugte sich zierlich, ließ sich dann nieder auf ein Knie. »Rosalinde«, zwitscherte sie, »Rosalinde! Darf dir ein fahrender Ritter einen Kuss rauben –«

»Alraune –« begann er. Aber sie sprang auf, schloss ihm die Lippen mit der Hand. »Du musst ›Mein Herr‹ sagen!«, rief sie. »Also – darf ich dir einen Kuss rauben, Rosalinde?«

»Ja, mein Herr«, stotterte er. Da trat sie hinter ihn, nahm seinen Kopf in beide Arme. Und sie begann, zögernd, der Reihe nach. »Die Ohren zuerst«, lachte sie, »das rechte und nun das linke! Und die Wangen alle beide – und die dumme Nase, die hab ich schon oft geküsst. Und endlich – pass auf, Rosalinde – deinen schönen Mund!« Sie beugte sich nieder, drängte ihren Lockenkopf über seine Schulter, unter dem Hute her. Aber sie fuhr wieder zurück. »Nein, nein, schönes Mädchen, lass deine Hände! Die müssen fein sittsam im Schoße ruhen.«

Da legte er die zitternden Hände auf die Knie und schloss die Augen. So küsste sie ihn, küsste ihn lange und heiß. Aber am Ende suchten ihre kleinen Zähne seine Lippe, bissen rasch zu, dass die roten Blutstropfen schwer hinabfielen in den Schnee.

Sie riss sich los, stand vor ihm, starrte in den Mond mit weit offenen Augen. Ein rascher Frost fasste sie, warf ein Zittern über ihre schlanken Glieder. »Mich friert«, flüsterte sie. Sie hob einen Fuß auf und dann den andern. »Der dumme Schnee ist überall in meinen Spitzenschuhen!« Sie zog einen Schuh aus und klopfte ihn aus.

»Zieh meine Schuhe an«, rief er, »die sind größer und wärmer.« Und schnell streifte er sie ab, ließ sie hineintreten. »Ist es besser so?«

»Ja«, lachte sie, »nun ist es wieder gut! Ich will dir noch einen Kuss dafür geben, Rosalinde.«

Und sie küsste ihn wieder – und wieder biss sie ihn. Dann lachten sie beide, wie der Mond leuchtete über den roten Flecken im weißen Grunde.

»Liebst du mich, Wolf Gontram?«, fragte sie.

Und er sagte: »Ich denke nichts anderes, wie dich.«

Sie zögerte einen Augenblick, dann fragte sie weiter: »Wenn ich es wollte – – würdest du hinabspringen vom Balkon?«

»Ja!«, sagte er.

»Auch vom Dache?« Und er nickte.

»Auch von dem Turme der Münsterkirche?« Er nickte wieder.

»Würdest du alles für mich tun, Wölfchen?«, fragte sie.

Und er sagte: »Ja, Alraune, wenn du mich liebst.«

Sie zog die Lippen hoch, wiegte sich leicht in den Hüften. »Ich weiß nicht, ob ich dich liebe«, sprach sie langsam. »Würdest es auch tun, wenn ich dich nicht liebte?«

Da leuchteten die herrlichen Augen, die ihm seine Mutter schenkte, leuchteten voller und tiefer, als sie es je getan. Und der Mond dort oben ward neidisch auf diese Menschenaugen, schlich davon, barg sich hinter dem Münsterturme.

»Ja«, sagte der Knabe, »ja – – auch dann.«

Sie setzte sich auf seinen Schoß, schlang ihm die Arme um den Nacken. »Dafür, Rosalinde – dafür will ich dich zum dritten Male küssen!«

Und sie küßte ihn – länger noch und heißer. Und sie biss ihn – wilder noch und tiefer. Aber sie konnten die schweren Tropfen nicht mehr sehen in dem weißen Schnee, da der missgünstige Mond seine Silberfackel versteckte –

»Komm«, flüsterte sie, »komm, wir müssen gehen.«

Sie wechselten die Schuhe, klopften den Schnee von ihren Kleidern. Sie schlossen die Türe auf, traten zurück, schlüpften hinter dem Vorhang her in den Saal. Grell strahlten die Bogenlampen über sie hin, heiß und stickig umfing sie die Luft.

Wolf Gontram schwankte, als er den Vorhang losließ, griff mit beiden Händen rasch an die Brust.

Sie merkte es wohl. »Wölfchen!?«, rief sie.

Er sagte: »Lass nur. Es ist gar nichts – irgendein Stich! – Aber es ist schon wieder gut.«

– Hand in Hand schritten sie durch den Saal.

Wolf Gontram kam nicht ins Bureau am nächsten Tage. Stand nicht auf von seinem Bette, lag in wildem Fieber; neun Tage lang lag er so. Manchmal phantasierte er, rief ihren Namen – aber nicht einmal kam er zum Bewusstsein in dieser Zeit.

Dann starb er. Lungenentzündung war es.

Und sie begruben ihn draußen, auf dem neuen Friedhofe.

Einen großen Kranz voll dunkler Rosen sandte das Fräulein ten Brinken.

Elftes Kapitel, das wiedergibt, welches Ende dem Geheimrat durch Alraune ward

In der Schaltnacht dieses Jahres fuhr ein Sturmwind über den Rhein. Fuhr von Süden her, fasste die Eisschollen, die hinuntertrieben, schob sie übereinander und warf sie krachend gegen den Alten Zoll. Riss das Dach der Jesuitenkirche herunter, schlug uralte Linden nieder im Hofgarten, löste die starken Pontons der Schwimmschule und zerschellte sie an den mächtigen Pfeilern der Steinbrücke.

Auch in Lendenich jagte der Sturm. Drei Kamine stürzte er vom Gemeindehaus und zertrümmerte die alte Scheune des Hahnenwirts. Aber das Schlimmste tat er dem Hause ten Brinken an: er verlöschte die ewigen Lämpchen, die dem heiligen Johann von Nepomuk brannten.

Das war nie geschehen, solange das Herrenhaus stand, durch manche hundert Jahre nicht. Zwar füllten die Frommen im Dorfe gleich am andern Morgen die Lämpchen von neuem und brannten sie wieder an, aber sie sagten, dass es ein großes Unglück bedeute und das sichere Ende der Brinken. Denn der Heilige wende seine Hand nun ab von dem lutherischen Hause und das habe er gezeigt in dieser Nacht. Kein Sturm in der Welt hätte die Lämpchen verlöschen können, wenn er es nicht zugelassen –

Ein Zeichen sei es; so sagten die Leute. Manche aber raunten, dass es gar nicht der Sturmwind gewesen sei: das Fräulein sei hinausgegangen um Mitternacht – sie habe die Lampen gelöscht.

Aber es schien, als ob die Leute wohl irrten mit ihren Prophezeiungen. Große Feste gab es im Herrenhause, trotz der Fastenzeit. Hell strahlten alle Fenster, eine Nacht um die andere, Musik scholl heraus und helles Lachen und Singen.

Das Fräulein verlangte es so. Sie müsse Zerstreuung haben, sagte sie, nach dem Verlust, der sie getroffen. Und der Geheimrat tat, wie sie es wünschte.

Er kroch hinter ihr her, wo sie nur ging, fast war es, als ob er die Rolle Wölfchens übernommen habe. Gierig traf sie sein schielender Blick, wenn sie ins Zimmer trat, gierig folgte er ihr, wenn sie hinausging. Und sie merkte wohl, wie heiß ihm das Blut durch die alten Adern kroch, lachte hell auf und warf den Kopf in den Nacken.

Immer kapriziöser wurden ihre Launen, immer übertriebener ihre Wünsche.

Der Alte gab, aber er handelte, verlangte stets irgend etwas dagegen. Ließ sich leicht kraulen auf der Glatze, oder mit raschen Fingern über den Arm spielen, auf und nieder. Verlangte, dass sie sich auf seinen Schoß setzen solle, oder gar ihn küssen. Und, wieder und wieder, hieß er sie, als Knabe zu kommen.

Sie kam im Reitanzug, kam auch in dem Spitzenkleid vom Lichtmessball. Kam als Fischerknabe mit offener Bluse und nackten Beinen, kam als Liftboy in roter, prall sitzender Uniform mit vortretenden Hüften. Kam als Wallensteinjäger, kam als Prinz Orlowski oder als Nerissa im Gerichtschreibergewand. Und als Pikkolo im schwarzen Frack, als Rokokopage oder als Euphorion in Trikots und blauer Tunika.

Dann saß der Geheimrat auf dem Sofa, ließ sie, auf und ab, vor sich hinschreiten. Seine feuchten Hände strichen über die Hosen, seine Beine rutschten hin und her über den Teppich. Und er suchte, mit verhaltenem Atem, wie er beginnen solle –

Da blieb sie wohl stehn, sah ihn herausfordernd an. Dann kuschte er unter ihrem Blicke, fand die Worte nicht, suchte umsonst das hüllende Mäntelchen, das er über seine ekeln Wünsche decken könne.

Spöttisch lächelnd ging sie hinaus. Sowie die Türe ins Schloss fiel, sowie er ihr helles Lachen auf der Treppe hörte – kamen ihm die Gedanken. Nun war es leicht, nun wusste er gut, was er sagen, wie er es anstellen sollte. Oft rief er dann – manchmal auch kam sie zurück. »Nun?«, fragte sie. – Aber es ging nicht, ging wieder nicht. »O nichts!«, brummte er.

Das war es: die Sicherheit fehlte ihm. Und er suchte herum, nach irgendeinem andern Opfer, nur um sich zu überzeugen, dass er noch Herr sei seiner alten Künste.

Er fand eines, das dreizehnjährige Töchterlein des Klempners, das irgendeinen geflickten Kessel zum Hause brachte.

»Komm mit, Mariechen«, sagte er. »Ich will dir was schenken.« Und er zog sie hinein in die Bibliothek.

Still, wie ein krankes Wild, schlich die Kleine hinaus, nach einer halben Stunde. Drückte sich eng an den Mauern vorbei, mit weit offenen, starren Augen –

Aber triumphierend, mit breitem Lächeln, schritt der Geheimrat über den Hof, dem Herrenhause zu.

Nun war er wohl sicherer – aber nun wich Alraune ihm aus. Kam vor, sowie er ruhig schien, zog sich zurück, wenn sein Auge wirr flackerte.

»Sie spielt – spielt auch mit mir!«, knirschte der Professor.

Dann, einmal, als sie aufstand vom Tisch, fasste er ihre Hand. Er wusste genau, was er reden wollte, Wort für Wort – und hatte es doch vergessen im Augenblicke. Er ärgerte sich, ärgerte sich auch über den hochmütigen Blick des Mädchens. Und rasch, heftig, sprang er auf, drehte ihren Arm herum, warf die Schreiende auf den Diwan.

Sie fiel – aber sie stand wieder auf den Füßen, ehe er noch heran war. Lachte, lachte gell und lang, dass es ihn schmerzte in den Ohren. Und schritt hinaus ohne ein Wort.

Sie blieb in ihren Räumen, kam nicht zum Tee, nicht zum Abendessen. Ließ sich nicht blicken durch Tage hindurch.

Er bettelte an ihrer Türe. Gab ihr gute Worte, flehte und bat. Aber sie kam nicht. Er schickte ihr Briefe hinein, beschwor sie, versprach ihr mehr und immer noch mehr. Aber sie antwortete nicht.

Endlich, als er stundenlang vor ihrer Türe wimmerte, öffnete sie. »Sei still«, sagte sie, »es ist mir lästig. – Was willst du?«

Er bat um Verzeihung. Sagte, dass es ein Anfall gewesen sei, dass er die Herrschaft verloren habe über seine Sinne –

»Du lügst«, sprach sie ruhig.

Da ließ er alle Masken fallen. Sagte ihr, wie er sie begehre, wie er nicht atmen könne ohne ihre Gegenwart. Sagte ihr, dass er sie liebe.

Sie lachte ihn aus. Aber sie ließ sich ein auf Unterhandlungen, machte ihre Bedingungen.

Immer noch handelte er, suchte da und dort ein kleines Mehr zu ergattern. Einmal – nur einmal in der Woche solle sie als Bube kommen –

»Nein«, rief sie. »Jeden Tag, wenn ich mag – – und gar nicht, wenn ich nicht will.«

Da beschied er sich. Und er war, von diesem Tage an, der willenlose Sklave des Fräuleins. War ihr höriger Hund, winselte um sie herum, fraß die Krumen, die sie mit frechem Finger bedächtig vom Tische knipste. Sie ließ ihn herumlaufen, in seinem eigenen Hause, wie ein altes räudiges Tier, das das Gnadenbrot frisst – nur, weil man zu gleichgültig ist, es totzuschlagen –

Und sie gab ihm ihre Befehle: besorge die Blumen. Kauf ein Motorboot. Lade *die* Herren ein heute und morgen *die*. Hol mein Taschentuch herunter. Er gehorchte. Fühlte sich reich belohnt, wenn sie plötzlich herunterkam als Etonboy mit hohem Hute und großem rundem Kragen, wenn sie ihm die kleinen Lackschuhe hinstreckte, dass er die Seidenbänder knoten solle.

Manchmal, wenn er allein war, erwachte er. Hob langsam den hässlichen Kopf, neigte ihn hin und her, grübelte nach, was eigentlich vorgegangen wäre. War er nicht gewohnt zu herrschen durch Menschenalter? War es nicht *sein* Wille, der galt auf dem Sitze ten Brinken?

Es war ihm, als ob er ein Geschwür habe, mitten im Hirn, das dick schwoll und die Gedanken erdrückte. Irgendein giftiges Insekt war da hineingekrochen, durch das Ohr oder durch die Nase, hatte ihn gestochen. Und nun schwirrte es herum, dicht um sein Gesicht, summte höhnisch vor seinen Augen. – Warum zertrat er nicht das ekle Geschmeiß? – Er richtete sich halb auf, rang mit einem Entschluss. »Es muss ein Ende haben«, murmelte er.

Aber er vergaß das alles, sowie er sie sah. Dann weitete sich sein Blick, dann schärfte sich sein Gehör, vernahm das leiseste Rauschen ihrer Seide. Dann schnupperte seine mächtige Nase in der Luft, sog begierig den Duft ihres Fleisches, zitterten seine alten Finger, leckte seine Zunge den Speichel von den Lippen. Alle seine Sinne krochen ihr nach, gierig, geil, giftig gefüllt mit eklen Lüsten. – Das war der starke Strick, an dem sie ihn hielt.

Herr Sebastian Gontram kam hinaus nach Lendenich; fand den Geheimrat in der Bibliothek.

»Nehmen Sie sich in acht«, sagte er, »wir werden viele Mühe haben, das alles wieder in Ordnung zu bringen. Sie sollten sich selbst ein bisschen mehr darum bekümmern, Exzellenz.«

»Ich habe keine Zeit«, antwortete der Geheimrat.

»Das geht mich nichts an«, sagte Herr Gontram ruhig. »Sie müssen eben Zeit haben. Sie bekümmern sich um nichts mehr in den letzten Wochen, lassen alles laufen, wie es eben läuft. – Passen Sie auf, Exzellenz, es könnte Ihnen an den Kragen gehen!«

»Ach«, höhnte der Geheimrat, »was ist denn los?«

»Ich habe es Ihnen ja geschrieben«, antwortete der Justizrat, »aber Sie scheinen nicht einmal meine Briefe mehr zu lesen. Der frühere Direktor des Wiesbadener Museums hat eine Broschüre geschrieben – das wissen Sie ja – in der er alles mögliche behauptet; er wurde dafür vor Gericht gezogen. Er beantragte nun die Vernehmung von Sachverständigen – jetzt hat die Kommission die Stücke untersucht und sie zum größten Teil für Fälschungen erklärt. Alle Blätter sind voll davon – der Angeklagte wird gewiss freigesprochen werden.«

»Lassen Sie ihn doch«, sagte der Geheimrat.

»Na, mir soll's recht sein, Exzellenz, wenn Sie meinen!«, fuhr Gontram fort. »Aber er hat schon eine neue Anzeige gegen Sie bei unserer Staatsanwaltschaft eingereicht und die Behörde wird sie aufnehmen müssen. – Übrigens ist das lange nicht alles. In der Konkurssache der

Gerstenberger Erzhütte hat der Konkursverwalter, auf Grund einiger Dokumente, Anzeige wegen Bilanzverschleierung und betrügerischen Bankerotts gegen Sie erstattet; eine ähnliche Anzeige ist, wie Sie wissen, in Sachen der Karpener Ziegeleien eingelaufen. Endlich hat Rechtsanwalt Kramer, der den Klempner Hamecher vertritt, es durchgesetzt, dass die Staatsanwaltschaft die ärztliche Untersuchung seines Töchterchens angeordnet hat.«

»Das Kind lügt«, rief der Professor, »es ist ein hysterischer Fratz.«

»Um so besser«, nickte der Justizrat, »dann wird sich Ihre Unschuld ja herausstellen. Wir haben da ferner eine Klage des Kaufmanns Matthiesen auf Schadenersatz und Rückzahlung von fünfzigtausend Mark, in der mitgeteilt ist, dass zugleich eine Betrugsanzeige erstattet wurde. In einem neuen Schriftsatze in Sachen der Plutus-G.m.b.H. wirft Ihnen der gegnerische Anwalt Urkundenfälschung vor und erklärt ebenfalls, die nötigen Schritte zum strafgerichtlichen Verfahren einleiten zu wollen. – Sie sehen, Exzellenz, die Fälle mehren sich, wenn Sie eine Zeitlang nicht auf das Bureau kommen. Kaum ein Tag vergeht, ohne dass wir irgend etwas Neues da vorfinden.«

»Sind Sie nun fertig?«, fuhr ihn der Geheimrat an.

»Nein«, sagte Herr Gontram gleichmütig, »ganz und gar nicht. Es war nur eine kleine Blütenlese aus dem hübschen Strauss, der Sie in der Stadt erwartet. Ich rate Ihnen dringend, Exzellenz, fahren Sie hinein – nehmen Sie die Sachen nicht gar so leicht.«

Aber der Geheimrat antwortete: »Ich sagte Ihnen doch schon, dass ich keine Zeit habe. Sie sollten mich wirklich in Ruhe lassen mit diesen Lappalien.«

Der Justizrat erhob sich, gab seine Akten in die Ledermappe und schloss diese bedächtig. »Ganz wie Sie wollen«, sagte er. »Übrigens wissen Sie, dass das Gerücht geht, die Mühlheimer Kreditbank würde ihre Zahlungen in diesen Tagen einstellen?«

»Dummes Zeug«, erwiderte er. »Übrigens habe ich kaum Geld drin stecken.«

»Nicht?«, fragte Herr Gontram ein wenig verwundert, »Sie haben doch erst vor einem halben Jahre das Institut mit über elf Millionen saniert, um Ihre Hand fester in der Kalikontrolle zu haben?! Ich habe ja selbst die Bergwerksobligationen der Fürstin Wolkonski zu diesem Zwecke verkaufen müssen.«

Exzellenz ten Brinken nickte: »Der Fürstin – nun ja. – Bin ich etwa die Fürstin?«

Der Justizrat wiegte bedenklich den Kopf. »Sie wird ihr Geld verlieren«, murmelte er.

»Was geht's mich an?«, rief der Geheimrat. »Immerhin wollen wir sehen, was zu retten ist.« Er erhob sich, trommelte mit der Hand auf den Schreibtisch. »Sie haben recht, Herr Justizrat, ich sollte mich etwas mehr bekümmern um meine Angelegenheiten. Erwarten Sie mich, bitte, gegen sechs Uhr im Bureau. – Ich danke Ihnen.«

Er reichte ihm die Hand und geleitete ihn zur Türe.

Aber er fuhr an diesem Nachmittag nicht zur Stadt. Zwei Leutnants kamen zum Tee, da schlich er durch die Zimmer, kam herein, um irgend etwas zu holen, getraute sich nicht aus dem Hause zu gehen. Er war eifersüchtig auf jeden Menschen, mit dem Alraune sprach, auf den Stuhl, auf den sie sich setzte und den Teppich, den ihr Fuß trat.

Und er ging nicht am nächsten Tage, noch am übernächsten. Der Justizrat sandte einen Boten nach dem andern, er schickte sie weg, ohne Antwort; stellte auch das Telephon ab, um nicht mehr angerufen zu werden.

Da wandte sich der Justizrat an das Fräulein, sagte ihr, dass der Geheimrat sehr notwendig zum Bureau kommen müsse. Sie klingelte nach dem Auto, sandte ihre Zofe zur Bibliothek und ließ dem Geheimrat sagen, er möge sich fertigmachen, mit ihr zur Stadt zu fahren.

Er zitterte vor Freude – das war das erstemal seit Wochen, dass sie mit ihm ausfuhr. Er ließ sich den Pelz umhängen, ging in den Hof, öffnete ihr den Wagenschlag.

Sie sprach nicht, aber es beglückte ihn schon, nur sitzen zu dürfen neben ihr. Sie fuhr gleich zum Bureau, hieß ihn da aussteigen.

»Wo fährst du hin?«, fragte er.

»Besorgungen machen«, antwortete sie.

Und er bat: »Wirst du mich abholen?«

Sie lächelte: »Ich weiß nicht. Vielleicht.« – Schon für dies »vielleicht« war er dankbar.

Er stieg die Treppe hinauf, öffnete links die Türe zu des Justizrats Zimmer.

»Da bin ich«, sagte er.

Der Justizrat schob ihm die Akten hin, einen hohen Stoß. »Da ist der Kram«, nickte er, »eine hübsche Sammlung. Auch ein paar alte Sachen, die längst erledigt schienen, sind wieder aufgenommen worden. Und drei neue – seit vorgestern!«

Der Geheimrat seufzte: »Ein bisschen viel. – Wollen Sie mir Bericht erstatten, Herr Justizrat?«

Gontram schüttelte den Kopf: »Warten Sie, bis der Manasse kommt, der weiß besser Bescheid. – Er muss gleich hier sein, ich habe ihn rufen lassen. Er ist gerade zum Untersuchungsrichter in Sachen Hamecher.«

»Hamecher?«, fragte der Professor. »Wer ist das?«

»Der Klempner«, erinnerte ihn der Justizrat. »Das Gutachten der Ärzte ist recht belastend; die Staatsanwaltschaft hat Voruntersuchung beantragt. – Da liegt die Ladung. – Übrigens scheint mir diese Sache vorderhand die wichtigste.«

Der Geheimrat nahm die Akten auf, blätterte sie durch, ein Heft nach dem andern. Aber er war unruhig, lauschte nervös auf jeden Klingelruf, jeden Schritt, der durch den Flur ging. »Ich habe nur wenig Zeit«, sagte er.

Der Justizrat zuckte die Achseln, brannte gemächlich eine frische Zigarre an.

Sie warteten, aber der Rechtsanwalt erschien nicht. Gontram telephonierte in sein Bureau, dann aufs Gericht, aber er konnte ihn nirgends erwischen.

Der Professor schob die Akten zur Seite. »Ich kann sie heute nicht lesen«, sagte er. »Es interessiert mich auch so wenig.«

»Vielleicht sind Sie krank, Exzellenz«, meinte der Justizrat. Er ließ Wein holen und Selterswasser.

Dann kam das Fräulein. Der Geheimrat hörte das Auto vorfahren und halten, sprang sofort auf und griff nach seinem Pelz. Kam ihr entgegen auf dem Korridor.

»Bist du fertig?«, rief sie.

»Natürlich«, erwiderte er, »vollständig.« Aber der Justizrat trat dazwischen. »Es ist nicht wahr, Fräulein. Wir haben noch gar nicht angefangen. Wir warten auf Rechtsanwalt Manasse.«

Der Alte fuhr auf: »Unsinn! Es ist alles ganz unwichtig. Ich fahre mit dir, Kind.«

Sie sah den Justizrat an; der sprach: »Mir scheint es sehr wichtig für den Herrn Papa.«

»Nein, nein!«, beharrte der Geheimrat. Aber Alraune entschied: »Du wirst bleiben« – – »Adieu Herr Gontram«, rief sie, drehte um, lief die Treppen hinab.

Er ging zurück in das Zimmer, trat ans Fenster, sah sie einsteigen und abfahren. Und er blieb da stehen, blickte hinab auf die Straße in die Dämmerung. Herr Gontram ließ die Gasflammen anbrennen, saß ruhig in seinem Sessel, rauchte und trank seinen Wein.

Sie warteten. Das Bureau wurde geschlossen, einer nach dem andern gingen die Angestellten heraus, öffneten die Regenschirme, stapften durch den klebrigen Schmutz der Straße. Kein Wort sprachen die beiden.

Endlich kam der Rechtsanwalt. Schnellte die Treppen hinauf, riss die Türe auf. »Guten Abend«, knurrte er, stellte den Schirm in die Ecke, zog die Galoschen aus, warf den nassen Mantel auf das Sofa.

»Höchste Zeit, Herr Collega«, sagte der Justizrat.

»Höchste Zeit – ja gewiss höchste Zeit!«, gab er zurück. – Er ging auf den Geheimrat zu, stellte sich breit vor ihn hin und schrie ihm ins Gesicht: »Der Haftbefehl ist heraus.«

»Ach was!«, zischte der Geheimrat.

»Ach was!«, höhnte der Rechtsanwalt. »Ich habe ihn gesehen, ich, mit eigenen Augen. – In Sachen Hamecher! Spätestens morgen früh wird er ausgeführt.«

»Wir müssen Kaution stellen«, bemerkte der Justizrat gelassen.

Der kleine Manasse fuhr herum. »Meinen Sie, dass ich daran nicht auch gedacht habe? – Ich habe sofort Kaution geboten – gleich eine halbe Million. – Abgewiesen! – Die Stimmung ist umgeschlagen beim Landgericht, Exzellenz, ich hab mir's immer gedacht. Ganz kühl erklärte mir der Rat: ›Stellen Sie bitte Ihre Anträge schriftlich, Herr Anwalt. – Aber ich fürchte, dass Sie wenig Glück damit haben werden. Unser Material ist geradezu erdrückend – und so erscheint die äußerste Vorsicht geboten.‹ – Da haben Sie seine eigenen Worte! Wenig erbaulich, was?«

Er goss sich ein Glas voll, leerte es in kurzen Schlucken. »Ich kann Ihnen noch mehr sagen, Exzellenz! Ich traf den Rechtsanwalt Meier II auf dem Gericht, unsern Gegner in der Gerstenbergsache; auch die Gemeinde Huckingen vertritt er, die gestern geklagt hat. Ich bat ihn, auf mich zu warten – ich hatte dann eine längere Unterredung mit ihm; das ist auch der Grund, weshalb ich so spät komme, Herr Collega. –

Er schenkte mir reinen Wein ein – – wir sind loyal an unserm Landgericht, Gott sei Dank! Da erfuhr ich denn, dass sich die gegnerischen Anwälte geeinigt haben, bereits vorgestern abend hatten sie eine lange Konferenz. Ein paar Presseleute waren auch dabei – darunter der fixe Dr. Landmann vom Generalanzeiger. Und Sie wissen, Exzellenz, dass Sie in dem Blatt keinen Pfennig Geld stecken haben! – Die Rollen sind gut verteilt, erkläre ich Ihnen – diesmal werden Sie nicht so leicht herauskommen aus der Falle!«

Der Geheimrat wandte sich an Herrn Gontram: »Was ist Ihre Meinung, Herr Justizrat?«

»Abwarten«, erklärte der, »es wird sich schon noch ein Ausweg finden.«

Aber Manasse schrie: »Und ich sage Ihnen: es findet sich kein Ausweg! Die Schlinge ist geknüpft, sie wird zugezogen – da baumeln Sie, Exzellenz, wenn Sie der Galgenleiter nicht vorher einen raschen Tritt geben!«

»Was raten Sie also?«, fragte der Professor.

»Genau dasselbe, was ich dem armen Dr. Mohnen geraten habe, den Sie auf dem Gewissen haben, Exzellenz! Es war eine Gemeinheit von Ihnen – doch was hilft es, wenn ich Ihnen jetzt Wahrheiten sage?! Ich rate, dass Sie im Augenblick flüssig machen, was möglich ist – übrigens werden wir das ja auch ohne Sie können. Dass Sie Ihre Siebensachen packen und verduften – heute nacht noch! – Das rate ich.«

»Man wird einen Steckbrief erlassen«, meinte der Justizrat.

»Gewiss«, rief Manasse, »aber man wird es ohne besonderen Nachdruck tun. Ich sprach schon mit Kollegen Meier darüber, er teilt meine Ansicht. Es liegt durchaus nicht im Interesse der Gegner, einen Skandalprozess heraufzubeschwören und auch die Behörden werden froh genug sein, wenn sie das vermeiden können. Man will Sie nur unschädlich machen, Exzellenz, Ihrem Treiben ein Ende setzen: und dazu – glauben Sie mir – haben die Leute nun die Mittel. Wenn Sie aber verschwinden, irgendwo im Ausland still leben, werden wir hier alles in Ruhe abwickeln können; es wird freilich eine Stange Gold kosten – aber was liegt daran? Man wird Rücksichten auf Sie nehmen, auch heute noch, schon in ureignem Interesse, um der radikalen und sozialistischen Presse nicht diesen prachtvollen Fraß hinzuwerfen.«

Er schwieg, wartete auf Antwort. Exzellenz ten Brinken ging auf und ab im Zimmer, langsam, mit schweren, schlürfenden Schritten. »Wie lange, glauben Sie, muss ich wegbleiben?«, fragte er endlich.

Der kleine Rechtsanwalt drehte sich um nach ihm. »Wie lange?«, bellte er. »Welche Frage? Genau so lange, wie Sie leben! Seien Sie doch froh, dass Ihnen wenigstens diese Möglichkeit noch bleibt: es ist gewiss angenehmer in einer schönen Villa an der Riviera seine Millionen zu verzehren, als im Zuchthaus sein Leben zu beschließen! Und darauf würde es hinauskommen, dafür garantiere ich Ihnen! – Übrigens hat Ihnen die Behörde selbst dieses Türchen geöffnet, der Untersuchungsrichter hätte genau so gut heute morgen schon den Haftbefehl unterschreiben können; da würde er jetzt schon ausgeführt sein! Verdammt anständig sind die Leute – aber sie würden es Ihnen eklig übelnehmen, wenn Sie das Türchen nicht benutzen wollten. Wenn sie zugreifen *müssen* – fassen sie fest zu: dann, Exzellenz, schlafen Sie heute nacht zum letzten Male als freier Mensch.«

Der Justizrat sagte: »Reisen Sie! – Es scheint mir nach alledem wirklich das beste.«

»O ja«, kläffte Manasse. »Das beste. Das allerbeste. Und sogar das einzigste! Reisen Sie. Verschwinden Sie. Treten Sie ab – auf Nimmerwiedersehen. – Und nehmen Sie Ihr Fräulein Tochter mit – Lendenich wird Ihnen dankbar dafür sein und unsere Stadt auch.«

Da horchte der Geheimrat auf. Zum ersten Male an diesem Abend kam ein wenig Leben in seine Züge, senkte sich die starre apathische Maske, auf der wie leichte Lichter eine nervöse Unruhe flackerte.

»Alraune« – flüsterte er. »Alraune – Wenn sie mitgeht –« Er fuhr mit der plumpen Hand über die mächtige Stirne, zwei-, dreimal. Er setzte sich, ließ sich ein Glas Wein geben, leerte es.

»Ich glaube, Sie haben recht, meine Herren«, sagte er. »Ich danke Ihnen. Wollen Sie mir noch einmal alles auseinandersetzen.« Er griff zu den Akten, nahm die obersten. »Karpener Ziegeleien – bitte –«

Der Rechtsanwalt begann, ruhig, sachlich hielt er seinen Vortrag. Der Reihe nach nahm er die Akten vor, erwog alle Wahrscheinlichkeiten, jede kleinste Chance eines Widerstandes. Und der Geheimrat lauschte ihm, warf hie und da ein Wort ein, fand manchmal eine neue Möglichkeit, wie in alten Zeiten. Immer klarer, immer überlegender wurde der Professor, es schien, als erwache mit jeder neuen Gefahr immer frischer seine alte Elastizität.

Er schied eine Anzahl Sachen aus, als verhältnismäßig ungefährlich. Aber es blieben immer noch genug, die ihm den Hals brechen mussten. Er diktierte ein paar Briefe, gab eine Fülle von Anweisungen. Machte sich Notizen, entwarf Anträge und Beschwerden – Dann studierte er das Kursbuch mit den Herren, machte seine Reisepläne, gab genaue Instruktionen für die nächste Zeit. Und als er das Bureau verließ, durfte er sich sagen, dass seine Angelegenheiten geordnet waren.

Er nahm ein Mietauto, fuhr hinaus nach Lendenich, sicher und selbstvertrauend. Und erst, als ihm der Diener das Tor aufschloss, als er über den Hof schritt und die Treppe hinauf zum Herrenhause, da erst verließ ihn seine Zuversicht.

Er suchte Alraune, nahm es als gutes Vorzeichen, dass niemand zu Gaste war. Er hörte von der Zofe, dass sie allein genachtmahlt habe und nun in ihrem Zimmer sei; so ging er hinauf. Klopfte an ihre Türe, trat ein auf ihr: »Herein«.

»Ich muss mit dir sprechen«, sagte er.

Sie saß am Schreibtisch, sah kurz auf. »Nein!«, rief sie. »Es passt mir jetzt nicht.«

»Es ist sehr wichtig«, bat er. »Es ist unaufschiebbar.«

Sie sah ihn an, schlug leicht die Füße übereinander. »Jetzt nicht«, antwortete sie. »Geh hinunter. – In einer halben Stunde.«

Er ging. Legte den Pelz ab, setzte sich auf das Sofa. Wartete. Und er überlegte, wie er es ihr sagen sollte, wog jeden Satz ab und jedes Wort.

Nach einer guten Stunde hörte er ihre Schritte. Er erhob sich, ging zur Türe – da stand sie schon vor ihm. Als Liftboy, in erdbeerroter praller Uniform.

»Ah –« machte er, »das ist lieb von dir.«

»Zur Belohnung«, lachte sie. »Weil du so hübsch pariert hast heute. – Und nun rede: was gibt es?«

Der Geheimrat schminkte nicht, sagte ihr alles, wie es war, haarklein, ohne jede Zutat. Und sie unterbrach ihn nicht, ließ ihn reden und beichten.

»Es ist deine Schuld im Grunde«, sagte er. »Ich wäre mit alledem fertig geworden, ohne zu viele Mühe. Aber ich habe es gehen lassen, habe mich nur um dich gekümmert, da wuchsen der Hydra die Köpfe.«

»Die böse Hydra –« spottete sie. »Und nun macht sie dem braven armen Herkules so viele Schwierigkeiten? Übrigens deucht mich, als ob diesmal der Held der Giftmolch sei und das Schlangenungeheuer seine strafende Rächerin.«

»Gewiss«, nickte er, »vom Standpunkte der Leute aus. Sie haben ihr ›Recht für alle‹ – ich habe mir mein eigenes gemacht. Das ist eigentlich mein ganzes Verbrechen – ich glaubte, dass du das verstehen würdest.«

Sie lachte vergnügt: »Gewiss, Väterchen, warum nicht? Mach ich dir Vorwürfe? – Nun sag, was du tun willst?«

Er setzte ihr auseinander, dass sie fliehen müssten, in dieser Nacht noch. – Man könnte ein wenig reisen, sich die Welt ansehn. Zuerst nach London vielleicht, oder nach Paris – da könne man bleiben, um sich mit allem Nötigen zu equipieren. Und dann über den Ozean, quer durch Amerika. Nach Japan – oder auch nach Indien – ganz wie sie es wolle. Oder auch beides, man habe ja keine Eile, habe Zeit genug. Und endlich nach Palästina, nach Griechenland, Italien und Spanien. Wo es ihr gefiele – da würde man bleiben; würde abreisen, wenn sie genug habe. Und endlich würde man irgendwo eine schöne Villa kaufen, am Gardasee oder an der Riviera. Mitten in einem großen Garten natürlich. Sie würde ihre Pferde haben und ihre Autos, auch ihre eigene Jacht. Würde empfangen können, wen sie wollte, ein großes Haus machen –

Er kargte nicht mit seinen Versprechungen. Malte in leuchtenden Farben alle verlockenden Herrlichkeiten, fand immer noch ein Neues und besonders Reizvolles. Endlich hielt er inne, tat seine Frage: »Nun, Kind, was sagst du dazu? Möchtest du nicht das alles sehen? – Möchtest du nicht so leben?«

Sie saß auf dem Tisch, baumelte mit den schlanken Beinen. »O ja«, nickte sie. »Sehr gerne sogar. – Nur –«

»Nur?«, fragte er rasch. »Wenn du noch einen Wunsch hast – sag ihn! Ich will ihn dir sicher erfüllen.«

Sie lachte ihn an. »So erfüll ihn mir also! – Ich will sehr gerne reisen – nur nicht mit dir!«

Der Geheimrat trat einen Schritt zurück; taumelte fast, hielt sich an einer Stuhllehne. Er suchte nach Worten und fand keine.

Und sie sprach: »Mit dir würde es mich langweilen. – Du bist mir lästig! – Ohne dich!«

Er lachte auch, versuchte sich einzureden, dass sie scherze. »Aber ich bin es ja gerade, der reisen muss«, sagte er. »Ich muss fahren – noch heute nacht!«

»So fahre«, sagte sie leise.

Er griff nach ihren Händen, aber sie legte die Arme auf den Rücken. »Und du, Alraune?«, bettelte er.

»Ich?«, machte sie. »Ich bleibe.«

Er begann von neuem, flehte und jammerte. Sagte ihr, dass er sie nötig habe, wie die Luft, die er atme. Dass sie doch Mitleid haben solle mit ihm – bald sei er nun achtzig und würde ihr gewiss nicht allzu lange zur Last fallen. Dann wieder drohte er, schrie, dass er sie enterben wolle, auf die Straße werfen, ohne einen Heller –

»Versuch es doch!«, warf sie dazwischen.

Immer wieder sprach er, malte den bunten Glanz, den er ihr geben wollte. Sie sollte frei sein, wie kein anderes Mädchen, tun und lassen dürfen, was ihr beliebe. Kein Wunsch, kein Gedanke solle sein, den er ihr nicht zur Wirklichkeit umwandeln würde. Nur mitkommen solle sie – ihn nicht allein lassen.

Sie schüttelte den Kopf. »Mir gefällt es gut hier. Ich habe nichts getan – ich bleibe.«

Sie sprach es ruhig und still. Unterbrach ihn auch nicht, ließ ihn reden und versprechen, immer von neuem. Aber sie schüttelte den Kopf, sowie er die eine Frage tat.

Endlich sprang sie hinab vom Tisch. Ging mit leichten Schritten zur Türe hin, an ihm vorbei.

»Es ist spät«, sagte sie, »ich bin müde. Ich will schlafen gehen. – Gute Nacht, Väterchen, glückliche Reise.«

Er vertrat ihr den Weg, machte noch einen letzten Versuch. Pochte darauf, dass er ihr Vater sei, sprach von Kindespflichten, wie ein Pastor. Da lachte sie: »– – auf dass ich in den Himmel komm!« Sie stand neben dem Sofa, setzte sich rittlings auf die Seitenlehne. »Wie gefällt dir mein Bein?«, rief sie plötzlich. Und sie streckte ihm das schlanke Bein weit entgegen, wippte damit, hin und her in der Luft.

Er starrte auf ihr Bein. Vergaß, was er wollte, dachte nicht mehr an die Flucht und an alle Gefahr. Sah nichts anderes, fühlte nichts – als dieses erdbeerrote schlanke Knabenbein, das auf und nieder wippte vor seinen Augen.

»Ich bin ein gutes Kind«, zwitscherte sie, »ein sehr liebes Kind, das seinem dummen Väterchen viele Freude macht. – Küss mein Bein, Väterchen, streichle mein hübsches Bein, Väterchen!«

Da fiel er schwer auf die Knie. Griff nach dem roten Beine, fuhr mit irren Fingern über die Schenkel und die prallen Waden. Drückte seine feuchten Lippen auf das rote Tuch, leckte lang darüber mit bebender Zunge –

Dann sprang sie auf, leicht und behende. Zupfte ihn am Ohr, klatschte ihn leicht auf die Wange. »Nun, Väterchen«, klingelte sie, »habe ich meine Kindespflichten gut erfüllt? – Gute Nacht denn! Reise glücklich und lass dich nicht erwischen – es soll recht ungemütlich sein in dem Zuchthaus. Schick auch einmal eine hübsche Ansichtskarte, hörst du?«

Sie war in der Türe, ehe er sich noch erheben konnte. Machte eine Verbeugung, kurz und stramm wie ein Knabe, legte dabei die rechte Hand an die Mütze. »Habe die Ehre, Exzellenz«, rief sie. – »Und mach nicht zuviel Lärm hier unten, wenn du packen lässt – – es könnte mich im Schlafe stören.«

Er wankte ihr nach, sah, wie sie hurtig die Treppen hinauflief. Hörte oben die Türe öffnen, hörte das Schloss schnappen und zweimal den Schlüssel sich drehen. Er wollte ihr nach, legte die Hand aufs Geländer. Aber er fühlte, dass sie nicht öffnen würde, trotz aller Bitten. Dass diese Türe geschlossen bliebe für ihn, und wenn er die ganze Nacht über vor ihr stünde, bis zum Morgengrauen, bis – bis –

Bis die Gendarmen kommen würden, ihn abzuholen –

Er blieb stehen, regungslos. Lauschte, hörte ihre leichten Schritte über ihm – zwei-, dreimal, quer durch das Zimmer. Und dann nichts mehr. Dann war es still.

Er schlich zum Hause hinaus, ging barhaupt durch den schweren Regen über den Hof. Trat in die Bibliothek, suchte nach Streichhölzern, brannte am Schreibtische ein paar Kerzen an. Und ließ sich schwer in den Sessel fallen.

»Wer ist sie denn?«, flüsterte er. »Was ist sie?«

– »Welch ein Wesen!«, raunte er.

Er schloss den alten Mahagonitisch auf, zog eine Schublade auf, entnahm ihr den Lederband. Legte ihn vor sich hin, starrte auf den Deckel. »A. T. B«, las er halblaut – »Alraune ten Brinken«.

Das Spiel war aus, ganz aus, das empfand er wohl. Und er hatte es verloren – – keine letzte Karte hielt er mehr in der Hand. Es war sein Spiel gewesen, er allein hatte die Karten gemischt. Alle Trümpfe hielt er – und nun hatte er doch verspielt.

Er lächelte, grimmig genug. Nun musste er wohl die Zeche bezahlen. Bezahlen? – O ja! – Und in welcher Münze?

Er sah auf die Uhr – es war zwölf vorbei. Spätestens um sieben Uhr würden die Leute kommen mit dem Haftbefehl – über sechs Stunden hatte er noch. Sie würden sehr höflich sein, sehr rücksichtsvoll – in seinem eigenen Auto würden sie ihn ins Untersuchungsgefängnis bringen. Dann – dann begann der Kampf. Das war nicht schlecht – durch viele Monate würde er sich wehren, jede Spanne breit den Gegnern streitig machen. Aber schließlich – in der Hauptverhandlung – würde er doch zusammenbrechen, da hatte Manasse recht. Und endlich – das Zuchthaus.

Oder die Flucht. – Aber allein. Ganz allein? Ohne sie? Er fühlte, wie er sie hasste in diesem Augenblick, aber er wusste auch, dass er nichts anderes mehr denken könne, als sie. Er würde herumlaufen in der Welt, ziellos, zwecklos, nichts sehen, nichts hören, als ihre helle, zwitschernde Stimme, ihr rotes, wippendes Bein. Oh – verhungern würde er. Draußen oder im Zuchthause – ganz gleich war es.

Dies Bein – dies süße, schlanke Knabenbein! – Ah – wie sollte er leben ohne dies rote Bein? Das Spiel war verloren – er musste aufkommen für die Zeche. – So wollte er sie gleich bezahlen, in dieser Nacht noch – keinem etwas schuldig bleiben. – Wollte zahlen, mit dem, was ihm blieb – mit seinem Leben.

Und er dachte, dass es ja doch nichts mehr wert sei, und dass er die Partner noch betrügen würde am Ende.

Das tat ihm wohl; nun grübelte er, ob er ihnen nicht obendrein noch einen letzten Fußtritt versetzen könne. Das wäre eine kleine Genugtuung.

Er nahm sein Testament aus dem Schreibtisch, das Alraune als Erbin einsetzte. Las es durch, zerriss es dann sorgfältig in kleine Fetzen. »Ich muss ein neues machen«, flüsterte er. »– Für wen nur – für wen –?«

Er nahm einen Bogen, tauchte die Feder ein. Da war seine Schwester – war ihr Sohn, Frank Braun, sein Neffe –

Er zögerte. Der – der? War der es nicht, der ihm dieses Geschenk ins Haus brachte, dies seltsame Wesen, an dem er nun zugrunde ging? Er – wie die andern! – Oh, ihn sollte er treffen, ihn mehr noch wie Alraune.

»Du wirst Gott versuchen«, hatte der Bengel gesagt. »Du wirst ihm eine Frage stellen, so frech, dass er antworten muss.« – O ja, nun hatte er seine Antwort!!

Aber wenn er hinab musste, unerbittlich, so sollte der Junge sein Schicksal teilen, er, Frank Braun, der ihm diesen Gedanken einblies! – Oh, er hatte ja eine blitzblanke Waffe, sie, sein Töchterlein: Alraune ten Brinken. Sie würde auch ihn schon dahin bringen, wo er selbst heute war –

Er überlegte. Wiegte den Kopf, grinste selbstgefällig in dem gewissen Gefühl eines letzten Triumphes. Und er schrieb sein Testament, ohne Stocken, in raschen, hässlichen Zügen.

Alraune blieb seine Erbin, sie allein. Aber er vermachte der Schwester ein Legat und ein anderes dem Neffen. Ihn aber bestimmte er zum Testamentsvollstrecker, ihn zum Vormunde des Mädchens, bis es mündig sei. – So musste er wohl herkommen, musste in ihrer Nähe sein, musste die schwüle Luft ihrer Lippen atmen.

Und es würde kommen, wie bei allen andern! Wie bei dem Grafen und dem Dr. Mohnen, wie bei Wolf Gontram. Wie bei dem Chauffeur. – Wie bei ihm selbst endlich!

Er lachte laut. Machte noch einen Nachtrag, dass die Universität Erbin sein sollte, falls Alraune ohne Erben sterben sollte: so schloss er den Neffen für alle Fälle aus. Unterschrieb dann den Bogen, datierte ihn.

Nun nahm er den Lederband. Las wieder, schrieb die Vorgeschichte, holte gewissenhaft alles nach, aus der letzten Zeit. Endete mit einer kleinen Ansprache an seinen Neffen, triefend von Hohn. »Versuche dein Glück«, schrieb er. »Schade, dass ich nicht mehr da bin, wenn du an die Reihe kommst: ich hätte das sehr gerne gesehen!«

Er löschte sorgfältig die nasse Tinte, klappte den Band zu, legte ihn zurück in das Schubfach, zu den andern Erinnerungen: dem Halsbande der Fürstin, dem Alräunchen der Gontrams, dem Würfelbecher, der weißen, durchschossenen Karte, die er dem Grafen Geroldingen aus der

Westentasche nahm. »Mascotte« stand darauf, neben dem vierblättrigen Kleeblatt. Und viel schwarzes, geronnenes Blut klebte herum –

Er trat an die Gardine und löste die seidene Schnur. Er schnitt mit der langen Schere ein Stück herunter, warf es in die Schublade zu dem andern.

»Mascotte!«, lachte er. »Ça porte bonheur pour la maison!«

Er suchte herum an den Wänden, stieg auf einen Stuhl, hob mit großer Anstrengung ein mächtiges eisernes Kruzifix von dem schweren Haken. Legte es vorsichtig auf den Diwan.

»Entschuldige«, grinste er, »dass ich dich ausquartiere. – Es ist nur für kurze Zeit – für ein paar Stunden nur – du wirst einen würdigen Stellvertreter haben!«

Er knüpfte die Schlinge, warf sie hoch über den Haken. Zog daran, überzeugte sich, dass sie fest hielt –

Und er stieg zum zweiten Male auf den Stuhl –

Die Gendarmen fanden ihn, am frühen Morgen. Der Stuhl war umgestoßen, dennoch stand, mit einer Fußspitze, der Tote darauf. Es schien, als ob ihn die Tat gereut habe, als ob er im letzten Augenblick versucht habe, sich zu retten. Weit offen stand sein rechtes Auge, schielte hinaus, nach der Türe zu. Und die blaue, dicke Zunge hing ihm weit hinaus –

Sehr hässlich sah er aus.

Intermezzo

Und vielleicht, du mein blondes Schwesterchen, tropfen auch deiner stillen Tage Silberglocken nun weiche Klänge schlafender Sünden.

Goldregen wirft nun sein giftiges Gelb, wo der Akazien blasser Schnee lag, heiße Klematis zeigen ihr tiefes Blau, wo der Glyzinen fromme Trauben allen Frieden läuteten. Süß ist das leichte Spiel lüsterner Sehnsüchte, süßer, scheint mir, zur Nachtzeit der grausame Kampf aller Leidenschaften. Aber süßer als alles deucht mich nun, an heißem Sommermittag, die schlafende Sünde.

Leicht schlummert sie, meine sanfte Freundin und man darf sie nicht wecken. Denn nie ist sie schöner wie in solchem Schlafe.

Im Spiegel ruht meine liebe Sünde, nahe genug, ruht in dünnem Seidenhemd auf weißen Linnen. Deine Hand, Schwesterlein, fällt über des Bettes Rand, leicht krümmen sich die schmalen Finger, die meine Goldreifen tragen; durchsichtig leuchten, wie erstes Tagesglühen, deine rosigen Nägel. Fanny maniküre sie, deine schwarze Zofe, sie war es, die die kleinen Wunder schuf. Und ich küsse im Spiegel deiner rosigen Nägel durchsichtige Wunder.

Nur im Spiegel – im Spiegel nur. Nur mit kosenden Blicken und meiner Lippen leisem Hauch. Denn sie wachsen, wachsen wenn die Sünde erwacht, werden zu scharfen Krallen der Tigerkatze. Reißen mein Fleisch –

Von dem Spitzenkissen hebt sich dein Haupt, rings fallen deine blonden Locken. Fallen leicht umher, wie ein Flackern goldener Flammen, wie das sanfte Wehen der ersten Winde, bei des jungen Tages Erwachen. Deine kleinen Zähne aber lächeln heraus aus den schmalen Lippen, wie die Milchopale in dem leuchtenden Armband der Mondgöttin. Und die Goldhaare küsse ich, Schwesterlein und deine leuchtenden Zähne.

Im Spiegel nur – nur im Spiegel. Mit meiner Lippen leisem Hauch und mit kosenden Blicken. Denn ich weiß: wenn die heiße Sünde erwacht, werden zu mächtigen Hauern die kleinen Milchopale und zu feurigen Vipern deine Goldlocken. Da reißen der Tigerin Klauen mein Fleisch, schlagen die scharfen Zähne grause Blutwunden. Zischeln die flammenden Vipern mir rings um das Haupt, kriechen ins Ohr, spritzen ihr Gift ins Hirn, raunen und schmeicheln die Märchen wildester Gierde –

Hinab glitt von der Schulter dein Seidenhemd, da lachen deine Kinderbrüstchen. Ruhen, wie zwei weiße Kätzchen, tagesjung, strecken hinauf in die Luft die süßen, rosigen Schnäuzchen. Blicken auf zu deinen sanften Augen, blauen Steinaugen, die das Licht brechen: die leuchten wie die Sternsaphire in meines Goldbuddhas weltstillem Kopfe.

Siehst du, Schwesterlein, wie ich sie küsse – – hinten im Spiegel? Keine Fee hat leiseren Hauch. – Denn ich weiß es gut: wenn sie wach wird, die ewige Sünde, schlagen blaue Blitze aus deinen Augen, treffen mein armes Herz. Machen mein Blut wallen und sieden, schmelzen in Gluten die starken Fesseln, dass aller Wahnsinn frei wird und daherbraust in alle Weiten –

Dann jagt, los ihrer Ketten, die rasende Bestie. Stürzt zu dir, Schwester, in wütenden Qualen. Und in die süßen Kinderbrüstchen, die zu einer Morddirne riesigen Brüsten wurden – nun da die Sünde erwachte – reißt sie die Pranken, schlägt sie das grimme Gebiss – da jauchzen die Schmerzen in Blutbächen.

Aber stiller noch sind meine Blicke, wie die Tritte der Nonnen am heiligen Grabe. Und leiser noch, leiser fliegt meiner Lippen Hauch, wie im Münster des Geistes Kuss zur Hostie hin, der das Brot wandelt in des Herren Leib.

Sie soll ja nicht erwachen, soll ruhen und schlummern, die schöne Sünde.

Denn nichts, liebe Freundin, deucht mich süßer, wie die keusche Sünde in ihrem leichten Schlaf.

Zwölftes Kapitel, das berichtet, wie Frank Braun in Alraunens Welt tritt

Frank Braun war zurückgekommen in seiner Mutter Haus. Irgendwoher von einer seiner planlosen Reisen, aus Kaschmir oder vom bolivianischen Chaco. Oder vielleicht von Westindien, wo er Revolution spielte in närrischen Republiken, oder von der Südsee, wo er Märchen träumte mit den schlanken Töchtern sterbender Völker.

Irgendwoher kam er –

Langsam ging er durch seiner Mutter Haus. Hinauf durch das weiße Treppenhaus, an dessen Wänden sich Rahmen an Rahmen drängten, alte Stiche und moderne Radierungen. Durch seiner Mutter weite Räume, in welche die Frühlingssonne durch gelbe Vorhänge fiel. Dort hingen die Ahnen. Viele Brinkens, kluge und scharfe Gesichter, Leute, die wussten, wo sie standen in dieser Welt. Dann Urgroßvater und Urgroßmutter – gute Bilder aus der Kaiserzeit. Und die schöne Großmutter – sechzehnjährig, in der frühen Tracht der Königin Viktoria. Hingen Vater und Mutter, hing auch sein eigen Bildnis. Einmal als Kind, den großen Ball in der Hand, mit langen, weißblonden Kinderlocken, die über die Schultern fielen. Und als Knabe, in schwarzsamtenem Pagenkostüm, lesend in einem dicken, alten Buche.

Dann, im nächsten Zimmer, die Kopien. Überallher, von der Dresdener Gallerie, von der Kasseler und der Braunschweiger. Vom Palazzo Pitti, vom Prado und vom Rijksmuseum. Viele Holländer, Rembrandt, Frans Hals, Ostade, dann Murillo, Tizian, Velasquez und Veronese. Alle waren ein wenig nachgedunkelt, leuchteten in roten Goldtönen in der Sonne, die die Gardine brach.

Und weiter, durch die Zimmer, wo die Modernen hingen. Manche gute Bilder und manche weniger gute – aber nicht ein schlechtes war dabei und kein süßliches. Und rings standen die alten Möbel, viel Mahagoni – Empire, Directoire und Biedermeier. Keine Eiche, aber manch einfaches, modernes Stück dazwischen. Nirgends ein einheitlicher Stil, ein Durcheinander nur, wie es die Jahre brachten. Und doch eine stille, volle Harmonie: unter sich war alles verwandt, was hier stand.

Er stieg hinauf in die Etage, die die Mutter ihm gegeben hatte. Alles war so, wie er es gelassen hatte, als er das letztemal auszog – vor zwei Jahren. Kein Briefbeschwerer stand anders, kein Stuhl war verrückt. Ja, die Mutter passte schon auf, dass die Mägde vorsichtig waren und respektvoll – trotz allem Reinmachen und Staubwischen.

Und hier, mehr noch wie sonst im Hause, herrschte ein wirres Gedränge unzähliger, krauser Dinge, auf dem Boden wie an den Wänden: fünf Weltteile gaben hierher, was sie nur hatten an Absonderlichem und Bizarrem. Große Masken, wilde hölzerne Teufelsgötzen vom Bismarckarchipel, chinesische und anamitische Flaggen, viele Waffen aus aller Herren Länder. Dann Jagdtrophäen, ausgestopfte Tiere, Jaguar- und Tigerfelle, große Schildkröten, Schlangen und Krokodile. Bunte Trommeln von Luzon, langhalsige Streichinstrumente aus Radschputana, naive Gusslen Albaniens. An einer Wand ein mächtiges rotbraunes Fischernetz, bis über die Decke hin, und darin riesige Seesterne und Igel, Sägen vom Sägefisch, silberschimmernde Schuppen vom Tarpon. Gewaltige Spinnen, merkwürdige Tiefseefische, Muscheln und Schnecken. Alte Brokate über den Möbeln, dann indische Seidengewänder, bunte spanische Mantillen und Mandarinenmäntel mit großen Golddrachen. Viele Götter auch, silberne und goldene Buddhas in allen Größen, indische Reliefs Schiwas, Krischnas und Ganeschas. Und die absurden, obszönen Steingötzen der Tschanvölker. Dazwischen, wo nur ein Plätzchen frei war an den Wänden, Glasrahmen. Ein frecher Rops, wilde Goyas und eine kleine Zeichnung Jean Callots. Dann Cruikshank, Hogarth und manche bunten, grausamen Blätter aus Kambodscha und Mysore. Viele moderne daneben, die der Künstler Namen und ihre Widmung trugen. Möbel aller Stile und aller Kulturen, dicht besetzt mit Bronzen, mit Porzellanen und unendlichem Kleinkram.

Dies alles, dies war Frank Braun. Seine Kugel schlug die Eisbärin, deren weißes Fell sein Fuß trat, er selbst angelte den Blauhai, dessen mächtiges Gebiss mit dreifachen Zahnreihen dort im Netze hing. Er nahm den wilden Bukaleuten diese vergifteten Pfeile und Speere ab, ihm schenkte der Mandschupriester diesen närrischen Götzen und diese hohen, silbernen Priesterbügel. Mit eigener Hand stahl er den schwarzen Donnerstein aus dem Waldtempel der Houdon-Badagri, trank mit eigenen Lippen aus dieser Bombita in Mate Blutsbrüderschaft mit dem Häuptling der Tobaindianer an den sumpfigen Ufern des Pilcomayo. Für diese krummen Schwerter gab er seine beste Jagdflinte einem Malaiensultan auf Nordborneo, für jene andern, langen Richtschwerter sein kleines Taschenschachspiel dem Vizekönig von Schantung. Diese wundervollen indischen Teppiche schenkte ihm der Maharadscha von Vigatpuri, dem er das Leben rettete auf der Elefantenjagd, und die tönerne achtarmige Durga, rot bespritzt vom Blute von Ziegen und Menschen, erhielt er vom Oberpriester der entsetzlichen Kali zu Kalighat –

Sein Leben lag in diesen hohen Räumen, jede Muschel, jeder bunte Fetzen erzählte ihm lange Erinnerungen. Da lagen seine Opiumpfeifen, da die große Mescaldose, aus silbernen Mexikodollars zusammengeschlagen, neben ihr die fest verschlossenen Büchschen mit Schlangengiften von Insulinde. Und ein goldener Armreif – mit zwei herrlichen Katzenaugen – den gab ihm einst in Birma ein ewig lachendes Kind. Viele Küsse musste er dafür zahlen –

Herum auf dem Boden, übereinandergehäuft, standen und lagen Kisten und Koffer – einundzwanzig. Die hielten seine neuen Schätze – keiner war noch geöffnet. »Wohin nur damit?«, lachte er.

Quer vor dem großen Doppelfenster streckte sich eine lange, persische Lanze in die Luft; ein sehr großer, schneeweißer Kakadu saß darauf. Ein Makassarvogel, mit hohem, flamingorotem Schopf.

»Guten Morgen, Peter!«, grüßte Frank Braun.

»Atja, Tuwan!«, antwortete der Vogel. Er stieg gravitätisch über die Stange, dann seinen Ständer hinab. Kletterte von da auf einen Stuhl und hinab zum Boden. Kam mit krummen, würdigen Tritten zu ihm hin, kletterte an ihm hinauf, auf die Schulter. Spreizte den stolzen Schopf, schlug die Flügel weit auseinander, wie das preußische Wappentier. »Atja, Tuwan! Atja, Tuwan!«, rief er.

Er kraute ihm den Hals, den ihm der weiße Vogel entgegenstreckte. »Wie geht's, Peterchen? – Freust du dich, dass ich wieder einmal da bin?«

Er ging hinab, eine halbe Treppe, trat auf den großen gedeckten Balkon, wo die Mutter ihren Tee trank. Unten im Garten leuchteten alle Kerzen des mächtigen Kastanienbaumes; weiter hinten, in dem großen Klostergarten, lag ein weißes Meer von leuchtendem Blütenschnee. Unter den lachenden Bäumen wandelten die braunkuttigen Franziskaner.

»Da ist der Pater Barnabas!«, rief er.

Die Mutter setzte die Brille auf, schaute hinab. »Nein«, antwortete sie, »es ist der Pater Cyprian –«

Auf dem eisernen Geländer des Balkons hockte ein grüner Amazonas. Und wie er den Kakadu dort hinsetzte, eilte der kleine, freche Papagei auf ihn zu. Komisch genug, immer überquer, wie ein latschender, galizischer Hausierer.

»Alright«, schrie er, »alright! – Lorita real di España e di Portugal! – Anna Mari-i-i-i-a!« Und er hackte nach dem großen Vogel, der den Schopf spreizte und ganz leise sagte: »Ka–kadu.«

»Immer noch so frech, Phylax?«, fragte Frank Braun.

»Jeden Tag wird er frecher«, lachte die Mutter. »Nichts ist mehr sicher vor ihm, am liebsten möchte er das ganze Haus abnagen.« Sie tauchte ein Stückchen Zucker in ihren Tee und gab es ihm in dem Silberlöffel.

»Hat der Peter was gelernt?«, fragte er.

»Gar nichts«, erwiderte sie. »Nur sein schmeichlerisches ›Kakadu‹ spricht er, und dann seine malaiischen Brocken.« – »Und die verstehst du leider nicht«, lachte er.

Die Mutter sagte: »Nein – Aber meinen grünen Phylax verstehe ich um so besser. Er redet den lieben, langen Tag, in allen Sprachen der Welt – immer wieder Neues. Bis ich ihn in irgendeinen Schrank sperre, um eine halbe Stunde Ruhe zu haben.« Sie nahm den Amazonas, der nun mitten auf dem Teetisch spazierte und die Butter attackierte, setzte den zappelnden Vogel zurück auf das Geländer.

Ihr braunes Hündchen kam, stellte sich auf die Hinterbeine, schmiegte das Köpfchen an ihr Knie. »Ja – du bist auch da«, sagte sie, »willst deinen Tee haben.« Sie goss Tee und Milch in den kleinen roten Napf, brockte ihm Weißbrot hinein und ein Stückchen Zucker.

Frank Braun blickte hinunter auf die weiten Gärten.

Da spielten zwei runde Stacheligel auf dem Rasen, naschten die jungen Keime. Uralt mussten sie sein – er selbst hatte sie einmal mitgebracht aus dem Walde, von einem Schulausflug. Wotan hieß das Männchen und das Weibchen Tobias Meier. Aber vielleicht waren es auch ihre Enkel oder Urenkel. – Und er sah, neben dem weißblühenden Magnolienbusch einen kleinen Hügel: da hatte er einst seinen schwarzen Pudel begraben. Zwei große Yukkas wuchsen dort, die würden im Sommer große Blüten treiben mit hundert weißen, klingenden Glocken. Nun aber, zum Frühling, hatte die Mutter viele bunte Primeln dort pflanzen lassen.

Efeu kroch hinauf an der hohen Mauer des Hauses und viel wilder Wein, bis hinauf auf das Dach. Da lärmten und zwitscherten die Spatzen.

»Dort hat die Drossel ihr Nest, dort, siehst du?«, sagte die Mutter. Sie zeigte hinab auf den hölzernen Torbogen, der vom Hof hinunter in den Garten führte; halbversteckt lag in dichtem Efeu das runde Nestchen.

Er musste suchen, bis er es entdeckte. »Drei kleine Eier hat sie schon«, sagte er.

»Nein, es sind vier«, belehrte ihn die Mutter, »heute morgen hat sie das vierte gelegt.«

»Ja, vier!«, nickte er. »Nun kann ich sie alle sehn. – Es ist schön bei dir, Mutter.«

Sie seufzte, legte ihre alte Hand auf die seine. »O ja, mein Junge – es ist schön. – Wenn ich nur nicht immer so allein wäre.«

»Allein?«, fragte er. »Hast du nicht mehr soviel Besuch wie früher?«

Sie sagte: »Doch, jeden Tag kommen sie. Viele junge Menschen, die sich umsehen nach dem alten Frauchen. Kommen zum Tee, kommen zum Abendessen, jeder weiß ja, wie ich mich freue, wenn man sich ein wenig um mich kümmert. Aber siehst du, mein Junge, es sind doch Fremde. – Du bist es doch nicht.«

»Nun bin ich ja da«, sagte er. Und er wechselte das Gespräch, erzählte von allerlei kuriosem Zeug, das er mitgebracht habe, fragte sie, ob sie dabei sein wolle, wenn er auspacke.

Dann kam das Mädchen, brachte die Post herauf, die eben gekommen war. Er riss seine Briefe auf, warf einen flüchtigen Blick hinein.

Er stutzte, sah einen Bogen genau an. Es war ein Brief des Justizrats Gontram, der ihm kurze Mitteilung von dem machte, was in seines Oheims Hause geschehen war. Auch eine Abschrift des Testaments war beigefügt und der Wunsch ausgesprochen, dass er so bald wie möglich herüberfahren möge, um die Angelegenheiten zu ordnen. Er, der Justizrat, sei vom Gericht provisorisch bestellt worden; jetzt, da er höre, dass er wieder zurück sei in Europa, bäte er ihn, ihm seine Verpflichtung abzunehmen.

Die Mutter beobachtete ihn. Sie kannte seine kleinste Geste, jeden geringsten Zug seines glatten, sonnenverbrannten Gesichts. Und sie las in dem leisen Zucken seiner Mundwinkel, dass es etwas Wichtiges sei.

»Was ist es?«, fragte sie. Und ihre Stimme zitterte.

»Nichts Schlimmes«, antwortete er leicht. »Du weißt ja, dass Ohm Jakob tot ist.«

»Ja, das weiß ich«, sagte sie. »Es war traurig genug.«

»Nun gut«, nickte er. »Der Justizrat Gontram schickt mir das Testament. Ich bin Vollstrecker und soll dazu Vormund des Mädchens werden. – Da muss ich wohl nach Lendenich fahren.«

»Wann willst du fahren?«, fragte sie schnell.

»Nun –«, sagte er. »Ich denke – heute abend.«

»Fahre nicht«, bat sie, »fahre nicht! Drei Tage bist du erst zurück bei mir, nun willst du schon wieder fort.«

»Aber Mutter«, wandte er ein, »es ist ja nur für ein paar Tage. Nur um da ein wenig Ordnung zu schaffen.«

Sie sagte: »Das sagst du immer: ein paar Tage nur! – Und dann bleibst du fort, durch Jahre hindurch.«

»Du musst es doch einsehen, liebe Mutter!«, beharrte er. »Hier ist das Testament: der Onkel hat dir eine recht ansehnliche Summe vermacht und mir auch – was ich gewiss nicht von ihm erwartet hätte. Und wir können es doch gut gebrauchen, alle beide.«

Sie schüttelte den Kopf. »Was soll mir das Geld, wenn du nicht bei mir bist, mein Junge?«

Er stand auf, küsste sie auf die grauen Haare. »Liebe Mutter, zum Ende der Woche bin ich wieder bei dir. Ich fahre ja nur zwei Stunden weit mit der Bahn.«

Sie seufzte tief, streichelte seine Hände: »Zwei Stunden – oder zweihundert Stunden, wo ist der Unterschied? – Du bist fort – so oder so!«

»Adieu, liebe Mutter«, sagte er. Ging hinauf, packte nur einen kleinen Handkoffer, kam noch einmal auf den Balkon. »Da siehst du! Kaum für zwei Tage reicht es – auf Wiedersehen!«

»Auf Wiedersehen, lieber Junge!«, sagte sie still. Sie hörte, wie er die Treppen hinabsprang, hörte unten die Türe ins Schloss fallen. Sie legte die Hand auf den klugen Kopf ihres Hündchens, das sie mit treuen Augen tröstend ansah.

»Liebes Tierchen«, sprach sie, »nun sind wir wieder allein. – Oh, nur um zu gehen, kommt er – wann werden wir ihn wiedersehn?«

Schwere Tränen tropften aus ihren guten Augen, zogen über die Furchen ihrer Wangen, fielen hinunter auf die langen, braunen Ohren des Hündleins. Das leckte sie ab, mit seiner roten Zunge.

Dann hörte sie unten die Klingel, hörte Stimmen und Tritte die Treppe hinauf. Rasch wischte sie die Tränen aus den Augen, schob das schwarze Spitzentuch auf dem Scheitel zurecht. Stand auf, beugte sich über das Geländer, rief hinab in den Hof, dass die Köchin frischen Tee bereiten solle, für die Gäste, die da kamen.

Oh, es war gut, dass so viele kamen, sie zu besuchen. Damen und Herren – heute und immer. Mit denen konnte sie plaudern, konnte erzählen – – von ihrem Jungen.

Justizrat Gontram, dem er seine Ankunft gedrahtet hatte, erwartete ihn am Bahnhof. Nahm ihn mit, führte ihn auf die Gartenterrasse des Kaiserhofes, erzählte ihm alles, was nötig war. Und er bat ihn, noch heute hinauszufahren nach Lendenich, um mit dem Fräulein zu sprechen und dann gleich am andern Morgen zu ihm aufs Bureau zu kommen. Er könne nicht sagen, dass ihm das Fräulein Schwierigkeiten mache, aber er habe ein so seltsames, unangenehmes Gefühl ihr gegenüber, das ihm jedes Zusammenkommen unleidlich mache. Das sei komisch, er habe doch so manche Verbrecher – Raubmörder, Totschläger, Einbrecher, Kindesmörderinnen, Engelmacherinnen und was es nur gäbe, kennen gelernt und er habe immer gefunden, dass es recht nette, umgängliche Menschen seien – außerhalb ihres Berufes. Bei dem Fräulein aber, dem man doch gar nichts vorwerfen könne, habe er immer eine Empfindung, wie sie andere Menschen solchen Zuchthauszöglingen gegenüber hätten. Aber das müsse wohl an ihm liegen –

Frank Braun bat ihn, anzutelephonieren und ihn zu melden bei dem Fräulein. Dann verabschiedete er sich, schlenderte gemächlich durch die Anlagen, schlug den Fahrweg ein, auf Lendenich zu. Er schritt durch das alte Dorf, kam an dem heiligen Nepomuk vorbei, nickte ihm zu. Stand vor dem Eisentor, schellte, blickte in den Hof. Drei mächtige Gaskandelaber brannten in der Einfahrt, wo früher ein armseliges Lämpchen leuchtete – das war das einzige Neue, was er sah.

Oben, von ihrem Fenster, blickte das Fräulein hinab, suchte die Züge des Fremden in dem flackernden Lichte zu erkennen. Sie sah, wie Aloys seine Schritte beschleunigte, wie er rascher wie sonst den Schlüssel ins Schloss steckte. »Guten Abend, junger Herr!«, rief der Diener. Und der Fremde bot ihm die Hand, nannte ihn beim Namen, als ob er nur zurückgekommen sei von einer kleinen Reise, in sein Haus. »Wie geht's, Aloys?«

Dann wackelte der alte Kutscher über die Steine, so schnell ihn die krummen Gichtbeine tragen wollten. »Junger Herr«, krähte er, »junger Herr! Willkommen auf Brinken!«

Frank Braun antwortete: »Froitsheim! Auch noch da? Das freut mich, Sie noch einmal zu sehen!« Und er schüttelte ihm kräftig beide Hände.

Die Köchin kam und die breithüftige Haushälterin, mit ihnen Paul, der Kammerdiener. Die ganze Gesindestube leerte sich, zwei alte Mägde drängten sich vor, ihm die Hände zu reichen, wischten sie vorher sorgfältig ab an den Schürzen.

»Gelobt sei Jesus Christus!«, grüßte ihn der Gärtner. Und er lachte: »In Ewigkeit, Amen!«

»Der junge Herr ist da!«, rief die grauhaarige Köchin und nahm dem Dienstmann, der ihm folgte, den kleinen Koffer ab. Alle umstanden ihn, jeder verlangte einen besondern Gruß, einen Händedruck, irgendein Wort. Und die jungen, die, die ihn nicht kannten, standen dabei, starrten ihn an mit offenen Augen und verlegenem Lachen. Etwas abseits stand der Chauffeur, rauchte seine kurze Pfeife: selbst auf seinen indolenten Zügen schimmerte ein freundliches Lächeln. Das Fräulein ten Brinken schnippte mit den Fingern. »Er scheint beliebt hier, mein Herr Vormund«, sagte sie halblaut. Und sie rief hinunter: »Bringt die Sachen des Herrn in sein Zimmer! – Und du, Aloys, führ ihn herauf.«

Irgendein Reif fiel in den frischen Lenz dieses Willkomms. Sie ließen die Köpfe hängen, sprachen nicht mehr. Nur Froitsheim presste ihm noch einmal die Hand, geleitete ihn zu der Herrentreppe. »Es ist gut, dass Sie da sind, junger Herr.«

Frank Braun ging auf sein Zimmer, wusch sich. Folgte dann dem Kammerdiener, der meldete, dass gedeckt sei. Trat in das Speisezimmer.

Einen Augenblick war er allein, schaute sich um. Dort stand noch immer das riesige Büfett, prunkte noch immer mit den schweren goldenen Tellern, die das Wappen der Brinken trugen. Aber es lagen heute keine Früchte darauf. »Ist noch zu früh im Jahre«, murmelte er. – »Vielleicht hat auch die Base kein Interesse an den Erstlingen.«

Dann, von der andern Seite, kam das Fräulein. In schwarzem Seidenkleide, reich mit Spitzen besetzt, fußfrei. Einen Augenblick blieb sie stehen in der Türe, trat dann näher, begrüßte ihn: »Guten Abend, Herr Vetter.«

»Guten Abend«, sagte er, streckte ihr die Hand entgegen. Sie reichte ihm nur zwei Fingerspitzen, aber er tat, als bemerkte er es nicht. Nahm die ganze kleine Hand, schüttelte sie kräftig.

Sie lud ihn mit einer Handbewegung ein, Platz zu nehmen, setzte sich ihm gegenüber. »Man muss wohl ›du‹ sagen zueinander?«, begann sie.

»Gewiss«, nickte er, »so war es Brauch bei den Brinken von jeher.« Und er hob sein Glas: »Auf dein Wohl, kleine Base.«

›Kleine Base‹, dachte sie, ›er nennt mich: kleine Base. Wie ein Spielpüppchen betrachtet er mich.‹ – Aber sie tat ihm Bescheid. »Prosit, großer Vetter.« Sie leerte ihr Glas, winkte dem Diener, es neu zu füllen. Und sie trank noch einmal: »Auf dein Wohl – Herr Vormund!«

Das machte ihn lachen. Vormund – Vormund? Es klang so würdig. – ›Bin ich wirklich schon so alt?‹, dachte er. Und er antwortete: »Auf das deine, kleines Mündel.«

Sie ärgerte sich. – ›Kleines Mündel, wieder: kleines?‹ – Oh, es würde sich ja schon zeigen, wer dem andern überlegen war von ihnen beiden.

»Wie geht es deiner Mutter?«, fragte sie.

»Danke«, nickte er. »Gut, denke ich. – Du kennst sie ja noch gar nicht? – – Hättest sie schon einmal besuchen können.«

»Sie hat uns ja auch nicht besucht«, erwiderte sie. Dann, da sie sein Lächeln sah, setzte sie schnell hinzu: »Wirklich, Vetter, wir haben nie daran gedacht.«

»Kann ich mir denken«, sagte er trocken.

»Papa hat kaum von ihr gesprochen – und von dir überhaupt nicht.« Sie sprach ein wenig zu rasch, überhastete sich. »Es hat mich eigentlich gewundert, weißt du, dass er gerade dich –«

»Mich auch«, unterbrach er sie, »Und er hat es gewiss nicht ohne Absicht getan.«

»Absicht?«, fragte sie. »Welche Absicht?«

Er zuckte mit den Achseln. »Das weiß ich noch nicht. – Aber es wird sich ja wohl noch herausstellen.«

Das Gespräch stockte nicht. Wie ein Ballspiel war es, hin und zurück flogen die kurzen Sätze. Sie blieben höflich, liebenswürdig und zuvorkommend, aber sie beobachteten einander, waren wohl auf der Hut. Kamen nie zusammen: ein straffes Netz spannte sich zwischen ihnen.

Nach der Tafel führte sie ihn ins Musikzimmer. »Willst du Tee?«, fragte sie. Aber er bat um Whisky und Soda.

Sie setzten sich, plauderten weiter. Dann stand sie auf, ging zum Flügel. »Soll ich etwas singen?«, fragte sie.

»Bitte!«, sagte er höflich.

Sie hob den Deckel, setzte sich. Wandte sich dann um, fragte: »Hast du besondere Wünsche, Vetter?«

»Nein«, erwiderte er. »Ich kenne ja dein Repertoire nicht, kleine Base.«

Sie presste leicht die Lippen. ›Das wird er sich abgewöhnen müssen‹, dachte sie. Sie schlug ein paar Töne an, sang eine halbe Strophe. Brach ab, begann ein ander Lied. Brach auch das ab, sang nun ein paar Takte von Offenbach, und wieder einige Zeilen von Grieg –

»Du scheinst nicht recht in Stimmung zu sein«, bemerkte er ruhig.

Sie legte die Hände in den Schoß, schwieg eine Weile, trommelte nervös auf den Knien. Dann hob sie die Hände, senkte sie rasch auf die Tasten. Und sie begann:

> »Il etait une bergère,
> et ron et ron, petit patapon,
> il etait une bergère,
> qui gardait ses moutons.«

Sie wandte sich um zu ihm, spitzte das Mäulchen. O ja, dies kleine Gesichtchen, das die kurzen Locken rings umrahmten, konnte ganz gut einer zierlichen Schäferin gehören –

»Elle fit un fromage,
et ron et ron, petit patapon,
elle fit un fromage
du lait de ses moutons.«

›Hübsche Schäferin!‹, dachte er. ›Und – arme Schäfchen.‹

Sie wiegte das Köpfchen, streckte den linken Fuß seitwärts, schlug mit dem zierlichen Schuh den Takt auf dem Parkettboden.

»Le chat qui la regarde,
et ron et ron, petit patapon,
le chat qui la regarde,
d'un petit air fripon!

Si tu y mets la patte,
et ron et ron, petit patapon,
si tu y mets la patte,
tu auras du bâton!«

Sie lächelte ihn voll an, ihre blanken Zähne leuchteten. ›Meint sie, ich solle ihr Kätzchen spielen?‹, dachte er.

Ein wenig ernster wurde ihr Gesicht, ganz versteckt klang eine leichte spöttische Drohung ihrer halben Stimme.

»Il n'y mit pas la patte,
et ron et ron, petit patapon,
il n'y mit pas la patte,
il y mit le menton.

La bergère en colère,
et ron et ron, petit patapon,
la bergère en colère,
tua son petit chaton!«

»Hübsch«, sagte er. »Woher hast du das Kinderliedchen?«
»Vom Kloster«, antwortete sie, »die Schwestern sangen es.«

Er lachte: »Sieh da: vom Kloster! Das hätte ich nicht geahnt. – Sing zu Ende, kleine Base.«

Sie sprang auf vom Klavierstuhl. »Ich bin zu Ende: das Kätzchen ist tot – da ist das Liedchen aus!«

»Nicht so ganz«, erklärte er. »Aber deine frommen Nönnchen scheuten die Strafe – so ließen sie das hübsche Schäfermädchen ungestraft seine böse Sünde begehen! – Spiel noch einmal: ich will dir erzählen, wie es dem Mädchen weiter erging.«

Sie ging zurück zum Flügel, spielte die Melodie. Er sang:

»Elle fut à confesse,
et ron et ron, petit patapon,
elle fut à confesse
pour obtenir pardon.

Mon père, je m'accuse,
et ron et ron, petit patapon,
mon père, je m'accuse,
d'avoir tue mon chaton!

Ma fille, pour pénitence,
et ron et ron, petit patapon,
ma fille, pour pénitence,
nous nous embrasserons!

La pénitence est douce,
et ron et ron, petit patapon,
la pénitence est douce – –
nous recommencerons!«

»Fertig?«, fragte sie.

»O ja, ganz und gar!«, lachte er. »Wie gefällt dir die Moral, Alraune?«

Es war das erstemal, dass er sie mit ihrem Namen anredete – das fiel ihr auf, so achtete sie nicht die Frage. »Gut!«, erwiderte sie gleichgültig.

»Nicht wahr?«, rief er. »Eine nette Moral: sie lehrt, dass kleine Mädchen nicht ungestraft ihr Spielkätzchen umbringen dürfen!«

Er stand dicht vor ihr. Wohl zwei Haupteslängen überragte er sie und sie musste hoch aufsehen, um seinen Blick zu fassen. Sie dachte, wie viel es doch ausmacht – diese dummen dreißig Zentimeter! Sie wünschte auch in Herrentracht zu sein: schon ihre Röcke gaben ihm einen Vorteil. Und zugleich fiel ihr ein, dass sie bei keinem der andern diese Empfindung gehabt habe. Aber sie reckte sich auf, schüttelte leicht die Locken. »Nicht alle Schäferinnen tun solche Buße«, zwitscherte sie.

Er parierte: »Und nicht alle Beichtväter absolvieren so leicht.«

Sie suchte nach einer Antwort und fand keine. Das ärgerte sie. Sie hätte ihm gerne gedient – auf seine Weise. Aber diese Art war ihr neu – wie eine ungewohnte Sprache war es, die sie wohl verstand, aber selbst noch nicht recht sprechen konnte.

»Gute Nacht, Herr Vormund«, sagte sie rasch. »Ich will zu Bett.«

»Gute Nacht, kleine Base«, lächelte er. »Träume süß!«

Sie stieg die Treppe hinauf. Sprang nicht wie sonst; ging langsam und nachdenklich. Er gefiel ihr nicht, der Vetter, o nein! Aber er reizte sie, spornte ihren Widerspruch. ›Wir werden schon mit ihm fertig werden‹, dachte sie.

Und sie sagte, als die Jungfer ihr das Mieder löste und das lange Spitzenhemd reichte: »Es ist gut, Käte, dass er da ist! Das unterbricht die Langeweile.« – Es freute sie fast, dass sie dies Vorpostengeplänkel verloren hatte.

Frank Braun hatte lange Sitzungen mit Justizrat Gontram und Rechtsanwalt Manasse. Er beriet mit dem Vormundschaftsrichter und dem Erbschaftsrichter, hatte manche Laufereien und recht überflüssige Scherereien. Mit dem Tode seines Onkels waren die strafrechtlichen Anzeigen freilich abgeschnitten, dafür aber waren die zivilrechtlichen Klagen zu einer Hochflut angeschwollen. Alle kleinen Krämer, die sonst ein schielender Blick der Exzellenz zittern machte, wagten sich nun hervor, kamen mit immer neuen Forderungen, Ansprüchen auf Entschädigung oft recht zweifelhafter Natur.

»Die Staatsanwaltschaft hat nun Ruhe vor uns«, sagte der alte Justizrat, »und die Strafkammer braucht sich auch nicht zu bemühen. Aber dafür haben wir das Landgericht für uns allein gepachtet. – Die zweite Zivilkammer ist auf ein halbes Jahr hinaus ein Privatinstitut des seligen Geheimrats.«

»Das wird Seiner Seligkeit Spaß machen, wenn sie es von ihrem höllischen Bratkessel aus beobachten kann«, bemerkte der Rechtsanwalt. »Solche Prozesse waren ihm nur dutzendweise sympathisch.«

Und er lachte auch, als ihm Frank Braun die Burberger Erzkuxe übergab, die sein Erbteil waren.

»Jetzt möchte der Alte hier sein«, knurrte er, »Ihr Gesicht zu belauern auf eine halbe Stunde! Warten Sie nur, Sie werden eine kleine Überraschung haben.«

Er nahm die Papiere, zählte sie. »Hundertachtzigtausend Mark«, referierte er, »hundert Mille für die Frau Mutter – der Rest für Sie! – Nun passen Sie einmal auf.« Er nahm das Hörrohr, ließ sich mit dem Schaafhausenschen Bankverein verbinden, verlangte einen der Herren Direktoren zu sprechen.

»Hallo!«, bellte er. »Sind Sie es, Friedberg? – Also bitte, ich habe einige Burberger Erzkuxe da – zu welchem Preise kann man sie veräussern?« Ein wieherndes Lachen scholl aus dem Telephon, in das Herr Manasse laut einstimmte.

»Ich dachte es mir –« rief er dazwischen. »– Also gar nichts wert – was? Auf Jahre hinaus neue Zubußen zu erwarten?! – Am besten den ganzen Kram verschenken – na natürlich!

– Ein Schwindelunternehmen, das sich sicher über kurz oder lang in Wohlgefallen auflöst?! – Ich danke Ihnen, Herr Direktor, verzeihen Sie die Störung!«

Er hing das Hörrohr an, wandte sich grimmig an Frank Braun. »So, nun wissen Sie Bescheid! – Und nun machen Sie genau das dumme Gesicht, das Ihr menschenfreundlicher Onkel erwartet hatte – entschuldigen Sie gütigst die Wahrheitsliebe! – Aber lassen Sie mir nur die Papiere – es ist möglich, dass einer der andern Gewerken aus irgendeinem Interesse sie doch nimmt und Ihnen ein paar hundert Mark dafür zahlt: dann werden wir einen guten Tropfen dafür trinken.«

Die größte Schwierigkeit, ehe Frank Braun zurück war, bildeten die fast täglichen Verhandlungen mit der großen Mühlheimer Kreditbank. Von Woche zu Woche hatte sich die Bank mit äußerster Kraftanstrengung hingeschleppt, immer in der Hoffnung, die von dem Geheimrat feierlich versprochene Hilfe von seinen Erben wenigstens zum Teil zu erhalten. Mit heroischem Mute hatten die Direktoren, die Herren vom Vorstand und vom Aufsichtsrat das lecke Schiff über Wasser gehalten, stets gewärtig, dass der kleinste neue Stoß es zum Kentern bringen müsse. Die Exzellenz hatte, mit Hilfe der Bank, sehr gewagte Spekulationen glücklich durchgeführt, ihm war dies Institut eine blanke Goldquelle gewesen. Aber die neuen Unternehmungen, die sein Einfluss durchsetzte, schlugen alle fehl – freilich war sein Vermögen nicht mehr in Gefahr, wohl aber das der Fürstin Wolkonski und mancher anderen reichen Leute. Und dazu die ersparten Taler von einer großen Anzahl kleiner Leute, Pfennigspekulanten, die dem Sterne der Exzellenz folgten. Die Rechtsvertreter der Erbschaftsmasse des Geheimrats hatten ihre Hilfe zugesagt, soweit es in ihrer Macht stand; aber dem Justizrat Gontram, als provisorischem Vormund, waren ja durch das Gesetz nicht weniger die Hände gebunden, wie dem Vormundschaftsrichter. Mündelgeld – auf einmal war es heilig!

Freilich gab es eine Möglichkeit, die hatte Manasse herausgefunden. Man konnte das Fräulein ten Brinken für majorenn erklären: dann hatte sie freie Verfügung, konnte die moralische Verpflichtung des Vaters einlösen. Daraufhin arbeiteten alle Beteiligten, in dieser Hoffnung brachten die Leute der Bank jedes letzte Opfer aus eigener Tasche. Schon hatten sie, mit letzter Kraft, vor vierzehn Tagen einen starken Run auf die Kassen siegreich abgeschlagen – nun musste die Entscheidung fallen.

Das Fräulein hatte den Kopf geschüttelt bisher. Sie hatte ruhig angehört, was ihr die Herren auseinandergesetzt hatten, dann gelächelt und ein ›Nein‹ gesagt. »Warum soll ich mündig sein?«, fragte sie. »Ich fühle mach ja ganz wohl so. – Und warum soll ich Geld weggeben um die Bank zu retten, die mich gar nichts angeht?«

Der Vormundschaftsrichter hielt ihr eine lange Rede: um die Ehre ihres Vaters handle es sich! Jedermann wisse, dass er allein der Urheber aller der Schwierigkeiten des Instituts sei – da sei es wohl eine Kindespflicht, seinen guten Namen rein zu bewahren.

Alraune lachte ihm hell ins Gesicht: »Seinen guten Namen!?« Sie wandte sich an Rechtsanwalt Manasse: »Sagen Sie doch, was halten Sie davon?«

Manasse antwortete nicht, rollte sich zusammen in seinem Sessel, fauchte und zischte wie ein getretener Kater.

»Nicht sehr viel mehr wie ich, scheint's!«, sagte das Fräulein. »Und ich will keinen Pfennig dafür geben.«

Der Kommerzienrat Lützman, der Vorsitzende des Aufsichtsrates, stellte ihr vor, dass sie doch Rücksicht nehmen solle auf die alte Fürstin, die dem Hause Brinken so lange intim befreundet sei. Und auf alle die kleinen Leute, die ihre sauer verdienten Groschen verlieren würden.

»Warum spekulieren sie?«, fragte sie ruhig. »Warum legen sie ihr Geld in eine so zweifelhafte Bank? – Wenn ich Almosen geben wollte, wüsste ich eine bessere Verwendung.«

Ihre Logik war klar und grausam, wie ein scharfes Messer. Sie kenne ihren Vater, sagte sie, und wer mit ihm gemeinsame Sache gemacht habe, sei gewiss nicht sehr viel besser.

Aber es handele sich ja gar nicht um ein Almosen, wandte der erste Bankdirektor ein. Es bestehe die sichere Wahrscheinlichkeit, dass die

Bank sich durchaus halten würde mit ihrer Hilfe; nur über diese Krise müsse man wegkommen. Sie würde ihr Geld zurückerhalten, auf Heller und Pfennig und mit allen Zinsen.

Sie wandte sich an den Vormundschaftsrichter.

»Herr Landgerichtsrat«, fragte sie, »ist ein Risiko dabei? – Ja oder nein?«

Das musste er zugeben. Ein Risiko war freilich dabei. Unvorhergesehene Umstände konnten natürlich eintreten. Er habe die amtliche Pflicht ihr das zu sagen – aber als Mensch könne er nicht anders als ihr dringend zureden, seine Bitten mit denen der andern Herren vereinen. Sie tue ein großes und gutes Werk, rette eine Menge von Existenzen. Und die Möglichkeit eines Verlustes sei nach menschlichem Ermessen so gering.

Sie erhob sich, unterbrach ihn rasch. »Also ein Risiko ist da, meine Herren«, rief sie spöttisch, »und ich will eben kein Risiko eingehn. Ich will auch keine Existenzen retten und habe durchaus keine Lust, große und gute Werke zu tun.«

Sie nickte den Herrn leicht zu, ging hinaus, ließ sie sitzen mit dicken, roten Köpfen.

Noch aber gab sich die Bank nicht, noch kämpfte sie weiter. Schöpfte neue Hoffnung, als ihr der Justizrat drahtete, dass Frank Braun, der eigentliche Vormund, angekommen sei. Die Herrn setzten sich sogleich mit ihm in Verbindung, verabredeten eine Zusammenkunft für einen der nächsten Tage.

Frank Braun sah wohl ein, dass er nicht so rasch wegkomme, wie er geglaubt hatte. Das schrieb er seiner Mutter.

Die alte Frau las seinen Brief, faltete ihn vorsichtig, legte ihn in die große, schwarze Truhe, die all seine Schreiben enthielt. Die öffnete sie, an langen Winterabenden, wenn sie ganz allein war, las dann ihrem braunen Hündchen vor, was er ihr einmal schrieb.

Und sie ging auf ihren Balkon, schaute hinunter auf den hohen Kastanienbaum, der in mächtigen Armen viele leuchtende Kerzen trug. Auf die weißen Blütenbäume des Klostergartens, unter denen die braunen Mönche still wandelten.

›Wann wird er kommen, mein lieber Junge?‹, dachte sie.

Dreizehntes Kapitel, das erwähnt, wie die Fürstin Wolkonski Alraune die Wahrheit sagte

Der Justizrat Gontram schrieb der Fürstin, die in Nauheim zur Kur war, schilderte ihr die Lage. Es dauerte einige Zeit, bis sie verstand, um was es sich handele; Frieda Gontram musste sich große Mühe geben, sie alles begreifen zu machen.

Erst lachte sie nur, dann wurde sie nachdenklich. Und zum Schluss jammerte sie und schrie. Als ihre Tochter eintrat, fiel sie ihr wehklagend um den Hals. »Armes Kind«, heulte sie, »wir sind Bettler. Wir liegen auf der Straße!«

Und sie goss große Laugen östlichen Zornes über die tote Exzellenz, sparte ihr kein unflätiges Schimpfwort.

»Ganz so schlimm ist es nicht«, wandte Frieda ein. »Sie haben immer noch Ihre Bonner Villa und das Schlösschen am Rhein. Dann die Zinsen aus den ungarischen Weingärten. Endlich bekommt Olga ihre russische Rente und –«

»Davon kann man nicht leben!«, unterbrach sie die alte Fürstin. »Man verhungert damit!«

»Wir müssen versuchen, das Fräulein umzustimmen«, bemerkte Frieda. »Wie Papa es uns rät!«

»Er ist ein Esel!«, schrie sie. »Ein alter Schuft! Er war im Bunde mit dem Geheimrat, der uns bestahl! Nur durch ihn bin ich mit dem hässlichen Gauner zusammengetroffen.« Und sie meinte, dass alle Männer betrügerische Schurken seien, und dass sie noch nie im Leben einen kennen gelernt hätte, der anders gewesen wäre. Wie stünde es denn mit Olgas Mann, dem sauberen Grafen Abrantes –? Hätte der nicht auch alles durchgebracht mit schmutzigen Tingeltangelfrauenzimmern, was er nur von ihrem Gelde habe erwischen können? Nun sei er weg mit einer Zirkusreiterin, da der Geheimrat den Daumen auf die Papiere gedrückt und ihm nichts mehr herausgerückt habe –

»So hat die alte Exzellenz doch da wenigstens Gutes getan!«, sagte die Gräfin.

»Gutes?«, schrie ihre Mutter. – Als ob es nicht ganz gleichgültig wäre, wer die Banknoten gestohlen hätte! Schweine seien sie, der eine wie der andere.

Aber sie sah doch ein, dass man einen Versuch machen müsse. Sie wollte selbst fahren, doch redeten die beiden ihr ab. Sie würde sich hinreißen lassen, würde sicher nicht mehr erreichen, wie die Herren von der Bank. Man müsse sehr diplomatisch vorgehen, erklärte Frieda, müsse Rücksicht nehmen auf die Launen und Kapricen des Fräuleins. Sie wolle fahren, das sei das beste.

Olga meinte, dass es noch besser wäre, wenn sie führe.

Die alte Fürstin widerstand, aber Frieda erklärte, dass es gewiss nicht gut sei, wenn sie die Kur unterbreche und sich solchen Aufregungen aussetze. Das sah sie ein.

Dann einigten sich die beiden Freundinnen und fuhren zusammen. Die Fürstin blieb im Bade, aber untätig war sie nicht. Sie ging zum Pfarrer, bestellte hundert Messen für die arme Seele des toten Geheimrats: das ist echt christlich, dachte sie. Und da ihr verstorbener Mann orthodox war, so fuhr sie hinüber nach Wiesbaden, ging zur russischen Kapelle und bezahlte auch dort für hundert Seelenmessen dem Popen. Das beruhigte sie ungemein. Einmal, überlegte sie, würde es ja doch kaum etwas nützen, da die Exzellenz protestantisch war und freidenkerisch dazu. Dann aber zählte es für sie ganz gewiss als ein besonders gutes Werk: ›Segnet, die euch fluchen, liebet eure Feinde, tut wohl denen, die euch beleidigen und verfolgen.‹ – Oh, das musste man schon anerkennen dort oben.

Und, zweimal am Tage, sprach sie in ihrem Gebete eine Fürbitte für die Exzellenz – mit ganz besonderer Inbrunst. So bestach sie den lieben Gott.

Frank Braun empfing die beiden Frauen in Lendenich, führte sie auf die Terrasse, plauderte mit ihnen von alten Zeiten. »Versucht euer Glück, Kinder«, sagte er. »Mir hat mein Reden nichts genutzt!«

»Was hat sie Ihnen geantwortet?«, fragte Frieda Gontram.

»Nicht viel«, lachte er. »Sie hat gar nicht zugehört. Sie machte einen tiefen Knix und erklärte mit einem verteufelt würdigen Lächeln, dass sie die hohe Ehre meiner Vormundschaft wohl zu schätzen wisse, dass sie gar nicht daran denke, um der Fürstin willen darauf zu verzichten. Sie fügte hinzu, dass sie nicht mehr über die Sache zu sprechen wünsche. Dann knixte sie wieder, noch tiefer, lächelte wieder, noch ehrerbietiger – und verschwunden war sie!«

»Haben Sie nicht noch einen zweiten Versuch gemacht?«, fragte die Gräfin.

»Nein, Olga«, sagte er. »Das muss ich nun Ihnen überlassen. – Ihr Blick, als sie fortging, war so bestimmt, dass ich die feste Überzeugung gewann, dass meine Überredungskünste genau so unfruchtbar sein würden, wie die der andern Herrn.« Er erhob sich, klingelte dem Diener, ließ Tee bringen.

»Übrigens haben Sie ja vielleicht eine Chance, meine Damen«, fuhr er fort. »Ich sagte meiner Muhme, als der Justizrat Sie beide vor einer halben Stunde telephonisch anmeldete, dass Sie kommen würden und weshalb – ich fürchtete, dass sie Sie vielleicht überhaupt nicht empfangen würde und das wollte ich jedenfalls durchsetzen. Aber ich irrte mich, sie erklärte, dass Sie ihr alle beide sehr willkommen seien, dass sie seit Monaten schon mit Ihnen in sehr reger Korrespondenz stehe. – Darum –«

Frieda Gontram unterbrach ihn. »Du schreibst ihr?«, rief sie scharf.

Gräfin Olga stotterte: »Ich – ich – habe ihr ein paarmal geschrieben – ihr kondoliert – und – und –«

»Du lügst!«, rief Frieda.

Da sprang die Gräfin auf. »Und du? – Schriebst du ihr nicht? Ich wusste, dass du es tatest, alle zwei Tage schriebst du, darum bliebst du stets so lange allein auf in deinem Zimmer.«

»Du hast mich ausspionieren lassen durch die Kammerjungfer!«, warf ihr Frieda entgegen. Die Blicke der Freundinnen kreuzten sich, warfen einen glimmenden Hass, schärfer als Worte. Sie verstanden sich gut: die Gräfin fühlte, dass sie zum ersten Male nicht tun würde, was die Freundin verlangte, und Frieda Gontram empfand diesen ersten Widerstand gegen ihre herrschende Überlegenheit. Aber sie waren verbunden durch zu lange Jahre ihres Lebens, durch zu viele gemeinsame Erinnerungen – das konnte nicht so niederbrennen im Augenblick.

Frank Braun sah es wohl. »Ich störe«, sagte er. »Übrigens wird Alraune gleich selbst kommen, sie wollte nur Toilette machen.« Er ging zur Gartentreppe, grüßte. »Ich werde die Damen ja nachher wohl noch sehen.«

Die Freundinnen schwiegen. Olga saß in dem Rohrsessel, mit großen Schritten ging Frieda auf und nieder. Dann hielt sie an, blieb stehen vor der Freundin.

»Höre, Olga«, sagte sie leise. »Ich habe dir immer geholfen. Im Ernst und im Spiel. Bei allen deinen Abenteuern und Liebschaften. – Ist das wahr?«

Die Gräfin nickte: »Ja, das ist wahr. – Aber ich habe genau das Gleiche getan, habe dir nicht weniger geholfen.«

»So gut du's eben konntest!«, sprach Frieda Gontram. »Doch will ich es gerne anerkennen. – Wollen wir also Freundinnen bleiben?«

»Gewiss!«, rief Gräfin Olga. »Nur – nur – ich verlange ja nicht viel!«

»Was verlangst du?«, fragte die andere.

Und sie antwortete: »Mach mir keine Hindernisse!«

»Hindernisse?«, gab Frieda zurück. »Was für Hindernisse? Jede soll ihr Glück versuchen – wie ich es dir schon sagte auf dem Lichtmessball!«

»Nein«, beharrte die Gräfin. »Ich will nicht mehr teilen. Ich habe so oft mir dir geteilt – und habe immer den kürzeren gezogen. Es ist ungleich – darum sollst du verzichten diesmal, mir zuliebe.«

»Wieso ungleich?«, rief Frieda Gontram. »Doch höchstens zu deinen Gunsten – du bist die Schönere.«

»Ja«, erwiderte ihre Freundin, »aber das ist nichts. Du bist die Klügere. Und ich habe es oft erfahren müssen, dass das mehr wert ist in – in diesen Sachen.«

Frieda Gontram griff ihre Hand. »Komm Olga«, schmeichelte sie, »sei vernünftig. Wir sind ja hier nicht nur wegen unserer Gefühle. – Hör zu: wenn es mir gelingt, das kleine Fräulein umzustimmen, wenn ich dir und deiner Mutter die Millionen rette – willst du mir dann freie Hand lassen? – Geh in den Garten, lass mich allein mit ihr.«

Große Tränen traten aus den Augen der Gräfin. »Ich kann nicht«, flüsterte sie. »Lass du mich mit ihr reden – ich will dir ja gerne das Geld lassen. – Dir ist es ja doch nur eine rasche Laune.«

Frieda seufzte laut auf, warf sich auf die Chaiselongue, griff mit den hageren Händen tief in die Seidenkissen. »Eine Laune? – Glaubst du, dass ich solche Umstände mache einer Laune willen? – Bei mir, fürchte ich, sieht es nicht viel anders aus wie bei dir!« Starr schienen ihre Züge, hart blickten die klaren Augen ins Leere. Olga sah sie, sprang auf, kniete nieder vor der Freundin, die beugte den blonden Kopf. Ihre Hände fanden sich, eng pressten sie sich aneinander, schweigend mischten sich ihre Tränen.

»Was sollen wir tun?«, fragte die Gräfin.

»Verzichten!«, sagte Frieda Gontram scharf. »Verzichten – alle beide. – Mag daraus werden, was will!«

Gräfin Olga nickte, drängte sich eng an die Freundin.

»Steh auf«, flüsterte diese. »Da kommt sie. – Trockne rasch deine Tränen. – Da, nimm mein Taschentuch.«

Olga gehorchte, ging hinüber auf die andere Seite. Aber Alraune ten Brinken sah wohl, was geschehen war.

Sie stand in der großen Türe, in schwarzen Trikots, wie der lustige Prinz aus der Fledermaus. Sie verbeugte sich kurz, grüßte, küsste den Damen die Hände. »Nicht weinen«, lachte sie, »nicht weinen, das macht die schönen Äuglein trüb.«

Sie klatschte in die Hände, rief dem Diener zu, dass er Champagner bringen solle. Sie füllte selbst die Kelche, reichte sie den Damen und nötigte sie, zu trinken, »'s ist mal bei mir so Sitte«, trällerte sie, »chacun a son goût.«

Sie führte die Gräfin Olga zu der Chaiselongue, streichelte ihre vollen Arme. Setzte sich dann neben Frieda Gontram, schenkte ihr einen langen, lachenden Blick. Sie blieb in ihrer Rolle, bot Cakes an und Petits fours, tropfte Peau d'Espagne aus ihrem Goldfläschchen auf die Tücher der Damen.

Und dann, plötzlich, begann sie. »Ja, nicht wahr, es ist sehr traurig, dass ich Ihnen nicht helfen kann. Es tut mir so sehr leid.«

Frieda Gontram richtete sich auf, öffnete die Lippen, mühsam genug. »Und warum nicht?«, fragte sie.

»Ich habe gar keinen Grund«, antwortete Alraune. »Wirklich gar keinen! – Ich mag einfach nicht – das ist alles.« Sie wandte sich an die Gräfin: »Glauben Sie, dass die Mama sehr darunter leiden wird?« Sie schliff das: sehr – dabei zwitscherte sie süß und grausam zugleich, wie eine Schwalbe auf ihrem Jagdflug.

Die Gräfin zitterte unter ihrem Blick. »Ach nein«, sagte sie, »nicht so sehr.« Und sie wiederholte Friedas Worte: – »Sie hat ja noch ihre Bonner Villa und das Schlösschen am Rhein. Dann die Zinsen aus den ungarischen Weingärten. Und endlich bekomme ich meine russische Rente und –«

Sie stockte, mehr wusste sie nicht; sie hatte keine Ahnung von ihren Verhältnissen, wusste kaum, was Geld eigentlich war. Nur, dass man damit in schöne Läden gehen könne, Hüte zu kaufen und andere hübsche Sachen. Und dazu würde es ja wohl völlig genug sein. Sie entschuldigte sich ordentlich, es sei nur so ein Gedanke von Mama gewesen. Aber das Fräulein möge sich nur ja nicht bemühen, sie hoffe nur, dass dieser unliebsame Zwischenfall keine Trübung bringe in ihre Freundschaft –

Sie schwatzte daher, ohne nachzudenken, unvernünftig und sinnlos. Fing nicht einen der strengen Blicke der Freundin, duckte sich warm unter dem grünstrahlenden Auge des Fräulein ten Brinken, wie ein Waldhäschen in der Sonne der Kohlfelder.

Frieda Gontram wurde unruhig. Zuerst ärgerte sie sich über die ungeheure Dummheit ihrer Freundin, dann fand sie ihre Art abgeschmackt und lächerlich. Keine Fliege, dachte sie, fliegt so täppisch auf den Giftzucker. Endlich aber, je mehr Olga plauderte, je schneller unter dem Blicke Alraunens die konventionelle Schneedecke ihrer Gefühle dahinschmolz, erwachte auch in Frieda das Empfinden wieder, das zu unterdrücken sie gerade fest bestrebt war. Nun wanderten ihre Blicke hinüber, hefteten sich eifersüchtig genug auf des Prinzen Orlowski schlanke Gestalt.

Alraune bemerkte es. »Ich danke Ihnen, liebe Gräfin«, sagte sie, »das beruhigt mich ungemein, was Sie da sagen.« Sie wandte sich zu Frieda Gontram: »Der Justizrat hat mir nämlich solche Mordgeschichten von dem sicheren Ruin der Fürstin vorerzählt!«

Frieda suchte nach einem letzten Halt, gab sich gewaltsam einen Ruck. »Mein Vater hat recht gehabt«, erklärte sie schroff. »Natürlich ist der Zusammenbruch unvermeidlich. – Die Fürstin wird das Schlösschen verkaufen müssen –«

»Oh, das macht gar nichts«, erklärte die Gräfin, »wir sind ohnehin nie dort!«

»Schweig doch!«, rief Frieda. Ihre Augen trübten sich, sie fühlte, dass sie ganz zwecklos für eine verlorene Sache kämpfte. »Die Fürstin wird ihren Haushalt auflösen müssen, wird sich nur sehr schwer an die veränderten Verhältnisse gewöhnen. Ob sie sich ein Auto halten kann, ist zweifelhaft; vermutlich nicht mehr.«

»Ach, wie schade!«, flötete der schwarze Prinz.

»Auch Pferde und Wagen wird sie verkaufen müssen«, fuhr Frieda fort, »die Dienerschaft größtenteils entlassen –«

Alraune unterbrach sie: »Wie ist es mit Ihnen, Fräulein Gontram? Werden Sie bei der Fürstin bleiben?«

Sie stutzte bei dieser Frage, die ihr völlig unerwartet kam. »Ich –« stammelte sie, »– ich – aber gewiss –«

Da flötete das Fräulein ten Brinken: »Sonst würde ich mich sehr freuen, wenn ich Ihnen mein Haus anbieten dürfte. Ich bin so allein, ich gebrauche Gesellschaft – kommen Sie zu mir.«

Frieda kämpfte, schwankte einen Augenblick: »Zu Ihnen – Fräulein –?«

Aber Olga warf dazwischen: »Nein, nein! Sie muss bei uns bleiben! – Sie darf meine Mutter jetzt nicht verlassen.«

»Ich war nie bei deiner Mutter«, erklärte Frieda Gontram. »Ich war bei dir.«

»Einerlei!«, rief die Gräfin. »Bei mir oder ihr. – Ich will nicht, dass du hier bleibst!«

»O Verzeihung«, spottete Alraune, »ich glaubte, dass das Fräulein seinen eigenen Willen habe.«

Gräfin Olga erhob sich, alles Blut wich aus ihrem Gesicht. »Nein«, schrie sie, »nein, nein!«

»Ich nehme keinen, der nicht von selbst kommt«, lachte der Prinz, »das ist mal so Sitte bei mir. Und ich dränge auch nicht; – bleiben Sie

nur bei der Fürstin, wenn Sie das lieber mögen, Fräulein Gontram.« Sie
trat nahe hin zu ihr, griff ihre beiden Hände. »Ihr Bruder war mein
guter Freund«, sagte sie langsam, »und mein Spielkamerad. – Ich habe
ihn oft geküsst –«

Sie sah, wie diese Frau, fast doppelt so alt wie sie selbst, ihre Lider
senkte unter ihren Blicken, fühlte, wie ihre Hände feucht wurden unter
ihrer Finger leichter Berührung. Sie trank diesen Sieg, kostete ihn aus.

»Wollen Sie hier bleiben?«, flüsterte sie.

Frieda Gontram atmete schwer. Ohne den Blick zu heben, trat sie hin
zu der Gräfin. »Verzeih mir, Olga«, sagte sie, »ich muss bleiben.«

Da warf sich ihre Freundin auf das Sofa, grub den Kopf in die Kissen,
wand sich in hysterischem Schluchzen.

»Nein«, jammerte sie, »nein, nein!« Richtete sich auf, hob die Hand,
als ob sie die Freundin schlagen wolle, lachte dann gell auf. Lief die
Treppe hinab in den Garten, ohne Hut, ohne Sonnenschirm. Über den
Hof und hinaus in die Gassen.

»Olga!«, rief ihr die Freundin nach. »Olga! – Höre doch! Olga!«

Aber das Fräulein ten Brinken sagte: »Lass sie nur. Sie wird schon
zahm werden.« – Hochmütig klang ihre Stimme.

Frank Braun frühstückte, draußen im Garten, unter dem Fliederbaum;
Frieda Gontram gab ihm seinen Tee. »Es ist gewiss gut für dies Haus«,
sagte er, »dass Sie da sind. Nie sieht man, dass Sie etwas tun und doch
läuft alles am Schnürchen. Die Dienstboten haben eine seltsame Abneigung gegen meine Base, gefallen sich in einer passiven Resistenz. Die
Leute haben keine Ahnung von sozialen Kampfmitteln, aber schon waren
sie bei einer Art Sabotage angelangt. Und die offene Revolution wäre
längst ausgebrochen, wenn sie nicht ein wenig Liebe zu mir hätten. Nun
sind Sie im Hause – und plötzlich geht alles von selbst. – Ich mache
Ihnen mein Kompliment, Frieda!«

»Danke«, erwiderte sie. »Ich bin froh, wenn ich etwas tun kann für
Alraune.«

»Nur«, fuhr er fort, »werden Sie bei der Fürstin um so mehr vermisst,
da geht alles drunter und drüber, seit die Bank ihre Zahlung eingestellt
hat. Da, lesen Sie meine Post!« Er schob ihr einige Briefe hinüber.

Aber Frieda Gontram schüttelte den Kopf. »Nein – entschuldigen
Sie – ich will nichts lesen. Will nichts wissen von alledem.«

Er beharrte: »Sie müssen es wissen, Frieda. Wenn Sie die Briefe nicht
lesen wollen, will ich Ihnen die Tatsachen kurz mitteilen. Ihre Freundin
ist aufgefunden worden –«

»Lebt sie?«, flüsterte Frieda.

»Ja, sie lebt!«, erklärte er. »Als sie von hier weglief, irrte sie herum, die ganze Nacht durch und den nächsten Tag. Sie muss erst hineingegangen sein ins Land auf die Berge zu. Dann im Bogen zurück an den Rhein. Fährleute sahen sie nicht weit von Remagen. Sie beobachteten sie, blieben in ihrer Nähe, da ihnen ihr Benehmen verdächtig vorkam. Und als sie den Sprung tat von der Klippe hinab, ruderten sie heran, fischten sie nach wenigen Minuten aus den Fluten. Das war gegen Mittag, vor vier Tagen. Sie brachten die sich heftig Sträubende zum Gerichtsgefängnis – «

Frieda Gontram stützte ihren Kopf in beide Arme. »Ins Gefängnis –?«, fragte sie leise.

»Gewiss«, antwortete er. »Wohin hätten sie sie wohl sonst bringen sollen? Es lag auf der Hand, dass sie in Freiheit den Selbstmordversuch sofort erneuern würde – so wurde sie in Schutzhaft genommen. Dazu verweigerte sie jede Auskunft, schwieg hartnäckig. Uhr, Portemonnaie, sogar ihr Taschentuch hatte sie längst weggeworfen – und aus der Krone und den verrückten Buchstaben in ihren Wäschezeichen konnte niemand klug werden. Erst als die von Ihrem Vater veranlassten behördlichen Recherchen eintrafen, stellte man ihre Persönlichkeit fest.«

»Wo ist sie?«, fragte Frieda.

»In der Stadt«, erwiderte er. »Der Justizrat holte sie von Remagen, brachte sie in die Privatirrenanstalt des Professors Dalberg. Hier ist sein Bericht – ich fürchte, dass Gräfin Olga wohl recht lange dort wird bleiben müssen. Gestern abend ist die Fürstin eingetroffen. – Sie, Frieda, sollten Ihre arme Freundin bald einmal besuchen, der Professor stellt fest, dass sie sehr still und ruhig ist.«

Frieda Gontram erhob sich. »Nein, nicht!«, rief sie. »Ich kann nicht –«
Langsam ging sie über die Kieswege unter duftendem Flieder.

Frank Braun sah ihr nach. Wie eine marmorne Larve schien dies Gesicht, wie ein festes Schicksal in harten Stein geschnitten. Dann, plötzlich, fiel ein Lächeln auf die kalte Maske, wie ein leichter Sonnenstrahl, mitten durch tiefen Schatten. Ihre Lider hoben sich, ihre Augen blickten durch die Rotbuchenallee, die zum Herrenhause führte. – Und er hörte das helle Lachen Alraunes.

›Seltsam ist ihre Macht‹, dachte er. ›Ohm Jakob hat schon recht in seines Lederbandes Meditationen.‹

Er überlegte. O ja, es war schwer sich ihr zu entziehen. Keiner wusste, was es war, und doch flogen sie alle in diese heiße Stichflamme. – Auch er? Er?

Das war gewiss: es war da etwas, das ihn reizte. Er verstand nicht recht, wie es wirkte – auf seine Sinne, auf sein Blut, oder vielleicht auf das Hirn – aber dass es wirkte, empfand er gut. Es war nicht wahr, dass er allein um ihrer Angelegenheiten willen noch immer da war, wegen der Prozesse und Vergleiche – nun der Fall der Mühlheimer Bank entschieden war, konnte er mit Hilfe der Anwälte recht gut alles erledigen – auch ohne persönlich hier zu sein.

Und doch war er da – immer noch. Er stellte fest, dass er sich selbst belog, dass er künstlich neue Gründe sich schuf, mit allen möglichen langwierigen Verhandlungen, um seine Abreise zu verschieben. Und es deuchte ihn fast, als ob seine Base das merkte, ja, als ob ihr stiller Einfluss ihn so handeln mache.

›Ich werde morgen nach Hause fahren‹, dachte er.

Dann sprang ihm der Gedanke in den Nacken: ›Warum denn?‹ Fürchtete er sich etwa? Hatte er Angst vor diesem zarten Kinde? Steckten ihn die Narreteien an, die sein Oheim in dem Lederbande niedergelegt hatte?

Was würde geschehen? Im schlimmsten Falle ein kleines Abenteuer! Gewiss nicht sein erstes – und sein letztes kaum! War er nicht ein ebenbürtiger Gegner, ein überlegener vielleicht? Lagen nicht auch Leichen auf dem Lebenswege, den sein Fuß schritt? – Warum sollte er fliehen?

Er schuf sie einst: er, Frank Braun. Sein war der Gedanke, und ein Instrument nur war des Onkels Hand. Sein Wesen war sie – viel mehr noch wie das der Exzellenz.

Jung war er damals, schäumend wie Most. Voll bizarrer Träume, voll himmelstürmender Phantasien; er spielte Fangball mit den Sternen. Da brach er eine seltene Frucht aus dem finsteren Urwald des Unerforschlichen, der seine wilden Schritte hemmte. Fand einen guten Gärtner, dem gab er sie. Und der Gärtner senkte den Kern in die Erde, begoss den Keim, pflegte das Reis, wartete des jungen Bäumchens.

Nun war er zurück: da leuchtete ihm sein Blütenbaum. Giftig war er sicherlich: wer unter ihm ruhte, den traf sein Hauch. Manche starben davon – viele, die lustwandelten in seinem süßen Dufte – der kluge Gärtner auch, der ihn pflegte.

Er aber war nicht der Gärtner, dem über alles sein seltener Blütenbaum lieb ward. War nicht einer der Leute, die im Garten wandelten, zufällig und unbewusst.

Er war der, der einst die Frucht brach, die den Kern gab. Seither aber war er manche Tage geritten durch die wilden Wälder des Unerforschlichen, war tief gewatet durch die schwülen Fiebersümpfe des Unbegreiflichen. Manches heiße Gift hatte da seine Seele geatmet, manchen Pesthauch und manch grausamen Rauch sündiger Brände. Ach, es schmerzte wohl, quälte sehr und riss eiternde Schwären – aber es warf ihn nicht. Gesund ritt er von neuem unter des Himmels Dach – nun ward er sicher genug, wie in blauem Panzer aus Stahl.

O gewiss: er war immun –

Kein Kampf, ein Spiel schien es ihm nun. – Dann aber – gerade dann, wenn es nur ein Spiel war – sollte er gehen – war es nicht so? Wenn sie nur ein Püppchen war – gefährlich für alle andern, ein harmloses Spielzeug aber für seine starken Fäuste – dann war dies Abenteuer billig genug. Nur – wenn es wirklich ein Kampf war, einer mit gleich starken Waffen – nur dann war es der Mühe wert –

›Schwindel!‹, dachte er wieder. Wem erzählte er denn eigentlich diese Heldeneigenschaften? Hatte er nicht oft genug allzu sichere Siege gekostet? – Episoden?

Nein, es war nicht anders, wie es stets war. Kannte man jemals des Gegners Kräfte? War nicht der kleinen Giftwespe Stich weit gefährlicher, wie des Kaimans Rachen, dem seine Winchesterbüchse in sicherem Arm gegenüberlag?

Er fand nicht heraus, lief herum im Kreise, wie er sich auch drehte. Kam immer zu dem Punkte: Bleibe!

»Guten Morgen, Vetter«, lachte Alraune ten Brinken. Sie stand dicht vor ihm, neben Frieda Gontram.

»Guten Morgen«, antwortete er kurz. »Lies die Briefe da. – Es würde dir nichts schaden, wenn du dir ein wenig überlegen wolltest, was du da wieder angestellt hast. – Es wäre Zeit, die Narrheiten zu lassen, etwas Vernünftigeres zu tun, etwas, das der Mühe wert wäre.«

Sie sah ihn scharf an. »So?«, sagte sie, jedes Wort lang dehnend: »Und was, meinst du, wäre wohl der Mühe wert?«

Er erwiderte nichts – da er keine Antwort wusste im Augenblick. Er erhob sich, zuckte mit den Achseln und ging in den Garten. Hinter ihm scholl ihr Gelächter.

»Schlechter Laune, Herr Vormund?«

Am Nachmittage saß er in der Bibliothek. Irgendwelche Akten lagen vor ihm, die gestern Rechtsanwalt Manasse geschickt hatte. Aber er las sie nicht. Starrte in die Luft, rauchte hastig eine Zigarette nach der andern.

Dann zog er die Schublade auf, nahm wieder einmal des Geheimrats Lederband heraus. Las, langsam und genau, dachte nach über jedes kleine Geschehnis.

Es klopfte, rasch trat der Chauffeur ein. »Herr Doktor«, rief er, »die Fürstin Wolkonski ist da. Sie ist sehr aufgeregt, schrie nach dem Fräulein, noch aus dem Wagen heraus. Aber wir dachten, dass es vielleicht besser wäre, wenn Sie sie zuerst empfingen – so bringt sie der Aloys hierher.«

»Recht so!«, sagte er. Sprang auf, ging der Fürstin entgegen. Sie schob sich mühsam durch die schmale Tür, wälzte ihre Massen in den halbdunklen Saal, dessen grüne Holzläden die Sonne nur spärlich einließen. »Wo ist sie?«, keuchte sie. »Wo ist das Fräulein?«

Er reichte ihr die Hand, führte sie zum Diwan. Sie erkannte ihn wohl, nannte seinen Namen, aber sie dachte nicht daran, sich auf irgendein Gespräch mit ihm einzulassen.

»Fräulein Alraune suche ich«, schrie sie, »schaffen Sie das Fräulein her!« Sie gab nicht eher Ruhe, bis er dem Diener schellte und ihm Auftrag gab, dem Fräulein den Besuch der Fürstin zu melden, dann erst schenkte sie ihm Gehör.

Er fragte sie nach dem Befinden ihres Kindes und die Fürstin erzählte ihm mit einem ungeheuren Wortschwall, wie sie ihre Tochter angetroffen habe. Nicht einmal erkannt habe sie ihre Mutter, still und apathisch habe sie am Fenster gesessen und hinausgesehen in den Garten. Es sei die frühere Klinik des Geheimrats, dieses Betrügers, die nun Professor Dalberg zur Nervenheilanstalt umgewandelt habe. Dasselbe Haus, in dem diese –

Er unterbrach sie, schnitt ihren Redefluss ab. Ergriff schnell ihre Hand, beugte sich nieder, blickte mit geheucheltem Interesse auf ihre Ringe. »Verzeihen Durchlaucht«, rief er rasch, »woher stammt dieser wundervolle Smaragd? Ein Kabinettstück geradezu!«

»Es ist ein Knopf von der Magnatenmütze meines ersten Mannes«, erwiderte sie. »Ein altes Erbstück.« Sie schickte sich an, weiterzureden, aber er ließ sie nicht zu Worte kommen.

»Es ist ein Stein von ungewöhnlicher Reinheit!«, beteuerte er. »Und von seltener Größe! Einen ähnlichen sah ich nur in dem Marstalle des Maharadschas von Rolinkore – er hatte ihn seinem Lieblingspferde als linkes Auge eingesetzt. Als rechtes trug es einen birmanischen Rubin, der nur wenig kleiner war.« Und er erzählte von der Liebhaberei indischer Fürsten, ihren schönen Pferden die Augen auszustechen und ihnen dafür Glasaugen oder große Cabochons einzusetzen.

»Es klingt grausam«, sagte er, »aber ich versichere Sie, Durchlaucht, die Wirkung ist verblüffend, wenn Sie so ein herrliches Tier sehen, das Sie mit starren Alexandritaugen ansieht oder Ihnen Blicke zuwirft aus tiefblauen Sternsaphiren.«

Und er sprach von Steinen; er erinnerte sich gut aus seiner Studentenzeit, dass sie von Juwelen und Perlen etwas verstand und dass das im Grunde das einzigste war, das sie wirklich interessierte. Sie gab ihm Antwort; rasch erst und abgerissen, wurde dann ruhiger mit jeder Minute. Zog ihre Ringe ab, zeigte sie ihm der Reihe nach, erzählte ihm von jedem eine kleine Geschichte.

Er nickte, tat aufmerksam genug. ›Nun mag die Base kommen‹, dachte er, ›der erste Sturm ist vorbei.‹

Aber er irrte sich. Alraune kam; lautlos öffnete sie die Tür. Schritt leise über den Teppich, setzte sich dann in einen Sessel, ihnen gegenüber.

»Ich bin so froh, Sie zu sehen, Durchlaucht«, flötete sie.

Die Fürstin schrie auf, jappte nach Atem. Schlug ein großes Kreuz, dann noch ein zweites auf orthodoxe Art.

»Da ist sie«, stöhnte sie, »da sitzt sie!«

»Ja«, lachte Alraune, »wirklich und lebendig!« Sie stand auf, streckte der Fürstin die Hand hin. »Es tut mir *so* leid«, fuhr sie fort. »Mein aufrichtiges Mitleid, Durchlaucht!«

Die Fürstin nahm ihre Hand nicht. Eine Minute lang war sie sprachlos, keuchte, rang nach Fassung. Dann aber fand sie sich wieder. »Ich brauche dein Mitleid nicht!«, rief sie. »Ich habe mit dir zu sprechen.«

Alraune setzte sich, winkte leicht mit der Hand. »Bitte sprechen Sie, Durchlaucht.«

Nun begann die Fürstin. Ob das Fräulein wisse, dass sie ihr Vermögen verloren habe durch die Manipulationen der Exzellenz? Aber natürlich wisse sie es ja, alle die Herren hätten ihr ja haarklein erzählt, was sie hätte tun müssen – sie aber habe sich geweigert, ihre Pflicht zu erfüllen! Ob sie wisse, was mit ihrer Tochter geschehen sei? Sie erzählte, wie sie sie gefunden habe in der Anstalt, welches die Auffassung der Ärzte sei. Immer erregter wurde sie, immer höher und kreischender scholl ihre Stimme.

Sie wisse das alles genau, erklärte Alraune ruhig.

Die Fürstin fragte: was sie nun zu tun gedenke? Ob sie etwa die Absicht habe in die schmutzigen Fußstapfen ihres Vaters zu treten? Oh, der sei ein sauberer Gauner gewesen, in keinem Romane könne man einen geriebeneren Lumpen finden. Nun habe er ja seinen Lohn. Sie beharrte nun bei der Exzellenz, schrie alles laut heraus, wie es ihrer

Zunge gefiel. – Sie nahm an, dass der plötzliche Anfall Olgas auf das Fehlschlagen ihrer Mission zurückzuführen sei, sowie darauf, dass ihr Alraune ihre langjährige Freundin abspenstig gemacht habe. Und sie glaubte, dass, wenn das Fräulein jetzt helfen würde, nicht nur ihr Vermögen gerettet sei, sondern durch diese Nachricht auch ihr Kind.

»Ich bitte nicht«, schrie sie, »ich fordere. Ich verlange mein Recht. Du hast das Unrecht begangen, du, mein eigenes Patenkind, und dein Vater! Mach es nun wieder gut, soweit das möglich ist. Es ist eine Schande, dass ich dir das erst sagen muss – aber du wolltest es ja nicht anders.«

»Was soll ich noch retten?«, sagte Alraune leise. »Soviel ich weiß, ist die Bank bereits vor drei Tagen zusammengebrochen. Da ist Ihr Geld futsch, Durchlaucht!« Sie pfiff es: pfffutsch – man hörte, wie die Banknoten in alle Winde flatterten.

»Das macht nichts!«, erklärte die Fürstin. »Der Justizrat sagte mir, dass es nicht ganz zwölf Millionen seien, die dein Vater in dieser elenden Bank von meinem Gelde investierte. Du wirst mir einfach diese zwölf Millionen geben – von deinem Gelde. Dir macht es so nichts aus – das weiß ich gut!«

»Ach?«, machte Fräulein ten Brinken. »Befehlen Sie sonst noch etwas, Durchlaucht?«

»Allerdings«, rief die Fürstin. »Du wirst Fräulein Gontram mitteilen, dass sie gleich dein Haus zu verlassen hat. Sie soll sofort mit mir zu meiner armen Tochter fahren, ich verspreche mir von ihrer Gegenwart, und besonders wenn sie ihr die Mitteilung bringt, dass diese leidige Vermögensangelegenheit geregelt ist, eine sehr günstige Wirkung für die Gräfin – vielleicht eine plötzliche Heilung. Ich werde Fräulein Gontram keinerlei Vorwürfe über ihr undankbares Benehmen machen, und auch dir gegenüber verzichte ich darauf, dein Verhalten weiter zu kennzeichnen. Nur wünsche ich, dass die Angelegenheit sogleich in Ordnung gebracht wird.«

Sie schwieg, holte tief Atem nach der gewaltigen Anstrengung dieser langen Rede. Sie nahm ihr Taschentuch, fächelte sich, wischte die dicken Schweißtropfen ab, die von ihrem hochroten Gesichte perlten.

Alraune erhob sich ein wenig, machte eine leichte Verbeugung. »Durchlaucht sind zu gütig«, flötete sie.

Dann schwieg sie. Die Fürstin wartete eine Weile; fragte endlich: »Nun?«

»Nun?«, gab das Fräulein zurück in demselben Tonfalle.

»Ich warte –« rief die Fürstin.

»Ich auch –« sagte Alraune.

Die Fürstin Wolkonski rutschte hin und her auf dem Diwan, dessen alte Federn sich tief bogen unter ihrer Fülle. Eingepresst in ihre gewaltige Corsage, die immer noch in die mächtigen Fleischmassen eine Art Figur einschnitt, war sie schwer und schleppend in ihren Bewegungen. Ihr Atem ging kurz, unwillkürlich leckte ihre dicke Zunge die trockenen Lippen.

»Darf ich Ihnen ein Glas Wasser bringen lassen, Durchlaucht?«, zwitscherte das Fräulein.

Sie tat, als hörte sie nicht. »Was gedenkst du nun zu tun?«, fragte sie feierlich.

Und unendlich einfach sprach Alraune: »Gar nichts.«

Die alte Fürstin starrte sie an mit runden Kuhaugen, als verstände sie gar nicht, was dieses junge Ding da meine. Schwerfällig erhob sie sich, tat ein paar Schritte, ließ die Blicke umherschweifen, als suchte sie etwas. Frank Braun stand auf, nahm die Wasserkaraffe vom Tische, schenkte ein Glas ein, reichte es ihr. Sie trank es gierig.

Auch Alraune war aufgestanden. »Ich bitte mich zu entschuldigen, Durchlaucht«, sagte sie. »Darf ich Fräulein Gontram von Ihnen grüßen?«

Die Fürstin ging auf sie zu, siedend, zum Platzen voll von verhaltener Wut.

›Nun zerspringt sie‹, dachte Frank Braun.

Aber sie fand die Worte nicht, suchte vergeblich nach einem Anfang. »Sag ihr«, keuchte sie, »sag ihr, dass sie mir nie wieder vor die Augen kommen soll! Ein Frauenzimmer ist sie – nicht besser wie du!«

Sie stampfte mit schweren Schritten durch den Saal, fauchend, schwitzend, die mächtigen Arme in der Luft schwingend. Da fiel ihr Blick auf die offene Schublade, sie sah das Halsband, das sie einst dem Patenkinde hatte machen lassen: Schnüre großer Perlen in den brandroten Haaren der Mutter. Ein Zug triumphierenden Hasses flog über ihr verschwommenes Gesicht, rasch riss sie das Halsband heraus.

»Kennst du das?«, schrie sie.

»Nein«, sagte Alraune ruhig, »ich habe es noch nie gesehen.«

Die Fürstin trat dicht vor sie hin: »So hat der Schuft von Geheimrat es dir unterschlagen – das sieht ihm ähnlich genug! Es war mein Patengeschenk für dich, Alraune!«

»Danke«, sagte das Fräulein. »Die Perlen scheinen recht hübsch zu sein – wenn sie echt sind.«

»Sie sind echt!«, schrie die Fürstin. »Sie sind so echt, wie die Haare, die ich deiner Mutter abschnitt!« Sie warf das Halsband dem Fräulein in den Schoß.

Alraune nahm das sonderbare Schmuckstück, wog es prüfend in der Hand. »Meiner – Mutter?«, sagte sie langsam. »Sie hatte sehr schöne Haare, die Mutter, scheint es.«

Die Fürstin stellte sich breit hin, stemmte die Hände fest in die Hüften. Ihrer Sache sicher, wie ein Waschweib. »Sehr schöne Haare«, lachte sie, »sehr schöne! So schöne, dass alle Männer ihr nachliefen und ihr einen ganzen Taler bezahlten, um eine Nacht zu schlafen bei diesen schönen Haaren!«

Das Fräulein sprang auf, einen Augenblick wich ihr das Blut aus dem Gesicht. Aber sie lächelte gleich wieder, sagte ruhig und höhnisch: »Sie werden alt, Durchlaucht, alt und kindisch.«

Das war das Ende, nun gab es kein Zurück mehr für die Fürstin. Sie brach los, ordinär, unendlich schamlos wie eine trunkene Bordellwirtin. Schrie, überschlug sich, heulte, goss ihre Nachttöpfe unflätiger Reden. Eine Hure sei Alraunens Mutter gewesen, eine der niedrigsten Sorte, die um Markstücke sich verschachert habe. Und ein elender Lustmörder der Vater, Noerrissen sei sein Name gewesen, sie wisse es wohl. Für Geld habe der Geheimrat die Dirne gekauft zu seinem schuftigen Experiment, habe sie befruchtet mit dem Samen des Hingerichteten. Sie sei dabei gewesen, sie selbst, wie er der Mutter den eklen Samen eingespritzt habe, dessen stinkende Frucht sie sei – sie, Alraune, die da vor ihr sitze! Eines Mörders Tochter und einer Dirne Kind!

Das war ihre Rache. Sie ging hinaus, triumphierend, leichten Schritts, geschwollen von dem Stolze ihres Sieges, der sie um zehn Jahre verjüngte. Schlug die Türe krachend ins Schloss.

– Nun war es still in der weiten Bibliothek.

Alraune saß in ihrem Sessel, schweigend, ein wenig bleich. Nervös spielten ihre Hände mit dem Halsbande, ein leichtes Zucken spielte um ihre Lippen.

Endlich erhob sie sich. »Dummes Zeug«, flüsterte sie.

Sie machte ein paar Schritte, dann besann sie sich. Trat hin zu ihrem Vetter.

»Ist es wahr, Frank Braun?«, fragte sie.

Er zögerte einen Augenblick. Stand auf, sagte langsam: »Ich glaube, dass es wahr ist.« Er trat hin zum Schreibtisch, nahm den Lederband, reichte ihn ihr hin.

»Lies das«, sagte er.

Sie sprach kein Wort, wandte sich zum Gehen.

»Nimm auch das mit«, rief er ihr nach. Und er reichte ihr den Knobelbecher, der aus ihrer Mutter Schädel, und die Würfel, die aus ihres Vaters Knochen gefertigt waren.

Vierzehntes Kapitel, das verzeichnt, wie Frank Braun mit dem Feuer spielte und wie Alraune erwachte

An diesem Abende kam das Fräulein nicht zum Essen, ließ sich von Frieda Gontram nur ein wenig Tee und ein paar Cakes hinaufbringen. Frank Braun wartete auf sie eine Weile, hoffte, dass sie vielleicht später noch herunterkommen würde. Dann ging er in die Bibliothek, nahm unlustig die Akten vom Schreibtisch auf. Aber er konnte sich nicht recht hineinlesen, klappte sie wieder zu, entschloss sich zur Stadt zu fahren. Vorher entnahm er der Schublade noch die letzten kleinen Erinnerungen: das Stückchen der Seidenschnur, die durchschossene Karte mit dem Kleeblatte und endlich das Alraunmännlein. Er packte alles zusammen, siegelte dann das braune Papier, ließ das Paketchen dem Fräulein hinaufbringen. Er schrieb kein Wort hinzu – alle Erklärungen würde sie ja in dem Lederbande finden, der ihre Initialen trug.

Dann klingelte er dem Chauffeur, fuhr in die Stadt. Wie er erwartet hatte, traf er Herrn Manasse in dem kleinen Weinhause am Münsterplatze; bei ihm war Stanislaus Schacht. Er setzte sich zu ihnen, begann zu plaudern. Er vertiefte sich mit dem Rechtsanwalt in einige Rechtsfragen, erörterte das Für und Wider bei diesem und jenem Prozess. Sie beschlossen, einige zweifelhafte Sachen allein dem Justizrat zu überlassen, der sie schon zu irgendeinem annehmbaren Vergleich führen würde, bei anderen wieder glaubte Manasse bestimmt ein obsiegendes Urteil zu erreichen. In manchen Fällen schlug Frank Braun vor, ruhig ein Anerkenntnisurteil hinnehmen zu wollen, aber Manasse widersprach. Nur nicht anerkennen – und wenn des Gegners Verlangen sonnenklar war und hundertmal berechtigt! Er war der gradeste und ehrlichste Anwalt beim Landgericht, einer, der seinem Klienten gewiss stets alle Wahrheit ins Gesicht sagte und vor der Barre wohl schwieg, nie aber log – und doch war er viel zu sehr Jurist, um nicht einen eingefleischten Hass gegen jede Anerkennung zu haben.

»Es erhöht uns nur die Kosten«, wandte Frank Braun ein.

»Wenn schon!«, kläffte der Rechtsanwalt. »Was macht das bei den Objekten!? – Und ich sage Ihnen: man kann nie wissen. – Irgendeine Chance hat man immer noch.«

»Eine juristische – vielleicht –« antwortete Frank Braun – »aber –« Er schwieg: anderes gab es ja nicht für den Anwalt. Das Gericht sprach Recht – darum war das Recht, wie es eben entschied. Heute so freilich – und ganz anders nach ein paar Monaten in der höheren Instanz. Dennoch: das Gericht gab schließlich das Urteil, das dann heilig war – und nicht die Partei tat es. Anerkenntnisnehmen aber hieß selbst Urteil sprechen, hieß dem Gerichte vorgreifen. Manasse aber war Anwalt, war ganz Partei: und wie er den Richter parteilos wünschte, so war es ihm ein Greuel, wenn er selbst ein Urteil nehmen sollte oder geben für seine Partei.

Frank Braun lächelte. »Wie Sie wollen«, sagte er.

Er sprach mit Stanislaus Schacht, ließ sich von dessen Freunde Dr. Mohnen erzählen und von all den andern, die damals hier waren, als er studierte. Ja, der Joseph Theyssen war nun lange schon Regierungsrat und der Klingelhöffer war Professor in Halle – der würde wohl nächstens den neuen Lehrstuhl für Anatomie hier bekommen. Und der Fritz Langen – und der Bastian – und –

Frank Braun hörte zu, blätterte in diesem lebenden Gotha der Universität, der alle Personalien kannte. »Sind Sie immer noch immatrikuliert?«, fragte er.

Stanislaus schwieg, ein wenig gekränkt. Aber der Rechtsanwalt bellte: »Was? Das wissen Sie nicht? Er hat ja sein Doktorexamen gemacht – – vor fünf Jahren schon!«

Schon – vor fünf Jahren schon! Frank Braun rechnete nach. Das muste also in seinem fünfundvierzigsten, nein, im sechsundvierzigsten Semester geschehen sein.

»Also doch!«, sagte er. Er erhob sich, streckte ihm die Hand hin, die der andere kräftig schüttelte. »Da erlauben Sie mir, Ihnen zu gratulieren, Herr Doktor!«, fuhr er fort. – »Aber – sagen Sie mir – was fangen Sie denn nun eigentlich an?«

»Ja, wenn er das wüsste!«, rief der Rechtsanwalt.

Dann kam Kaplan Schröder, Frank Braun trat auf ihn zu, ihn zu begrüßen.

»Auch einmal wieder im Lande?«, rief der Schwarzrock. »Das muss man feiern!«

»Ich bin der Wirt«, erklärte Stanislaus Schacht. »Er muss mit mir auf meinen Doktorhut anstoßen.«

»Und mit mir auf meine neue Vikarswürde«, lachte der Geistliche, »also teilen wir uns in die Ehre, wenn's Ihnen recht ist, Dr. Schacht.«

Sie einigten sich und der weißhaarige Vikar bestellte dreiundneunziger Scharzhofberger, den das Weinhaus durch seine Vermittlung bekommen hatte.

Er prüfte den Wein, nickte befriedigt, stieß an mit Frank Braun. »Sie haben's gut«, sagte er, »stecken die Nase in alle unbekannten Meere und Länder, man liest es ja in den Blättern. – Unsereins muss zu Hause sitzen, sich damit trösten, dass an der Mosel immer noch ein guter Wein wächst. – Die Marke da bekommen Sie draußen gewiss nicht!«

»Die Marke schon«, antwortete er, »aber den Wein nicht. – Nun, Hochwürden, was treiben Sie sonst?«

»Was soll ich treiben?«, erwiderte der Geistliche. »Man ärgert sich eben: immer preußischer wird's an unserm alten Rhein. Da schreibt man zur Erholung faule Stücke für den Tünnes und den Bestevader, für den Schäl und den Speumanes und die Marizzebill. Den ganzen Plautus und den Terenz hab ich schon ausgeplündert für Peter Millowitschs Kölner Hänneschen-Theater – nun bin ich bei Holberg. Und denken Sie, der Kerl – Herr Direktor nennt er sich heute – bezahlt mir jetzt sogar Honorare – auch so eine preußische Erfindung.«

»Freuen Sie sich doch!«, knurrte Rechtsanwalt Manasse. »Übrigens hat er eine Arbeit über Jamblichos herausgegeben«, wandte er sich an Frank Braun, »und ich sage Ihnen, es ist ein ganz vorzügliches Buch.«

»Nicht der Rede wert«, rief der alte Vikar. »Nur ein kleiner Versuch –«

Stanislaus Schacht unterbrach ihn. »Gehen Sie doch!«, sagte er. »Ihre Arbeit ist grundlegend für das ganze Wesen der alexandrinischen Schule, Ihre Hypothese über die Emanationslehre der Neuplatoniker –«

Er ging los, dozierte, wie ein streitbarer Bischof auf dem Konzil. Machte hie und da einige Bedenken, meinte, dass es nicht richtig sei, dass der Verfasser sich so ganz auf den Boden der drei kosmischen Prinzipien gestellt habe, wenn es ihm auch vielleicht nur so habe gelingen können, den Geist Porphyrs und seiner Schüler völlig zu erfassen. Manasse mischte sich ein, endlich auch der Vikar. Und sie stritten, als ob es nichts Wichtigeres gäbe auf der weiten Welt, als diesen seltsamen Monismus der Alexandriner, der doch im Grunde nichts war, als eine mystische Selbstvernichtung des Ichs, durch Ekstase, Askese und Theurgie.

Schweigend hörte Frank Braun zu. ›Das ist Deutschland‹, dachte er, ›das ist mein Land.‹ – Vor einem Jahre, fiel ihm ein, hatte er in einer Bar gesessen, irgendwo in Melbourne oder Sidney – drei Männer waren mit ihm, ein Oberrichter, ein Bischof der Hochkirche und ein berühmter Arzt. Die disputierten und stritten nicht minder eifrig, wie die drei, die nun bei ihm saßen – aber es handelte sich darum, wer der bessere Boxer sei: Jimmy Walsh aus Tasmanien oder der schlanke Fred Costa, der Champion von Neu-Süd-Wales.

Hier aber saß ein kleiner Rechtsanwalt, der noch immer beim Justizrat übergangen wurde, saß ein Geistlicher, der närrische Stücke für die Puppenbühne schrieb, der wohl ein paar Titel, aber nie eine Pfarre hatte, saß endlich der ewige Student Stanislaus Schacht, der mit einigen vierzig Jahren glücklich seinen Doktor gemacht hatte und nun nicht mehr wusste, was er mit sich anfangen sollte. Und diese drei kleinen Schlucker sprachen über die gelehrtesten, weltfernsten Dinge, die dazu nicht das geringste mit ihrem Berufe zu tun hatten, sprachen mit derselben Leichtigkeit, mit derselben Sachlichkeit, mit der sich die Herren in Melbourne über einen Boxmatch unterhielten. Oh, ganz Amerika und ganz Australien konnte man durchsieben und dazu neun Zehntel von Europa – und man würde nicht eine solche Fülle von Wissen finden –

›– Nur – es ist tot‹, seufzte er. ›Es ist längst verstorben und riecht nach Verwesung – freilich, die Herren merken es nicht!‹

Er fragte den Vikar, wie es seinem Pflegesohne ginge, dem jungen Gontram. Sogleich unterbrach sich Rechtsanwalt Manasse.

»Ja, erzählen Sie, Hochwürden, deshalb bin ich ja gerade hergekommen. Was schreibt er?«

Vikar Schröder knöpfte den Rock auf, zog seine Brieftasche heraus und entnahm ihr einen Brief. »Da, lesen Sie selbst!«, sagte er. »Sehr tröstlich klingt's nicht!« Er reichte das Kuvert dem Rechtsanwalt.

Frank Braun warf einen raschen Blick auf den Poststempel. »Aus Davos?«, fragte er. »So ward ihm doch seiner Mutter Erbteil?«

»Leider«, seufzte der alte Geistliche. »Und er war ein so frischer, guter Junge, der Josef! Eigentlich gar nicht zum Geistlichen geschaffen, – ich hätte ihn, weiß Gott, was anderes studieren lassen, ob ich auch selbst den schwarzen Rock trage, wenn ich's nicht seiner Mutter versprochen hätte auf dem Totenbette. Übrigens würde er schon seinen eigenen Weg gegangen sein, so wie ich auch – ich sag Ihnen: summa cum laude hat er sein Doktorexamen gemacht! Ich bekam alle Dispense für ihn beim Erzbischof, der mir persönlich ja sehr wohlwill. Bei der Arbeit über Jamblichos hat er mir tüchtig geholfen – ja aus ihm könnte etwas werden! Nur – leider –«

Er stockte, leerte langsam sein Glas. »Kam es so plötzlich, Hochwürden?«, fragte Frank Braun.

»Das kann man wohl sagen«, antwortete der Geistliche. »Den ersten Anstoß gab gewiss eine seelische Impression: der plötzliche Tod seines

Bruders Wolf. Sie hätten den Josef sehen sollen, draußen auf dem Friedhof; er wich nicht von meiner Seite, während ich meine kleine Rede hielt, starrte auf einen gewaltigen Kranz blutroter Rosen, der auf dem Sarge lag. Er hielt sich aufrecht, bis die Feier beendet war, dann aber fühlte er sich so schwach, dass wir ihn förmlich tragen mussten, Schacht und ich. Im Wagen schien er besser, aber zu Hause bei mir wurde er wieder ganz apathisch. Und das einzige, das ich an diesem Abend aus ihm herausholen konnte, war: dass er nun der Letzte sei von den Gontrambuben und dass jetzt er an der Reihe sei. Und diese Apathie wich nicht mehr, er blieb von Stund an überzeugt, dass seine Tage gezählt seien, obwohl die Professoren nach sehr eingehender Untersuchung mir eigentlich im Anfang recht viel Hoffnung machten. Dann ging es rapid, von Tag zu Tag konnte man den Verfall feststellen. – Nun haben wir ihn nach Davos geschickt – aber es scheint, dass das Lied bald aus ist.«

Er schwieg, dicke Tränen standen in seinen Augen. – »Seine Mutter war zäher«, brummte der Rechtsanwalt, »die lachte sechs Jahre lang dem Klappermann ins Gesicht.«

»Gott schenke ihrer Seele ewigen Frieden«, sagte der Vikar und füllte die Gläser. »Trinken wir auf sie einen stillen Schluck – in memoriam.

Sie hoben die Gläser und leerten sie. »Nun ist er bald ganz allein, der alte Justizrat«, bemerkte Dr. Schacht. »Nur seine Tochter scheint völlig gesund zu sein – sie ist die einzige, die ihn einmal überleben wird.«

Der Rechtsanwalt knurrte: »Die Frieda? – Nein, das glaub ich nicht.«

»Und warum nicht?«, fragte Frank Braun.

»Weil – weil –« begann er. »Ach, warum soll ich's nicht sagen!?« Er sah ihn an, bissig, wütend, als wolle er ihm an die Kehle fahren. »Warum die Frieda nicht alt werden wird, wollen Sie wissen? – Ich will's Ihnen sagen: weil sie nun ganz in den Klauen steckt – von der verdammten Hexe da draußen! – Darum nicht – nun wissen Sie's!«

›Hexe‹ – dachte Frank Braun, ›er nennt sie Hexe, so wie es Ohm Jakob tut in seinem Lederbande.‹

»Wie meinen Sie das, Herr Rechtsanwalt?«, fragte er.

Und Manasse bellte: »Genau, wie ich's sage. – Wer dem Fräulein ten Brinken zu nahe kommt – der klebt fest, wie die Fliege im Sirup; und wer einmal festklebt bei ihr – der erstickt und da nützt kein Zappeln! – Nehmen Sie sich in acht, Herr Doktor, ich warne Sie! Es ist undankbar genug – so zu warnen, ich hab's schon einmal getan – ohne jeden Erfolg – bei dem Wölfchen. – Jetzt sind Sie daran – fliehen Sie fort, solange es noch Zeit ist. Was wollen Sie auch noch hier? – Es sieht mir gerade so aus, als ob Sie schon leckten von ihrem Honig!«

Frank Braun lachte, aber es klang ein wenig gewollt. »Meinetwillen kein Grund zur Angst, Herr Rechtsanwalt!«, rief er. – Aber er überzeugte den andern nicht – und weniger noch sich selbst. –

Sie saßen und tranken. Tranken auf den Doktorhut Schachts und auf die Vikarswürde des Geistlichen. Tranken auch auf das Wohlergehen Karl Mohnens, von dem keiner mehr etwas gehört hatte, seit er die Stadt verließ. »Er ist verschollen«, sagte Stanislaus Schacht; dann wurde er sentimental und sang gefühlvolle Lieder.

Frank Braun empfahl sich. Ging zu Fuße hinaus nach Lendenich, durch die duftenden Frühlingsbäume – wie in alter Zeit.

Er kam über den Hof, da sah er Licht in der Bibliothek. Er ging hinein – Alraune saß auf dem Diwan.

»Du hier, Mühmchen?«, grüßte er. »So spät noch auf?«

Sie antwortete nicht, winkte ihm mit der Hand Platz zu nehmen. Er setzte sich ihr gegenüber, wartete. Aber sie schwieg und er drängte sie nicht.

Endlich sagte sie: »Ich wollte mit dir sprechen.« Er nickte, aber sie schwieg wieder.

So begann er: »Du hast den Lederband gelesen?«

»Ja«, sagte sie. Sie holte tief Atem, sah ihn an. »Ich bin also nur ein – ein Witz, den du einmal machtest, Frank Braun?«

»Ein Witz –?«, wandte er ein. »Ein – Gedanke, wenn du willst –«

»Also gut, ein Gedanke«, sagte sie. »Was liegt an dem Wort? – Was ist ein Witz anderes als ein lustiger Gedanke? Und ich meine – er war lustig genug.« Sie lachte hell auf. »Aber nicht darum warte ich hier auf dich; ich will etwas anderes von dir wissen. Sag mir: glaubst du daran?«

»Woran soll ich glauben?«, antwortete er. »Ob alles so war, wie es der Onkel erzählt in dem Lederband? Ja, das glaub ich wohl.«

Sie schüttelte ungeduldig den Kopf. »Nein, das meine ich nicht. Natürlich ist es so – warum sollte er lügen in diesem Bande? – Ich will wissen, ob du auch glaubst – so wie das mein – mein – also: dein Onkel tat – dass ich ein anderes Wesen bin, wie andere Menschen, dass ich – nun, das bin, was mein Name bedeutet?«

»Wie soll ich dir diese Frage beantworten?«, sagte er. »Frag einen Physiologen – der wird dir sicher erwidern, dass du genau so gut ein Mensch bist wie jeder andere auf der Welt, wenn auch dein Debüt hier ein etwas ungewöhnliches war. – Wird hinzufügen, dass alle die Geschehnisse reine Zufälligkeiten waren, Nebensächlichkeiten, die –«

»Das geht mich nichts an«, unterbrach sie. »Für deinen Onkel wurden diese Nebensächlichkeiten zur Hauptsache. Es ist auch im Grunde wohl gleichgültig, ob sie das waren, oder nicht. Ich will von dir wissen: teilst du diese Ansicht? Glaubst du auch, dass ich ein besonderes Wesen sei?«

Er schwieg, suchte nach einer Antwort; wusste nicht, was er erwidern sollte. Er glaubte es wohl – und glaubte es doch wieder nicht –

»Siehst du –« begann er endlich.

»Sprich doch«, drängte sie. »Glaubst du: dass ich dein frecher Witz bin – der dann Formen annahm? Dein Gedanke, den der alte Geheimrat in seinen Tiegel warf, den er kochte und destillierte, bis das daraus wurde, was nun vor dir sitzt?«

Diesmal besann er sich nicht. »Wenn du es so fassest: ja, das glaube ich.«

Sie lachte leicht auf. »Ich dachte es mir wohl. – Und darum wartete ich auf dich, heute nacht, um dich, so bald wie möglich, von diesem Hochmut zu heilen. Nein, Vetter, du warfst nicht diesen Gedanken in die Welt, du nicht – so wenig, wie der alte Geheimrat es tat.«

Er verstand sie nicht: »Wer denn sonst?«, fragte er.

Sie griff mit der Hand unter die Kissen. »Das da!«, rief sie. Sie warf das Alräunchen leicht in die Luft, fing es wieder auf. Streichelte es zärtlich mit nervösen Fingern.

»Das da? Warum das da?«, fragte er.

Sie gab zurück: »Dachtest du je früher daran – vor dem Tage, als Justizrat Gontram die Kommunion der beiden Kinder feierte?«

»Nein«, erwiderte er, »gewiss nicht.«

»Dann aber sprang dies Ding von der Wand herab: da kam dir der Gedanke! – Ist es nicht so?«

»Ja«, bestätigte er, »so war es.«

»Nun wohl«, fuhr sie fort, »so kam er von außen zu dir hin, irgendwoher. Als der Rechtsanwalt Manasse seine Rede hielt, als er wie ein gelehrtes Buch schwatzte, euch auseinandersetzte, was dies Alräunchen sei und was es bedeute – da wuchs die Idee in deinem Hirn. Ward groß und stark, so stark, dass du die Kraft fandest, sie deinem Onkel zu suggerieren, ihn zu bestimmen, sie auszuführen: mich zu schaffen. Wenn es also stimmt, Frank Braun, dass ich ein Gedanke bin, der in die Welt kam und Menschenform annahm, so bist du nur ein vermittelndes Werkzeug – nicht mehr, wie der Geheimrat oder sein Assistenzarzt, nicht anders wie –« Sie stockte, schwieg.

Nur einen Augenblick. Dann fuhr sie fort: »– wie die Dirne Alma und der Raubmörder, die ihr zusammenkuppeltet – ihr und – der Tod!«

Sie legte das Alräunchen auf die Seidenkissen, sah es an mit fast innigen Blicken. Und sie sagte: »Du bist mein Vater, du bist meine Mutter. Du bist das, was mich schuf.«

Er schaute ihr zu. ›Vielleicht ist es so‹, dachte er. ›Die Gedanken wirbeln durch die Lüfte, wie der Blütenstaub, spielen herum, senken sich endlich in irgendeines Menschen Hirn. Oft verkümmern sie dort, verdorren und sterben – o wenige nur finden einen guten Nährboden. – ›Vielleicht hat sie recht‹, dachte er. ›Mein Hirn war immer eine gut gedüngte Pflanzstätte für alle Narrheiten und krausen Phantasien.‹ Und es schien ihm gleichgültig, ob er einst dieses Gedankens Samen in die Welt warf – oder ob er die fruchtbare Erde war, die ihn aufnahm.

Aber er schwieg, ließ sie bei ihren Gedanken. Blickte sie an: ein Kind, das mit seinem Püppchen spielte.

Sie erhob sich langsam, ließ das hässliche Männlein nicht aus den Händen.

»Ich wollte dir noch etwas sagen«, sprach sie leise. »Zum Danke dafür, dass du mir den Lederband gabst und ihn nicht verbranntest.«

»Was ist es?«, fragte er.

Sie unterbrach sich. »Soll ich dich küssen?«, fragte sie. »Ich kann küssen –«

»Das wolltest du sagen, Alraune?«, sagte er.

Sie erwiderte: »Nein, das nicht! – Ich dachte nur: dann könnte ich dich auch einmal küssen. Dann – Aber erst will ich dir das sagen, was ich wollte: geh fort!«

Er biss sich in die Lippen. »Warum?«

»Weil – weil es wohl besser ist«, antwortete sie. »Für dich – vielleicht auch für mich. Aber darauf kommt es nicht an. – Ich weiß ja nun, wie es steht – bin nun ja – aufgeklärt. Und ich denke: wie es bisher ging, wird es wohl weiter gehen – nur, dass ich nicht blind mehr daherlaufe – dass ich nun sehe: alles. Und dann – dann wäre nun wohl an dir die Reihe. Und darum ist es besser, wenn du gehst.«

»Bist du deiner Sache so sicher?«, fragte er. Und sie sprach: »Muss ich nicht?«

Er zuckte die Achseln. »Vielleicht – ich weiß es nicht. Aber sage mir: warum möchtest du mich schonen?«

»Ich hab dich gern«, sagte sie still. »Du warst gut zu mir.«

Er lachte. »Waren das die andern nicht?«

»Doch«, antwortete sie, »jeder war es. Aber ich empfand es nicht so. Und sie – alle – sie liebten mich. – Du nicht – noch nicht.«

Sie ging zum Schreibtisch, nahm eine Postkarte und gab sie ihm. »Hier ist eine Karte von deiner Mutter; sie kam heute abend schon, der Diener brachte sie aus Versehen herauf, mit meiner Post. Ich las sie. Deine Mutter ist krank – sie bittet dich so sehr, zurückzukommen – auch sie.«

Er nahm die Karte. Starrte vor sich hin, unschlüssig. Er wusste, dass sie recht hatten, alle beide, fühlte gut, dass es Narrheit sei, hier zu bleiben. Und dann fasste ihn ein knabenhafter Trotz, der ihm ›nein‹ zuschrie, ›nein!‹.

»Wirst du fahren?«, fragte sie.

Er zwang sich; sprach mit fester Stimme: »Ja, Base!«

Er sah sie scharf an, belauerte jeden Zug ihres Gesichtes. Ein kleines Zucken um die Mundwinkel, ein leichter Seufzer hätte ihm genügt, irgend etwas das ihm ihr Bedauern gezeigt hätte. Aber sie blieb still und ernst, kein Hauch bewegte ihre starre Maske.

Das kränkte ihn, verletzte ihn, deuchte ihm ein Affront und eine Beleidigung. Er presste die Lippen fest aufeinander. ›So nicht‹, dachte er, ›so gehe ich nicht.‹

Sie kam auf ihn zu, reichte ihm die Hand. »Gut«, sagte sie, »gut. – Nun will ich gehen. – Ich will dich auch küssen zum Abschied, wenn du magst.«

Da flackerte ein rasches Feuer in seinen Augen. Ohne es zu wollen, sagte er: »Tu es nicht, Alraune, tu es nicht!« Und seine Stimme nahm ihren Tonfall an.

Sie hob den Kopf, fragte rasch: »Warum nicht?«

Wieder gebrauchte er ihre Worte, aber sie empfand, dass es nun Absicht war. »Ich hab dich gern«, sagte er, »du warst gut zu mir, heute. – Manche rote Lippen küsste mein Mund – und sie wurden sehr bleich. Nun – nun wäre wohl die Reihe an dir. Und darum ist es besser, wenn du mich nicht küsst!«

Sie standen sich gegenüber, stahlhart leuchteten ihre Augen. Unmerklich spielte ein Lächeln um seine Lippen, blank und scharf war seine gute Waffe. Nun mochte sie wählen. Ihr ›Nein‹ war sein Sieg und ihre Niederlage – – leichten Herzens konnte er dann gehen. Ihr ›Doch‹ aber war der Kampf.

Und sie empfand das alles – so gut wie er. Wie am ersten Abende würde es sein, genau so. Nur: damals war es der Anfang und ein erster

Hieb – da war noch Hoffnung auf manchen Gang in dem Zweikampf. Jetzt aber – war es das Ende.

Er aber war es, der den Handschuh warf –

Sie griff ihn auf. »Ich fürchte mich nicht«, sprach sie.

Er schwieg, sein Lächeln erstarb auf seinen Lippen. – Nun wurde es Ernst.

»Ich will dich küssen«, wiederholte sie.

Er sagte: »Nimm dich in acht! – Auch ich werde dich küssen.«

Sie hielt seinen Blick. »Ja«, sagte sie. – Dann lächelte sie. »Setz dich, du bist ein wenig zu groß für mich!«

»Nein«, rief er hell, »so nicht!« Er ging zu dem breiten Diwan, legte sich lang hin, bettete den Kopf in die Kissen. Streckte die Arme weit aus nach beiden Seiten, schloss die Augen.

»Nun komm, Alraune!«, rief er.

Sie trat näher, kniete zu seinen Häupten. Zögerte, schaute ihn an, warf sich dann plötzlich zu ihm nieder, fasste seinen Kopf, drängte ihre Lippen auf die seinen.

Er umarmte sie nicht, rührte die Arme nicht. Aber seine Finger krampften sich zur Faust. Er fühlte ihre Zunge, spürte ihrer Zähne leichten Biss –

»Küss weiter«, flüsterte er, »küss weiter.«

Irgendein roter Nebel lag vor seinen Augen. Er hörte des Geheimrats hässliches Lachen, sah die großen, seltsamen Augen der Frau Gontram, wie sie den kleinen Manasse bat, ihr das Alräunchen zu erklären. Hörte das Kichern der beiden Festmädchen Olga und Frieda und die zerbrochene und doch so schöne Stimme der Madame de Vere, die »Les Papillons« sang. Sah den kleinen Husarenleutnant, der eifrig dem Rechtsanwalt zuhörte, sah Karl Mohnen, wie er das Alräunchen abwischte mit der großen Serviette –

»Küss weiter!«, murmelte er.

Und Alma – ihre Mutter. Rot wie ein Feuerbrand, schneeweiß die Brüste mit kleinen blauen Adern. Und die Hinrichtung ihres Vaters – so wie sie Ohm Jakob geschildert hatte in dem Lederbande – aus der Fürstin Mund –

Und die Stunde, in der der Alte sie schuf – und die andere, in der sein Arzt sie zur Welt brachte –

»Küss mich«, flehte er, »küss mich.«

Er trank ihre Küsse, sog das heiße Blut seiner Lippen, die ihre Zähne zerrissen. Und er berauschte sich, wissend und mit Willen, wie an schäumendem Wein, wie an seinen Giften vom Osten –

»Lass«, rief er plötzlich, »lass, du weißt nicht, was du tust!«

Da drängten sich ihre Locken noch enger um seine Stirn, fielen ihre Küsse wilder noch und heißer.

Nun lagen zertreten des Tages klare Gedanken. Nun wuchsen die Träume, schwoll des Blutes rotes Meer. Nun schwangen Mänaden die Thyrsosstäbe, schäumte des Dionysos heiliger Rausch.

»Küss mich –« schrie er.

Aber sie ließ ihn los, ließ die Arme sinken. Er schlug die Augen auf, blickte sie an.

»Küss mich!«, wiederholte er leise. Glanzlos blickte ihr Auge, kurz ging ihr Atem. Langsam schüttelte sie den Kopf.

Da sprang er auf. »So will ich dich küssen«, rief er. Hob sie hoch auf die Arme, warf die Sträubende auf den Diwan. Kniete nieder – dahin, wo sie eben gekniet hatte.

»Schließ die Augen –« flüsterte er.

Und er beugte sich nieder –

Gut, gut waren seine Küsse. – Schmeichelnd und weich, wie ein Harfenspiel in der Sommernacht. Wild auch, jäh und rauh, wie ein Sturmwind über dem Nordmeer. Glühend, wie ein Feuerhauch aus des Ätna Mund, reißend und verzehrend, wie des Maelstroms Strudel –

›Es versinkt‹, fühlte sie, ›alles versinkt.‹

Dann aber schlugen die Lohen, brannten himmelhoch alle heißen Flammen. Flogen die Brandfackeln, zündeten die Altäre, wie mit blutigen Lefzen der Wolf durch das Heiligtum sprang.

Sie umschlang ihn, presste sich eng an seine Brust –

»Ich brenne«, jauchzte sie – »ich verbrenne –«

Da riss er die Kleider ihr vom Leibe.

Hoch schien die Sonne, da erwachte sie. Sie sah wohl, dass sie nackt dalag, aber sie bedeckte sich nicht. Sie wandte den Kopf, sah ihn aufrecht neben sich sitzen – nackt wie sie selbst.

Sie fragte: »Wirst du fahren heute?«

»Willst du, dass ich fahren soll?«, gab er zurück.

»Bleibe«, flüsterte sie, »bleibe!«

Fünfzehntes Kapitel, das sagt, wie Alraune im Parke lebte

Er schrieb seiner Mutter nicht, an diesem Tage nicht, noch am nächsten. Schob es auf bis zur anderen Woche und weiter – durch Monate. Er lebte in dem großen Garten der Brinken, wie einst als Knabe, als er die

Schulferien hier verbrachte. Saß in den warmen Gewächshäusern oder unter der gewaltigen Zeder, deren Spross irgendein frommer Ahne vom Libanon brachte. Wandelte unter den Maulbeerbäumen, vorbei an dem kleinen Teiche, den die Hängeweiden tief überschatteten.

Ihnen gehörte der Garten in diesem Sommer, ihnen allein, Alraune und ihm. Das Fräulein hatte strengen Befehl gegeben, dass keiner hineindurfte von den Dienstboten, bei Tage nicht und nicht in der Nacht. Nicht einmal die Gärtner waren ausgenommen; sie wurden weggeschickt in die Stadt, erhielten den Auftrag, die Gärten ihrer Villen in der Coblenzer Straße zu pflegen. Die Mieter freuten sich und erstaunten über des Fräuleins Aufmerksamkeit.

Nur Frieda Gontram ging durch die Wege. Sie sprach kein Wort über das, was sie nicht wusste und doch ahnte, aber ihre verkniffenen Lippen, ihre scheuen Blicke redeten laut genug. Sie wich ihm aus, wo sie ihn traf – und war doch immer da, sowie er mit Alraune zusammen war.

»Hol's der Kuckuck«, brummte er, »ich wollte, sie wäre auf dem Blocksberg!«

»Ist sie dir lästig?«, fragte Alraune.

»Dir etwa nicht?«, gab er zurück.

Sie erwiderte: »Ich hab es nicht so bemerkt. Ich achte sie kaum.«

– An diesem Abend traf er Frieda Gontram bei dem blühenden Schlehdorn. Sie stand auf von ihrer Bank, wandte sich zum Gehen. Ein heißer Hass traf ihn aus ihrem Blick.

Er ging auf sie zu: »Was ist es, Frieda?«

Sie sagte: »Nichts! – Sie können zufrieden sein. Sie werden ja nun bald von mir befreit sein.«

»Wieso?«, fragte er.

Ihre Stimme zitterte: »Ich muss eben gehen – morgen! Alraune sagte mir, dass Sie mich nicht wünschen.«

Ein unendlicher Jammer sprach aus ihren Blicken. »Warten Sie hier, Frieda, ich will mit ihr reden.«

Er eilte ins Haus, kam zurück nach einer Weile.

»Wir haben es überlegt«, begann er, »Alraune und ich. Es ist nicht nötig, dass Sie fortgehen – für immer. Nur, Frieda, ich mache Sie nervös mit meiner Gegenwart – und Sie ebenso mich, verzeihen Sie. Darum wird es besser sein, dass Sie verreisen – nur für eine Zeitlang. Fahren Sie nach Davos zu Ihrem Bruder, kommen Sie zurück in zwei Monaten.«

Sie stand auf, sah ihn fragend an, immer noch voll Angst. »Ist das wahr?«, flüsterte sie. »Nur für zwei Monate?«

Er antwortete: »Gewiss ist's wahr, warum sollte ich lügen, Frieda?«

Sie griff seine Hand, eine große Freude machte ihr Gesicht leuchten. »Ich bin Ihnen sehr dankbar!«, sagte sie. »Dann ist alles gut – wenn ich nur wiederkommen darf!«

Sie grüßte, ging dem Hause zu. Blieb plötzlich stehen, kam zu ihm zurück. »Noch etwas, Herr Doktor«, sagte sie. »Alraune gab mir einen Scheck heute morgen, aber ich zerriss ihn, weil – weil – kurz, ich zerriss ihn. Nun werde ich doch Geld gebrauchen. Zu ihr will ich nicht gehen – sie würde fragen – und ich will nicht, dass sie fragt. Darum – wollen Sie mir das Geld geben?«

Er nickte. »Natürlich will ich. – Darf auch ich nicht fragen, warum Sie den Scheck zerrissen?«

Sie sah ihn an, zuckte mit den Schultern. »Ich hätte eben das Geld nicht mehr gebraucht, wenn ich sie auf immer hätte verlassen müssen –«

»Frieda«, drängte er, »wohin wären Sie gegangen?«

»Wohin?« Ein bitteres Lachen klang aus ihren dünnen Lippen. »Wohin? Denselben Weg, den Olga ging! – Nur, glauben Sie mir, Doktor, ich hätte mein Ziel gefunden!«

Sie nickte ihm leicht zu, schritt weg, verschwand zwischen den Birkenstämmen.

Früh, wenn die junge Sonne erwachte, kam er im Kimono aus seinem Zimmer. Ging in den Garten, den Weg, der an den Spalieren vorbeiführte. Ging in die Rosenbeete, schnitt Boule de Neige, Kaiserin Augusta Viktoria, Frau Carl Drusky und Merveille de Lyon. Bog links ein, wo die Lärchen standen und die Silbertannen.

Auf der Brüstung des Teiches saß Alraune. Saß in schwarzem Seidenmantel, brockte Brotkrumen, warf sie den Goldfischen zu. Wenn er kam, flocht sie einen Kranz aus den bleichen Rosen, rasch und geschickt, krönte dann ihre Locken. Sie warf den Mantel ab, saß im Spitzenhemde, plätscherte mit den nackten Füßen in dem kühlen Wasser.

Sie sprachen kaum. Aber sie zitterte, wenn seine Finger leicht ihren Nacken rührten, wenn sein naher Hauch ihrer Wange schmeichelte. Langsam streifte sie das Hemd ab, legte es auf die Bronzenixe an ihrer Seite. Sechs Najaden saßen herum auf der Marmorbrüstung des Teiches, gossen Wasser aus Krügen und Urnen, spritzten es in dünnem Strahle aus den Brüsten. Allerlei Getier kroch um sie herum, große Hummern und Langusten, Schildkröten, Fische, Wasserschlangen und Reptile. In der Mitte aber blies Triton sein Horn, um ihn prustete pausbackiges Meervolk mächtige Wasserstrahlen in die blaue Höhe.

»Komm, mein Freund!«, sagte sie.

Dann stiegen sie in das Wasser. Es war sehr kühl und ihn fröstelte; blau wurden seine Lippen und eine rasche Gänsehaut zog sich um seine Arme. Er musste rasch schwimmen, um sich schlagen und treten, sein Blut zu erwärmen, sich anzupassen an die ungewohnte Temperatur. Sie aber merkte davon nichts, war in ihrem Elemente im Augenblick, lachte ihn aus. Wie ein Fröschlein schwamm sie herum.

»Dreh die Hähne auf!«, rief sie.

Er tat es; da hoben sich nahe am Rande, bei der Galatea Bild, leichte Wogen an vier Stellen des Teiches. Wallten eine kleine Weile, überschlugen sich, wuchsen dann höher und höher. Stiegen auf, stark und gewaltig, steigend und fallend, höher noch als der Meermänner Strahlen. Vier leuchtende, funkenregnende Silberkaskaden.

Da stand sie, zwischen den vieren, mitten im schimmernden Regen. Wie ein holder Knabe, schlank, zart. Lange küsste sie dann sein Blick. Kein Mangel war in dem Ebenmaß dieser Glieder, kein kleinster Fehler in dem süßen Bildwerk. Gleichmäßig war ihre Farbe, weißer Parosmarmor mit einem leichten Hauche von Gelb. Nur die Innenseiten der Oberschenkel leuchteten rosig, zeigten eine seltsame Linie.

›Daran ging Dr. Petersen zugrunde‹, dachte er.

Beugte sich nieder, kniete, küsste die rosigen Stellen.

»Was sinnst du?«, fragte sie.

Er sagte: »Nun will mich deuchen: eine Melusine seist du! – Sieh die Meermädchen rings – sie haben keine Beine; nur einen langen schuppigen Fischschwanz. Sie haben keine Seele, die Nixen, aber es heißt, dass sie dennoch manchmal ein Menschenkind lieben. Irgendeinen Fischer oder einen fahrenden Ritter. So lieben, dass sie hinauskommen aus der kühlen Flut, hinaus auf das Land. Dann gehen sie zu einer alten Hexe oder zu einem Zauberdoktor – – der braut widrige Gifte, die müssen sie trinken. Und er nimmt ein scharfes Messer und beginnt zu schneiden. Mitten hinein in den Fischschwanz. Es tut sehr weh, sehr weh, aber Melusine verbeißt ihren Schmerz um ihrer großen Liebe willen. Klagt nicht, weint nicht, bis ihr der Schmerz die Sinne raubt. Aber wenn sie erwacht – ist ihr Schwänzlein verschwunden und sie geht daher auf zwei schönen Beinen – wie ein Menschenkind. – Nur die Marken sieht man, wo der Giftdoktor schnitt.«

»Aber sie bleibt doch eine Nixe?«, fragte sie, »Auch mit Menschenbeinen? – Und eine Seele schafft ihr der Zauberer nicht?«

»Nein«, sagte er, »das kann er nicht. – Aber noch etwas sagt man von den Nixen.«

»Was sagt man?«, fragte sie.

Und er erzählte: »Nur so lange sie unberührt ist, hat Melusine ihre unheimliche Macht. Aber wenn sie ertrinkt in des Liebsten Küssen, wenn sie ihr Magdtum einbüßt in ihres Ritters Umarmung – da verliert sich der Zauber. Keine Schätze kann sie mehr bringen und kein Rheingold, aber auch das schwarze Leid, das ihr folgte, meidet nun ihre Schwelle. Wie ein anderes Menschenkind ist sie von nun an –«

»Wenn es so wäre!«, flüsterte sie. Sie zerriss den weißen Kranz ihres Hauptes, schwamm weg, zu den Meermännern und Tritonen, zu den Nixen und Najaden. Warf ihnen blühende Rosen in den Schoß.

»Nehmt sie, Schwestern – nehmt sie!«, lachte sie. »Ich bin ein Menschenkind –«

Ein gewaltiges Himmelbett stand in Alraunens Schlafzimmer, niedrig, auf barocken Säulchen. Zwei Schäfte wuchsen am Fußende, die trugen Schalen mit goldenen Flammen. Schnitzarbeiten zeigten die Seiten: Omphale, der Herakles den Rocken spinnt, Perseus, der Andromeda küsst, Hephaistos, der Ares und Aphrodite in seinem Netze fängt – viele Ranken woben sich dazwischen, Tauben spielten darin und geflügelte Knaben. Schwer vergoldet war das alte Prachtbett, das Fräulein Hortense de Monthyon einst brachte aus Lyon, als sie seines Urgroßvaters Frau wurde.

Er sah Alraune auf einem Stuhle stehen, im Kopfende des Bettes, eine schwere Zange in der Hand.

»Was machst du da?«, fragte er.

Sie lachte. »Warte nur, gleich bin ich fertig.« Sie klopfte und riss, vorsichtig genug, an dem goldenen Amor, der mit Pfeil und Bogen ihr zu Häupten schwebte. Zog einen Nagel und noch einen heraus, fasste den kleinen Gott, drehte ihn hin und her – bis er lose war. Griff ihn, sprang hinab, legte ihn oben auf den Schrank. Nahm das Alraunmännchen dort heraus, kletterte mit ihm wieder hinauf auf ihren Stuhl, befestigte es zu des Bettes Häupten mit Drähten und Schnüren. Kam herab, betrachtete kritisch ihr Werk.

»Wie gefällt es dir?«, fragte sie ihn.

»Was soll das Männlein da?«, gab er zurück.

Sie sagte: »Da gehört es hin! – Der goldene Amor gefällt mir nicht – der ist für alle Leute. – Ich will Galeotto haben, mein Wurzelmännlein.«

»Wie nennst du es?«, fragte er.

»Galeotto!«, erwiderte sie. »War er es nicht, der uns zusammenbrachte? – Nun mag er da hängen, mag zuschauen durch die Nächte.«

Manchmal ritten sie aus, zur Abendzeit, oder auch in den Nächten, wenn der Mond schien. Ritten durch die sieben Berge, oder nach Rolandseck und ins Land hinein.

Einmal fanden sie eine weiße Eselin, am Fuß des Drachenfels, bei den Leuten, die die Tiere vermieteten, um hinaufzureiten zur Burg. Er kaufte sie. Es war ein noch junges Tier, gut gepflegt und schimmernd wie frischer Schnee. Bianka hieß sie. Sie nahmen sie mit sich, hinter den Pferden, an einem langen Strick, aber das Tier blieb stehen, stemmte die Vorderbeine ein wie ein störrisches Maultier, ließ sich würgen und zerren.

Endlich fanden sie ein Mittel, es gefügig zu machen. Er kaufte in Königswinter eine große Düte voll Zucker, nahm Bianka den Strick ab, ließ sie frei laufen, warf ihr ein Stück Zucker nach dem andern aus dem Sattel zu. So lief die Eselin nach, hielt sich dicht am Bügel, schnupperte an seinen Gamaschen.

Der alte Froitsheim nahm die Pfeife aus dem Munde, als sie ankamen, spuckte bedächtig aus, grinste wohlgefällig. »Ein Esel«, kaute er, »ein neuer Esel! Das ist nun bald dreißig Jahre her, dass wir keinen Esel mehr im Stall hatten. Wissen Sie noch, junger Herr, wie ich Sie reiten ließ auf dem alten grauen Jonathan?« – Er holte einen Bund junger Mohrrüben, gab sie dem Tiere, streichelte ihm sein zottiges Fell.

»Wie heißt sie, junger Herr?«, fragte er. Er sagte ihm den Namen.

»Komm Bianka«, sprach der Alte, »du sollst es gut haben bei mir, wir wollen Freundschaft schließen.« Dann wandte er sich wieder an Frank Braun. »Junger Herr«, fuhr er fort, »ich hab drei Enkelkinder im Dorf, zwei kleine Mädchen und einen Jungen; es sind des Schusters Kinder, hinten auf dem Wege nach Godesberg. Sie kommen manchmal mich zu besuchen, Sonntagsnachmittags. Darf ich sie einmal reiten lassen, auf dem Esel? – Nur hier im Hofe?«

Er nickte, aber ehe er noch antworten konnte, rief das Fräulein: »Warum fragst du mich nicht, Alter? Es ist mein Tier, er hat es mir geschenkt! – Nun will ich dir sagen: du darfst sie reiten lassen. – Auch durch den Garten, wenn wir nicht zu Hause sind.«

Des Freundes Blick dankte ihr – nicht der alte Kutscher. Der sah sie an, halb misstrauisch und halb verwundert. Brummte irgend etwas Unverständliches. Lockte die Eselin mit den saftigen Mohrrüben hinein in den Stall. Rief den Stallburschen, stellte ihm Bianka vor, dann den Pferden, der Reihe nach. Führte sie herum hinter die Wirtschaftsgebäude, zeigte ihr den Kuhstall mit den schweren holländischen Kühen und dem jungen Kälbchen der schwarz-weißen Liese. Zeigte ihr die Hunde, die beiden klugen Spitze, den alten Hofhund und den frechen Fox, der im Stalle schlief. Brachte sie zu den Schweinen, wo die mächtige Yorkshiresau ihre neun Ferkelchen nährte, zu den Ziegen und zum Hühnerhofe. Mohrrüben fraß Bianka und folgte ihm; es schien ihr zu gefallen auf Brinken.

– Oft, am Nachmittage, klang des Fräuleins helle Stimme vom Garten her.

»Bianka!«, rief sie. »Bianka!«

Dann öffnete der alte Kutscher ihre Box, machte die Stalltüre weit auf. Und in leichtem Trabe kam die Eselin in den Garten. Blieb stehen ein paarmal, fraß grüne saftige Blätter, tat sich gütlich in dem hohen Klee. Wandte sich ab, lief weiter, wenn wieder der Lockruf erscholl: »Bianka«. Suchte die Herrin.

Auf dem Rasen lagen sie, unter den Eschenbäumen. Kein Tisch – nur eine große Platte auf dem Grase, die war mit weißem Damasttuch gedeckt. Viele Früchte lagen da, allerlei Leckerbissen und Naschwerk, zwischen den Rosen; zur Seite standen die Weine.

Bianka schnupperte. Sie verachtete Kaviar und die Austern nicht minder, wandte sich verächtlich ab von allen Pasteten. Aber vom Kuchen nahm sie und ein Stückchen Eis aus dem Kühler, fraß ein paar Rosen zwischendurch.

»Zieh mich aus!«, sagte Alraune. Dann löste er die Ösen und Haken und öffnete die Druckknöpfe.

Wenn sie nackt war, hob er sie auf die Eselin. Rittlings saß sie auf des weißen Tieres Rücken, hielt sich leicht an der zottigen Mähne. Langsam, im Schritt, ritt sie über die Wiesen, er ging ihr zur Seite, legte die rechte Hand auf des Tieres Kopf. Klug war Bianka, stolz auf den schlanken Knaben, den sie trug, blieb nicht einmal stehen, ging wie mit Samthufen leicht.

Da, wo die Dahlienbeete endeten, führte der schmale Weg an dem kleinen Bache vorbei, der den Marmorteich speiste. Sie gingen nicht über die Holzbrücke; vorsichtig, Fuß um Fuß, watete Bianka durch das klare Wasser. Sah neugierig zur Seite, wenn vom Ufer ein grüner Frosch in die Wellen sprang. Er führte das Tier, vorbei an den Himbeerstauden, pflückte rote Beeren, teilte sie mit Alraune. Und durch die dichten Büsche der Rosenlorbeern.

Dort, rings umschlossen von dichten Ulmen, lag das große Nelkenfeld. Sein Großvater legte es an, für Gottfried Kinkel, seinen guten Freund, der diese Blumen liebte. Jede Woche sandte er ihm einen großen Strauss, solange er lebte.

Kleine Federnelken, viele Zehntausende, wohin nur das Auge sah. Silberweiß leuchteten alle die Blumen, silbergrün ihre langen schmalen Blätter. Weithin, weithin in der Abendsonne, ein silberner Grund.

Quer hinüber trug Bianka das weiße Mädchen, quer hinüber und rund herum. Tief trat die weiße Eselin durch das silberne Meer, das mit leichten Wellen des Windes ihre Füße küsste.

Er aber stand am Rande und schaute ihr zu. Trank sich satt an den süßen Farben.

Dann ritt sie zu ihm. »Ist es schön, Lieber?«, fragte sie.

Und er sagte ernst: »Es ist sehr schön. – Reite weiter.«

Sie antwortete: »Ich bin froh.« Leicht legte sie die Hand dem klugen Tiere hinter die Ohren, dann schritt es aus. Langsam, langsam durch leuchtendes Silber –

»Was lachst du?«, fragte sie.

Sie saßen auf der Terrasse, am Frühstückstisch und er las seine Post. Da war ein Brief des Herrn Manasse, der schrieb ihm über die Burberger Erzkuxe. »Sie werden in den Blättern von den Goldfunden in der Hocheifel gelesen haben«, sagte der Rechtsanwalt. »Die Funde befinden sich zum großen Teile auf dem Mutungsgebiete der Burberger Gewerkschaft. Ob sich allerdings herausstellen wird, dass die kleinen Goldadern bei den sehr erheblichen Kosten einen rationellen Abbau verlohnen werden, erscheint mir recht zweifelhaft. Immerhin sind die Papiere, die vor vier Wochen noch völlig wertlos waren, zum Teil auch durch die geschickten Pressenachrichten der Gewerkschaftsdirektoren rapid gestiegen und standen vor einer Woche schon auf Pari. Heute nun erfahre ich durch Bankdirektor Baller, dass sie bereits zweihundertvierzehn notieren. Ich habe daher dem mir befreundeten Herrn Ihre Aktien übergeben und ihn gebeten, sie sofort zu veräussern; das wird morgen geschehen, vielleicht werden Sie also einen noch höheren Kurs erzielen.«

Er reichte den Bogen Alraune herüber. »Das hätte sich Ohm Jakob auch nicht träumen lassen«, lachte er, »sonst hätte er meiner Mutter und mir gewiss andere Kuxen vermacht!«

Sie nahm den Brief, las ihn aufmerksam durch, bis zum Ende. Dann ließ sie ihn sinken, starrte vor sich hin. Wachsbleich war ihr Gesicht.

»Was ist dir?«, fragte er.

»Doch – er hat es gewusst«, sagte sie langsam, »er hat es genau gewusst! –« Dann wandte sie sich zu ihm: »Wenn du Geld verdienen willst – verkaufe die Kuxen nicht«, fuhr sie fort und ihre Stimme klang sehr ernst. »Man wird noch mehr Gold finden – sie werden noch höher steigen, viel höher, deine Kuxen!«

»Es ist zu spät«, sagte er leicht, »die Papiere sind bereits verkauft um diese Stunde! – Übrigens – bist du so sicher?«

»Sicher?«, wiederholte sie. »Wer sollte sicherer sein als ich?«

Sie ließ ihren Kopf sinken auf den Tisch, schluchzte laut auf. »So fängt es an – so –«

Er stand auf, legte ihr den Arm um die Schulter. »Unsinn!«, sagte er. »Schlag dir doch die Grillen aus dem Hirne! – Komm Alraune, wir wollen baden gehen, das frische Wasser spült die dummen Spinnweben fort. Plaudere mit deinen Nixenschwestern – die werden dir bestätigen, dass Melusine kein Unheil mehr bringen kann, seit sie ihren Liebsten küsste.«

Sie stieß ihn fort, sprang auf. Stand ihm gegenüber, sah ihm starr in die Augen.

»Ich hab dich lieb«, rief sie, »ja, das hab ich. – Aber es ist nicht wahr – der Zauber wich nicht! Ich bin keine Melusine, bin nicht des frischen Wassers Kind! Aus der Erde stamm ich – und die Nacht schuf mich.«

Gelle Töne brachen von ihren Lippen – und er wusste nicht, ob es ein Schluchzen war oder ein Lachen.

Er griff sie in seinen starken Armen, achtete nicht auf ihr Sträuben und Schlagen. Wie ein wildes Kind fasste er sie, trug sie fort, die Stufen hinab in den Garten. Trug die Schreiende hin zu dem Teiche, warf sie hinein, weit im Bogen, mit allen Kleidern.

Sie erhob sich, stand einen Augenblick, betäubt und verwirrt. Nun ließ er die Kaskaden spielen, ein plätschernder Regen umfing sie.

Da lachte sie laut. »Komm«, rief sie, »komm auch du!« Sie entkleidete sich, warf ihm übermütig die nassen Stücke an den Kopf. »Bist du noch nicht fertig?«, drängte sie. »So eil dich doch!«

Wie er bei ihr stand, sah sie, dass er blutete. Von den Wangen fielen die Tropfen, vom Halse und vom linken Ohre. »Ich habe dich gebissen«, flüsterte sie.

Er nickte. Da reckte sie sich hoch, umfing seinen Nacken, trank mit glühenden Lippen das rote Blut.

»Nun ist es gut!«, sagte sie.

Sie schwammen herum. – Dann ging er ins Haus, brachte ihr einen Mantel. Und wie sie zurückkehrten, Hand in Hand, unter den Blutbuchen, sagte sie: »Ich danke dir, Liebster!«

Nackt lagen sie unter dem roten Pyrrhus. Auseinander fielen ihre Leiber, die eines waren durch heiße Mittagstunden –

Zerknickt und zertreten lagen ihre Zärtlichkeiten, alle Liebkosungen und süßen Worte. Wie die Blümchen, wie die zarten Gräser, über die ihrer Liebe Sturm brach. Tot lag der Feuerbrand, der sich selbst fraß mit gierigen Zähnen: da wuchs aus der Asche ein grausamer, stahlharter Hass.

Sie sahen sich an – nun wussten sie, dass sie Todfeinde waren.

Ekel und widrig deuchte ihn die lange rote Linie auf ihren Schenkeln, der Speichel rann ihm im Mund, als habe er ein bitteres Gift aus ihren Lippen gesogen. Und die kleinen Wunden, die ihre Zähne rissen und ihre Nägel, schmerzten und brannten, schwollen auf –

›Sie wird mich vergiften‹, dachte er, ›wie sie es einst mit Dr. Petersen machte.‹

Ihre grünen Blicke lachten hinüber, aufreizend, höhnisch und frech. Er schloss die Augen, biss die Lippen aufeinander, krampfte die Finger fest zusammen. Aber sie stand auf, wandte sich um, trat ihn mit dem Fuße, nachlässig und verächtlich.

Da sprang er hoch, stand vor ihr, kreuzte ihren Blick –

Nicht ein Wort kam aus ihren Zähnen. Aber sie spitzte die Lippen, hob den Arm. Spie ihn an, schlug ihm die Hand ins Gesicht.

Und er warf sich auf sie, schüttelte ihren Leib, wirbelte sie herum an ihren Locken. Schleuderte sie zu Boden, trat, schlug sie, würgte sie eng am Halse.

Sie wehrte sich gut. Ihre Nägel zerfetzten sein Gesicht, ihr Gebiss schlug sich in Arme und Brust. Und in Geifer und Blut suchten sich ihre Lippen, fanden sich, nahmen sich, in brünstigen Schmerzen –

Dann griff er sie, schleuderte sie fort, meterweit, dass sie ohnmächtig niedersank auf den Rasen.

Taumelte weiter, ein paar Schritte, sank nieder, starrte hinauf in den blauen Himmel, wunschlos, willenlos – lauschte auf seiner Schläfen Schlag –

Bis ihm die Lider sanken –

Wie er erwachte, kniete sie zu seinen Füßen. Trocknete mit ihren Locken seiner Wunden Blut, riss ihr Hemd in lange Streifen, verband ihn, kunstgerecht –

»Lass uns gehen, Geliebter«, sagte sie. »Der Abend fällt.«

Kleine, blaue Eierschalen lagen auf dem Wege. Er suchte in den Büschen, fand das geplünderte Nest eines Kreuzschnabels.

»Diese frechen Eichhörnchen!«, rief er. »Es sind viel zu viele im Parke, sie werden uns noch alle Singvögel vertreiben.«

»Was soll man tun?«, fragte sie.

Er sagte: »Ein paar abschießen!«

Sie klaschte in die Hände. »Ja, ja!«, lachte sie. »Wir wollen auf die Jagd gehen!«

»Hast du irgendeine Büchse?«, fragte er.

Sie besann sich. »Nein – ich glaube, es ist keine da, wenigstens keine, die man gebrauchen kann. – Man muss eine kaufen – – Aber warte«, unterbrach sie sich, »der alte Kutscher hat eine. Der schießt manchmal die fremden Katzen, wenn sie wildern.«

Er ging zum Stall. »Hallo, Froitzheim«, rief er. »Hast du eine Büchse?«

»Ja«, erwiderte der Alte, »soll ich sie holen?«

Er nickte. Dann fragte er: »Sag mir doch, Alter, du wolltest doch deine Urenkel reiten lassen auf Bianka? Sie waren hier, letzten Sonntag – aber ich habe nicht gesehen, dass du sie auf die Eselin gesetzt hast.«

Der Alte brummte, ging in sein Zimmer, nahm die Büchse von der Wand. Kam wieder, setzte sich schweigend hin, schickte sich an, sie zu reinigen.

»Nun?«, machte er, »willst du mir nicht antworten?«

Froitsheim kaute mit trockenen Lippen. »Ich mag nicht –« brummte er.

Frank Braun legte ihm die Hand auf die Schulter. »Sei vernünftig, Alter, sag was du auf dem Herzen hast. Ich denke, mit mir kannst du frei sprechen!«

Da sagte der Kutscher: »Ich will nichts annehmen von unserm Fräulein – mag von ihr kein Geschenk. Ich bekomme mein Brot und meinen Lohn – dafür tu ich meine Arbeit. Mehr will ich nicht.«

Er fühlte, dass kein Zureden half bei diesem harten Schädel. So schlug er eine kleine Volte, warf einen Köder hin, auf den er anbeißen konnte. »Wenn das Fräulein etwas Besonderes von dir verlangt, tust du's?«

»Nein«, sagte störrisch der Alte, »nicht mehr, als meine Pflicht.«

»Aber wenn sie für eine besondere Leistung dich besonders bezahlt«, fuhr er fort, »dann wirst du's tun?«

Der Kutscher wollte noch immer nicht recht heran. »Das kommt darauf an –« kaute er.

»Sei nicht bockbeinig, Froitzheim!«, lachte Frank Braun. »Das Fräulein – nicht ich – will deine Büchse ausleihen, um Eichhörnchen zu schießen – – das hat gar nichts zu tun mit deiner Pflicht. Und dafür – verstehst du: zum Entgelt! – erlaubt sie dir, dass du die Kinder auf der Eselin darfst reiten lassen. – Es ist ein Handel: schlägst du ein?«

»Ja«, sagte der Alte grinsend, »so mach ich's.«

Er reichte ihm die Büchse hin, nahm aus der Schublade eine Schachtel Kugelpatronen.

»Die geb ich drein!«, sprach er. »So hab ich's gut bezahlt und bin ihr nichts schuldig – Reiten Sie aus heute nachmittag, junger Herr?«, fuhr er fort. »Gut, um fünf Uhr sind die Pferde fertig.« – Dann rief er dem Stallburschen, trug ihm auf, zu der Schusterfrau zu laufen, seiner Enkelin. Sie solle die Kinder herschicken zum Abend –

– Früh am Morgen stand Frank Braun unter den Akazien, die des Fräuleins Fenster küssten, pfiff seinen kurzen Pfiff.

Sie öffnete, rief herunter, dass sie gleich kommen würde.

Hell klangen ihre leichten Schritte auf den Steinfliesen, mit einem Sprunge war sie die Stufen der Gartenterrasse hinunter. Stand vor ihm.

»Wie siehst du aus?«, rief sie. »Im Kimono? Geht man so auf die Jagd?«

Er lachte: »Nun, für Eichkatzeln wird's ja noch langen. – Aber wie schaust du denn aus?!«

Sie war als Wallensteinischer Jäger. »Regiment Holk!«, rief sie. »Gefall ich dir?«

Hohe gelbe Reiterstiefel trug sie, ein grünes Wams und einen mächtigen graugrünen Hut mit wippenden Federn. Eine alte Pistole steckte im Gürtel und ein langer Säbel schlug ihr um die Beine.

»Den leg nur ab!«, sagte er. – »Das Wild wird eine mächtige Angst vor dir bekommen, wenn du so auf die Pürsch gehst.«

Sie verzog die Lippen: »Bin ich nicht hübsch?«, fragte sie.

Er nahm sie in die Arme, küsste rasch ihre Lippen. »Reizend bist du, du eitler Fratz!«, lachte er. »Und für die Eichhörnchen wird dein Holkscher Jäger es so gut tun, wie mein Kimono.«

Er schnallte ihr den Säbel ab und die langen Sporen, legte ihre Steinschlosspistole weg und nahm dafür des Kutschers Lefaucheuxbüchse. »Nun komm, Kamerad«, rief er, »Weidmannsheil!«

Sie gingen durch den Garten, traten leise auf, lugten durch die Büsche und hinauf in die Kronen der Bäume.

Er schob eine Patrone in die Büchse und spannte den Hahn. »Hast du schon einmal geschossen?«, fragte er.

»O ja«, nickte sie. »Wölfchen und ich waren zusammen auf der großen Kirmes in Pützchen, da haben wir in der Schießbude uns geübt.«

»Gut«, sagte er, »dann weißt du ja, wie du den Lauf anlegen und wie du visieren musst.«

Es raschelte über ihnen in den Zweigen. »Schieß«, flüsterte sie, »schieß! Da oben ist eins!«

Er hob die Büchse, schaute hinauf. Aber er ließ sie wieder sinken. »Nein, das nicht!«, erklärte er. »Das ist ein junges Tier, kaum ein Jahr alt. Dem wollen wir noch etwas das Leben lassen.«

Sie kamen zum Bach, dorthin, wo er aus dem Birkenwäldchen hinaustrat in die Wiesen. Dicke Junikäfer surrten in der Sonne, gelbe Schmetterlinge schaukelten über den Margeriten. Ein Pispern und Wispern überall, Grillen zirpten, Bienen summten, Heuhüpfer in allen Größen sprangen zu ihren Füßen. Die Unken quakten im Wasser und oben jubelte eine kleine Lerche.

Sie schritten über die Wiesen, den Rotbuchen zu. Da hörten sie, dicht am Rande ein ängstliches Gezwitscher, sahen einen kleinen Hänfling aus den Büschen flattern. Frank Braun ging leise vor, schärfte die Blicke.

»Da ist der Räuber!«, murmelte er.

»Wo?«, fragte sie. »Wo?«

Aber schon krachte sein Schuss – ein starker Eichkater fiel herab von dem Buchenstamme.

Er hob ihn hoch am Schwanz, zeigte ihr den Schuss. »Der plündert keine Nester mehr!«, sagte er.

Sie pürschten weiter durch den großen Park; ein zweites Eichhorn schoß er von der Geißblattlaube und ein drittes, graubraunes, aus der Krone eines Birnbaums.

»Du schießt immer!«, rief sie. »Lass mir nun einmal die Büchse!«

Er gab sie ihr. Zeigte ihr wie man laden müsse, ließ sie ein paarmal auf einen Stamm schießen. »Nun komm!«, rief er. »Zeig was du kannst!« Er drückte ihr den Lauf herunter. »So!«, belehrte er sie, »immer zur Erde die Mündung und nicht in die Luft.«

Nahe beim Teiche sah er ein junges Tier auf dem Wege spielen. Sie wollte gleich schießen, aber er hieß sie noch ein paar Schritte heranschleichen.

»So ist's nahe genug – nun gib's ihm.«

Sie knallte los – das Eichhörnchen sah sich erstaunt um, sprang dann schnell einen Stamm hinauf und verschwand in den dichten Zweigen.

Ein zweites Mal ging es nicht besser – viel zu groß nahm sie die Entfernung. Wenn sie aber versuchte, näher heranzukommen, flüchteten die Tiere, ehe sie noch einen Schuss abgeben konnte.

»Die dummen Geschöpfe!«, schimpfte sie. »Warum halten sie denn bei dir still?«

Sie schien ihm entzückend in diesem kindlichen Ärger. »Wahrscheinlich, weil sie mir eine besondere Freude machen wollen«, lachte er. »Du machst zuviel Lärm in deinen Lederröhren, das ist es! Aber warte nur, wir wollen schon näher herankommen!«

Dicht beim Herrenhause, wo die Haselnusssträucher sich an die Akazien drängten, sah er wieder ein Eichhorn.

»Bleib hier stehen«, flüsterte er, »ich treibe es dir zu. Schau nur dort auf die Büsche hin und wenn du es siehst, so pfeife schnell, dass ich Bescheid weiß. Es wird sich wenden bei deinem Pfiff – – dann schieße!«

Er ging herum in weitem Bogen, spähte durch das Buschwerk. Endlich entdeckte er das Tier auf einer niedern Akazie, trieb es herunter, jagte es in die Haselstauden. Er sah, dass es die Richtung auf Alraune nahm, ging ein wenig zurück, wartete dann auf ihren Pfiff.

Aber er hörte nichts. Nun ging er zurück in demselben Bogen, kam hinter ihr auf den breiten Weg. Da stand sie, die Büchse in der Hand, starrte angestrengt in das Buschwerk geradeaus. Und – ein wenig links von ihr – kaum drei Meter entfernt, spielte das Eichhörnchen lustig in den Haselzweigen.

»Da ist es ja!«, rief er halblaut. »Da! Oben, ein wenig nach links!«

Sie hörte seine Stimme, wandte sich hastig nach ihm um. Er sah, wie sie die Lippen zum Sprechen öffnete, hörte zugleich einen Schuss und fühlte einen leichten Schmerz an der Seite.

Dann hörte er ihren gellenden, verzweifelten Schrei, sah, wie sie die Büchse wegwarf und auf ihn zustürzte. Sie riss seinen Kimono auf, griff mit den Händen an die Wunde.

Er bog den Kopf, schaute hinab. Es war eine lange, aber ganz leichte Streifwunde, kaum drang ein wenig Blut heraus. Nur die Haut war verbrannt, zeigte eine breite, schwarze Linie.

»Hol's der Henker!«, lachte er. »Das war nahe vorbei! – Gerade über dem Herzen.«

Sie stand vor ihm, zitternd, bebend in allen Gliedern, vermochte sich kaum aufrechtzuerhalten. Er stützte sie, redete ihr zu. »Aber es ist ja nichts, Kind, ist ja gar nichts! Wir werden es etwas auswaschen, dann mit Öl befeuchten. – So überzeug dich doch, dass es nichts ist!«

Er schlug den Kimono noch weiter zurück, wies ihr die nackte Brust. Mit irren Fingern fühlte sie die Streifwunde.

»Dicht über dem Herzen«, murmelte sie, »dicht über dem Herzen.«

Dann plötzlich griff sie mit beiden Händen nach ihrem Kopf. Ein jäher Schreck fasste sie, sie sah ihn an mit entsetzten Blicken, riss sich los aus seinen Armen, lief zum Hause, sprang die Stufen hinauf –

Sechzehntes Kapitel, das verkündet, wie Alraune ein Ende nahm

Langsam ging er hinauf in sein Zimmer. Er wusch die Wunde und verband sie. Und er lachte über die Schießkünste des Mädchens. »Sie wird es schon lernen«, dachte er, »wir werden ein wenig üben mit der Scheibe.«

Dann fiel ihm ihr Blick ein, als sie fortlief. Aufgelöst, voll wilder Verzweiflung, als ob sie ein Verbrechen begangen habe. Und es war doch nur ein unglücklicher Zufall – der dazu noch recht glücklich ablief –

Er stutzte. – Ein Zufall? – Ah, das war es: sie nahm es nicht als Zufall. Nahm es als – Geschick.

Er überlegte –

Gewiss war es so. Darum erschrak sie – darum rannte sie weg – als sie ihm ins Auge sah, ihr eigen Bild dort fand. Davor graute ihr – vor dem Tode, der seine Blumen streute, wo immer ihr Fuß schritt –

Der kleine Rechtsanwalt hatte ihn gewarnt. »Nun sind Sie an der Reihe.« – Hatte nicht Alraune ihm dasselbe gesagt, als sie ihn bat, zu gehen? Und wirkte der alte Zauber nicht auf ihn, so gut wie auf alle anderen? Wertlose Papier hatte ihm der Onkel vermacht – nun schlug man Gold aus den Felsen. Reich machte Alraune – und sie brachte den Tod –

Plötzlich erschrak er – jetzt erst. Noch einmal entblößte er seine Wunde –

O ja, es stimmte schon, gerade unter dem Riss pochte sein Herz. Nur die kleine Bewegung, die den Körper drehte, als er mit dem Arm nach dem Eichhörnchen zeigte – die allein rettete ihn. Sonst – sonst –

Aber nein, er wollte nicht sterben. Schon um der Mutter willen, dachte er. Ja, wegen ihr – doch auch wenn sie nicht gewesen wäre. Auch für sich selbst. In so langen Jahren hatte er gelernt zu leben, nun beherrschte er diese große Kunst, die ihm mehr gab, wie vielen tausenden andern. Voll und stark lebte er, stand auf dem Gipfel und genoss gut diese Welt und all ihre Herrlichkeiten.

›Das Schicksal liebt mich‹, dachte er, ›es droht mit dem Finger. – Das ist deutlicher wie des Rechtsanwalts Worte. Noch ist es Zeit.‹ Er zog seinen Koffer hinter dem Schranke her, riss den Deckel auf. Begann zu packen. – Wie schloss doch Ohm Jakob seinen Lederband? – »Versuche dein Glück! Schade, dass ich nicht mehr da bin, wenn du an die Reihe kommst: das hätte ich sehr gerne gesehn!«

Er schüttelte den Kopf. »Nein, Ohm Jakob«, murmelte er, »diesmal wirst du keine Freude an mir erleben, diesmal nicht.«

Er warf die Stiefel zusammen, griff nach den Strümpfen. Legte dann ein Hemd zurecht und den Anzug, den er anziehen wollte. Sein Blick fiel auf den tiefblauen Kimono, der über der Stuhllehne hing. Er nahm ihn auf, betrachtete den brandigen Riss, den die Kugel machte.

»Ich sollte ihn dalassen«, sagte er, »ein Andenken für Alraune. Sie mag es zu ihren andern Erinnerungen legen.«

Ein tiefer Seufzer klang hinter ihm. Er wandte sich um – mitten im Zimmer stand sie, in dünnem Seidenmantel, sah ihm zu mit großen, offenen Augen. »Du packst?«, flüsterte sie. »Du gehst fort – ich dachte es wohl.«

Ein Ball stieg ihm im Halse hoch. Aber er würgte ihn herunter, nahm sich fest zusammen: »Ja, Alraune, ich reise nun«, sagte er.

Sie warf sich auf einen Stuhl, antwortete nicht, sah ihm schweigend zu. Zum Waschtisch ging er, nahm ein Ding nach dem andern, Kämme, Bürsten, Seifen und Schwämme. Warf endlich den Deckel zu, schloss den Koffer.

»So!«, rief er hart. »Nun bin ich fertig.« Er trat auf sie zu, ihr die Hand zu reichen.

Sie rührte sich nicht, hob den Arm nicht. Und geschlossen blieben ihre bleichen Lippen.

Nur ihre Augen sprachen: »Reise nicht«, baten sie. »Verlass mich nicht. Bleibe bei mir.«

»Alraune!«, murmelte er. Und es klang wie ein Vorwurf, wie eine Bitte zugleich, ihn ziehen zu lassen.

Aber sie ließ ihn nicht los, hielt ihn fest mit ihren Blicken: »Verlass mich nicht.«

Er fühlte, wie sein Wille dahinschmolz. Und fast mit Gewalt wandte er die Augen von ihr ab. Aber gleich öffneten sich ihre Lippen. »Reise nicht«, forderte sie. »Bleibe bei mir!«

»Nein!«, schrie er. »Ich will nicht. Du wirst mich zugrunde richten, wie die andern!« Er wandte ihr den Rücken, ging zum Tisch, riss ein paar Flocken aus der Verbandwatte, die er für seine Wunde gebraucht hatte. Befeuchtete sie mit Öl, stopfte sie fest in die Ohren.

»So, nun rede«, rief er, »wenn du magst. Ich hör dich nicht. Ich seh dich nicht. – Ich muss fort und du weißt es: lass mich gehen.«

Sie sagte leise: »So wirst du mich fühlen.« Sie trat zu ihm, legte leicht ihre Hand auf seinen Arm. Und ihrer Finger Beben sprach: »Bleibe bei mir! – Verlass mich nicht.«

So süß war dieser leichte Kuss ihrer kleinen Hände, so süß. ›Gleich reiß ich mich los‹, dachte er, ›gleich! Eine kleine Sekunde nur!‹ Er schloss die Augen, kostete tiefatmend ihrer Finger schmeichelnden Druck. Aber ihre Hände hoben sich und seine Wangen bebten unter der weichen Berührung. Langsam schlang sie die Arme ihm um den Nacken, bog seinen Kopf herab, reckte sich hoch, brachte ihre feuchten Lippen an seinen Mund. ›Wie seltsam es doch ist‹, dachte er. ›Ihre Nerven sprechen und die meinen verstehen diese Sprache.‹

Sie zog ihn zur Seite, einen Schritt weit. Drückte ihn nieder auf das Bett. Setzte sich auf seine Knie, hüllte ihn ein in einen Mantel schmeichelnder Zärtlichkeiten. Zog mit spitzen Fingern die Watte aus seinen Ohren, raunte ihm schwüle, kosende Worte zu. Er verstand sie nicht, so leise sprach sie. Aber er empfand wohl den Sinn, fühlte, dass es nicht mehr war: »Bleibe!« – Dass es nun klang: »Wie gut, dass du bleibst.«

Noch immer lagen seine Lider fest über den Augen. Noch immer hörte er nur ihrer Lippen wirres Geflüster, fühlte nur ihrer Finger kleine Spitzen, die über seine Brust liefen und über das Gesicht. Sie zog ihn nicht, sie drängte ihn nicht – und doch fühlte er ihrer Nerven Strom, der ihn hinabzog auf das Bett. Langsam, langsam ließ er sich sinken.

Dann, plötzlich, sprang sie auf. Er öffnete die Augen, sah wie sie zur Türe lief und sie schloss, dann am Fenster die schweren Gardinen eng zuzog. Still floss eine matte Dämmerung durch den Raum.

Er wollte sich erheben, aufstehen. Aber sie war zurück, ehe er noch ein Glied rührte. Warf den schwarzen Mantel ab, kam hin zu ihm. Schloss ihm von neuem die Lider mit sanftem Finger, drängte ihre Lippen an die seinen.

Er fühlte ihre kleine Brust in seiner Hand, fühlte ihrer Zehen Spitzen, die spielten auf seines Beines Fleisch. Fühlte ihre Locken, die über seine Wangen fielen –

Und er wehrte sich nicht. Gab sich ihr hin, wie sie wollte –

»Bleibst du?«, fragte sie. Aber er empfand gut, dass es keine Frage mehr war. Dass sie nur es hören wollte – auch von seinen Lippen.

»Ja«, sagte er leise.

Ihre Küsse fielen wie ein Regen im Mai. Ihre Zärtlichkeiten tropften, wie ein Schauer von Mandelblüten im Abendwinde. Ihre schmeichelnden Worte sprangen, wie der Kaskaden schimmernde Perlen im Parkteiche.

»Du lehrtest es mich!«, hauchte sie. »Du – du zeigtest mir, was Liebe sei – nun musst du bleiben für meine Liebe, die du schufst!«

Sie fuhr leicht über seine Wunde, küsste sie mit zärtlicher Zunge. Hob den Kopf, sah ihn an mit irren Augen. »Ich tat dir weh« – flüsterte sie, »ich traf dich – dicht am Herzen. – Willst du mich schlagen? Soll ich die Peitsche holen? Tu was du willst! – Reiße mir Wunden mit deinen

Zähnen – nimm auch das Messer. Trinke mein Blut – tu, was du magst – alles, alles! – Deine Sklavin bin ich.«

Wieder schloss er die Augen, seufzte tief. ›Die Herrin bist du!‹, dachte er. ›Die Siegerin!‹

Manchmal, wenn er in die Bibliothek trat, war ihm, als ob ein Lachen irgendwoher käme aus den Ecken. Das erstemal, als er es hörte, glaubte er, dass es Alraune sei, ob es gleich nicht klang, wie ihre Stimme. Er suchte herum und fand nichts.

Als er es wieder hörte, erschrak er. ›Es ist Ohm Jakobs heisere Stimme‹, dachte er. ›Er lacht mich aus.‹ Dann fasste er sich, nahm sich zusammen. ›Eine Sinnestäuschung‹, murmelte er – ›und das ist kein Wunder. Meine Nerven sind überreizt.‹

Wie im Taumel ging er daher. Schleichend, schwankend, wenn er allein war, mit hängenden Bewegungen und stierem, apathischem Blicke. Überladen aber, gespannt in allen Nerven, wenn er bei ihr war – da jagte sein Blut, das sonst still und sickernd dahinkroch.

Er war ihr Lehrer – das ist wahr. Er öffnete ihren Blick, lehrte sie aller Zenanen Geheimnisse in den Ländern des Morgens, alle Spiele der alten Völker, denen die Liebe eine Kunst ist. Aber es war, als ob er nichts Fremdes ihr sage, nur die Erinnerung in ihr wachrufe an etwas, das längst ihr eigen war. Oft, ehe er noch sprach, flammten ihre raschen Lüste, brachen heraus wie ein Waldbrand zur Sommerzeit.

Er warf die Fackel. Und doch graute ihm vor dieser Feuersbrunst, die sein Fleisch versengte, die ihn in alle Gluten und Fieber warf und wieder ihn verdorrte und sein Blut gerinnen machte in den Adern.

Einmal, wie er über den Hof schlich, traf er Froitsheim. »Sie reiten nicht mehr, junger Herr?«, fragte der alte Kutscher.

Er sagte still: »Nein, nun nicht mehr.« Da fiel sein Blick auf des Alten Auge und er sah, wie sich die vertrockneten Lippen öffneten.

»Sprich nicht, Alter!«, sagte er rasch. »Ich weiß, was du mir sagen willst! – Aber ich kann nicht – ich kann nicht.«

Der Kutscher sah ihm lange nach, wie er davonging, zum Garten hin. Spuckte aus, schüttelte bedächtig den Kopf, schlug dann ein Kreuz.

Eines Abends saß Frieda Gontram auf der Steinbank unter den Blutbuchen. Er schritt auf sie zu, bot ihr die Hand. »Schon zurück, Frieda?«

»Die zwei Monate sind vorbei«, sagte sie.

Er griff sich mit der Hand an die Stirn. »Vorbei?«, murmelte er. »Mich deuchte es kaum eine Woche. – Wie geht es Ihrem Bruder?«, fuhr er fort.

»Er ist tot«, erwiderte sie, »lange schon. Wir haben ihn dort oben begraben, in Davos – Vikar Schröder und ich.«

»Tot!«, gab er zurück. Dann, als wolle er die Gedanken wegjagen, fragte er rasch: »Was gibt es sonst Neues da draußen? Wir leben als Einsiedler, kommen nicht heraus aus dem Garten.«

»Am Schlagfluss starb die Fürstin«, begann sie. »Die Gräfin Olga –« Aber er ließ sie nicht weiter sprechen. »Nein, nein!«, rief er, »sagen Sie nichts. Ich will nichts hören. Tod – Tod und Tod! – Schweigen Sie, Frieda, schweigen Sie!«

– Nun war er froh, dass sie da war. Sie sprachen wenig zusammen, aber sie saßen still beieinander. Heimlich, wenn das Fräulein im Hause war. Alraune grollte, dass Frieda Gontram zurück war. »Warum ist sie gekommen? – Ich will sie nicht haben! Ich will niemanden außer dir.«

»Lass sie doch«, sagte er. »Sie ist ja keinem im Wege, versteckt sich, wo sie kann.«

Alraune sagte: »Sie ist zusammen mit dir, wenn ich nicht dabei bin. Ich weiß es. Aber sie mag sich in acht nehmen!«

»Was willst du tun?«, fragte er.

Sie antwortete: »Tun? Nichts! Hast du vergessen, dass ich nichts zu tun brauche? – Alles kommt von selbst.«

Noch einmal erwachte in ihm ein Widerstand. »Du bist gefährlich«, sagte er, »wie eine giftige Beere.«

Sie hob die Lippen. »Warum nascht sie also? Ich habe ihr befohlen, wegzugehen für immer! – Du aber machtest zwei Monate daraus. – Es ist deine Schuld.«

»Nein!«, rief er. »Das ist nicht wahr. Sie wäre ins Wasser gegangen damals –«

»Um so besser!«, lachte Alraune.

Er brach ab, sagte rasch: »Die Fürstin ist tot. Ein Schlagfluss traf sie –«

»Gott sei Dank!«, lachte Alraune. Er biss die Zähne aufeinander, griff ihre Arme, schüttelte sie. »Eine Hexe bist du!«, zischte er. »Man sollte dich totschlagen.«

Sie wehrte sich nicht, wie auch seine Hände sich in ihr Fleisch krampften. »Wer?«, lachte sie. »Du?«

»Ja ich!«, schrie er. »Ich! – Ich pflanzte den Samen zu dem Giftbaum – so werde ich auch die Axt finden, um ihn abzuschlagen – die Welt zu befreien von dir!«

»Tu's doch«, flötete sie sanft, »Frank Braun, tu's doch!«

Wie Öl floss ihr Spott auf das Feuer, das ihn brannte. Heiß und rot wob ihm der Qualm vor den Augen, drang stickig hinein in seinen Mund. Sein Gesicht verzerrte sich, rasch ließ er sie los, hob die geballte Faust.

»Schlag zu«, rief sie, »schlag zu! – Oh, so hab ich dich gern!«

Da sank sein Arm; da ertrank sein armer Wille in ihrer Zärtlichkeiten Fluten.

In dieser Nacht wurde er wach. Ein flackernder Lichtschein fiel über ihn, der kam von den Kerzen des großen Silberleuchters her, der auf dem Kamine stand. Er lag in der Urgroßmutter mächtigem Bette; über ihm, gerade über ihm schwebte das hölzerne Männlein. ›Wenn es fällt, wird es mich erschlagen‹, dachte er im Halbschlaf. ›Ich muss es fortnehmen.‹

Dann fiel sein Blick nach unten. Da kauerte am Fußende Alraune, leise Worte klangen von ihrem Munde, irgend etwas klapperte leicht in ihren Händen. Er wandte ein wenig den Kopf, lauerte hinüber.

Sie hielt den Becher – ihrer Mutter Schädel. Warf die Würfel – ihres Vaters Knochen.

»Neun«, murmelte sie. – »Und sieben –: sechzehn!« Wieder gab sie die beinernen Würfel in den Schädelbecher, schüttelte die klappernden Dinger leicht hin und her. »Elf!«, rief sie.

»Was treibst du da?«, unterbrach er sie.

Sie wandte sich um. »Ich spiele. – Ich konnte nicht recht schlafen – da spielte ich.«

»Was hast du gespielt?«, fragte er.

Sie schlüpfte zu ihm hin, rasch wie ein glattes Schlänglein. »Wie es werden soll, hab ich gespielt. Wie es werden soll – mit dir und mit Frieda Gontram!«

»Nun – und wie wird es?«, fragte er weiter.

Sie trommelte mit den Fingern auf seiner Brust. »Sie wird sterben«, zwitscherte sie, »Frieda Gontram wird sterben.«

»Wann?«, drängte er.

»Ich weiß nicht«, sprach sie. »Bald – sehr bald!«

Er krampfte die Finger zusammen. »Nun – und wie ist es mit mir?«

Sie sagte: »Ich weiß es nicht – du hast mich unterbrochen. – Soll ich weiterspielen?«

»Nein«, schrie er, »nein! – Ich will es nicht wissen!« Er schwieg, brütete schwer vor sich hin. Schrak plötzlich auf – setzte sich auf, starrte zur Türe.

Leise Schritte schlürften vorbei, ganz deutlich hörte er eine Diele krachen.

Er sprang aus dem Bette, machte ein paar Schritte zur Türe hin, lauschte angestrengt. Nun glitt es die Treppe hinauf.

Dann hörte er hinter sich ihr helles Lachen. »Lass sie doch!«, klingelte sie. »Was willst du von ihr?«

»Wen soll ich lassen?«, fragte er. »Wer ist es?«

Sie lachte immer noch: »Wer? – Frieda Gontram! Deine Angst ist verfrüht, mein Ritter – noch lebt sie ja!«

Er kam zurück, setzte sich auf des Bettes Rand. »Bring mir Wein!«, rief er. »Ich will trinken.«

Sie sprang auf, lief ins Nebenzimmer, brachte die Kristallkaraffe, ließ den Burgunder in die geschliffenen Gläser bluten.

»Sie läuft immer herum«, erklärte sie. »Tag und Nacht. Sie kann nicht schlafen, sagt sie, da steigt sie durch das ganze Haus.«

Er hörte nicht, was sie sprach, stürzte den Wein hinunter, streckte das Glas ihr wieder hin.

»Mehr!«, forderte er. »Gib mehr!«

»Nein«, sagte sie, »so nicht! – Leg dich nieder – ich will dich tränken, wenn du durstig bist.« Sie drückte sein Haupt herunter in die Kissen, kniete vor ihm auf dem Boden. Nahm einen Schluck Wein – gab ihn ihm in ihrem Munde. Trunken wurde er vom Wein, trunkener noch von den Lippen, die ihn reichten.

Die Sonne glühte am Mittag. Sie saßen auf der Marmorbrüstung des Teiches, plätscherten mit den Füßen im Wasser.

»Geh in mein Zimmer«, sagte sie. »Auf dem Toilettentisch liegt eine Angel, zur linken Hand – die bring mir!«

»Nein!«, erwiderte er. »Du sollst nicht angeln. Was taten dir die goldenen Fischlein?«

Sie sprach: »Tu's!«

Da stand er auf, ging zum Herrenhause. Er kam in ihr Zimmer, – nahm die Angel, betrachtete sie kritisch. Dann lächelte er befriedigt: »Nun, sie wird nicht viel fangen mit dem Ding da!« – Aber er unterbrach sich, schwere Falten zogen sich auf seiner Stirne. »Nicht viel fangen?«, fuhr er fort. »Sie wird die Goldfischlein fangen und wenn sie einen Fleischhaken hineinwürfe!«

Sein Blick fiel zum Bette, oben auf das Wurzelmännchen. Er warf die Angel in die Ecke, griff einen Stuhl in plötzlichem Entschluss. Stellte ihn auf das Bett, stieg hinauf, riss mit schnellem Ruck das Alräunchen herunter. Er suchte Papier zusammen, warf es in den Kamin, zündete es an und legte das Männlein darauf.

Er setzte sich auf den Boden, schaute den Flammen zu. Aber sie fraßen nur das Papier, sengten nicht einmal das Alräunchen, schwärzten es nur. Und es schien ihm, als ob es lache, als ob sein hässliches Gesicht sich zur Fratze verziehe – ah, zu dem Grinsen Ohm Jakobs! Und jetzt – jetzt scholl wieder dieses klebrige Lachen – ringsumher aus den Ecken.

Er sprang auf, nahm sein Messer vom Tische, öffnete die scharfe Klinge. Griff das Männlein heraus aus dem Feuer.

Hart war das Wurzelholz und unendlich zäh, nur kleine Späne vermochte er abzutrennen. Aber er gab nicht nach, schnitt und schnitt – ein Stückchen um das andere. Heller Schweiß perlte von seiner Stirne, seine Finger schmerzten ihn von der ungewohnten Arbeit. Er machte eine Pause, holte neues Papier, Stöße nie gelesener Zeitungen. Warf die Splitter darauf, überschüttete sie mit ihrem Rosenöl und mit Eau de Cologne.

Ah, nun brannte es, lichterloh. Doppelte Kraft gab ihm die Flamme, schneller und stärker trennte er die Späne vom Holze, gab immer neue Nahrung dem Feuer. Kleiner wurde das Männlein, verlor seine Arme und beide Beine. Immer noch gab es nicht nach, wehrte sich, stieß ihm spitze Splitter tief in die Finger. Aber er netzte den hässlichen Kopf mit seinem Blute, grimmig lachend, schnitt neue Späne herunter von dem Leibe.

Dann erklang ihre Stimme. Heiser, fast gebrochen –

»Was tust du?«, rief sie.

Er sprang auf, warf das letzte Stück in die fressenden Flammen. Wandte sich um, wild, wahnsinnig leuchteten seine grünen Augen. »Ich hab es totgeschlagen!«, schrie er.

»Mich!«, jammerte sie, »mich! –« Sie griff mit beiden Händen zur Brust. »Es tut weh«, flüsterte sie, »es tut weh.«

Er schritt an ihr vorbei, schlug die Türe krachend ins Schloss –

– Doch eine Stunde später lag er wieder in ihren Armen, schlürfte wieder ihre giftigen Küsse –

Wahr ist es – er war ihr Lehrer. An seiner Hand wandelte sie durch der Liebe Park, tief hinein auf versteckten Pfaden, weitab von der Menge breiten Alleen. Aber wo, in dichtem Gestrüpp, die Pfade zu Ende waren, wo sein Fuß kehrtmachte vor jähen Abgründen, da schritt sie lachend weiter. Unbekümmert und frei aller Furcht und Scheu, leicht wie in hüpfendem Tanzschritt. Keine rote Giftfrucht wuchs in der Liebe Park, die ihre Finger nicht pflückten, die ihre Lippen nicht lächelnd kosteten –

Von ihm wusste sie, wie süß die Trunkenheit sei, wenn die Zunge kleine Bluttropfen schlürft, aus geliebtem Fleische. Ihre Gier aber schien unersättlich und unstillbar ihr brennender Durst –

– Matt war er von ihren Küssen in dieser Nacht, löste sich langsam aus ihren Gliedern. Schloss die Augen, lag wie ein Toter, starr und unbeweglich. Aber er schlief nicht, hell, wach blieben seine Sinne, trotz aller Müde.

Durch lange Stunden lag er so. Der helle Vollmond fiel durch die offenen Fenster breit herein auf das weiße Bett. Und er hörte, wie sie sich regte an seiner Seite, leise stöhnte und irre Worte flüsterte, wie immer in solchen Mondnächten. Er hörte sie aufstehen, singend zum Fenster gehen, dann langsam zurückkommen. Fühlte, wie sie sich über ihn neigte, lange ihn anstarrte.

Er rührte sich nicht. Wieder stand sie auf, lief zum Tisch, kam dann zurück. Und sie blies, schnell und schneller auf seine linke Brust, wartete nun, lauschte auf seine Atemzüge.

Dann fühlte er, wie etwas Kaltes und Scharfes seine Haut ritzte, und begriff, dass es ein Messer war. ›Nun wird sie stoßen‹ – dachte er. Aber das schien ihm nicht schmerzlich, schien ihm süß zu sein und sehr gut. Er bewegte sich nicht, wartete still auf den raschen Riss, der sein Herz öffnen sollte.

Sie schnitt – langsam und leicht. Nicht sehr tief – aber tief genug, dass sein Blut heiß herausquoll. Er hörte ihr schnelles Atmen, öffnete ein wenig die Lider, blinzelte hinauf. Ihre Lippen standen halb offen, gierig schob sich die kleine Zungenspitze zwischen die blanken Zähne. Ihre weißen Brüstchen hoben sich rasch und ein irres Feuer sprühte aus ihren starren grünen Augen.

Dann, plötzlich, warf sie sich über ihn. Drängte den Mund an die offene Wunde, trank – trank –

Still lag er, unbeweglich; fühlte wie sein Blut zum Herzen flutete; es schien ihm, als ob sie ihn austränke, all sein Blut schlürfe, nicht einen letzten Tropfen ihm lassen wolle. Und sie trank – trank – durch Ewigkeiten trank sie –

Endlich hob sie den Kopf. Er sah wie sie glühte; rot leuchteten ihre Wangen in dem Mondschein, kleine Tropfen perlten auf ihrer Stirne. Sie koste mit schmeichelndem Finger ihrer roten Labe versiegten Quell, drückte rasch ein paar leichte Küsse darauf. Wandte sich dann, blickte mit starren Augen in den Mond –

Irgend etwas zog sie. Sie stand auf, ging mit schweren Schritten zum Fenster. Stieg auf einen Stuhl, setzte einen Fuß auf das Fensterbrett – Übergossen von silbernem Lichte –

Dann, wie mit einem raschen Entschluss, stieg sie wieder hinab. Sah nicht rechts und nicht links, glitt geradeaus durch das Zimmer. »Ich komme«, flüsterte sie, »ich komme.«

Öffnete die Tür, ging hinaus.

Eine Weile lag er noch still, lauschte auf die Tritte der Schlafwandlerin, die sich irgendwo verloren in fernen Räumen. Stand dann auf, zog Schuhe und Strümpfe an, griff nach seinem Mantel. Er war froh, dass sie fort war, nun würde er eine Weile schlafen können. Weg, weg – ehe sie zurückkam –

Er ging über den Flur, seinem Zimmer zu. Da hörte er Tritte, drückte sich eng in eine Türnische. Aber es war eine schwarze Gestalt, war Frieda Gontram in ihren Trauerkleidern. Sie trug eine Kerze in der Hand, wie immer auf ihren nächtlichen Spaziergängen; die brannte trotz des Vollmondes. Er sah ihre bleichen, verzerrten Züge, die harten Querfalten über der Nase, den zusammengepressten, verkniffenen Mund. Sah ihr scheues, abgekehrtes Auge –

›Besessen ist sie!‹, dachte er, – ›besessen – wie ich.‹

Einen Augenblick dachte er daran zu sprechen mit ihr, zu überlegen, ob – ob – vielleicht –

Aber er schüttelte den Kopf. »Nein, nein, es kann doch nichts helfen.«

Sie versperrte ihm den Weg zu seinem Zimmer, so beschloss er hinüberzugehen zur Bibliothek, sich dort auf den Diwan zu legen. Er schlich die Treppen hinab, kam zur Haustüre, zog den Riegel zurück und löste die Kette. Schlüpfte leise hinaus und weiter, über den Hof.

Auf der Steinbank, vor den Ställen, saß der alte Kutscher; er sah, wie er den Arm hob und ihm winkte. Rasch eilte er über das Steinpflaster.

»Was gibt es, Alter?«, flüsterte er. Froitsheim antwortete nicht, hob nur die Hand, wies mit der kurzen Pfeife nach oben.

»Was?«, fragte er. »Wo?«

Dann aber sah er gut. Auf dem hohen Dache des Herrenhauses schritt ein schlanker, nackter Knabe, ruhig, und sicher. Alraune war es.

Weit offen standen ihre Augen, blickten nach oben, hoch nach oben, zum Vollmond.

Er sah, wie ihre Lippen sich bewegten, sah, wie sie die Arme leicht emporstreckte in die Sternennacht. Wie ein Verlangen war es, wie ein sehnsüchtiger Wunsch.

Und immer noch schritt sie dahin. Hinab auf den First und nun den Rand entlang, Schritt um Schritt.

Sie musste fallen, musste hinabstürzen! Eine jähe Angst fasste ihn, seine Lippen öffneten sich, sie zu warnen, sie anzurufen.

»Alr– –«

Aber er erstickte den Ruf. Sie warnen, ihren Namen schreien – das hieß ja gerade: sie töten! Sie schlief, war sicher – solange sie schlief und daherwandelte in diesem Schlafe. Aber wenn er sie rief – wenn sie erwachte – dann, dann musste sie stürzen!

Irgend etwas in ihm verlangte: ›Schrei! Schrei! – Schrei: dann bist du gerettet! – Ein kleines Wort nur, nur ihren Namen – Alraune! Du trägst ihr Leben auf der Zungenspitze – ihr Leben und dein eigenes! – Schrei! Schrei!‹

Seine Zähne bissen sich übereinander, seine Augen schlossen sich, seine Hände verschlangen sich fest. Aber er empfand: jetzt, *jetzt wird es geschehen*. Ah, es gab kein Zurück, er musste es tun! Alle seine Gedanken schmolzen zusammen, schmiedeten sich zu dem einen langen, scharfen Morddolche: »Alraune« –

– Da scholl es her, weit durch die Nacht, hell gellend, wild und verzweifelt –: »Alraune – Alraune!«

Er riss die Augen auf – starrte hinauf. Er sah, wie sie oben die Arme fallen ließ, wie ein jähes Zittern durch ihre Glieder ging. Wie sie sich wandte, entsetzt zurückblickte auf die große, schwarze Gestalt, die aus der Dachluke kroch. Sah, wie Frieda Gontram die Arme weit öffnete, vorstürzte – hörte noch einmal ihren Angstschrei: »Alraune«.

Dann sah er nichts mehr, ein wirrer Nebel deckte seine Augen. Nur einen dumpfen Fall hörte er, einen zweiten gleich darauf. Und einen leichten hellen Schrei – nur einen.

Der alte Kutscher griff seinen Arm, zog ihn vor. Er schwankte, fiel beinahe – sprang dann hoch, lief mit raschen Schritten über den Hof, dem Hause zu –

Er kniete an ihrer Seite – bettete ihren süßen Leib in seine Arme. Blut, viel Blut färbte die kurzen Locken –

Er legte sein Ohr an ihr Herz, hörte ein leises Pochen. »Sie lebt noch«, flüsterte er, »oh, sie lebt noch.« Und er küsste ihre bleiche Stirn.

Er sah zur Seite, wo der alte Kutscher um Frieda Gontram sich mühte. Er sah ihn den Kopf schütteln und schwerfällig aufstehn. »Das Genick hat sie gebrochen«, hörte er ihn sprechen.

Was galt es ihm? – Alraune lebte ja – *sie* lebte.

»Komm Alter«, rief er, »wir wollen sie hineintragen.«

Er hob ein wenig ihre Schultern – da schlug sie die Augen auf.

Aber sie erkannte ihn nicht. »Ich komme«, flüsterte sie, »ich komme –«

Dann fiel ihr Kopf zurück –

Er sprang auf – jäh raste sein wilder Schrei, brach sich rings an den Häusern, flutete vielstimmig über den Garten. »Alraune – Alraune! – Ich war es – ich –!«

Der alte Kutscher legte ihm die schwielige Hand auf die Schulter, schüttelte den Kopf.

»Nein, junger Herr«, sagte er, »Fräulein Gontram rief sie an.«

Er lachte gell: »War es nicht *mein Wunsch?*«

Finster wurde des Alten Gesicht. Rauh klang seine Stimme. »*Mein* Wunsch war es.«

Die Dienstboten kamen aus den Häusern. Kamen mit Licht und mit Lärm, schrien und sprachen, füllten den weiten Hof –

Taumelnd, wie ein Trunkener, schwankte er dem Hause zu, stützte sich auf des alten Kutschers Arm – –

»Ich will nach Hause«, flüsterte er. »Die Mutter wartet.«

Ausklang

Spät ist der Sommer, nun heben, dicht vom Stengel, die Stockrosen ihre Köpfe. Streuen die Malven ihre matten Klänge, rings in die weichen Farben: blasses Gelb, Lila und weiches Rosa.

Als du klopftest, liebe Freundin, da rief der junge Lenz. Als du eintratest durch die schmale Pforte, in meiner Träume Garten, sangen den raschen Schwälblein Narzissen den Willkomm und gelbe Himmelsschlüssel. Blau und gut waren deine Augen und deine Tage waren wie die schweren Trauben lichtblauer Glyzenen, tropften hinab zum weichen Teppich: da schritt mein Fuß weich dahin durch sonnenglitzernde Laubengänge –

Und die Schatten fielen. Und in den Nächten stieg die ewige Sünde hinaus aus dem Meer, kam von Süden her, aus der Sandwüsten Glut. Spie weit aus ihren Pesthauch, streute rings in meine Gärten ihrer brünstigen Schönheiten Schleier. Wilde Schwester, da wachte deine heiße Seele, aller Schanden froh, voll aller Gifte. Trank mein Blut, jauchzte und schrie, aus schmerzender Qual und aus küssenden Lüsten.

Zu wilden Pranken wuchsen deiner rosigen Nägel süße Wunder, die Fanny manikürte, deine kleine Zofe. Zu mächtigen Hauern deiner blanken Zähne leuchtende Milchopale, zu einer Morddirne starrenden Zitzen deiner süßen Kinderbrüstchen schneeweiße Kätzlein. Feurige Vipern zischten deine Goldlocken und aus deinen Augen, sanften Steinaugen, die das Licht brechen wie meines stillen Goldbuddhas leuchtende Sternsaphire, rasten die Blitze, die allen Wahnsinns Fesseln in ihren Gluten schmelzen –

Aber Goldlotos wuchs in meiner Seele Teich, schob sich mit breiten Blättern auf die weite Fläche, deckte der Tiefen graue Wirbel und Strudel. Und die silbernen Tränen, die die Wolke weinte, lagen wie große Perlen auf den grünen Blättern, leuchteten durch den Mittag, wie geschliffene Mondsteine. Wo der Akazien blasser Schnee lag, warf Goldregen nun sein giftiges Gelb – da fand ich, Schwesterlein, die große Schönheit der keuschen Sünde. Und ich verstand die Lüste der Heiligen.

Vor dem Spiegel saß ich, geliebte Freundin, trank aus dem Spiegel die Überfülle deiner Sünden. Wenn du schliefest, am Sommermittage, in dünnem Seidenhemde auf weißem Linnen.

Eine andere warst du, blonde Freundin, wenn die Sonne lachte durch meiner Gärten Pracht – holdes Schwesterlein meiner traumstillen Tage. Und eine ganz andere, blonde Freundin, wenn sie sank im Meere, wenn die grause Finsternis leise kroch aus den Büschen – wilde, sündige Schwester meiner heißen Nächte. Ich aber schaute, bei des lichten Tages Schein, alle Sünde der Nacht, in deiner nackten Schönheit.

Aus dem Spiegel ward mir die Erkenntnis, aus dem alten Spiegel im Goldrahmen, der so manche Spiele der Liebe sah in dem weiten Erkerzimmer im Schlosse von San Costanzo. Aus diesem Spiegel kam mir die Wahrheit, wenn ich aufsah von den Blättern des Lederbandes: süßer als alles ist die keusche Sünde der Unschuld.

Dass es Wesen gibt – keine Tiere – seltsame Wesen, die aus verruchter Lust absurder Gedanken entsprangen – du wirst es nicht leugnen, liebe Freundin, du nicht.

Gut ist das Gesetz, gut alle strenge Norm. Gut ist der Gott, der sie schuf und gut der Mensch, der sie wohl achtet. Der aber ist des Satans Kind, der mit frecher Hand hineingreift in der ewigen Gesetze eherne Fugen.

Der Böse hilft ihm, der ein gewaltiger Herr ist – da mag er schaffen nach eigenem stolzem Willen – *wider alle Natur*. In alle Himmel ragt sein Werk – und bricht doch zusammen und begräbt im Sturze den frechen Tropf, der es dachte –

Nun schrieb ich dir, Schwester, dies Buch. – Alte, längst vergessene Narben riss ich auf, mischte ihr dunkles Blut mit dem hellen und frischen der letzten Qualen: schöne Blüten wachsen aus solchem Boden, den Blut düngt. Sehr wahr, schöne Freundin, ist all das, was ich dir erzählte – doch nahm ich den Spiegel, trank aus seinem Glase der Ereignisse letzte Erkenntnis, früher Erinnerungen ureigenstes Geschehen.

Nimm, Schwester, dies Buch. Nimm es von einem wilden Abenteurer, der ein hochmütiger Narr war – und ein stiller Träumer zugleich –

Von einem, Schwesterlein, der neben dem Leben herlief –

Miramar – Lesina – Brioni

April–Oktober 1911

Made in the USA
Middletown, DE
11 February 2024